# 莎士比亚
经典戏剧全集 Ⅵ

The Complete Works of
Shakespeare's Classical Dramas

【英】威廉·莎士比亚／著

朱生豪／译

北方文艺出版社

目 录

麦克白 001
安东尼与克莉奥佩特拉 081
科利奥兰纳斯 197
雅典的泰门 315

麦克白

剧中人物

邓肯　苏格兰国王

马尔康 ｝ 邓肯之子
道纳本

麦克白 ｝ 苏格兰军中大将
班柯

麦克德夫
列诺克斯
洛斯　　｝ 苏格兰贵族
孟提斯
安格斯
凯士纳斯

弗里恩斯　班柯之子

西华德　诺森伯兰伯爵，英国军中大将

小西华德　西华德之子

西登　麦克白的侍臣

麦克德夫的幼子

英格兰医生

苏格兰医生

军曹

门房

老翁

麦克白夫人
麦克德夫夫人
麦克白夫人的侍女

赫卡忒及三女巫
贵族、绅士、将领、兵士、刺客、侍从及使者等
班柯的鬼魂及其他幽灵等

地　点

苏格兰；英格兰

第一幕

第一场　荒原

　　　　　雷电。三女巫上。
女巫甲　何时姊妹再相逢，
　　　　雷电轰轰雨蒙蒙？
女巫乙　且等烽烟静四陲，
　　　　败军高奏凯歌回。
女巫丙　半山夕照尚含辉。
女巫甲　何处相逢？
女巫乙　在荒原。
女巫丙　共同去见麦克白。
女巫甲　我来了，狸猫精。
女巫乙　癞蛤蟆叫我了。
女巫丙　来也。①

---

　　① 三女巫各有一精怪听其驱使；侍候女巫甲的是狸猫精，侍候女巫乙的是癞蛤蟆，侍候女巫丙的当是怪鸟。

三女巫　（合）美即丑恶丑即美，

　　　　　　翱翔毒雾妖云里。（同下。）

第二场　福累斯附近的营地

　　　　　内号角声。邓肯、马尔康、道纳本、列诺克斯及侍从等上，与一流血之军曹相遇。

邓肯　那个流血的人是谁？看他的样子，也许可以向我们报告关于叛乱的最近的消息。

马尔康　这就是那个奋勇苦战帮助我冲出敌人重围的军曹。祝福，勇敢的朋友！把你离开战场以前的战况报告王上。

军曹　双方还在胜负未决之中；正像两个精疲力竭的游泳者，彼此扭成一团，显不出他们的本领来。那残暴的麦克唐华德不愧为一个叛徒，因为无数奸恶的天性都丛集于他的一身；他已经征调了西方各岛上的轻重步兵，命运也像娼妓一样，有意向叛徒卖弄风情，助长他的罪恶的气焰。可是这一切都无能为力，因为英勇的麦克白——真称得上一声"英勇"——不以命运的喜怒为意，挥舞着他的血腥的宝剑，像个煞星似的一路砍杀过去，直到了那奴才的面前，也不打个躬，也不通一句话，就挺剑从他的肚脐上刺了进去，把他的胸膛划破，一直划到下巴上；他的头已经割下来挂在我们的城楼上了。

邓肯　啊，英勇的表弟！尊贵的壮士！

军曹　天有不测风云，从那透露曙光的东方偏卷来了无情的风暴，可怕的雷雨；我们正在兴高采烈的时候，却又遭遇了重大的打击。听着，陛下，听着：当正义凭着勇气的威力正在驱逐敌军向后溃退的时候，挪威国君看见有机可乘，调了一批甲械精良的生力军又向我们开始一次新的猛攻。

邓肯　我们的将军们，麦克白和班柯有没有因此而气馁？

军曹　是的，要是麻雀能使怒鹰退却、兔子能把雄狮吓走的话。实实在在地说，他们就像两尊巨炮，满装着双倍火力的炮弹，愈发愈猛，向敌人射击；瞧他们的神气，好像拼着浴血负创，非让尸骸铺满原野，决不罢手——可是我的气力已经不济了，我的伤口需要马上医治。

邓肯　你的叙述和你的伤口一样，都表现出一个战士的精神。来，把他送到军医那儿去。（侍从扶军曹下。）

　　　　洛斯上。

邓肯　谁来啦？

马尔康　尊贵的洛斯爵士。

列诺克斯　他的眼睛里露出多么慌张的神色！好像要说些什么意想不到的事情似的。

洛斯　上帝保佑吾王！

邓肯　爵士，你从什么地方来？

洛斯　从费辅来，陛下；挪威的旌旗在那边的天空招展，把一阵寒风扇进了我们人民的心里。挪威国君亲自率领了大队人马，靠着那个最奸恶的叛徒考特爵士的帮助，开始了一场残酷的血战；后来麦克白披甲戴盔，和他势均力敌，刀来枪往，奋勇交锋，方才挫折了他的凶焰；胜利终于属我们所有。——

邓肯　好大的幸运！

洛斯　现在史威诺，挪威的国王，已经向我们求和了；我们责令他在圣戈姆小岛上缴纳一万块钱充入我们的国库，否则不让他把战死的将士埋葬。

邓肯　考特爵士再也不能骗取我的信任了，去宣布把他立即处死，他的原来的爵位移赠麦克白。

洛斯　我就去执行陛下的旨意。

邓肯　他所失去的，也就是尊贵的麦克白所得到的。（同下。）

第三场　荒原

　　　　雷鸣。三女巫上。

女巫甲　妹妹，你从哪儿来？

女巫乙　我刚杀了猪来。

女巫丙　姊姊，你从哪儿来？

女巫甲　一个水手的妻子坐在那儿吃栗子，啃呀啃呀啃呀地啃着。"给我吃一点，"我说。"滚开，妖巫！"那个吃鱼吃肉的贱人喊起来了。她的丈夫是"猛虎号"的船长，到阿勒坡去了；可是我要坐在一张筛子里追上他去，像一头没有尾巴的老鼠，瞧我的，瞧我的，瞧我的吧。

女巫乙　我助你一阵风。

女巫甲　感谢你的神通。

女巫丙　我也助你一阵风。

女巫甲　刮到西来刮到东。
　　　　到处狂风吹海立，
　　　　浪打行船无休息；
　　　　终朝终夜不得安，
　　　　骨瘦如柴血色干；
　　　　一年半载海上漂，
　　　　气断神疲精力销；
　　　　他的船儿不会翻，
　　　　暴风雨里受苦难。

瞧我有些什么东西?

女巫乙　给我看,给我看。

女巫甲　这是一个在归途覆舟殒命的舵工的拇指。(内鼓声。)

女巫丙　鼓声!鼓声!麦克白来了。

三女巫　(合)手携手,三姊妹,

　　　　沧海高山弹指地,

　　　　朝飞暮返任游戏。

　　　　姊三巡,妹三巡,

　　　　三三九转蛊方成。

麦克白及班柯上。

麦克白　我从来没有见过这样阴郁而又光明的日子。

班柯　到福累斯还有多少路?这些是什么人,形容这样枯瘦,服装这样怪诞,不像是地上的居民,可是却在地上出现?你们是活人吗?你们能不能回答我们的问题?好像你们懂得我的话,每一个人都同时把她满是皱纹的手指按在她的干枯的嘴唇上。你们应当是女人,可是你们的胡须却使我不敢相信你们是女人。

麦克白　你们要是能够讲话,告诉我们你们是什么人?

女巫甲　万福,麦克白!祝福你,葛莱密斯爵士!

女巫乙　万福,麦克白!祝福你,考特爵士!

女巫丙　万福,麦克白,未来的君王!

班柯　将军,您为什么这样吃惊,好像害怕这种听上去很好的消息似的?用真理的名义回答我,你们到底是幻象呢,还是果真像你们所显现的那种生物?你们向我的高贵的同伴致敬,并且预言他未来的尊荣和远大的希望,使他仿佛听得出了神;可是你们却没有对我说一句话。要是你们能够洞察时间所播的种子,知道哪一颗会长成,哪一颗不会长成,那么请对我

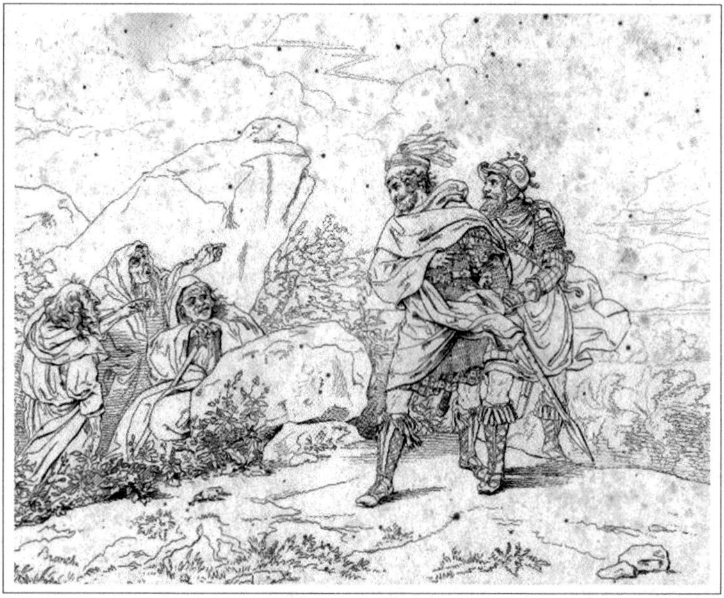

说吧；我既不乞讨你们的恩惠，也不惧怕你们的憎恨。

女巫甲　祝福！

女巫乙　祝福！

女巫丙　祝福！

女巫甲　比麦克白低微，可是你的地位在他之上。

女巫乙　不像麦克白那样幸运，可是比他更有福。

女巫丙　你虽然不是君王，你的子孙将要君临一国。万福，麦克白和班柯！

女巫甲　班柯和麦克白，万福！

麦克白　且慢，你们这些闪烁其词的预言者，明白一点告诉我。西纳尔①死了以后，我知道我已经晋封为葛莱密斯爵士；可是怎么会做起考特爵士来呢？考特爵士现在还活着，他的势力非常煊赫；至于说我是未来的君王，那正像说我是考特爵士一样难于置信。说，你们这种奇怪的消息是从什么地方得来的？为什么你们要在这荒凉的旷野用这种预言式的称呼使我们止步？说，我命令你们。（三女巫隐去。）

班柯　水上有泡沫，土地也有泡沫，这些便是大地上的泡沫。她们消失到什么地方去了？

麦克白　消失在空气之中，好像是有形体的东西，却像呼吸一样融化在风里了。我倒希望她们再多留一会儿。

班柯　我们正在谈论的这些怪物，果然曾经在这儿出现吗？还是因为我们误食了令人疯狂的草根，已经丧失了我们的理智？

麦克白　您的子孙将要成为君王。

班柯　您自己将要成为君王。

麦克白　而且还要做考特爵士；她们不是这样说的吗？

---

① 西纳尔是麦克白的父亲。

班柯　正是这样说的。谁来啦？

　　　　洛斯及安格斯上。

洛斯　麦克白，王上已经很高兴地接到了你的胜利的消息；当他听见你在这次征讨叛逆的战争中所表现的英勇的勋绩的时候，他简直不知道应当惊异还是应当赞叹，在这两种心理的交相冲突之下，他快乐得说不出话来。他又得知你在同一天之内，又在雄壮的挪威大军的阵地上出现，不因为你自己亲手造成的死亡的惨象而感到些微的恐惧。报信的人像密雹一样接踵而至，异口同声地在他的面前称颂你的保卫祖国的大功。

安格斯　我们奉王上的命令前来，向你传达他的慰劳的诚意；我们的使命只是迎接你回去面谒王上，不是来酬答你的功绩。

洛斯　为了向你保证他将给你更大的尊荣起见，他叫我替你加上考特爵士的称号；祝福你，最尊贵的爵士！这一个尊号是属于你的了。

班柯　什么！魔鬼居然会说真话吗？

麦克白　考特爵士现在还活着；为什么你们要替我穿上借来的衣服？

安格斯　原来的考特爵士现在还活着，可是因为他自取其咎，犯了不赦的重罪，在无情的判决之下，将要失去他的生命。他究竟有没有和挪威人公然联合，或者曾经给叛党秘密的援助，或者同时用这两种手段来图谋颠覆他的祖国，我还不能确实知道；可是他的叛国的重罪，已经由他亲口供认，并且有了事实的证明，使他遭到了毁灭的命运。

麦克白　（旁白）葛莱密斯，考特爵士；最大的尊荣还在后面。（向洛斯、安格斯）谢谢你们的跋涉。（向班柯）您不希望您的子孙将来做君王吗？方才她们称呼我做考特爵士，不同时也许给你的子孙莫大的尊荣吗？

班柯　您要是果然完全相信了她们的话，也许做了考特爵士以后，还渴望想把王冠攫到手里。可是这种事情很奇怪；魔鬼为了要陷害我们起见，往往故意向我们说真话，在小事情上取得我们的信任，然后在重要的关头我们便会堕入他的圈套。两位大人，让我对你们说句话。

麦克白　（旁白）两句话已经证实，这好比是美妙的开场白，接下去就是帝王登场的正戏了。（向洛斯、安格斯）谢谢你们两位。（旁白）这种神奇的启示不会是凶兆，可是也不像是吉兆。假如它是凶兆，为什么用一开头就应验的预言保证我未来的成功呢？我现在不是已经做了考特爵士了吗？假如它是吉兆，为什么那句话会在我脑中引起可怖的印象，使我毛发悚然，使我的心全然失去常态，噗噗地跳个不住呢？想象中的恐怖远过于实际上的恐怖；我的思想中不过偶然浮起了杀人的妄念，就已经使我全身震撼，心灵在胡思乱想中丧失了作用，把虚无的幻影认为真实了。

班柯　瞧，我们的同伴想得多么出神。

麦克白　（旁白）要是命运将会使我成为君王，那么也许命运会替我加上王冠，用不着我自己费力。

班柯　新的尊荣加在他的身上，就像我们穿上新衣服一样，在没有穿惯以前，总觉得有些不大适合身材。

麦克白　（旁白）事情要来尽管来吧，到头来最难堪的日子也会对付得过去的。

班柯　尊贵的麦克白，我们在等候着您的意旨。

麦克白　原谅我；我的迟钝的脑筋刚才偶然想起了一些已经忘记了的事情，两位大人，你们的辛苦已经铭刻在我的心上，我每天都要把它翻开来诵读。让我们到王上那儿去。想一想最近发生的这些事情；等我们把一切仔细考虑过以后，再把各人心里的意思彼此开诚相告吧。

班柯　很好。

麦克白　现在暂时不必多说。来,朋友们。(同下。)

第四场　福累斯。宫中一室

喇叭奏花腔。邓肯、马尔康、道纳本、列诺克斯及侍从等上。

邓肯　考特的死刑已经执行完毕没有?监刑的人还没有回来吗?

马尔康　陛下,他们还没有回来;可是我曾经和一个亲眼看见他就刑的人谈过话,他说他很坦白地供认他的叛逆,请求您宽恕他的罪恶,并且表示深切的悔恨。他的一生行事,从来不曾像他临终的时候那样得体;他抱着视死如归的态度,抛弃了他的最宝贵的生命,就像它是不足介意、不值一钱的东西一样。

邓肯　世上还没有一种方法,可以从一个人的脸上探察他的居心;他是我所曾经绝对信任的一个人。

麦克白、班柯、洛斯及安格斯上。

邓肯　啊,最值得钦佩的表弟!我的忘恩负义的罪恶,刚才还重压在我的心头。你的功劳太超越寻常了,飞得最快的报酬都追不上你;要是它再微小一点,那么也许我可以按照适当的名分,给你应得的感谢和酬劳;现在我只能这样说,一切的报酬都不能抵偿你的伟大的勋绩。

麦克白　为陛下尽忠效命,它的本身就是一种酬报。接受我们的劳力是陛下的名分;我们对于陛下和王国的责任,正像子女和奴仆一样,为了尽我们的敬爱之忱,无论做什么事都是应该的。

邓肯　欢迎你回来；我已经开始把你栽培，我要努力使你繁茂。尊贵的班柯，你的功劳也不在他之下，让我把你拥抱在我的心头。

班柯　要是我能够在陛下的心头生长，那收获是属于陛下的。

邓肯　我的洋溢在心头的盛大的喜乐，想要在悲哀的泪滴里隐藏它自己。吾儿，各位国戚，各位爵士，以及一切最亲近的人，我现在向你们宣布立我的长子马尔康为储君，册封为肯勃兰亲王，他将来要继承我的王位；不仅仅是他一个人受到这样的光荣，广大的恩宠将要像繁星一样，照耀在每一个有功者的身上。陪我到殷佛纳斯去，让我再叨受你一次盛情的招待。

麦克白　不为陛下效劳，闲暇成了苦役。让我做一个前驱者，把陛下光降的喜讯先去报告我的妻子知道；现在我就此告辞了。

邓肯　我的尊贵的考特！

麦克白　（旁白）肯勃兰亲王！这是一块横在我的前途的阶石，我必须跳过这块阶石，否则就要颠仆在它的上面。星星啊，收起你们的火焰！不要让光亮照见我的黑暗幽深的欲望。眼睛啊，别望这双手吧；可是我仍要下手，不管干下的事会吓得眼睛不敢看。（下。）

邓肯　真的，尊贵的班柯；他真是英勇非凡，我已经饱听人家对他的赞美，那对我就像是一桌盛筵。他现在先去预备款待我们了，让我们跟上去。真是一个无比的国戚。（喇叭奏花腔。众下。）

第五场　殷佛纳斯。麦克白的城堡

麦克白夫人上，读信。

麦克白夫人　"她们在我胜利的那天遇到我；我根据最可靠的说法，知道她们是具有超越凡俗的知识的。当我燃烧着热烈的欲望，想要向她们详细询问的时候，她们已经化为一阵风不见了。我正在惊奇不置，王上的使者就来了，他们都称我为'考特爵士'；那一个尊号正是这些神巫用来称呼我的，而且她们还对我作这样的预示，说是'祝福，未来的君王！'我想我应该把这样的消息告诉你，我的最亲爱的有福同享的伴侣，好让你不至于因为对于你所将要得到的富贵一无所知，而失去你所应该享有的欢欣。把它放在你的心头，再会。"你本是葛莱密斯爵士，现在又做了考特爵士，将来还会达到那预言所告诉你的那样高位。可是我却为你的天性忧虑：它充满了太多的人情的乳臭，使你不敢采取最近的捷径；你希望做一个伟大的人物，你不是没有野心，可是你却缺少和那种野心相联属的奸恶；你的欲望很大，但又希望只用正当的手段；一方面不愿玩弄机诈，一方面却又要作非分的攫夺；伟大的爵士，你想要的那东西正在喊："你要到手，就得这样干！"你也不是不肯这样干，而是怕干。赶快回来吧，让我把我的精神力量倾注在你的耳中；命运和玄奇的力量分明已经准备把黄金的宝冠罩在你的头上，让我用舌尖的勇气，把那阻止你得到那顶王冠的一切障碍驱扫一空吧。

一使者上。

麦克白夫人　你带了些什么消息来?

使者　王上今晚要到这儿来。

麦克白夫人　你在说疯话吗?主人是不是跟王上在一起?要是果真有这一回事,他一定会早就通知我们准备的。

使者　禀夫人,这话是真的。我们的爵爷快要来了;我的一个伙伴比他早到了一步,他跑得气都喘不过来,好容易告诉了我这个消息。

麦克白夫人　好好看顾他;他带来了重大的消息。(使者下)报告邓肯走进我这堡门来送死的乌鸦,它的叫声是嘶哑的。来,注视着人类恶念的魔鬼们!解除我的女性的柔弱,用最凶恶的残忍自顶至踵贯注在我的全身;凝结我的血液,不要让怜悯钻进我的心头,不要让天性中的恻隐摇动我的狠毒的决意!来,你们这些杀人的助手,你们无形的躯体散满在空间,到处找寻为非作恶的机会,进入我的妇人的胸中,把我的乳水当作胆汁吧!来,阴沉的黑夜,用最昏暗的地狱中的浓烟罩住你自己,让我的锐利的刀瞧不见它自己切开的伤口,让青天不能从黑暗的重衾里探出头来,高喊"住手,住手!"

　　　　　麦克白上。

麦克白夫人　伟大的葛莱密斯!尊贵的考特!比这二者更伟大、更尊贵的未来的统治者!你的信使我飞越蒙昧的现在,我已经感觉到未来的搏动了。

麦克白　我的最亲爱的亲人,邓肯今晚要到这儿来。

麦克白夫人　什么时候回去呢?

麦克白　他预备明天回去。

麦克白夫人　啊!太阳永远不会见到那样一个明天。您的脸,我的爵爷,正像一本书,人们可以从那上面读到奇怪的事情。你要欺骗世人,必须装出和世人同样的神气;让您的眼睛里、您的手上、您的舌尖，随处流露着欢迎；让人家瞧您像一朵纯洁的花朵，可是在花瓣底下却有一条毒蛇潜伏。我们必须准备款待这位将要来到的贵宾；您可以把今晚的大事交给我去办；凭此一举，我们今后就可以日日夜夜永远掌握君临万民的无上权威。

麦克白　我们还要商量商量。

麦克白夫人　泰然自若地抬起您的头来；脸上变色最易引起猜疑。其他一切都包在我身上。（同下。）

第六场　同前。城堡之前

　　高音笛奏乐。火炬前导；邓肯、马尔康、道纳本、班柯、列诺克斯、麦克德夫、洛斯、安格斯及侍从等上。

邓肯　这座城堡的位置很好；一阵阵温柔的和风轻轻吹拂着我们微妙的感觉。

班柯　夏天的客人——巡礼庙宇的燕子，也在这里筑下了它的温暖的巢居，这可以证明这里的空气有一种诱人的香味；檐下梁间、墙头屋角，无不是这鸟儿安置吊床和摇篮的地方；凡是它们生息繁殖之处，我注意到空气总是很新鲜芬芳。

　　麦克白夫人上。

邓肯　瞧，瞧，我们的尊贵的主妇！到处跟随我们的挚情厚爱，有时候反而给我们带来麻烦，可是我们还是要把它当作厚爱来感谢；所以根据这个道理，我们给你带来了麻烦，你还应该感谢我们，祷告上帝保佑我们。

麦克白夫人　我们的犬马微劳，即使加倍报效，比起陛下赐给我们的深恩广泽来，也还是不足挂齿的；我们只有燃起一瓣心香，为陛下祷祝上苍，报答陛下过去和新近加于我们的荣宠。

邓肯　考特爵士呢？我们想要追在他的前面，趁他没有到家，先替他设筵洗尘；不料他骑马的本领十分了不得，他的一片忠心使他急如星火，帮助他比我们先到了一步。高贵贤淑的主妇，今天晚上我要做您的宾客了。

麦克白夫人　只要陛下吩咐，您的仆人们随时准备把他们自己和他们所有的一切开列清单，向陛下报账，把原来属于陛下的依旧呈献给陛下。

邓肯　把您的手给我；领我去见我的居停主人。我很敬爱他，我还要继续眷顾他。请了，夫人。（同下。）

第七场　同前。堡中一室

高音笛奏乐；室中遍燃火炬。一司膳及若干仆人持肴馔食具上，自台前经过。麦克白上。

麦克白　要是干了以后就完了，那么还是快一点干；要是凭着暗杀的手段，可以攫取美满的结果，又可以排除了一切后患；要是这一刀砍下去，就可以完成一切、终结一切、解决一切——在这人世上，仅仅在这人世上，在时间这大海的浅滩上；那么来生我也就顾不到了。可是在这种事情上，我们往往逃不过现世的裁判；我们树立下血的榜样，教会别人杀人，结果反而自己被人所杀；把毒药投入酒杯里的人，结果也会自己饮鸩而死，这就是一丝不爽的报应。他到这儿来本有两重的信任：第一，我是他的亲戚，又是他的臣子，按照名分绝对不能干这样的事；第二，我是他的主人，应当保障他身体的安全，怎么可以自己持刀行刺？而且，这个邓肯秉性仁慈，处理国政，从来没有过失，要是把他杀死了，他的生前的美德，将要像天使一般发出喇叭一样清澈的声音，向世人昭告我的弑君重罪；"怜悯"像一个赤身裸体在狂风中飘游的婴儿，又像一个御气而行的天婴，将要把这可憎的行为揭露在每一个人的眼中，使眼泪淹没叹息。没有一种力量可以鞭策我实现自己的意图，可是我的跃跃欲试的野心，却不顾一切地驱着我去冒颠踬的危险。——

　　麦克白夫人上。

麦克白　啊！什么消息？

麦克白夫人　他快要吃好了；你为什么从大厅里跑了出来？

麦克白　他有没有问起我？

麦克白夫人　你不知道他问起过你吗？

麦克白　我们还是不要进行这一件事情吧。他最近给我极大的尊荣；我也好容易从各种人的嘴里博到了无上的美誉，我的名声现在正在发射最灿烂的光彩，不能这么快就把它丢弃了。

麦克白夫人　难道你把自己沉浸在里面的那种希望，只是醉后的妄想吗？它现在从一场睡梦中醒来，因为追悔自己的孟浪，而吓得脸色这样苍白吗？从这一刻起，我要把你的爱情看作同样靠不住的东西。你不敢让你在行为和勇气上跟你的欲望一致吗？你宁愿像一头畏首畏尾的猫儿，顾全你所认为生命的装饰品的名誉，不惜让你在自己眼中成为一个懦夫，让"我不敢"永远跟随在"我想要"的后面吗？

麦克白　请你不要说了。只要是男子汉做的事，我都敢做；没有人比我有更大的胆量。

麦克白夫人　那么当初是什么畜生使你把这一种企图告诉我的呢？是男子汉就应当敢作敢为；要是你敢做一个比你更伟大的人物，那才更是一个男子汉。那时候，无论时间和地点都不曾给你下手的方便，可是你却居然决意要实现你的愿望；现在你有了大好的机会，你又失去勇气了。我曾经哺乳过婴孩，知道一个母亲是怎样怜爱那吮吸她乳汁的子女；可是我会在它看着我的脸微笑的时候，从它的柔软的嫩嘴里摘下我的乳头，把它的脑袋砸碎，要是我也像你一样，曾经发誓下这样毒手的话。

麦克白　假如我们失败了——

麦克白夫人　我们失败！只要你集中你的全副勇气，我们决不会失败。邓肯赶了这一天辛苦的路程，一定睡得很熟；我再去陪他那两个侍卫饮酒作乐，灌得他们头脑昏沉、记忆化成一阵烟雾；等他们烂醉如泥、像死猪一样睡去以后，我们不就可以把那毫无防卫的邓肯随意摆布了吗？我们不是可以把这一件重大的谋杀罪案，推在他的酒醉的侍卫身上吗？

麦克白　愿你所生育的全是男孩子，因为你的无畏的精神，只应该铸造一些刚强的男性。要是我们在那睡在他寝室里的两个人身上涂抹一些血迹，而且就用他们的刀子，人家会不会相信真是他们干下的事？

麦克白夫人　等他的死讯传出以后，我们就假意装出号啕痛哭的样子，这样还有谁敢不相信？

麦克白　我的决心已定，我要用全身的力量，去干这件惊人的举动。去，用最美妙的外表把人们的耳目欺骗；奸诈的心必须罩上虚伪的笑脸。（同下。）

第二幕

第一场　殷佛纳斯。堡中庭院

仆人执火炬引班柯及弗里恩斯上。

班柯　孩子，夜已经过了几更了？

弗里恩斯　月亮已经下去；我还没有听见打钟。

班柯　月亮是在十二点钟下去的。

弗里恩斯　我想不止十二点钟了，父亲。

班柯　等一下，把我的剑拿着。天上也讲究节俭，把灯烛一起熄灭了。把那个也拿着。催人入睡的疲倦，像沉重的铅块一样压在我的身上，可是我却一点也不想睡。慈悲的神明！抑制那些罪恶的思想，不要让它们潜入我的睡梦之中。

麦克白上，一仆人执火炬随上。

班柯　把我的剑给我。——那边是谁？

麦克白　一个朋友。

班柯　什么，爵爷！还没有安息吗？王上已经睡了；他今天非常高兴，赏了你家仆人许多东西。这一颗金刚钻是他送给尊夫人的，他称她为最殷勤的主妇。无限的愉快笼罩着他的全身。

麦克白　我们因为事先没有准备，恐怕有许多招待不周的地方。

班柯　好说好说。昨天晚上我梦见那三个女巫；她们对您所讲的话倒有几分应验。

麦克白　我没有想到她们；可是等我们有了工夫，不妨谈谈那件事，要是您愿意的话。

班柯　悉如遵命。

麦克白　您听从了我的话，包您有一笔富贵到手。

班柯　为了觊觎富贵而丧失荣誉的事，我是不干的；要是您有什么见教，只要不毁坏我的清白的忠诚，我都愿意接受。

麦克白　那么慢慢再说，请安息吧。

班柯　谢谢；您也可以安息啦。（班柯、弗里恩斯同下。）

麦克白　去对太太说要是我的酒①预备好了，请她打一下钟。你去睡吧。（仆人下）在我面前摇晃着、它的柄对着我的手的，不是一把刀子吗？来，让我抓住你。我抓不到你，可是仍旧看见你。不祥的幻象，你只是一件可视不可触的东西吗？或者你不过是一把想象中的刀子，从狂热的脑筋里发出来的虚妄的意匠？我仍旧看见你，你的形状正像我现在拔出的这一把刀子一样明显。你指示着我所要去的方向，告诉我应当用什么利器。我的眼睛倘不是上了当，受其他知觉的嘲弄，就是兼领了一切感官的机能。我仍旧看见你；你的刃上和柄上还流着一滴一滴刚才所没有的血。没有这样的事；杀人的恶念使我看见这种异象。现在在半个世界上，一切生命仿佛已经死去，罪恶的梦景扰乱着平和的睡眠，作法的女巫在向惨白的赫卡忒献祭；形容枯瘦的杀人犯，听到了替他巡哨、报更的豺狼的嗥声，仿佛淫乱的塔昆蹑着脚步像一个鬼似的向

---

① 指睡前所喝的牛乳酒。

他的目的地走去。坚固结实的大地啊，不要听见我的脚步声音是向什么地方去的，我怕路上的砖石会泄露了我的行踪，把黑夜中一派阴森可怕的气氛破坏了。我正在这儿威胁他的生命，他却在那儿活得好好的；在紧张的行动中间，言语不过是一口冷气。（钟声）我去，就这么干；钟声在招引我。不要听它，邓肯，这是召唤你上天堂或者下地狱的丧钟。（下。）

第二场　同前

麦克白夫人上。

麦克白夫人　酒把他们醉倒了，却提起了我的勇气；浇熄了他们的馋焰，却燃起了我心头的烈火。听！不要响！这是夜枭在啼声，它正在鸣着丧钟，向人们道凄厉的晚安。他在那儿动手了。门都开着，那两个醉饱的侍卫用鼾声代替他们的守望；我曾经在他们的乳酒里放下麻药，瞧他们熟睡的样子，简直分别不出他们是活人还是死人。

麦克白　（在内）那边是谁？喂！

麦克白夫人　哎哟！我怕他们已经醒过来了，这件事情却还没有办好；不是罪行本身，而是我们的企图毁了我们。听！我把他们的刀子都放好了；他不会找不到的。倘不是我看他睡着的样子活像我的父亲，我早就自己动手了。我的丈夫！

麦克白上。

麦克白　我已经把事情办好了。你没有听见一个声音吗？

麦克白夫人　我听见枭啼和蟋蟀的鸣声。你没有讲过话吗？

麦克白　什么时候？

麦克白夫人　刚才。

麦克白　我下来的时候吗？

麦克白夫人　嗯。

麦克白　听！谁睡在隔壁的房间里？

麦克白夫人　道纳本。

麦克白　（视手）好惨！

麦克白夫人　别发傻，惨什么。

麦克白　一个人在睡梦里大笑，还有一个人喊"杀人啦！"他们把彼此惊醒了；我站定听他们；可是他们念完祷告，又睡着了。

麦克白夫人　是有两个睡在那一间。

麦克白　一个喊，"上帝保佑我们！"一个喊，"阿门！"好像他们看见我高举这一双杀人的血手似的。听着他们惊慌的口气，当他们说过了"上帝保佑我们"以后，我想要说"阿门"，却怎么也说不出来。

麦克白夫人　不要把它放在心上。

麦克白　可是我为什么说不出"阿门"两个字来呢？我才是最需要上帝垂恩的，可是"阿门"两个字却哽在我的喉头。

麦克白夫人　我们干这种事，不能尽往这方面想下去；这样想着是会使我们发疯的。

麦克白　我仿佛听见一个声音喊着："不要再睡了！麦克白已经杀害了睡眠，"那清白的睡眠，把忧虑的乱丝编织起来的睡眠，那日常的死亡，疲劳者的沐浴，受伤的心灵的油膏，大自然的最丰盛的菜肴，生命的盛筵上主要的营养，——

麦克白夫人　你这种话是什么意思？

麦克白　那声音继续向全屋子喊着："不要再睡了！葛莱密斯已经杀害了睡眠，所以考特将再也得不到睡眠，麦克白将再也得不到睡眠！"

麦克白夫人　谁喊着这样的话？唉，我的爵爷，您这样胡思乱想，是会妨害您的健康的。去拿些水来，把您手上的血迹洗净。为什么您把这两把刀子带了来？它们应该放在那边。把它们拿回去，涂一些血在那两个熟睡的侍卫身上。

麦克白　我不高兴再去了；我不敢回想刚才所干的事，更没有胆量再去看它一眼。

麦克白夫人　意志动摇的人！把刀子给我。睡着的人和死了的人不过和画像一样；只有小儿的眼睛才会害怕画中的魔鬼。要是他还流着血，我就把它涂在那两个侍卫的脸上；因为我们必须让人家瞧着是他们的罪恶。（下。内敲门声。）

麦克白　那打门的声音是从什么地方来的？究竟是怎么一回事，一点点的声音都会吓得我心惊肉跳？这是什么手！嘿！它们要挖出我的眼睛。大洋里所有的水，能够洗净我手上的血迹吗？不，恐怕我这一手的血，倒要把一碧无垠的海水染成一片殷红呢。

　　　　麦克白夫人重上。

麦克白夫人　我的两手也跟你的同样颜色了，可是我的心却羞于像你那样变成惨白。（内敲门声）我听见有人打着南面的门；让我们回到自己房间里去；一点点的水就可以替我们泯除痕迹；不是很容易的事吗？你的魄力不知道到哪儿去了。（内敲门声）听！又在那儿打门了。披上你的睡衣，也许人家会来找我们，不要让他们看见我们还没有睡觉。别这样傻头傻脑地呆想了。

麦克白　要想到我所干的事，最好还是忘掉我自己。（内敲门声）用你打门的声音把邓肯惊醒了吧！我希望你能够惊醒他！（同下。）

第三场 同前

内敲门声。一门房上。

门房　门打得这样厉害!要是一个人在地狱里做了管门人,就是拔闩开锁也足够他办的了。(内敲门声)敲,敲,敲!凭着魔鬼的名义,谁在那儿?一定是个囤积粮食的富农,眼看碰上了丰收的年头,就此上了吊。赶快进来吧,多预备几方手帕,这儿是火坑,包你淌一身臭汗。(内敲门声)敲,敲!凭着还有一个魔鬼的名字,是谁在那儿?哼,一定是什么讲起话来暧昧含糊的家伙,他会同时站在两方面,一会儿帮着这个骂那个,一会儿帮着那个骂这个;他曾经为了上帝的缘故,干过不少亏心事,可是他那条暧昧含糊的舌头却不能把他送上天堂去。啊!进来吧,暧昧含糊的家伙。(内敲门声)敲,敲,敲!谁在那儿?哼,一定是什么英国的裁缝,他生前给人做条法国裤还要偷材料①,所以到了这里来。进来吧,裁缝;你可以在这儿烧你的烙铁。(内敲门声)敲,敲;敲个不停!你是什么人?可是这儿太冷,当不成地狱呢。我再也不想做这鬼看门人了。我倒很想放进几个各色各样的人来,让他们经过酒池肉林,一直到刀山火焰上去。(内敲门声)来了,来了!请你记着我这看门的人。(开门。)

麦克德夫及列诺克斯上。

麦克德夫　朋友,你是不是睡得太晚了,所以睡到现在还爬不起来?

---

① 当时法国裤很紧窄,在这种裤子上偷材料的裁缝,必是老手。

门房　不瞒您说，大人，我们昨天晚上喝酒，一直闹到第二遍鸡啼哩；喝酒这一件事，大人，最容易引起三件事情。

麦克德夫　是哪三件事情？

门房　呃，大人，酒糟鼻、睡觉和撒尿。淫欲呢，它挑起来也压下去；它挑起你的春情，可又不让你真的干起来。所以多喝酒，对于淫欲也可以说是个两面派：成全它，又破坏它；捧它的场，又拖它的后腿；鼓励它，又打击它；替它撑腰，又让它站不住脚；结果呢，两面派把它哄睡了，叫它做了一场荒唐的春梦，就溜之大吉了。

麦克德夫　我看昨晚上杯子里的东西就叫你做了一场春梦吧。

门房　可不是，大爷，让我从来也没这么荒唐过。可我也不是好惹的，依我看，我比它强，我虽然不免给它揪住大腿，可我终究把它摔倒了。

麦克德夫　你的主人起来了没有？

　　　　麦克白上。

麦克德夫　我们打门把他吵醒了；他来了。

列诺克斯　早安，爵爷。

麦克白　两位早安。

麦克德夫　爵爷，王上起来了没有？

麦克白　还没有。

麦克德夫　他叫我一早就来叫他；我几乎误了时间。

麦克白　我带您去看他。

麦克德夫　我知道这是您乐意干的事，可是有劳您啦。

麦克白　我们喜欢的工作，可以使我们忘记劳苦。这门里就是。

麦克德夫　那么我就冒昧进去了，因为我奉有王上的命令。（下。）

列诺克斯　王上今天就要走吗？

麦克白　是的，他已经这样决定了。

列诺克斯　昨天晚上刮着很厉害的暴风,我们住的地方,烟囱都给吹了下来;他们还说空中有哀哭的声音,有人听见奇怪的死亡的惨叫,还有人听见一个可怕的声音,预言着将要有一场绝大的纷争和混乱,降临在这不幸的时代。黑暗中出现的凶鸟整整地吵了一个漫漫的长夜;有人说大地都发热而战抖起来了。

麦克白　果然是一个可怕的晚上。

列诺克斯　我的年轻的经验里唤不起一个同样的回忆。

　　　　麦克德夫重上。

麦克德夫　啊,可怕!可怕!可怕!不可言喻、不可想象的恐怖!

麦克白＆列诺克斯　什么事?

麦克德夫　混乱已经完成了他的杰作!大逆不道的凶手打开了王上的圣殿,把它的生命偷了去了!

麦克白　你说什么?生命?

列诺克斯　你是说陛下吗?

麦克德夫　到他的寝室里去,让一幕惊人的惨剧昏眩你们的视觉吧。不要向我追问;你们自己去看了再说。(麦克白、列诺克斯同下)醒!醒来!敲起警钟来。杀了人啦!有人在谋反啦!班柯!道纳本!马尔康!醒来!不要贪恋温柔的睡眠,那只是死亡的表象,瞧一瞧死亡的本身吧!起来,起来,瞧瞧世界末日的影子!马尔康!班柯!像鬼魂从坟墓里起来一般,过来瞧瞧这一幕恐怖的景象吧!把钟敲起来!(钟鸣。)

　　　　麦克白夫人上。

麦克白夫人　为什么要吹起这样凄厉的号角,把全屋子睡着的人唤醒?说,说!

麦克德夫　啊,好夫人!我不能让您听见我嘴里的消息,它一进到妇女的耳朵里,是比利剑还要难受的。

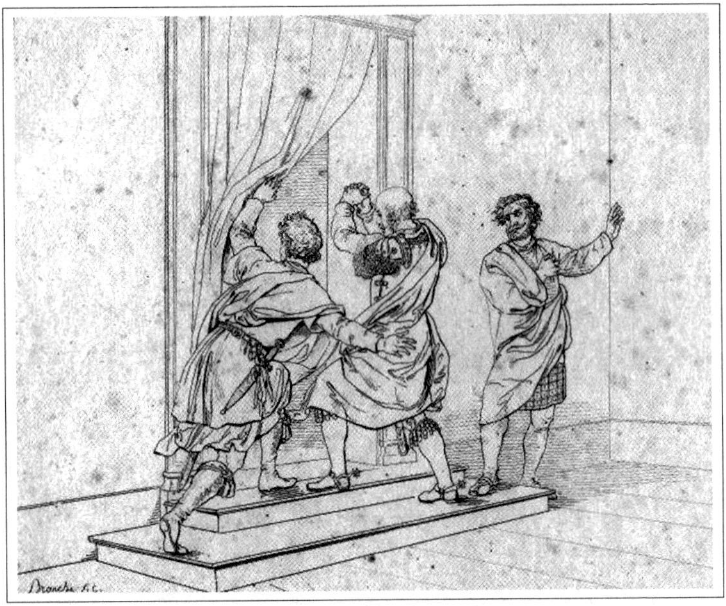

班柯上。

麦克德夫　啊,班柯!班柯!我们的主上给人谋杀了!
麦克白夫人　哎哟!什么!在我们的屋子里吗?
班柯　无论在什么地方,都是太惨了。好德夫,请你收回你刚才说过的话,告诉我们没有这么一回事。

　　　麦克白及列诺克斯重上。

麦克白　要是我在这件变故发生以前一小时死去,我就可以说是活过了一段幸福的时间;因为从这一刻起,人生已经失去它的严肃的意义,一切都不过是儿戏;荣名和美德已经死了,生命的美酒已经喝完,剩下来的只是一些无味的渣滓,当作酒窖里的珍宝。

　　　马尔康及道纳本上。

道纳本　出了什么乱子了?
麦克白　你们还没有知道你们重大的损失;你们的血液的源泉已经切断了,你们的生命的根本已经切断了。
麦克德夫　你们的父王给人谋杀了。
马尔康　啊!给谁谋杀的?
列诺克斯　瞧上去是睡在他房间里的那两个家伙干的事;他们的手上脸上都是血迹;我们从他们枕头底下搜出了两把刀,刀上的血迹也没有揩掉;他们的神色惊惶万分;谁也不能把他自己的生命信托给这种家伙。
麦克白　啊!可是我后悔一时鲁莽,把他们杀了。
麦克德夫　你为什么杀了他们?
麦克白　谁能够在惊愕之中保持冷静,在盛怒之中保持镇定,在激于忠愤的时候保持他的不偏不倚的精神?世上没有这样的人吧。我的理智来不及控制我的愤激的忠诚。这儿躺着邓肯,他的白银的皮肤上镶着一缕缕黄金的宝血,他的创巨痛深的伤痕张开了裂口,像是一道道毁灭的门户;那边站着这两个凶手,身上浸润着他们罪恶的颜色,他们的刀上凝结着刺目的血块;只要是一个尚有几分忠心的人,谁不要怒火中烧,替他的主子报仇雪恨?

麦克白夫人　啊,快来扶我进去!

麦克德夫　快来照料夫人。

马尔康　(向道纳本旁白)这是跟我们切身相关的事情,为什么我们一言不发?

道纳本　(向马尔康旁白)我们身陷危境,不可测的命运随时都会吞噬我们,还有什么话好说呢?去吧,我们的眼泪现在还只在心头酝酿呢。

马尔康　(向道纳本旁白)我们的沉重的悲哀也还没有开头呢。

班柯　照料这位夫人。(侍从扶麦克白夫人下)我们这样袒露着身子,不免要受凉,大家且去披了衣服,回头再举行一次会议,详细彻查这一件最残酷的血案的真相。恐惧和疑虑使我们惊惶失措;站在上帝的伟大的指导之下,我一定要从尚未揭发的假面具下面,探出叛逆的阴谋,和它作殊死的奋斗。

麦克德夫　我也愿意作同样的宣告。

众人　我们也都抱着同样的决心。

麦克白　让我们赶快穿上战士的衣服,大家到厅堂里商议去。

众人　很好。(除马尔康、道纳本外均下。)

马尔康　你预备怎么办?我们不要跟他们在一起。假装出一副悲哀的脸,是每一个奸人的拿手好戏。我要到英格兰去。

道纳本　我到爱尔兰去;我们两人各奔前程,对于彼此都是比较安全的办法。我们现在所在的地方,人们的笑脸里都暗藏着利刃;越是跟我们血统相近的人,越是想喝我们的血。

马尔康　杀人的利箭已经射出,可是还没有落下,避过它的目标是我们唯一的活路。所以赶快上马吧；让我们不要斤斤于告别的礼貌，趁着有便就溜出去；明知没有网开一面的希望，就该及早逃避弋人的罗网。（同下。）

第四场　同前。城堡外

　　洛斯及一老翁上。

老翁　我已经活了七十个年头，惊心动魄的日子也经过得不少，稀奇古怪的事情也看到过不少，可是像这样可怕的夜晚，却还是第一次遇见。

洛斯　啊！好老人家，你看上天好像恼怒人类的行为，在向这流血的舞台发出恐吓。照钟点现在应该是白天了，可是黑夜的魔手却把那盏在天空中运行的明灯遮蔽得不露一丝光亮。难道黑夜已经统治一切，还是因为白昼不屑露面，所以在这应该有阳光遍吻大地的时候，地面上却被无边的黑暗所笼罩？

老翁　这种现象完全是反常的，正像那件惊人的血案一样。在上星期二那天，有一头雄踞在高岩上的猛鹰，被一只吃田鼠的鸱鸮飞来啄死了。

洛斯　还有一件非常怪异可是十分确实的事情，邓肯有几匹躯干俊美、举步如飞的骏马，的确是不可多得的良种，忽然野性大发，撞破了马棚，冲了出来，倔强得不受羁勒，好像要向人类挑战似的。

老翁　据说它们还彼此相食。

洛斯　是的，我亲眼看见这种事情，简直不敢相信自己的眼睛。麦克德夫来了。

　　麦克德夫上。

洛斯　情况现在变得怎么样啦？

麦克德夫　啊，您没有看见吗？

洛斯　谁干的这件残酷得超乎寻常的罪行已经知道了吗？

麦克德夫　就是那两个给麦克白杀死了的家伙。

洛斯　唉！他们干了这件事可以希望得到什么好处呢？

麦克德夫　他们是受人的指使。马尔康和道纳本，王上的两个儿子，已经偷偷地逃走了，这使他们也蒙上了嫌疑。

洛斯　那更加违反人情了！反噬自己的命根，这样的野心会有什么好结果呢？看来大概王位要让麦克白登上去了。

麦克德夫　他已经受到推举，现在到斯贡即位去了。

洛斯　邓肯的尸体在什么地方？

麦克德夫　已经抬到戈姆基尔，他的祖先的陵墓上。

洛斯　您也要到斯贡去吗？

麦克德夫　不，大哥，我还是到费辅去。

洛斯　好，我要到那里去看看。

麦克德夫　好，但愿您看见那里的一切都是好好的，再会！怕只怕我们的新衣服不及旧衣服舒服哩！

洛斯　再见，老人家。

老翁　上帝祝福您，也祝福那些把恶事化成善事、把仇敌化为朋友的人！（各下。）

第三幕

第一场　福累斯。宫中一室

班柯上。

班柯　你现在已经如愿以偿了：国王、考特、葛莱密斯，一切符合女巫们的预言；你得到这种富贵的手段恐怕不大正当；可是据说你的王位不能传及子孙，我自己却要成为许多君王的始祖。要是她们的话里也有真理，就像对于你所显示的那样，那么，既然她们所说的话已经在你麦克白身上应验，难道不也会成为对我的启示，使我对未来发生希望吗？可是闭口！不要多说了。

喇叭奏花腔。麦克白王冠王服；麦克白夫人后冠后服；列诺克斯、洛斯、贵族、贵妇、侍从等上。

麦克白　这儿是我们主要的上宾。

麦克白夫人　要是忘记了请他，那就要成为我们盛筵上绝大的遗憾，一切都要显得寒碜了。

麦克白　将军，我们今天晚上要举行一次隆重的宴会，请你千万出席。

班柯　谨遵陛下命令；我的忠诚永远接受陛下的使唤。

麦克白　今天下午你要骑马去吗？

班柯　是的，陛下。

麦克白　否则我很想请你参加我们今天的会议，贡献我们一些良好的意见，你的老谋深算，我是一向佩服的；可是我们明天再谈吧。你要骑到很远的地方吗？

班柯　陛下，我想尽量把从现在起到晚餐时候为止这一段的时间在马上消磨过去；要是我的马不跑得快一些，也许要到天黑以后一两小时才能回来。

麦克白　不要误了我们的宴会。

班柯　陛下，我一定不失约。

麦克白　我听说我那两个凶恶的王侄已经分别到了英格兰和爱尔兰，他们不承认他们的残酷的弑父重罪，却到处向人传播离奇荒谬的谣言；可是我们明天再谈吧，有许多重要的国事要等候我们两人共同处理呢。请上马吧；等你晚上回来的时候再会。弗里恩斯也跟着你去吗？

班柯　是，陛下；时间已经不早，我们就要去了。

麦克白　愿你快马飞驰，一路平安。再见。（班柯下）大家请便，各人去干各人的事，到晚上七点钟再聚首吧。为要更能领略到嘉宾满堂的快乐起见，我在晚餐以前，预备一个人独自静息静息；愿上帝和你们同在！（除麦克白及侍从一人外均下）喂，问你一句话。那两个人是不是在外面等候着我的旨意？

侍从　是，陛下，他们就在宫门外面。

麦克白　带他们进来见我。（侍从下）单单做到了这一步还不算什么，总要把现状确定巩固起来才好。我对于班柯怀着深切的恐惧，他的高贵的天性中有一种使我生畏的东西；他是个敢作敢为的人，在他的无畏的精神上，又加上深沉的智虑，指导他的大勇在确有把握的时机行动。除了他以外,我什么人都不怕,只有他的存在却使我惴惴不安;我的星宿给他罩住了,就像恺撒罩住了安东尼的星宿。当那些女巫最初称我为王的时候,他呵斥她们,叫她们对他说话;她们就像先知似的说他的子孙将相继为王,她们把一顶没有后嗣的王冠戴在我的头上,把一根没有人继承的御杖放在我的手里,然后再从我的手里夺去,我自己的子孙却得不到继承。要是果然是这样,那么我玷污了我的手,只是为了班柯后裔的好处;我为了他们暗杀了仁慈的邓肯;为了他们良心上负着重大的罪疚和不安;我把我的永生的灵魂送给了人类的公敌,只是为了使他们可以登上王座,使班柯的种子登上王座!不,我不能忍受这样的事,宁愿接受命运的挑战!是谁?

　　　　侍从率二刺客重上。

麦克白　你现在到门口去,等我叫你再进来。(侍从下)我们不是在昨天谈过话吗?

刺客甲　回陛下的话,正是。

麦克白　那么好,你们有没有考虑过我的话?你们知道从前都是因为他的缘故,使你们屈身微贱,虽然你们却错怪到我的身上。在上一次我们谈话的中间,我已经把这一点向你们说明白了,我用确凿的证据,指出你们怎样被人操纵愚弄、怎样受人牵制压抑、人家对你们是用怎样的手段、这种手段的主动者是谁以及一切其他的种种,所有这些都可以使一个半痴的、疯癫的人恍然大悟地说:"这些都是班柯干的事。"

刺客甲　我们已经蒙陛下开示过了。

麦克白　是的,而且我还要更进一步,这就是我们今天第二次谈话的目的。你们难道有那样的好耐性,能够忍受这样的屈辱吗?他的铁手已经快要把你们压下坟墓里去,使你们的子孙永远做乞丐，难道你们就这样虔敬，还要叫你们替这个好人和他的子孙祈祷吗？

刺客甲　陛下，我们是人总有人气。

麦克白　嗯，按说，你们也算是人，正像家狗、野狗、猎狗、哈巴狗、狮子狗、杂种狗、癞皮狗，统称为狗一样；它们有的跑得快，有的跑得慢，有的狡猾，有的可以看门，有的可以打猎，各自按照造物赋予它们的本能而分别价值的高下，在笼统的总称底下得到特殊的名号；人类也是一样。要是你们在人类的行列之中，并不属于最卑劣的一级，那么说吧，我就可以把一件事情信托你们，你们照我的话干了以后，不但可以除去你们的仇人，而且还可以永远受我的眷宠；他一天活在世上，我的心病一天不能痊愈。

刺客乙　陛下，我久受世间无情的打击和虐待，为了向这世界发泄我的怨恨起见，我什么事都愿意干。

刺客甲　我也这样，一次次的灾祸逆运，使我厌倦于人世，我愿意拿我的生命去赌博，或者从此交上好运，或者了结我的一生。

麦克白　你们两人都知道班柯是你们的仇人。

刺客乙　是的，陛下。

麦克白　他也是我的仇人；而且他是我的肘腋之患，他的存在每一分钟都深深威胁着我生命的安全；虽然我可以老实不客气地运用我的权力，把他从我的眼前铲去，而且只要说一声"这是我的意旨"就可以交代过去。可是我却还不能就这么干，因为他有几个朋友同时也是我的朋友，我不能招致他们的反感，即使我亲手把他打倒，也必须假意为他的死亡悲泣；所以我只好借重你们两人的助力，为了许多重要的理由，把这件事情遮过一般人的眼睛。

刺客乙　陛下，我们一定照您的命令做去。

刺客甲　即使我们的生命——

麦克白　你们的勇气已经充分透露在你们的神情之间。最迟在这一小时之内，我就可以告诉你们在什么地方埋伏，等看准机会，再通知你们在什么时间动手；因为这件事情一定要在今晚干好，而且要离开王宫远一些，你们必须记住不能把我牵涉在内；同时为了免得留下枝节起见，你们还要把跟在他身边的他的儿子弗里恩斯也一起杀了，他们父子二人的死，对于我是同样重要的，必须让他们同时接受黑暗的命运。你们先下去决定一下；我就来看你们。

刺客乙　我们已经决定了，陛下。

麦克白　我立刻就会来看你们；你们进去等一会儿。（二刺客下）班柯，你的命运已经决定，你的灵魂要是找得到天堂的话，今天晚上你就该找到了。（下。）

第二场　同前。宫中另一室

麦克白夫人及一仆人上。

麦克白夫人　班柯已经离开宫廷了吗？

仆人　是，娘娘，可是他今天晚上就要回来的。

麦克白夫人　你去对王上说，我要请他允许我跟他说几句话。

仆人　是，娘娘。（下。）

麦克白夫人　费尽了一切，结果还是一无所得，我们的目的虽然达到，却一点不感觉满足。要是用毁灭他人的手段，使自己置身在充满着疑虑的欢娱里，那么还不如那被我们所害的人，倒落得无忧无虑。

麦克白上。

麦克白夫人　啊，我的主！您为什么一个人孤零零的，让最悲哀的幻想做您的伴侣，把您的思想念念不忘地集中在一个已死者的身上？无法挽回的事，只好听其自然；事情干了就算了。

麦克白　我们不过刺伤了蛇身，却没有把它杀死，它的伤口会慢慢平复过来，再用它的原来的毒牙向我们的暴行复仇。可是让一切秩序完全解体，让活人、死人都去受罪吧，为什么我们要在忧虑中进餐，在每夜使我们惊恐的噩梦的谑弄中睡眠呢？我们为了希求自身的平安，把别人送下坟墓里去享受永久的平安，可是我们的心灵却把我们磨折得没有一刻平静的安息，使我们觉得还是跟已死的人在一起，倒要幸福得多了。邓肯现在睡在他的坟墓里；经过了一场人生的热病，他现在睡得好好的，叛逆已经对他施过最狠毒的伤害，再没有刀剑、毒药、内乱、外患，可以加害于他了。

麦克白夫人　算了算了，我的好丈夫，把您的烦恼的面孔收起；今天晚上您必须和颜悦色地招待您的客人。

麦克白　正是，亲人；你也要这样。尤其请你对班柯曲意殷勤，用你的眼睛和舌头给他特殊的荣宠。我们的地位现在还没有巩固，我们虽在阿谀逢迎的人流中浸染周旋，却要保持我们的威严，用我们的外貌遮掩着我们的内心，不要给人家窥破。

麦克白夫人　您不要多想这些了。

麦克白　啊！我的头脑里充满着蝎子，亲爱的妻子；你知道班柯和他的弗里恩斯尚在人间。

麦克白夫人　可是他们并不是长生不死的。

麦克白　那还可以给我几分安慰，他们是可以伤害的；所以你快乐起来吧。在蝙蝠完成它黑暗中的飞翔以前，在振翅而飞的甲虫应答着赫卡忒的呼召，用嗡嗡的声音摇响催眠的晚钟以前，将要有一件可怕的事情干完。

麦克白夫人　是什么事情？

麦克白　你暂时不必知道，最亲爱的宝贝，等事成以后，你再鼓掌称快吧。来，使人盲目的黑夜，遮住可怜的白昼的温柔的眼睛，用你的无形的毒手，毁除那使我畏惧的重大的绊脚石吧！天色在朦胧起来，乌鸦都飞回到昏暗的林中；一天的好事开始沉沉睡去，黑夜的罪恶的使者却在准备攫捕他们的猎物。我的话使你惊奇；可是不要说话；以不义开始的事情，必须用罪恶使它巩固。跟我来。（同下。）

第三场　同前。苑囿，有一路通王宫

三刺客上。

刺客甲　可是谁叫你来帮我们的？

刺客丙　麦克白。

刺客乙　我们可以不必对他怀疑，他已经把我们的任务和怎样动手的方法都指示给我们了，跟我们得到的命令相符。

刺客甲　那么就跟我们站在一起吧。西方还闪耀着一线白昼的余晖；晚归的行客现在快马加鞭，要来找寻宿处了；我们守候的目标已经在那儿向我们走近。

刺客丙　听！我听见马蹄声。

班柯　（在内）喂，给我们一个火把！

刺客乙　一定是他；别的客人们都已经到了宫里了。

刺客甲　他的马在兜圈子。

刺客丙　差不多有一英里路；可是他正像许多人一样，常常把从这儿到宫门口的这一条路作为他们的走道。

刺客乙　火把，火把！

刺客丙　是他。

刺客甲　准备好。

　　　　班柯及弗里恩斯持火炬上。

班柯　今晚恐怕要下雨。

刺客甲　让它下吧。（刺客等向班柯攻击。）

班柯　啊，阴谋！快逃，好弗里恩斯，逃，逃，逃！你也许可以替我报仇。啊奴才！（死。弗里恩斯逃去。）

刺客丙　谁把火灭了？

刺客甲　不应该灭火吗？

刺客丙　只有一个人倒下；那儿子逃去了。

刺客乙　我们工作的重要一部分失败了。

刺客甲　好，我们回去报告我们工作的结果吧。（同下。）

第四场　同前。宫中大厅

　　　　厅中陈设筵席。麦克白、麦克白夫人、洛斯、列诺克斯、群臣及侍从等上。

麦克白　大家按着各人自己的品级坐下来；总而言之一句话，我竭诚欢迎你们。

群臣　谢谢陛下的恩典。

麦克白　我自己将要跟你们在一起，做一个谦恭的主人，我们的主妇现在还坐在她的宝座上，可是我就要请她对你们殷勤招待。

麦克白夫人　陛下，请您替我向我们所有的朋友们表示我的欢迎的诚意吧。

　　　　刺客甲上，至门口。

麦克白　瞧，他们用诚意的感谢答复你了；两方面已经各得其平。我将要在这儿中间坐下来。大家不要拘束，乐一个畅快；等会儿我们就要合席痛饮一巡。（至门口）你的脸上有血。

刺客甲　那么它是班柯的。

麦克白　我宁愿你站在门外，不愿他置身室内。你们已经把他结果了吗？

刺客甲　陛下，他的咽喉已经割破了；这是我干的事。

麦克白　你是一个最有本领的杀人犯；可是谁杀死了弗里恩斯，也一样值得夸奖；要是你也把他杀了，那你才是一个无比的好汉。

刺客甲　陛下，弗里恩斯逃走了。

麦克白　我的心病本来可以痊愈，现在它又要发作了；我本来可以像大理石一样完整，像岩石一样坚固，像空气一样广大自由，现在我却被恼人的疑惑和恐惧所包围拘束。可是班柯已经死了吗？

刺客甲　是，陛下；他安安稳稳地躺在一条泥沟里，他的头上刻着二十道伤痕，最轻的一道也可以致他死命。

麦克白　谢天谢地。大蛇躺在那里；那逃走了的小虫，将来会用它的毒液害人，可是现在它的牙齿还没有长成。走吧，明天再来听候我的旨意。（刺客甲下。）

麦克白夫人　陛下，您还没有劝过客；宴会上倘没有主人的殷勤招待，那就不是在请酒，而是在卖酒；这倒不如待在自己家里吃饭来得舒适呢。既然出来作客，在席面上最让人开胃的就是主人的礼节，缺少了它，那就会使合席失去了兴致的。

麦克白　亲爱的，不是你提起，我几乎忘了！来，请放量醉饱吧，愿各位胃纳健旺，身强力壮！

列诺克斯　陛下请安坐。

　　　　班柯鬼魂上，坐在麦克白座上。

麦克白　要是班柯在座，那么全国的英俊，真可以说是会集一堂了；我宁愿因为他的疏忽而嗔怪他，不愿因为他遭到什么意外而为他惋惜。

洛斯　陛下，他今天失约不来，是他自己的过失。请陛下上坐，让我们叨陪末席。

麦克白　席上已经坐满了。

列诺克斯　陛下，这儿是给您留着的一个位置。

麦克白　什么地方？

列诺克斯　这儿，陛下。什么事情使陛下这样变色？

麦克白　你们哪一个人干了这件事？

群臣　什么事，陛下？

麦克白　你不能说这是我干的事；别这样对我摇着你的染着血的头发。

洛斯　各位大人，起来；陛下病了。

麦克白夫人　坐下，尊贵的朋友们，王上常常这样，他从小就有这种毛病。请各位安坐吧；他的癫狂不过是暂时的，一会儿就会好起来。要是你们太注意了他，他也许会动怒，发起狂来更加厉害；尽管自己吃喝，不要理他吧。你是一个男子吗？

麦克白　哦，我是一个堂堂男子，可以使魔鬼胆裂的东西，我也敢正眼瞧着它。

麦克白夫人　啊，这倒说得不错！这不过是你的恐惧所描绘出来的一幅图画；正像你所说的那柄引导你去行刺邓肯的空中的匕首一样。啊！要是在冬天的火炉旁，听一个妇女讲述她的老祖母告诉她的故事的时候，那么这种情绪的冲动、恐惧的伪装，倒是非常合适的。不害羞吗？你为什么扮这样的怪脸？说到底，你瞧着的不过是一张凳子罢了。

麦克白　你瞧那边！瞧！瞧！瞧！你怎么说？哼，我什么都不在乎。要是你会点头，你也应该会说话。要是殡舍和坟墓必须把我们埋葬了的人送回世上，那么鸢鸟的胃囊将要变成我们的坟墓了。（鬼魂隐去。）

麦克白夫人　什么！你发了疯，把你的男子气都失掉了吗？

麦克白　要是我现在站在这儿，那么刚才我明明瞧见他。

麦克白夫人　啐！不害羞吗？

麦克白　在人类不曾制定法律保障公众福利以前的古代，杀人流血是不足为奇的事；即使在有了法律以后，惨不忍闻的谋杀事件，也随时发生。从前的时候，一刀下去，当场毙命，事情就这样完结了；可是现在他们却会从坟墓中起来，他们的头上戴着二十件谋杀的重罪，把我们推下座位。这种事情是比这样一件谋杀案更奇怪的。

麦克白夫人　陛下，您的尊贵的朋友们都因为您不去陪他们而十分扫兴哩。

麦克白　我忘了。不要对我惊诧，我的最尊贵的朋友们；我有一种怪病，认识我的人都知道那是不足为奇的。来，让我们用这一杯酒表示我们的同心永好，祝各位健康！你们干了这一杯，我就坐下。给我拿些酒来，倒得满满的。我为今天在座众人的快乐，还要为我们亲爱的缺席的朋友班柯尽此一杯；要是他也在这儿就好了！来，为大家、为他，请干杯，请各位为大家的健康干一杯。

群臣　敢不从命。

　　　　班柯鬼魂重上。

麦克白　去！离开我的眼前！让土地把你藏匿了！你的骨髓已经枯竭，你的血液已经凝冷；你那向人瞪着的眼睛也已经失去了光彩。

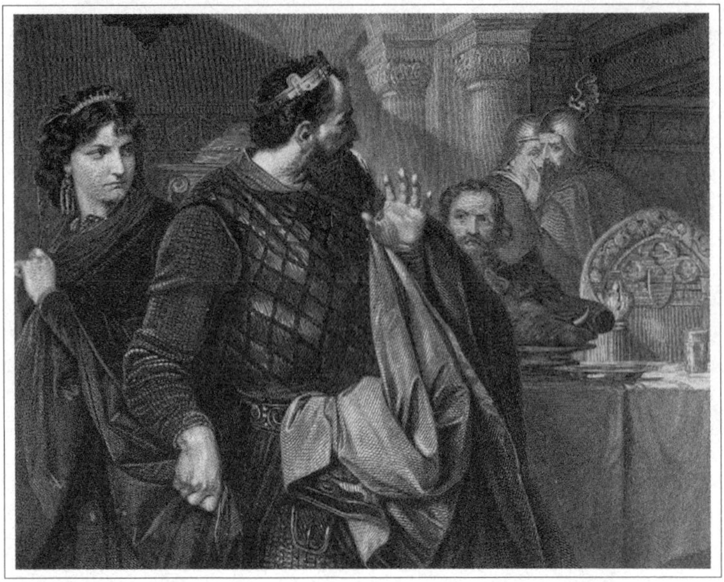

麦克白夫人　各位大人，这不过是他的旧病复发，没有什么别的缘故；害各位扫兴，真是抱歉得很。

麦克白　别人敢做的事，我都敢：无论你用什么形状出现，像粗暴的俄罗斯大熊也好，像披甲的犀牛、舞爪的猛虎也好，只要不是你现在的样子，我的坚定的神经决不会起半分战栗；或者你现在死而复活，用你的剑向我挑战，要是我会惊惶胆怯，那么你就可以宣称我是一个少女怀抱中的婴孩。去，可怕的影子！虚妄的揶揄，去！（鬼魂隐去）嘿，他一去，我的勇气又恢复了。请你们安坐吧。

麦克白夫人　你这样疯疯癫癫的，已经打断了众人的兴致，扰乱了今天的良会。

麦克白　难道碰到这样的事，能像飘过夏天的一朵浮云那样不叫人吃惊吗？我吓得面无人色，你们眼看着这样的怪象，你们的脸上却仍然保持着天然的红润，这才怪哩。

洛斯　什么怪象，陛下？

麦克白夫人　请您不要对他说话；他越来越疯了；你们多问了他，他会动怒的。对不起，请各位还是散席了吧；大家不必推先让后，请立刻就去，晚安！

列诺克斯　晚安；愿陛下早复健康！

麦克白夫人　各位晚安！（群臣及侍从等下。）

麦克白　流血是免不了的；他们说，流血必须引起流血。据说石块曾经自己转动，树木曾经开口说话；鸦鹊的鸣声里曾经泄露过阴谋作乱的人。夜过去了多少了？

麦克白夫人　差不多到了黑夜和白昼的交界，分别不出是昼是夜来。

麦克白　麦克德夫藐视王命，拒不奉召，你看怎么样？

麦克白夫人　你有没有差人去叫过他？

麦克白　我偶然听人这么说；可是我要差人去唤他。他们这一批人家里谁都有一个被我买通的仆人，替我窥探他们的动静。我明天要趁早去访那三个女巫，听她们还有什么话说；因为我现在非得从最妖邪的恶魔口中知道我的最悲惨的命运不可。为了我自己的好处，只好把一切置之不顾。我已经两足深陷于血泊之中，要是不再涉血前进，那么回头的路也是同样使人厌倦的。我想起了一些非常的计谋，必须不等斟酌就迅速实行。

麦克白夫人　一切有生之伦，都少不了睡眠的调剂，可是你还没有好好睡过。

麦克白　来，我们睡去。我的疑鬼疑神、出乖露丑，都是因为未经磨炼、心怀恐惧的缘故；我们干这事太缺少经验了。（同下。）

第五场　荒原

雷鸣。三女巫上，与赫卡忒相遇。

女巫甲　哎哟，赫卡忒！您在发怒哩。

赫卡忒　我不应该发怒吗，你们这些放肆大胆的丑婆子？你们怎么敢用哑谜和有关生死的秘密和麦克白打交道；我是你们魔法的总管，一切的灾祸都由我主持支配，你们却不通知我一声，让我也来显一显我们的神通？而且你们所干的事，都只是为了一个刚愎自用、残忍狂暴的人；他像所有的世人一样，只知道自己的利益，一点不是对你们存着什么好意。可是现在你们必须补赎你们的过失；快去，天明的时候，在阿契隆[①]的地坑附近会我，他将要到那边来探询他的命运；把你们的符咒、魔蛊和一切应用的东西预备齐整，不得有误。我现在乘风而去，

[①] 阿契隆（Acheron），本为希腊神话中的一条冥河，这里借指地狱。

今晚我要用整夜的工夫，布置出一场悲惨的结果；在正午以前，必须完成大事。月亮角上挂着一颗湿淋淋的露珠，我要在它没有坠地以前把它摄取，用魔术提炼以后，就可以凭着它呼灵唤鬼，让种种虚妄的幻影迷乱他的本性；他将要藐视命运，唾斥死生，超越一切的情理，排弃一切的疑虑，执着他的不可能的希望；你们都知道自信是人类最大的仇敌。（内歌声，"来吧，来吧，……"）听！他们在叫我啦；我的小精灵们，瞧，他们坐在云雾之中，在等着我呢。（下。）

女巫甲　来，我们赶快；她就要回来的。（同下。）

第六场　福累斯。宫中一室

列诺克斯及另一贵族上。

列诺克斯　我以前的那些话只是叫你听了觉得对劲，那些话是还可以进一步解释的；我只觉得事情有些古怪。仁厚的邓肯被麦克白所哀悼；邓肯是已经死去的了。勇敢的班柯不该在深夜走路，您也许可以说——要是您愿意这么说的话，他是被弗里恩斯杀死的，因为弗里恩斯已经逃匿无踪；人总不应该在夜深的时候走路。哪一个人不以为马尔康和道纳本杀死他们仁慈的父亲，是一件多么惊人的巨变？万恶的行为！麦克白为了这件事多么痛心；他不是乘着一时的忠愤，把那两个酗酒贪睡的渎职卫士杀了吗？那件事干得不是很忠勇的吗？嗯，而且也干得很聪明；因为要是人家听见他们抵赖他们的罪状，谁都会怒从心起的。所以我说，他把一切事情处理得很好；我想要是邓肯的两个儿子也给他拘留起来——上天保佑他们不会落在他的手里——他们就会知道向自己的父亲行弑，必须受到怎样的报应；弗里恩斯也是一样。可是这些话别提啦，我听说麦克德夫因为出言不逊，又不出席那暴君的宴会，已经受到贬辱。您能够告诉我他现在在什么地方吗？

贵族　被这暴君篡逐出亡的邓肯世子现在寄身在英格兰宫廷之中，谦恭的爱德华对他非常优待，一点不因为他处境颠危而减削了敬礼。麦克德夫也到那里去了，他的目的是要请求贤明的英王协力激励诺森伯兰和好战的西华德，使他们出兵相援，凭着上帝的意旨帮助我们恢复已失的自由，使我们仍旧能够享受食桌上的盛馔和酣畅的睡眠，不再畏惧宴会中有沾血的刀剑，让我们能够一方面输诚效忠，一方面安受爵赏而心无疑虑；这一切都是我们现在所渴望而求之不得的。这一个消息已经使我们的王上大为震怒，他正在那儿准备作战了。

列诺克斯　他有没有差人到麦克德夫那儿去？

贵族　他已经差人去过了；得到的回答是很干脆的一句："老兄，我不去。"那个恼怒的使者转身就走，嘴里好像叽咕着说，"你给我这样的答复，看着吧，你一定会自食其果。"

列诺克斯　那很可以叫他留心留心远避当前的祸害。但愿什么神圣的天使飞到英格兰的宫廷里，预先替他把信息传到那儿；让上天的祝福迅速回到我们这一个在毒手压制下备受苦难的国家！

贵族　我愿意为他祈祷。（同下。）

第四幕

第一场　山洞。中置沸釜

　　　　　雷鸣。三女巫上。

女巫甲　斑猫已经叫过三声。

女巫乙　刺猬已经啼了四次。

女巫丙　怪鸟在鸣啸：时候到了，时候到了。

女巫甲　绕釜环行火融融，
　　　　毒肝腐脏寘其中。
　　　　蛤蟆蛰眠寒石底，
　　　　三十一日夜相继；
　　　　汗出淋漓化毒浆，
　　　　投之鼎釜沸为汤。

众　巫　（合）不惮辛劳不惮烦，
　　　　　　　釜中沸沫已成澜。

女巫乙　沼地蟒蛇取其肉，
　　　　脔以为片煮至熟；
　　　　蝾螈之目青蛙趾，

　　　　　蝙蝠之毛犬之齿，
　　　　　蝮舌如叉蚯蚓刺，
　　　　　蜥蜴之足枭之翅，
　　　　　炼为毒蛊鬼神惊，
　　　　　扰乱人世无安宁。
众巫　　（合）不惮辛劳不惮烦，
　　　　　　　釜中沸沫已成澜。
女巫丙　　豺狼之牙巨龙鳞，
　　　　　千年巫尸貌狰狞；
　　　　　海底抉出鲨鱼胃，
　　　　　夜掘毒芹根块块；
　　　　　杀犹太人摘其肝，
　　　　　剖山羊胆汁潺潺；
　　　　　雾黑云深月食时，
　　　　　潜携斤斧劈杉枝；
　　　　　娼妇弃儿死道间，
　　　　　断指持来血尚殷；
　　　　　土耳其鼻鞑靼唇，
　　　　　烈火糜之煎作羹；
　　　　　猛虎肝肠和鼎内，
　　　　　炼就妖丹成一味。
众巫　　（合）不惮辛劳不惮烦，
　　　　　　　釜中沸沫已成澜。
女巫乙　　炭火将残蛊将成，
　　　　　猩猩滴血蛊方凝。
　　　　　赫卡忒上。
赫卡忒　　善哉尔曹功不浅，

　　　　　颁赏酬劳利泽遍。
　　　　　于今绕釜且歌吟，
　　　　　大小妖精成环形，
　　　　　摄人魂魄荡人心。（音乐，众巫唱幽灵之歌。）
女巫乙　拇指怦怦动，
　　　　必有恶人来；
　　　　既来皆不拒，
　　　　洞门敲自开。
　　　　　麦克白上。
麦克白　啊，你们这些神秘的幽冥的夜游的妖婆子！你们在干什么？
众巫　（合）一件没有名义的行动。
麦克白　凭着你们的法术，我盼咐你们回答我，不管你们的秘法是从哪里得来的。即使你们放出狂风，让它们向教堂猛击；即使汹涌的波涛会把航海的船只颠覆吞噬；即使谷物的叶片会倒折在田亩上，树木会连根拔起；即使城堡会向它们的守卫者的头上倒下；即使宫殿和金字塔都会倾圮；即使大自然所孕育的一切灵奇完全归于毁灭，连"毁灭"都感到手软了，我也要你们回答我的问题。
女巫甲　说。
女巫乙　你问吧。
女巫丙　我们可以回答你。
女巫甲　你愿意从我们嘴里听到答复呢，还是愿意让我们的主人们回答你？
麦克白　叫他们出来；让我见见他们。
女巫甲　母猪九子食其豚，
　　　　血浇火上焰生腥；

　　　　　　杀人恶犯上刑场，
　　　　　　汗脂投火发凶光。
众巫　（合）鬼王鬼卒火中来，
　　　　　　现形作法莫惊猜。

　　　　雷鸣。第一幽灵出现，为一戴盔之头。

麦克白　告诉我，你这不知名的力量——
女巫甲　他知道你的心事；听他说，你不用开口。
第一幽灵　麦克白！麦克白！麦克白！留心麦克德夫；留心费辅爵士。放我回去。够了。（隐入地下。）
麦克白　不管你是什么精灵，我感谢你的忠言警告；你已经一语道破了我的忧虑。可是再告诉我一句话——
女巫甲　他是不受命令的。这儿又来了一个，比第一个法力更大。

　　　　雷鸣。第二幽灵出现，为一流血之小儿。

第二幽灵　麦克白！麦克白！麦克白！——
麦克白　我要是有三只耳朵，我的三只耳朵都会听着你。
第二幽灵　你要残忍、勇敢、坚决；你可以把人类的力量付之一笑，因为没有一个妇人所生下的人可以伤害麦克白。（隐入地下。）
麦克白　那么尽管活下去吧，麦克德夫；我何必惧怕你呢？可是我要使确定的事实加倍确定，从命运手里接受切实的保证。我还是要你死，让我可以斥胆怯的恐惧为虚妄，在雷电怒作的夜里也能安心睡觉。

　　　　雷鸣。第三幽灵出现，为一戴王冠之小儿，手持树枝。

麦克白　这升起来的是什么，他的模样像是一个王子，他的幼稚的头上还戴着统治的荣冠？
众巫　静听，不要对它说话。
第三幽灵　你要像狮子一样骄傲而无畏，不要关心人家的怨怒，也不要担忧有谁在算计你。麦克白永远不会被人打败，除非有一天勃南的树林会冲着他向邓西嫩高山移动。(隐入地下。)

麦克白　那是决不会有的事；谁能够命令树木，叫它从泥土之中拔起它的深根来呢？幸运的预兆！好！勃南的树林不会移动，叛徒的举事也不会成功，我们巍巍高位的麦克白将要尽其天年，在他寿数告终的时候奄然物化。可是我的心还在跳动着想要知道一件事情；告诉我，要是你们的法术能够解释我的疑惑，班柯的后裔会不会在这一个国土上称王？

众巫　不要追问下去了。

麦克白　我一定要知道究竟；要是你们不告诉我，愿永久的咒诅降在你们身上！告诉我。为什么那口釜沉了下去？这是什么声音？(高音笛声。)

女巫甲　出来！

女巫乙　出来！

女巫丙　出来！

众巫　(合)一见惊心，魂魄无主；
　　　　如影而来，如影而去。

作国王装束者八人次第上；最后一人持镜；班柯鬼魂随其后。

麦克白　你太像班柯的鬼魂了；下去！你的王冠刺痛了我的眼珠。怎么，又是一个戴着王冠的，你的头发也跟第一个一样。第三个又跟第二个一样。该死的鬼婆子！你们为什么让我看见这些人？第四个！跳出来吧，我的眼睛！什么！这一连串戴着王冠的，要到世界末日才会完结吗？又是一个？第七个！我不想再看了。可是第八个又出现了，他拿着一面镜子，我可以从镜子里面看见许许多多戴王冠的人；有几个还拿着两个金球，三根御杖。可怕的景象！啊，现在我知道这不是虚妄的幻象，因为血污的班柯在向我微笑，用手指点着他们，表示他们就是他的子孙。(众幻影消灭)什么！真是这样吗？

女巫甲　嗯，这一切都是真的；可是麦克白为什么这样呆若木鸡？来，姊妹们，让我们鼓舞鼓舞他的精神，用最好的歌舞替他消愁解闷。我先用魔法使空中奏起乐来，你们就搀成一个圈子团团跳舞，让这位伟大的君王知道，我们并没有怠慢他。（音乐。众女巫跳舞，舞毕与赫卡忒俱隐去。）

麦克白　她们在哪儿？去了？愿这不祥的时辰在日历上永远被人咒诅！外面有人吗？进来！

　　　　列诺克斯上。

列诺克斯　陛下有什么命令？

麦克白　你看见那三个女巫吗？

列诺克斯　没有，陛下。

麦克白　她们没有打你身边过去吗？

列诺克斯　确实没有，陛下。

麦克白　愿她们所驾乘的空气都化为毒雾，愿一切相信她们言语的人都永堕沉沦！我方才听见奔马的声音，是谁经过这地方？

列诺克斯　启禀陛下，刚才有两三个使者来过，向您报告麦克德夫已经逃奔英格兰去了。

麦克白　逃奔英格兰去了！

列诺克斯　是，陛下。

麦克白　时间，你早就料到我的狠毒的行为，竟抢先了一着；要追赶上那飞速的恶念，就得马上见诸行动；从这一刻起，我心里一想到什么，便要立刻把它实行，没有迟疑的余地；我现在就要用行动表示我的意志——想到便下手。我要去突袭麦克德夫的城堡；把费辅攫取下来；把他的妻子儿女和一切跟他有血缘之亲的不幸的人们一齐杀死。我不能像一个傻瓜似的只会空口说大话；我必须趁着我这一个目的还没有冷淡下来以前把这件事干好。可是我不想再看见什么幻象了！那几个使者呢?来,带我去见见他们。(同下。)

第二场 费辅。麦克德夫城堡

麦克德夫夫人、麦克德夫子及洛斯上。

麦克德夫夫人　他干了什么事,要逃亡国外?

洛斯　您必须安心忍耐,夫人。

麦克德夫夫人　他可没有一点忍耐;他的逃亡全然是发疯。我们的行为本来是光明坦白的,可是我们的疑虑却使我们成为叛徒。

洛斯　您还不知道他的逃亡究竟是明智的行为还是无谓的疑虑。

麦克德夫夫人　明智的行为!他自己高飞远走,把他的妻子儿女、他的宅第尊位,一齐丢弃不顾,这算是明智的行为吗?他不爱我们;他没有天性之情;鸟类中最微小的鹪鹩也会奋不顾身,和鸱鸮争斗,保护它巢中的众雏。他心里只有恐惧没有爱;也没有一点智慧,因为他的逃亡是完全不合情理的。

洛斯　好嫂子,请您抑制一下自己;讲到尊夫的为人,那么他是高尚明理而有识见的,他知道应该怎样见机行事。我不敢多说什么;现在这种时世太冷酷无情了,我们自己还不知道,就已经蒙上了叛徒的恶名;一方面恐惧流言,一方面却不知道为何而恐惧,就像在一个风波险恶的海上漂浮,全没有一定的方向。现在我必须向您告辞;不久我会再到这儿来。最恶劣的事态总有一天告一段落,或者逐渐恢复原状。我的可爱的侄儿,祝福你!

麦克德夫夫人　他虽然有父亲,却和没有父亲一样。

洛斯　我要是再逗留下去,才真是不懂事的傻子,既会叫人家笑话我不像个男子汉，还要连累您心里难过；我现在立刻告辞了。（下。）

麦克德夫夫人　小子，你爸爸死了；你现在怎么办？你预备怎样过活？

麦克德夫子　像鸟儿一样过活，妈妈。

麦克德夫夫人　什么！吃些小虫儿、飞虫儿吗？

麦克德夫子　我的意思是说，我得到些什么就吃些什么，正像鸟儿一样。

麦克德夫夫人　可怜的鸟儿！你从来不怕有人张起网儿、布下陷阱，捉了你去哩。

麦克德夫子　我为什么要怕这些，妈妈？他们是不会算计可怜的小鸟的。我的爸爸并没有死，虽然您说他死了。

麦克德夫夫人　不，他真的死了。你没了父亲怎么好呢？

麦克德夫子　您没了丈夫怎么好呢？

麦克德夫夫人　嘿，我可以到随便哪个市场上去买二十个丈夫回来。

麦克德夫子　那么您买了他们回来，还是要卖出去的。

麦克德夫夫人　这刁钻的小油嘴；可也亏你想得出来。

麦克德夫子　我的爸爸是个反贼吗，妈妈？

麦克德夫夫人　嗯，他是个反贼。

麦克德夫子　怎么叫作反贼？

麦克德夫夫人　反贼就是起假誓扯谎的人。

麦克德夫子　凡是反贼都是起假誓扯谎的吗？

麦克德夫夫人　起假誓扯谎的人都是反贼，都应该绞死。

麦克德夫子　起假誓扯谎的都应该绞死吗？

麦克德夫夫人　都应该绞死。

麦克德夫子　谁去绞死他们呢？

麦克德夫夫人　那些正人君子。

麦克德夫子　那么那些起假誓扯谎的都是些傻瓜，他们有这许多人，为什么不联合起来打倒那些正人君子，把他们绞死了呢？

麦克德夫夫人　哎哟，上帝保佑你，可怜的猴子！可是你没了父亲怎么好呢？

麦克德夫子　要是他真的死了，您会为他哀哭的；要是您不哭，那是一个好兆，我就可以有一个新的爸爸了。

麦克德夫夫人　这小油嘴真会胡说！

　　　　一使者上。

使者　祝福您，好夫人！您不认识我是什么人，可是我久闻夫人的令名，所以特地前来，报告您一个消息。我怕夫人目下有极大的危险，要是您愿意接受一个微贱之人的忠告，那么还是离开此地，赶快带着您的孩子们避一避的好。我这样惊吓着您，已经是够残忍的了；要是有人再要加害于您，那真是太没有人道了，可是这没人道的事儿快要落到您头上了。上天保佑您！我不敢多耽搁时间。（下。）

麦克德夫夫人　叫我逃到哪儿去呢？我没有做过害人的事。可是我记起来了，我是在这个世上，这世上做了恶事才会被人恭维赞美，做了好事反会被人当作危险的傻瓜；那么，唉！我为什么还要用这种婆子气的话替自己辩护，说是我没有做过害人的事呢？

　　　　刺客等上。

麦克德夫夫人　这些是什么人？

众刺客　你的丈夫呢？

麦克德夫夫人　我希望他是在光天化日之下你们这些鬼东西不敢露脸的地方。

刺客　他是个反贼。

麦克德夫子　你胡说，你这蓬头的恶人！

刺客　什么！你这叛徒的孽种！（刺麦克德夫子。）

麦克德夫子　他杀死我了，妈妈；您快逃吧！（死。麦克德夫夫人呼"杀了人啦！"下，众刺客追下。）

第三场　英格兰。王宫前

马尔康及麦克德夫上。

马尔康　让我们找一处没有人踪的树荫，在那里把我们胸中的悲哀痛痛快快地哭个干净吧。

麦克德夫　我们还是紧握着利剑，像好汉子似的卫护我们被蹂躏的祖国吧。每一个新的黎明都听得见新孀的寡妇在哭泣，新失父母的孤儿在号啕，新的悲哀上冲霄汉，发出凄厉的回声，就像哀悼苏格兰的命运，替她奏唱挽歌一样。

马尔康　我相信的事就叫我痛哭，我知道的事就叫我相信；我只要有机会效忠祖国，也愿意尽我的力量。您说的话也许是事实。一提起这个暴君的名字，就使我们切齿腐舌。可是他曾经有过正直的名声；您对他也有很好的交情；他也还没有加害于您。我虽然年轻识浅，可是您也许可以利用我向他邀功求赏，把一头柔弱无罪的羔羊向一个愤怒的天神献祭，不失为一件聪明的事。

麦克德夫　我不是一个奸诈小人。

马尔康　麦克白却是的。在尊严的王命之下，忠实仁善的人也许不得不背着天良行事。可是我必须请您原谅；您的忠诚的人格决不会因为我用小人之心去测度它而发生变化；最光明的天使也许会堕落，可是天使总是光明的；虽然小人全都貌似忠良，可是忠良的一定仍然不失他的本色。

麦克德夫　我已经失去我的希望。

马尔康　也许正是这一点刚才引起了我的怀疑。您为什么不告而别，丢下您的妻子儿女，您那些宝贵的骨肉、爱情的坚强的联系，让她们担惊受险呢？请您不要把我的多心引为耻辱，为了我自己的安全，我不能不这样顾虑。不管我心里怎样想，也许您真是一个忠义的汉子。

麦克德夫　流血吧，流血吧，可怜的国家！不可一世的暴君，奠下你的安若泰山的基业吧，因为正义的力量不敢向你诛讨！戴着你那不义的王冠吧，这是你的已经确定的名分；再会，殿下；即使把这暴君掌握下的全部土地一起给我，再加上富庶的东方，我也不愿做一个像你所猜疑我那样的奸人。

马尔康　不要生气；我说这样的话，并不是完全为了不放心您。我想我们的国家呻吟在虐政之下，流泪、流血，每天都有一道新的伤痕加在旧日的疮痍之上；我也想到一定有许多人愿意为了我的权利奋臂而起，就在友好的英格兰这里，也已经有数千义士愿意给我助力；可是虽然这样说，要是我有一天能够把暴君的头颅放在足下践踏，或者把它悬挂在我的剑上，我的可怜的祖国却要在一个新的暴君的统治之下，滋生更多的罪恶，忍受更大的苦痛，造成更分歧的局面。

麦克德夫　这新的暴君是谁？

马尔康　我的意思就是说我自己；我知道在我的天性之中，深植着各种的罪恶，要是有一天暴露出来，黑暗的麦克白在相形之下，将会变成白雪一样纯洁；我们的可怜的国家看见了我的无限的暴虐，将会把他当作一头羔羊。

麦克德夫　踏遍地狱也找不出一个比麦克白更万恶不赦的魔鬼。

马尔康　我承认他嗜杀、骄奢、贪婪、虚伪、欺诈、狂暴、凶恶，一切可以指名的罪恶他都有；可是我的淫佚是没有止境的：你们的妻子、女儿、妇人、处女，都不能填满我的欲壑；我的猖狂的欲念会冲决一切节制和约束；与其让这样一个人做国王，还是让麦克白统治的好。

麦克德夫　从人的生理来说，无限制的纵欲是一种"虐政"，它曾经推翻了无数君主，使他们不能长久坐在王位上。可是您还不必担心，谁也不能禁止您满足您的分内的欲望；您可以一方面尽情欢乐，一方面在外表上装出庄重的神气，世人的耳目是很容易遮掩过去的。我们国内尽多自愿献身的女子，无论您怎样贪欢好色，也应付不了这许多求荣献媚的娇娥。

马尔康　除了这一种弱点以外，在我的邪僻的心中还有一种不顾廉耻的贪婪，要是我做了国王，我一定要诛锄贵族，侵夺他们的土地；不是向这个人索取珠宝，就是向那个人索取房屋；我所有的越多，我的贪心越不知道餍足，我一定会为了图谋财富的缘故，向善良忠贞的人无端寻衅，把他们陷于死地。

麦克德夫　这一种贪婪比起少年的情欲来，它的根是更深而更有毒的，我们曾经有许多过去的国王死在它的剑下。可是您不用担心，苏格兰有足够您享用的财富，它都是属于您的；只要有其他的美德，这些缺点都不算什么。

马尔康　可是我一点没有君主之德，什么公平、正直、节俭、镇定、慷慨、坚毅、仁慈、谦恭、诚敬、宽容、勇敢、刚强，我全没有；各种罪恶却应有尽有，在各方面表现出来。嘿，要是我掌握了大权，我一定要把和谐的甘乳倾入地狱，扰乱世界的和平，破坏地上的统一。

麦克德夫　啊，苏格兰，苏格兰！

马尔康　你说这样一个人是不是适宜于统治？我正是像我所说那样的人。

麦克德夫　适宜于统治！不，这样的人是不该让他留在人世的。啊，多难的国家，一个篡位的暴君握着染血的御杖高踞在王座上，你的最合法的嗣君又亲口吐露了他是这样一个可咒诅的人，辱没了他的高贵的血统，那么你几时才能重见天日呢？你的父王是一个最圣明的君主；生养你的母后每天都想到人生难免的死亡，她朝夕都在屈膝跪求上天的垂怜。再会！你自己供认的这些罪恶，已经把我从苏格兰放逐。啊，我的胸膛，你的希望永远在这儿埋葬了！

马尔康　麦克德夫，只有一颗正直的心，才会有这种勃发的忠义之情，它已经把黑暗的疑虑从我的灵魂上一扫而空，使我充分信任你的真诚。魔鬼般的麦克白曾经派了许多说客来，想要把我诱进他的罗网，所以我不得不着意提防；可是上帝鉴临在你我二人的中间！从现在起，我委身听从你的指导，并且撤回我刚才对我自己所讲的坏话，我所加在我自己身上的一切污点，都是我的天性中所没有的。我还没有近过女色，从来没有背过誓，即使是我自己的东西，我也没有贪得的欲念；我从不曾失信于人，我不愿把魔鬼出卖给他的同伴，我珍爱忠诚不亚于生命；刚才我对自己的诽谤，是我第一次的说谎。那真诚的我，是准备随时接受你和我的不幸的祖国的命令的。在你还没有到这儿来以前，年老的西华德已经带领了一万个战士，装备齐全，向苏格兰出发了。现在我们就可以把我们的力量合并在一起；我们堂堂正正的义师，一定可以得胜。您为什么不说话？

麦克德夫　好消息和恶消息同时传进了我的耳朵里，使我的喜怒都失去了自主。

　　　　一医生上。

马尔康　好，等会儿再说。请问一声，王上出来了吗？

医生　出来了，殿下；有一大群不幸的人们在等候他医治，他们的疾病使最高明的医生束手无策，可是上天给他这样神奇的力量，只要他的手一触，他们就立刻痊愈了。

马尔康　谢谢您的见告，大夫。（医生下。）

麦克德夫　他说的是什么疾病？

马尔康　他们都把它叫作瘰疬；自从我来到英国以后，我常常看见这位善良的国王显示他的奇妙无比的本领。除了他自己以外，谁也不知道他是怎样祈求着上天；可是害着怪病的人，浑身肿烂，惨不忍睹，一切外科手术无法医治的，他只要嘴里念着祈祷，用一枚金章亲手挂在他们的颈上，他们便会霍然痊愈；据说他这种治病的天能，是世世相传永袭罔替的。除了这种特殊的本领以外，他还是一个天生的预言者，福祥环拱着他的王座，表示他具有各种美德。

麦克德夫　瞧，谁来啦？

马尔康　是我们国里的人；可是我还认不出他是谁。

　　　　洛斯上。

麦克德夫　我的贤弟，欢迎。

马尔康　我现在认识他了。好上帝，赶快除去使我们成为陌路之人的那一层隔膜吧！

洛斯　阿门，殿下。

麦克德夫　苏格兰还是原来那样子吗？

洛斯　唉！可怜的祖国！它简直不敢认识它自己。它不能再称为我们的母亲，只是我们的坟墓；在那边，除了浑浑噩噩、一无所知的人以外，谁的脸上也不曾有过一丝笑容；叹息、呻吟、震撼天空的呼号，都是日常听惯的声音，不能再引起人们的注意；剧烈的悲哀变成一般的风气；葬钟敲响的时候，谁也不再关心它是为谁而鸣；善良人的生命往往在他们帽上的花朵还没有枯萎以前就化为朝露。

麦克德夫　啊！太巧妙、也是太真实的描写！

马尔康　最近有什么令人痛心的事情？

洛斯　一小时以前的变故，在叙述者的嘴里就已经变成陈迹了；每一分钟都产生新的祸难。

麦克德夫　我的妻子安好吗？

洛斯　呃，她很安好。

麦克德夫　我的孩子们呢？

洛斯　也很安好。

麦克德夫　那暴君还没有毁坏他们的平静吗？

洛斯　没有；当我离开他们的时候，他们是很平安的。

麦克德夫　不要吝惜你的言语；究竟怎样？

洛斯　当我带着沉重的消息、预备到这儿来传报的时候，一路上听见谣传，说是许多有名望的人都已经起义；这种谣言照我想起来是很可靠的，因为我亲眼看见那暴君的军队在出动。现在是应该出动全力挽救祖国沦夷的时候了；你们要是在苏格兰出现，可以使男人们个个变成兵士，使女人们愿意从她们的困苦之下争取解放而作战。

马尔康　我们正要回去，让这消息作为他们的安慰吧。友好的英格兰已经借给我们西华德将军和一万兵士，所有基督教的国家里找不出一个比他更老练、更优秀的军人。

洛斯　我希望我也有同样好的消息给你们！可是我所要说的话，是应该把它在荒野里呼喊，不让它钻进人们耳中的。

麦克德夫　它是关于哪方面的？是和大众有关的呢，还是一两个人单独的不幸？

洛斯　天良未泯的人，对于这件事谁都要觉得像自己身受一样伤心，虽然你是最感到切身之痛的一个。

麦克德夫　倘然那是与我有关的事，那么不要瞒过我；快让我知道了吧。

洛斯　但愿你的耳朵不要从此永远憎恨我的舌头，因为它将要让你听见你有生以来所听到的最惨痛的声音。

麦克德夫　哼，我猜到了。

洛斯　你的城堡受到袭击；你的妻子和儿女都惨死在野蛮的刀剑之下；要是我把他们的死状告诉你，那会使你痛不欲生，在他们已经成为被杀害了的驯鹿似的尸体上，再加上了你的。

马尔康　慈悲的上天！什么，朋友！不要把你的帽子拉下来遮住你的额角；用言语把你的悲伤倾泻出来吧；无言的哀痛是会向那不堪重压的心低声耳语，叫它裂成片片的。

麦克德夫　我的孩子也都死了吗？

洛斯　妻子、孩子、仆人，凡是被他们找得到的，杀得一个不存。

麦克德夫　我却不得不离开那里！我的妻子也被杀了吗？

洛斯　我已经说过了。

马尔康　请宽心吧；让我们用壮烈的复仇做药饵，治疗这一段惨酷的悲痛。

麦克德夫　他自己没有儿女。我的可爱的宝贝们都死了吗？你说他们一个也不存吗？啊，地狱里的恶鸟！一个也不存？什么！我的可爱的鸡雏们和他们的母亲一起葬送在毒手之下了吗？

马尔康　拿出男子汉的气概来。

麦克德夫　我要拿出男子汉的气概来；可是我不能抹杀我的人类的感情。我怎么能够把我所最珍爱的人置之度外，不去想念他们呢？难道上天看见这一幕惨剧而不对他们抱同情吗？罪恶深重的麦克德夫！他们都是为了你而死于非命的。我真该死，他们没有一点罪过，只是因为我自己不好，无情的屠戮才会降临到他们的身上。愿上天给他们安息！

马尔康　把这一桩仇恨作为磨快你的剑锋的砥石；让哀痛变成愤怒；不要让你的心麻木下去，激起它的怒火来吧。

麦克德夫　啊！我可以一方面让我的眼睛里流着妇人之泪，一方面让我的舌头发出大言壮语。可是，仁慈的上天，求你撤除一切中途的障碍，让我跟这苏格兰的恶魔正面相对，使我的剑能够刺到他的身上；要是我放他逃走了，那么上天饶恕他吧！

马尔康　这几句话说得很像个汉子。来，我们见国王去；我们的军队已经调齐，一切齐备，只待整装出发。麦克白气数将绝，天诛将至；黑夜无论怎样悠长，白昼总会到来的。（同下。）

第五幕

第一场　邓西嫩。城堡中一室

　　一医生及一侍女上。

医生　我已经陪着你看守了两夜，可是一点不能证实你的报告。她最后一次晚上起来行动是在什么时候？

侍女　自从王上出征以后，我曾经看见她从床上起来，披上睡衣，开了橱门上的锁，拿出信纸，把它折起来，在上面写了字，读了一遍，然后把信封好，再回到床上去；可是在这一段时间里，她始终睡得很熟。

医生　这是心理上的一种重大的纷乱，一方面入于睡眠的状态，一方面还能像醒着一般做事。在这种睡眠不安的情形之下，除了走路和其他动作以外，你有没有听见她说过什么话？

侍女　大夫，那我可不能把她的话照样告诉您。

医生　你不妨对我说，而且应该对我说。

侍女　我不能对您说，也不能对任何人说，因为没有一个见证可以证实我的话。

　　麦克白夫人持烛上。

侍女　您瞧！她来啦。这正是她往常的样子；凭着我的生命起誓，她现在睡得很熟。留心看着她；站近一些。

医生　她怎么会有那支蜡烛？

侍女　那就是放在她的床边的；她的寝室里通宵点着灯火，这是她的命令。

医生　你瞧，她的眼睛睁着呢。

侍女　嗯，可是她的视觉却关闭着。

医生　她现在在干什么？瞧，她在擦着手。

侍女　这是她的一个惯常的动作，好像在洗手似的。我曾经看见她这样擦了足有一刻钟的时间。

麦克白夫人　可是这儿还有一点血迹。

医生　听！她说话了。我要把她的话记下来，免得忘记。

麦克白夫人　去，该死的血迹！去吧！一点、两点，啊，那么现在可以动手了。地狱里是这样幽暗！呸，我的爷，呸！你是一个军人，也会害怕吗？既然谁也不能奈何我们，为什么我们要怕被人知道？可是谁想得到这老头儿会有这么多血？

医生　你听见没有？

麦克白夫人　费辅爵士从前有一个妻子；现在她在哪儿？什么！这两只手再也不会干净了吗？算了，我的爷，算了；你这样大惊小怪，把事情都弄糟了。

医生　说下去，说下去；你已经知道你所不应该知道的事。

侍女　我想她已经说了她所不应该说的话；天知道她心里有些什么秘密。

麦克白夫人　这儿还是有一股血腥气；所有阿拉伯的香料都不能叫这只小手变得香一点。啊！啊！啊！

医生　这一声叹息多么沉痛！她的心里蕴蓄着无限的凄苦。

侍女　我不愿为了身体上的尊荣，而让我的胸膛里装着这样一颗心。

医生　好，好，好。

侍女　但愿一切都是好好的，大夫。

医生　这种病我没有法子医治。可是我知道有些曾经在睡梦中走动的人，都是很虔敬地寿终正寝。

麦克白夫人　洗净你的手，披上你的睡衣；不要这样面无人色。我再告诉你一遍，班柯已经下葬了；他不会从坟墓里出来的。

医生　有这等事？

麦克白夫人　睡去，睡去；有人在打门哩。来，来，来，来，让我搀着你。事情已经干了就算了。睡去，睡去，睡去。（下。）

医生　她现在要上床去吗？

侍女　就要上床去了。

医生　外边很多骇人听闻的流言。反常的行为引起了反常的纷扰；良心负疚的人往往会向无言的衾枕泄露他们的秘密；她需要教士的训诲甚于医生的诊视。上帝，上帝饶恕我们一切世人！留心照料她；凡是可以伤害她自己的东西全都要从她手边拿开；随时看顾着她。好，晚安！她扰乱了我的心，迷惑了我的眼睛。我心里所想到的，却不敢把它吐出嘴唇。

侍女　晚安，好大夫。（各下。）

第二场　邓西嫩附近乡野

旗鼓前导，孟提斯、凯士纳斯、安格斯、列诺克斯及兵士等上。

孟提斯　英格兰军队已经迫近，领军的是马尔康、他的叔父西华德和麦克德夫三人，他们的胸头燃起复仇的怒火；即使心如死灰的人，为了这种痛入骨髓的仇恨也会激起流血的决心。

安格斯　在勃南森林附近，我们将要碰上他们；他们正在从那条路上过来。

凯士纳斯　谁知道道纳本是不是跟他的哥哥在一起？

列诺克斯　我可以确实告诉你，将军，他们不在一起。我有一张他们军队里高级将领的名单，里面有西华德的儿子，还有许多初上战场、乳臭未干的少年。

孟提斯　那暴君有什么举动？

凯士纳斯　他把邓西嫩防御得非常坚固。有人说他疯了；对他比较没有什么恶感的人，却说那是一个猛士的愤怒；可是他不能自己约束住他的惶乱的心情，却是一件无疑的事实。

安格斯　现在他已经感觉到他的暗杀的罪恶紧粘在他的手上；每分钟都有一次叛变，谴责他的不忠不义；受他命令的人，都不过奉命行事，并不是出于对他的忠诚；现在他已经感觉到他的尊号罩在他的身上，就像一个矮小的偷儿穿了一件巨人的衣服一样束手绊脚。

孟提斯　他自己的灵魂都在谴责它本身的存在，谁还能怪他的昏乱的知觉怔忡不安呢。

凯士纳斯　好，我们整队前进吧；我们必须认清谁是我们应该服从的人。为了拔除祖国的沉疴，让我们准备和他共同流尽我们的最后一滴血。

列诺克斯　否则我们也愿意喷洒我们的热血，灌溉这一朵国家主权的娇花，淹没那凭陵它的野草。向勃南进军！（众列队行进下。）

第三场　邓西嫩。城堡中一室

麦克白、医生及侍从等上。

麦克白　不要再告诉我什么消息；让他们一个个逃走吧；除非勃南的森林会向邓西嫩移动，我是不知道有什么事情值得害怕的。马尔康那小子算得什么？他不是妇人所生的吗？预知人类死生的精灵曾经这样向我宣告："不要害怕，麦克白；没有一个妇人所生下的人可以加害于你。"那么逃走吧，不忠的爵士们，去跟那些饕餮的英国人在一起吧。我的头脑，永远不会被疑虑所困扰，我的心灵永远不会被恐惧所震荡。

一仆人上。

麦克白　魔鬼罚你变成炭团一样黑，你这脸色惨白的狗头！你从哪儿得来这么一副呆鹅的蠢相？

仆人　有一万——

麦克白　一万只鹅吗，狗才？

仆人　一万个兵，陛下。

麦克白　去刺破你自己的脸，把你那吓得毫无血色的两颊染一染红吧，你这鼠胆的小子。什么兵，蠢材？该死的东西！瞧你吓得脸像白布一般。什么兵，不中用的奴才？

仆人　启禀陛下，是英格兰兵。

麦克白　不要让我看见你的脸。（仆人下）西登！——我心里很不舒服，当我看见——喂，西登！——这一次的战争也许可以使我从此高枕无忧，也许可以立刻把我倾覆。我已经活得够长久了；我的生命已经日就枯萎，像一片调谢的黄叶；凡是老年人所应该享有的尊荣、敬爱、服从和一大群的朋友，我是没有希望再得到的了；代替这一切的，只有低声而深刻的咒诅，口头上的恭维和一些违心的假话。西登！

西登上。

西登　陛下有什么吩咐？

麦克白　还有什么消息没有？

西登　陛下，刚才所报告的消息，全都证实了。

麦克白　我要战到我的全身不剩一块好肉。给我拿战铠来。

西登　现在还用不着哩。

麦克白　我要把它穿起来。加派骑兵，到全国各处巡回视察，要是有谁嘴里提起了一句害怕的话，就把他吊死。给我拿战铠来。大夫，你的病人今天怎样？

医生　回陛下，她并没有什么病，只是因为思虑太过，继续不断的幻想扰乱了她的神经，使她不得安息。

麦克白　替她医好这一种病。你难道不能诊治那种病态的心理，从记忆中拔去一桩根深蒂固的忧郁，拭掉那写在脑筋上的烦恼，用一种使人忘却一切的甘美的药剂，把那堆满在胸间、重压在心头的积毒扫除干净吗？

医生　那还是要仗病人自己设法的。

麦克白　那么把医药丢给狗子吧；我不要仰仗它。来，替我穿上战铠；给我拿指挥杖来。西登，把骑兵派出去。——大夫，那些爵士都背了我逃走了。——来，快。——大夫，要是你能够替我的国家验一验小便，查明它的病根，使它回复原来的健康，我一定要使太空之中充满着我对你的赞美的回声。——喂，把它脱下了。——什么大黄肉桂，什么清泻的药剂，可以把这些英格兰人排泄掉？你听见过这类药草吗？

医生　是的，陛下；我听说陛下准备亲自带兵迎战呢。

麦克白　给我把铠甲带着。除非勃南森林会向邓西嫩移动，我对死亡和毒害都没有半分惊恐。

医生　（旁白）要是我能够远远离开邓西嫩，高官厚禄再也诱不动我回来。（同下。）

第四场　勃南森林附近的乡野

　　旗鼓前导，马尔康、西华德父子、麦克德夫、孟提斯、凯士纳斯、安格斯、列诺克斯、洛斯及兵士等列队行进上。

马尔康　诸位贤卿，我希望大家都能够安枕而寝的日子已经不远了。

孟提斯　那是我们一点也不疑惑的。

西华德　前面这一座是什么树林？

孟提斯　勃南森林。

马尔康　每一个兵士都砍下一根树枝来，把它举起在各人的面前；这样我们可以隐匿我们全军的人数，让敌人无从知道我们的实力。

众兵士　得令。

西华德　我们所得到的情报，都说那自信的暴君仍旧在邓西嫩深居不出，等候我们兵临城下。

马尔康　这是他的唯一的希望；因为在他手下的人，不论地位高低，一找到机会都要叛弃他，他们接受他的号令，都只是出于被迫，并不是自己心愿。

麦克德夫　等我们看清了真情实况再下准确的判断吧，眼前让我们发扬战士的坚毅的精神。

西华德　我们这一次的胜败得失，不久就可以分晓。口头的推测不过是一些悬空的希望，实际的行动才能够产生决定的结果，大家奋勇前进吧！（众列队行进下。）

第五场　邓西嫩。城堡内

旗鼓前导，麦克白、西登及兵士等上。

麦克白　把我们的旗帜挂在城墙外面；到处仍旧是一片"他们来了"的呼声；我们这座城堡防御得这样坚强，还怕他们围攻吗？让他们到这儿来，等饥饿和瘟疫来把他们收拾去吧。倘不是我们自己的军队也倒了戈跟他们联合在一起，我们尽可以挺身出战，把他们赶回老家去。（内妇女哭声）那是什么声音？

西登　是妇女们的哭声，陛下。（下。）

麦克白　我简直已经忘记了恐惧的滋味。从前一声晚间的哀叫，可以把我吓出一身冷汗，听着一段可怕的故事，我的头发会像有了生命似的竖起来。现在我已经饱尝无数的恐怖；我的习惯于杀戮的思想，再也没有什么悲惨的事情可以使它惊悚了。

西登重上。

麦克白　那哭声是为了什么事？

西登　陛下，王后死了。

麦克白　她反正要死的，迟早总会有听到这个消息的一天。明天，明天，再一个明天，一天接着一天地蹑步前进，直到最后一秒钟的时间；我们所有的昨天，不过替傻子们照亮了到死亡的土壤中去的路。熄灭了吧，熄灭了吧，短促的烛光！人生不过是一个行走的影子，一个在舞台上指手画脚的拙劣的伶人，登场片刻，就在无声无臭中悄然退下；它是一个愚人所讲的故事，充满着喧哗和骚动，却找不到一点意义。

　　一使者上。

麦克白　你要来搬弄你的唇舌；有什么话快说。

使者　陛下，我应该向您报告我以为我所看见的事，可是我不知道应该怎样说起。

麦克白　好，你说吧。

使者　当我站在山头守望的时候，我向勃南一眼望去，好像那边的树木都在开始行动了。

麦克白　说谎的奴才！

使者　要是没有那么一回事，我愿意悉听陛下的惩处；在这三英里路以内，您可以看见它向这边过来；一座活动的树林。

麦克白　要是你说了谎话，我要把你活活吊在最近的一株树上，让你饿死；要是你的话是真的，我也希望你把我吊死了吧。我的决心已经有些动摇，我开始怀疑起那魔鬼所说的似是而非的暧昧的谎话了；"不要害怕，除非勃南森林会到邓西嫩来；"现在一座树林真的到邓西嫩来了。披上武装，出去！他所说的这种事情要是果然出现，那么逃走固然逃走不了，留在这儿也不过坐以待毙。我现在开始厌倦白昼的阳光，但愿这世界早一点崩溃。敲起警钟来！吹吧，狂风！来吧，灭亡！就是死我们也要捐躯沙场。（同下。）

第六场　同前。城堡前平原

　　旗鼓前导，马尔康、老西华德、麦克德夫等率军队各持树枝上。

马尔康　现在已经相去不远；把你们树叶的幕障抛下，现出你们威武的军容来。尊贵的叔父，请您带领我的兄弟——您的英勇的儿子，先去和敌人交战；其余的一切统归尊贵的麦克德夫跟我两人负责部署。

西华德　再会。今天晚上我们只要找得到那暴君的军队，一定要跟他们拼个你死我活。

麦克德夫　把我们所有的喇叭一齐吹起来；鼓足了你们的衷气，把流血和死亡的消息吹进敌人的耳里。（同下。）

第七场　同前。平原上的另一部分

号角声。麦克白上。

麦克白　他们已经缚住我的手脚；我不能逃走，可是我必须像熊一样挣扎到底。哪一个人不是妇人生下的？除了这样一个人以外，我还怕什么人。

小西华德上。

小西华德　你叫什么名字？

麦克白　我的名字说出来会吓坏你。

小西华德　即使你给自己取了一个比地狱里的魔鬼更炽热的名字，也吓不倒我。

麦克白　我就叫麦克白。

小西华德　魔鬼自己也不能向我的耳中说出一个更可憎恨的名字。

麦克白　他也不能说出一个更可怕的名字。

小西华德　胡说，你这可恶的暴君；我要用我的剑证明你是说谎。

（二人交战，小西华德被杀。）

麦克白　你是妇人所生的；我瞧不起一切妇人之子手里的刀剑。

（下。）

号角声。麦克德夫上。

麦克德夫　那喧声是在那边。暴君，露出你的脸来；要是你已经被人杀死，等不及我来取你的性命，那么我的妻子儿女的阴魂一定不会放过我。我不能杀害那些被你雇佣的倒霉的士卒；我的剑倘不能刺中你，麦克白，我宁愿让它闲置不用，保全它的锋刃，把它重新插回鞘里。你应该在那边；这一阵高声的呐喊，好像是宣布什么重要的人物上阵似的。命运，让我找到他吧！我没有此外的奢求了。（下。号角声。）

　　　　马尔康及老西华德上。

西华德　这儿来，殿下；那城堡已经拱手纳降。暴君的人民有的帮这一面，有的帮那一面；英勇的爵士们一个个出力奋战；您已经胜算在握，大势就可以决定了。

马尔康　我们也碰见了敌人，他们只是虚晃几枪罢了。

西华德　殿下，请进堡里去吧。（同下。号角声。）

　　　　麦克白重上。

麦克白　我为什么要学那些罗马人的傻样子，死在我自己的剑上呢？我的剑是应该为杀敌而用的。

　　　　麦克德夫重上。

麦克德夫　转过来，地狱里的恶狗，转过来！

麦克白　我在一切人中间，最不愿意看见你。可是你回去吧，我的灵魂里沾着你一家人的血，已经太多了。

麦克德夫　我没有话说；我的话都在我的剑上，你这没有一个名字可以形容你的狠毒的恶贼！（二人交战。）

麦克白　你不过白费了气力；你要使我流血，正像用你锐利的剑锋在空气上划一道痕迹一样困难。让你的刀刃降落在别人的头上吧；我的生命是有魔法保护的，没有一个妇人所生的人可以把它伤害。

麦克德夫　不要再信任你的魔法了吧；让你所信奉的神告诉你，麦克德夫是没有足月就从他母亲的腹中剖出来的。

麦克白　愿那告诉我这样的话的舌头永受咒诅，因为它使我失去了男子汉的勇气！愿这些欺人的魔鬼再也不要被人相信，他们用模棱两可的话愚弄我们，听来好像大有希望，结果却完全和我们原来的期望相反。我不愿跟你交战。

麦克德夫　那么投降吧，懦夫，我们可以饶你活命，可是要叫你在众人的面前出丑：我们要把你的像画在篷帐外面，底下写着，"请来看暴君的原形。"

麦克白　我不愿投降，我不愿低头吻那马尔康小子足下的泥土，被那些下贱的民众任意唾骂。虽然勃南森林已经到了邓西嫩，虽然今天和你狭路相逢，你偏偏不是妇人所生下的，可是我还要擎起我的雄壮的盾牌，尽我最后的力量。来，麦克德夫，谁先喊"住手，够了"的，让他永远在地狱里沉沦。（二人且战且下。）

　　　吹退军号。喇叭奏花腔。旗鼓前导，马尔康、老西华德、洛斯、众爵士及兵士等重上。

马尔康　我希望我们不见的朋友都能够安然到来。

西华德　总有人免不了牺牲；可是照我看见的眼前这些人说起来，我们这次重大的胜利所付的代价是很小的。

马尔康　麦克德夫跟您的英勇的儿子都失踪了。

洛斯　老将军，令郎已经尽了一个军人的责任；他刚刚活到成人的年龄，就用他的勇往直前的战斗精神证明了他的勇力，像一个男子汉似的死了。

西华德　那么他已经死了吗？

洛斯　是的，他的尸体已经从战场上搬走。他的死是一桩无价的损失，您必须勉抑哀思才好。

西华德　他的伤口是在前面吗？

洛斯　是的，在他的额部。

西华德　那么愿他成为上帝的兵士！要是我有像头发一样多的儿子，我也不希望他们得到一个更光荣的结局；这就作为他的丧钟吧。

马尔康　他是值得我们更深的悲悼的，我将向他致献我的哀思。

西华德　他已经得到他最大的酬报；他们说，他死得很英勇，他的责任已尽；愿上帝与他同在！又有好消息来了。

　　　　麦克德夫携麦克白首级重上。

麦克德夫　祝福，吾王陛下！你就是国王了。瞧，篡贼的万恶的头颅已经取来；无道的虐政从此推翻了。我看见全国的英俊拥绕在你的周围，他们心里都在发出跟我同样的敬礼；现在我要请他们陪着我高呼：祝福，苏格兰的国王！

众人　祝福，苏格兰的国王！（喇叭奏花腔。）

马尔康　多承各位拥戴，论功行赏，在此一朝。各位爵士国戚，从现在起，你们都得到了伯爵的封号，在苏格兰你们是最初享有这样封号的人。在这去旧布新的时候，我们还有许多事情要做；那些因为逃避暴君的罗网而出亡国外的朋友，我们必须召唤他们回来；这个屠夫虽然已经死了，他的魔鬼一样的王后，据说也已经亲手杀害了自己的生命，可是帮助他们杀人行凶的党羽，我们必须一一搜捕，处以极刑；此外一切必要的工作，我们都要按照上帝的旨意，分别先后，逐步处理。现在我要感谢各位的相助，还要请你们陪我到斯贡去，参与加冕大典。（喇叭奏花腔。众下。）

安东尼与克莉奥佩特拉

剧中人物

玛克·安东尼 ⎫
奥克泰维斯·恺撒 ⎬ 罗马三执政
伊米力斯·莱必多斯 ⎭

塞克斯特斯·庞贝厄斯

道密歇斯·爱诺巴勃斯 ⎫
文提狄斯 ⎪
爱洛斯 ⎪
斯凯勒斯 ⎬ 安东尼部下将佐
德西塔斯 ⎪
狄米特律斯 ⎪
菲罗 ⎭

茂西那斯 ⎫
阿格立巴 ⎪
道拉培拉 ⎬ 恺撒部下将佐
普洛丘里厄斯 ⎪
赛琉斯 ⎪
盖勒斯 ⎭

茂那斯 ⎫
茂尼克拉提斯 ⎬ 庞贝部下将佐
凡里厄斯 ⎭

陶勒斯　恺撒副将

凯尼狄斯　安东尼副将

西里厄斯　文提狄斯属下裨将

尤弗洛涅斯　安东尼遣往恺撒处的使者

艾勒克萨斯 ⎫
玛狄恩　　 ⎬ 克莉奥佩特拉的侍从
塞琉克斯　 ⎪
狄俄墨得斯 ⎭

预言者

小丑

克莉奥佩特拉　埃及女王

奥克泰维娅　恺撒之妹，安东尼之妻

查米恩 ⎫
　　　 ⎬ 克莉奥佩特拉的侍女
伊拉丝 ⎭

将佐、兵士、使者及其他侍从等

地　点

罗马帝国各部

第一幕

第一场　亚历山大里亚。克莉奥佩特拉宫中一室

　　　　狄米特律斯及菲罗上。

菲罗　嘿，咱们主帅这样迷恋，真太不成话啦。从前他指挥大军的时候，他的英勇的眼睛像全身盔甲的战神一样发出棱棱的威光，现在却如醉如痴地尽是盯在一张黄褐色的脸上。他的大将的雄心曾经在激烈的鏖战里涨断了胸前的扣带，现在却失掉一切常态，甘愿做一具风扇，扇凉一个吉卜赛女人的欲焰。瞧！他们来了。

　　　　喇叭奏花腔。安东尼及克莉奥佩特拉率侍从上；太监掌扇随侍。

菲罗　留心看着，你就可以知道他本来是这世界上三大柱石之一，现在已经变成一个娼妇的弄人了，瞧吧。
克莉奥佩特拉　要是那真的是爱，告诉我多么深。
安东尼　可以量深浅的爱是贫乏的。
克莉奥佩特拉　我要立一个界限，知道你能够爱我到怎么一个极度。
安东尼　那么你必须发现新的天地。

　　　　　一侍从上。

侍从　禀将军,罗马有信来了。
安东尼　讨厌!简简单单告诉我什么事。
克莉奥佩特拉　不,听听他们怎么说吧,安东尼。富尔维娅也许在生气了;也许那乳臭未干的恺撒会降下一道尊严的谕令来,吩咐你说,"做这件事,做那件事;征服这个国家,清除那个国家;照我的话执行,否则就要处你一个违抗命令的罪名。"
安东尼　怎么会,我爱!
克莉奥佩特拉　也许!不,那是非常可能的;你不能再在这儿逗留了;恺撒已经把你免职;所以听听他们怎么说吧,安东尼。富尔维娅签发的传票呢?我应该说是恺撒的?还是他们两人的?叫那送信的人进来。我用埃及女王的身份起誓,你在脸红了,安东尼;你那满脸的热血是你对恺撒所表示的敬礼;否则就是因为长舌的富尔维娅把你骂得不好意思。叫那送信的人进来!
安东尼　让罗马融化在台伯河的流水里,让广袤的帝国的高大的拱门倒塌吧!这儿是我的生存的空间。纷纷列国,不过是一堆堆泥土;粪秽的大地养育着人类,也养育着禽兽;生命的光荣存在于一双心心相印的情侣的及时互爱和热烈拥抱之中;(拥抱克莉奥佩特拉)这儿是我的永远的归宿;我们要让全世界知道,我们是卓立无比的。
克莉奥佩特拉　巧妙的谎话!他既然不爱富尔维娅,为什么要跟她结婚?我还是假作痴呆吧;安东尼就会回复他的本色的。
安东尼　没有克莉奥佩特拉鼓起他的活力,安东尼就是一个毫无生气的人。可是看在爱神和她那温馨的时辰分上,让我们不要把大好的光阴在口角争吵之中蹉跎过去;从现在起,我们生命中的每一分钟,都要让它充满了欢乐。今晚我们怎样玩?

克莉奥佩特拉　接见罗马的使者。

安东尼　哎哟，淘气的女王！你生气、你笑、你哭，都是那么可爱；每一种情绪在你的身上都充分表现出它的动人的姿态。我不要接见什么使者，只要和你在一起；今晚让我们两人到市街上去逛逛，察看察看民间的情况。来，我的女王；你昨晚就有这样一个愿望的。不要对我们说话。（安东尼、克莉奥佩特拉及侍从同下。）

狄米特律斯　安东尼会这样藐视恺撒吗？

菲罗　先生，有时候他不是安东尼，他的一言一动，都够不上安东尼所应该具有的伟大的品格。

狄米特律斯　那些在罗马造谣的小人，把他说得怎样怎样不堪，想不到他竟会证实他们的话；可是我希望他明天能够改变他的态度。再会！（各下。）

第二场　同前。另一室

查米恩、伊拉丝、艾勒克萨斯及一预言者上。

查米恩　艾勒克萨斯大人，可爱的艾勒克萨斯，什么都是顶好的艾勒克萨斯，顶顶顶好的艾勒克萨斯，你在娘娘面前竭力推荐的那个算命的呢？我倒很想知道我的未来的丈夫，你不是说他会在他的角上挂起花圈吗？

艾勒克萨斯　预言者！

预言者　您有什么吩咐？

查米恩　就是他吗？先生，你能够预知未来吗？

预言者　在造化的无穷尽的秘籍中，我曾经涉猎一二。

艾勒克萨斯　把你的手让他相相看。

爱诺巴勃斯上。

爱诺巴勃斯　筵席赶快送进去；为克莉奥佩特拉祝饮的酒要多一些。

查米恩　好先生，给我一些好运气。

预言者　我不能制造命运，只能预知休咎。

查米恩　那么请你替我算出一注好运气来。

预言者　你将来要比现在更美好。

查米恩　他的意思是说我的皮肤会变得白嫩一些。

伊拉丝　不，你老了可以搽粉的。

查米恩　千万不要长起皱纹来才好！

艾勒克萨斯　不要打扰他的预言；留心听着。

查米恩　嘘！

预言者　你将要爱别人甚于被别人所爱。

查米恩　那我倒宁愿让酒来燃烧我的这颗心。

艾勒克萨斯　不，听他说。

查米恩　好，现在可给我算出一些非常好的命运来吧！让我在一个上午嫁了三个国王，再让他们一个个死掉；让我在五十岁生了一个孩子，犹太的希律王都要向他鞠躬致敬；让我嫁给奥克泰维斯·恺撒，和娘娘做一个并肩的人。

预言者　你将要比你的女主人活得长久。

查米恩　啊，好极了！多活几天总是好的。

预言者　你的前半生的命运胜过后半生的命运。

查米恩　那么大概我的孩子们都是没出息的；请问我有几个儿子几个女儿？

预言者　要是你的每一个愿望都会怀胎受孕，你可以有一百万个儿女。

查米恩　啐，呆子！妖言惑众，恕你无罪。

艾勒克萨斯　你以为除了你的枕席以外，谁也不知道你在转些什么念头。

查米恩　来，来，替伊拉丝也算个命。

艾勒克萨斯　我们大家都要算个命。

爱诺巴勃斯　我知道我们今晚的命运，是喝得烂醉上床。

伊拉丝　从这一只手掌即使看不出别的什么来，至少可以看出一个贞洁的性格。

查米恩　正像从泛滥的尼罗河可以看出旱灾一样。

伊拉丝　去，你这浪蹄子，你又不会算命。

查米恩　哎哟，要是一只滑腻的手掌不是多子的征兆，那么就是我的臂膊疯瘫了。请你为她算出一个平平常常的命运来。

预言者　你们的命运都差不多。

伊拉丝　怎么差不多？怎么差不多？说得具体些。

预言者　我已经说过了。

伊拉丝　难道我的命运一寸一分也没有胜过她的地方吗？

查米恩　好，要是你的命运比我胜过一分，你愿意在什么地方胜过我？

伊拉丝　不是在我丈夫的鼻子上。

查米恩　愿上天改变我们邪恶的思想！艾勒克萨斯，——来，他的命运，他的命运。啊！让他娶一个不能怀孕的女人，亲爱的爱昔斯①女神，我求求你；让他第一个妻子死了，再娶一个更坏的；让他娶了一个又一个，一个不如一个，直到最坏的一个满脸笑容地送他戴着五十顶绿头巾下了坟墓！好爱昔斯女神，你可以拒绝我其他更重要的请求，可是千万听从我这一个祷告；好爱昔斯，我求求你！

---

① 爱昔斯（Isis），埃及神话中司丰饶繁殖的女神。

伊拉丝　阿门。亲爱的女神，俯听我们下民的祷告吧！因为正像看见一个漂亮的男人娶到一个淫荡的妻子，可以叫人心碎一样，看见一个奸恶的坏人有一个不偷汉子的老婆，也是会使人大失所望的；所以亲爱的爱昔斯，给他应得的命运吧！

查米恩　阿门。

艾勒克萨斯　瞧，瞧！要是她们有权力使我做一个王八，就是叫她们当婊子，她们也会干的。

爱诺巴勃斯　嘘！安东尼来了。

查米恩　不是他，是娘娘。

　　　　克莉奥佩特拉上。

克莉奥佩特拉　你们看见主上吗？

爱诺巴勃斯　没有，娘娘。

克莉奥佩特拉　他刚才不是在这儿吗？

查米恩　不在，娘娘。

克莉奥佩特拉　他本来高高兴兴的，忽然一下子又触动了他的思念罗马的心。爱诺巴勃斯！

爱诺巴勃斯　娘娘！

克莉奥佩特拉　你去找找他，把他带到这儿来。艾勒克萨斯呢？

艾勒克萨斯　有，娘娘有什么吩咐？主上来了。

　　　　安东尼偕一使者及侍从等上。

克莉奥佩特拉　我不要见他；跟我去。（克莉奥佩特拉、爱诺巴勃斯、艾勒克萨斯、伊拉丝、查米恩、预言者及侍从等同下。）

使者　你的妻子富尔维娅第一个上战场。

安东尼　向我的兄弟路歇斯开战吗？

使者　是，可是那次战事很快就结束了，当时形势的变化，使他们捐嫌修好，合力反抗恺撒的攻击；在初次交锋的时候，恺撒就得到胜利，把他们驱出了意大利境外。

安东尼　好，还有什么最坏的消息？

使者　人们因为不爱听恶消息，往往会连带憎恨那报告恶消息的人。

安东尼　只有愚人和懦夫才会这样。说吧；已经过去的事，我决不再介意。谁告诉我真话，即使他的话里藏着死亡，我也会像听人家恭维我一样听着他。

使者　拉卞纳斯——这是很刺耳的消息——已经带着他的帕提亚军队长驱直进，越过亚洲境界；沿着幼发拉底河岸，他的胜利的旌旗从叙利亚招展到吕底亚和爱奥尼亚；可是——

安东尼　可是安东尼却无所事事，你的意思是这样说。

使者　啊，将军！

安东尼　直捷痛快地把一般人怎么批评我的话告诉我，不要吞吞吐吐地怕什么忌讳；罗马人怎样称呼克莉奥佩特拉，你也怎样称呼她；富尔维娅怎样责骂我，你也怎样责骂我；尽管放胆指斥我的过失，无论它是情真罪当的，或者不过是恶意的讥弹。啊！只有这样才可以使我们反躬自省，平心静气地拔除我们内心的莠草，耕垦我们荒芜的德性。你且暂时退下。

使者　遵命。（下。）

安东尼　喂！从息些温来的人呢？

侍从甲　有没有从息些温来的人？

侍从乙　他在等候着您的旨意。

安东尼　叫他进来。我必须挣断这副坚强的埃及镣铐，否则我将在沉迷中丧失自己了。

　　　　　另一使者上。

安东尼　你是什么人？

使者乙　你的妻子富尔维娅死了。

安东尼　她死在什么地方？

使者乙　在息些温。她的抱病的经过，还有其他更重要的事情，都在这封信里。（呈上书信。）

安东尼　下去。（使者乙下）一个伟大的灵魂去了！我曾经盼望她死；我们一时间的憎嫌，往往引起过后的追悔；眼前的欢愉冷淡了下来，便会变成悲哀；因为她死了，我才感念到她生前的好处；喜怒爱恶，都只在一转手之间。我必须割断情丝，离开这个迷人的女王；千万种我所意料不到的祸事已在我的怠惰之中萌蘖生长。喂！爱诺巴勃斯！

　　　爱诺巴勃斯重上。

爱诺巴勃斯　主帅有什么吩咐？

安东尼　我必须赶快离开这儿。

爱诺巴勃斯　哎哟，那么我们那些娘儿们一个个都要活不成啦。我们知道一件无情的举动会多么刺伤她们的心；要是她们见我们走了，她们一定会死的。

安东尼　我非去不可。

爱诺巴勃斯　要是果然有逼不得已的原因，那么就让她们死了吧；好端端把她们丢了，未免可惜，虽然在一个重大的理由之下，只好把她们置之不顾。克莉奥佩特拉只要略微听到了这一个风声，就会当场死去；我曾经看见她为了一点点的细事死过二十次。我想死神倒也是一个懂得怜香惜玉的多情种子，她总是死得那么容易。

安东尼　她的狡狯简直是不可思议的。

爱诺巴勃斯　唉！主帅，不，她的感情完全是从最纯洁微妙的爱心里提炼出来的。我们不能用风雨形容她的叹息和眼泪；它们是历书上从来没有记载过的狂风暴雨。这绝不是她的狡狯，否则她就跟乔武一样有驱风召雨的神力了。

安东尼　但愿我从来没有看见她！

爱诺巴勃斯　啊，主帅，那您就要错过了一件神奇的杰作；失去这样的眼福，您的壮游也会大大地减色的。

安东尼　富尔维娅死了。

爱诺巴勃斯　主帅？

安东尼　富尔维娅死了。

爱诺巴勃斯　富尔维娅！

安东尼　死了。

爱诺巴勃斯　啊，主帅，快向天神举行一次感谢的献祭吧。旧衣服破了，裁缝会替人重做新的；一个妻子死了，天神也早给他另外注定一段姻缘。要是世上除了富尔维娅以外，再没有别的女人，那么您确是遭到了重大的打击，听见了这样的噩耗，也的确应该痛哭流涕；可是在这一段不幸之上，却有莫大的安慰；旧裙换了新裙，旧人换了新人；要是为了表示对于死者的恩情，必须洒几滴眼泪的话，尽可以借重洋葱的力量的。

安东尼　我不能不去料理料理她在国内的未了之事。

爱诺巴勃斯　您在这儿也有未了之事，不能抛开不管；尤其是克莉奥佩特拉的事情，她一刻也少不了您。

安东尼　不要一味打趣。把我的决心传谕我的部下。我要去向女王告知我们必须立刻出发的原因，请她放我们远走。因为不但富尔维娅的死讯和其他更迫切的动机在敦促我就道，而且我在罗马的许多同志也有信来恳求我急速回国。塞克斯特斯·庞贝厄斯已经向恺撒挑战，他的威力控制了海上的帝国；我们那些反复无常的民众——他们在一个人的生前从来不知道感激他的功德，一定要等他死了以后才会把他视若神明——已经开始把庞贝大王的一切尊荣加在他的儿子的身上；凭借着这样盛大的名誉和权力，再加上天赋高贵的血统和身世，他已经成为一个雄视一世的战士；要是让他的势力继续发展下去，全世界都会受到他的威胁。无数的变化正在酝酿之中，它们像初出卵的小蛇一样,虽然已经有了生命,它们的毒舌还不会伤人。你去通告我的手下将士,就说我命令他们准备立刻动身。

爱诺巴勃斯　我就去照您的话办。(各下。)

第三场　同前。另一室

　　　　克莉奥佩特拉、查米恩、伊拉丝及艾勒克萨斯上。

克莉奥佩特拉　他呢?

查米恩　我后来一直没看见他。

克莉奥佩特拉　瞧瞧他在什么地方,跟什么人在一起,在干些什么事。不要说是我叫你去的。要是你看见他在发恼,就说我在跳舞;要是他样子很高兴,就对他说我突然病了。快去快来。(艾勒克萨斯下。)

查米恩　娘娘,我想您要是真心爱他,这一种手段是不能取得他的好感的。

克莉奥佩特拉　我有什么应该做的事没有做过呢?

查米恩　您应该什么事都顺从他的意思,别跟他闹别扭。

克莉奥佩特拉　你是个傻瓜;听了你的教训,我就要永远失去他了。

查米恩　不要过分玩弄他;我希望您不要这样。人们对于他们所畏惧的人,日久之后,往往会心怀怨恨。可是安东尼来了。

　　　　安东尼上。

克莉奥佩特拉　我身子不舒服,心绪很恶劣。

安东尼　我觉得非常难于启口——

克莉奥佩特拉　搀我进去,亲爱的查米恩,我快要倒下来了;我这身子再也支持不住,恐怕不久于人世了。

安东尼　我的最亲爱的女王——

克莉奥佩特拉　请你站得离开我远一点。

安东尼　究竟为了什么事？

克莉奥佩特拉　就从你那双眼睛里，我知道一定有些好消息。那位明媒正娶的娘子怎么说？你去吧。但愿她从来没有允许你来！不要让她说是我把你羁留在这里；我作不了你的主，你是她的。

安东尼　天神知道——

克莉奥佩特拉　啊！从来不曾有过一个女王受到这样大的欺骗；可是我早就看出你是不怀好意的。

安东尼　克莉奥佩特拉——

克莉奥佩特拉　你已经不忠于富尔维娅，虽然你向神明旦旦而誓，为什么我要相信你会真心爱我呢？被这些随口毁弃的空口的盟誓所迷惑，简直是无可理喻的疯狂！

安东尼　最可爱的女王——

克莉奥佩特拉　不，请你不必找什么借口，你要去就去吧。当你要求我准许你留下的时候，才用得着你的花言巧语；那时候你是怎么也不想走的；我的嘴唇和眼睛里有永生的欢乐，我的弯弯的眉毛里有天堂的幸福；我身上的每一部分都带着天国的馨香。它们并没有变样，除非你这全世界最伟大的战士已经变成了最伟大的说谎者。

安东尼　哎哟，爱人！

克莉奥佩特拉　我希望我也长得像你一样高，让你知道埃及女王也有一颗勇敢豪迈的心呢。

安东尼　听我说，女王：为了应付时局的需要，我不能不暂时离开这里，可是我的整个的心还是继续和你厮守在一起的。内乱的刀剑闪耀在我们意大利全境；塞克斯特斯·庞贝厄斯已经向罗马海口进发；国内两支势均力敌的军队，还在那儿彼此摩擦。不齿众口的人，只要培植起强大的势力，人心就会自然趋附他；被摈斥的庞贝仗着他父亲的威名，已经在不知不觉中取得那些现政局下失意分子的拥戴，他们人数众多，是罗马的心腹之患；蠢蠢思乱的人心，只要一旦起了什么剧烈的变化，就会造成不可收拾的混乱。关于我自己个人方面的，还有一个你可以放心让我走的理由，富尔维娅死了。

克莉奥佩特拉 年龄的增长虽然改不掉我的愚蠢，却能去掉我轻信人言的稚气。富尔维娅也会死吗？

安东尼 她死了，我的女王。瞧，请你有空读一读这封信，就知道她一手掀起了多少风波；我的好人儿，最后你还可以看到她死在什么时候、什么地方。

克莉奥佩特拉 啊，最负心的爱人！那应该盛满了你悲哀的泪珠的泪壶呢？现在我知道了，我知道了，富尔维娅死了，你是这个样子，将来我死了，我也推想得到你会怎样对待我。

安东尼 不要吵嘴了，静静地听我说明我的决意；要是你听了不以为然，我也可以放弃我的主张。凭着蒸晒尼罗河畔黏土的骄阳起誓，我现在离此他去，永远是你的兵士和仆人，或战或和，都遵照着你的意旨。

克莉奥佩特拉 解开我的衣带，查米恩，赶快；可是让它去吧，我是很容易害病，也很容易痊愈的。只消安东尼还懂得爱。

安东尼 我的宝贝女王，别说这种话，给我一个机会，试验试验我对你的真情吧。

克莉奥佩特拉 富尔维娅给了我一些教训。请你转过头去为她哀哭；然后再向我告别，就说那些眼泪是属于埃及女王的。好，扮演一幕绝妙的假戏，让它瞧上去活像真心的流露吧。

安东尼 你再说下去，我要恼了。

克莉奥佩特拉　你还可以表演得动人一些,可是这样也就不错了。

安东尼　凭着我的宝剑——

克莉奥佩特拉　和盾牌起誓。他越演越有精神了;可是这还不是他的登峰造极的境界。瞧,查米恩,这位罗马巨人的怒相有多么庄严。

安东尼　我要告辞了,陛下。

克莉奥佩特拉　多礼的将军,一句话。将军,你我既然必须分别——不,不是那么说;将军,你我曾经相爱过——不,也不是那么说;您知道——我想要说的是句什么话呀?唉!我的好记性正像安东尼一样,把什么都忘得干干净净了。

安东尼　倘不是为了你的高贵的地位,我就要说你是个无事嚼舌的女人。

克莉奥佩特拉　克莉奥佩特拉要是有那么好的闲情逸致,她也不会这样满腹悲哀了。可是,将军,原谅我吧;既然我的一举一动您都瞧不上眼,我也不知道怎样的行为才是适当的。您的荣誉在呼唤您去;所以不要听我的不足怜悯的痴心的哀求,愿所有的神明和您同在吧!愿胜利的桂冠悬在您的剑端,敌人到处俯伏在您的足下!

安东尼　我们去吧。来,我们虽然分离,实际上并没有分离;你住在这里,你的心却跟着我驰骋疆场;我离开了这里,我的心仍旧留在你身边。走吧!(同下。)

第四场　罗马。恺撒府中一室

奥克泰维斯·恺撒、莱必多斯及侍从等上。

恺撒　你现在可以知道,莱必多斯,我不是因为气量狭隘,才这样痛恨我们这位伟大的同僚。从亚历山大里亚传来的消息，都说他每天钓钓鱼，喝喝酒，嬉游纵乐，彻夜不休，比克莉奥佩特拉更没有男人的气概，既不接见宾客使者，也不把他旧日的同僚放在心上；凡是众人所最容易犯的过失，都可以在他身上找到。

莱必多斯　他的一二缺陷，决不能掩盖住他的全部优点；他的过失就像天空中的星点一般，因为夜间的黑暗而格外显著；它们是与生俱来的，不是有意获得的；他这是连自己也无能为力，绝不是存心如此。

恺撒　你太宽容了。即使我们承认淫乱了托勒密①王室的宫闱，为了一时的欢乐而牺牲了一个王国，和一个下贱的奴才对坐饮酒，踏着蹒跚的醉步白昼招摇过市，和那些满身汗臭的小人互相殴打，这种种恶劣的行为，都算不得他的过失；即使安东尼果然有那样希世的威仪，能够不因这些秽德而减色，我们也绝对不能宽恕他，因为他的轻举妄动，已经加重了我们肩头的负担。假如他因为闲散无事，用醇酒妇人消磨他的光阴，那么即使过度的淫乐煎枯了他的骨髓，也只是他自作自受，不干别人的事；可是在这样国家多难的时候，他还是沉迷不返，就像一个已经能够明白事理的孩子，因为贪图眼前的欢乐而忘记父兄的教诲一样，我们不能不对他严词谴责。

　　　　——使者上。

莱必多斯　又有什么消息来了。

使者　尊贵的恺撒，你的命令已经遵照实行，每一小时你都可以听到外边的消息。庞贝在海上的势力非常强大，那些因为畏惧而臣服恺撒的人，似乎都对他表示衷心的爱戴；不满意现

---

① 托勒密（Ptolemy），公元前三世纪至公元前一世纪埃及王室的名字。

状的，一个个都到海边投奔他。一般人都说罗马亏待了他。

恺撒　我应该早就料到这一点。人类的常情教训我们，一个人未在位的时候，是为众人所钦佩的，等到他一旦在位，大家就对他失去了信仰；受尽冷眼的失势英雄，身败名裂以后，也会受到世人的爱慕。群众就像漂浮在水上的菖蒲，随着潮流的方向而进退，在盲目的行动之中湮灭腐烂。

使者　恺撒，我还要报告你一件消息。茂尼克拉提斯和茂那斯，两个著名的海盗，啸集了大小船只，横行海上，四出剽掠，屡次侵犯意大利的海疆；沿海居民望风胆裂，年轻力壮的相率入伙，协同作乱；凡是出口的船舶，才离海岸，就被他们邀截而去；因为他们只要一提起庞贝的名字，就可以所向无敌。

恺撒　安东尼，离开你的荒唐的淫乐吧！你从前杀死了赫息斯和潘萨两个执政、从摩地那被逐出亡的时候，饥荒到处追随着你，你虽然是一个娇生惯养的人，却用无比的毅力和环境苦斗，忍受山谷野人所不堪忍受的苦难；你喝的是马尿和畜类嗅到了也会恶心的污水；吃的是荒野中粗恶生涩的浆果，甚至于像失食的牡鹿一样，当白雪铺盖牧场的时候，啃着树皮充饥；在阿尔卑斯山上，据说你曾经吃过腐烂的尸体，有些人看见这种东西是会惊怖失色的。我现在提起这些往事，虽然好像有伤你的名誉，可是当时你的确用百折不挠的战士的精神忍受这一切，你的神采奕奕的脸上，并不因此而现出一些憔悴的痕迹。

莱必多斯　可惜他不能全始全终。

恺撒　但愿他自知惭愧，赶快回到罗马来。现在我们两人必须临阵应战，所以应该立刻召集将士，决定方略；庞贝的势力是会在我们的怠惰之中一天一天强大起来的。

莱必多斯　恺撒，明天我就可以确实告诉你我能够在海陆双方集合多少的军力，应付当前的变局。

恺撒　我也要去调度一下。那么明天见。

莱必多斯　明天见，阁下。要是你听见外面有什么变动，请通知我一声。

恺撒　当然当然，那是我的责任。（各下。）

第五场　亚历山大里亚。宫中一室

克莉奥佩特拉、查米恩、伊拉丝及玛狄恩上。

克莉奥佩特拉　查米恩！

查米恩　娘娘！

克莉奥佩特拉　唉唉！给我喝一些曼陀罗汁。

查米恩　为什么，娘娘？

克莉奥佩特拉　我的安东尼去了，让我把这一段长长的时间昏睡过去吧。

查米恩　您太想念他了。

克莉奥佩特拉　啊！胡说！

查米恩　娘娘，我不敢。

克莉奥佩特拉　你，太监玛狄恩！

玛狄恩　陛下有什么吩咐？

克莉奥佩特拉　我现在不想听你唱歌；我不喜欢一个太监能做的任何事：好在你净了身子，再也不会胡思乱想，让你的一颗心飞出埃及。你也有爱情吗？

玛狄恩　有的，娘娘。

克莉奥佩特拉　当真！

玛狄恩　当真不了的，娘娘，因为我干不来那些伤风败俗的行为；

可是我也有强烈的爱情,我常常想起维纳斯和马斯所干的事。

克莉奥佩特拉 啊,查米恩!你想他现在是在什么地方?他是站着还是坐着?他在走吗?还是骑在马上?幸运的马啊,你能够把安东尼驮在你的身上!出力啊,马儿,你知道谁骑着你吗?他是撑持着半个世界的巨人,全人类的勇武的干城哩。他现在在说话了,也许他在低声微语,"我那古老的尼罗河畔的花蛇呢?"因为他是这样称呼我的。现在我在用最美味的毒药陶醉我自己。他在想念我吗,我这被福玻斯的热情的眼光烧灼得遍身黝黑、时间已经在我额上留下深深皱纹的人?阔面广颐的恺撒啊,当你大驾光临的时候,我还只是一个少不更事的女郎,伟大的庞贝老是把他的眼睛盯在我的脸上,好像永远舍不得离开一般。

　　艾勒克萨斯上。

艾勒克萨斯 埃及的女王,万岁!

克莉奥佩特拉 你和玛克·安东尼是多么不同!可是因为你是从他的地方来的,你的身上也带着几分他的光彩了。我的勇敢的玛克·安东尼怎样?

艾勒克萨斯 亲爱的女王,他在无数次的热吻以后,最后吻着这一颗东方的珍珠。他的话紧紧粘在我的心上。

克莉奥佩特拉 那就要靠我的耳朵来摘取了。

艾勒克萨斯 他说,"好朋友,你去说,那忠实的罗马人把这一颗蚌壳里的珍宝献给伟大的埃及女王;请她不要嫌这礼物的菲薄,因为我还要为她征服无数的王国,让它们在她富饶的王座之下臣服纳贡;你对她说,所有东方的国家,都要称她为它们的女王。"于是他点了点头,很庄严地骑上了一匹披甲的骏马;我虽然还想对他说话,可是那马儿的震耳的长嘶,把一切声音全都盖住了。

克莉奥佩特拉　啊！他是忧愁的还是快乐的？

艾勒克萨斯　就像在盛暑和严寒之间的季候一样，他既不忧愁也不快乐。

克莉奥佩特拉　多么平衡沉稳的性情！听着，听着，查米恩，这才是一个男子；可是听着。他并不忧愁，因为他必须把他的光辉照耀到那些仰望他的人的脸上；他并不快乐，那似乎告诉他们他的眷念是和他的欢乐一起留在埃及的；可是在这两者之间，啊，神圣的混合，无论你忧愁或快乐，那强烈的情绪都可以显出你的可爱，没有一个人能够比得上你。你碰见我的使者吗？

艾勒克萨斯　是，娘娘，我碰见二十个给您送信的人。为什么您这样接连不断地叫他们寄信去？

克莉奥佩特拉　谁要是在我忘记寄信给安东尼的那一天出世的，一定穷苦而死。查米恩，拿墨水和信纸来。欢迎，我的好艾勒克萨斯。查米恩，我曾经这样爱过恺撒吗？

查米恩　啊，那勇敢的恺撒！

克莉奥佩特拉　让另外一句感叹窒塞了你的咽喉吧！你应该说勇敢的安东尼。

查米恩　威武的恺撒！

克莉奥佩特拉　凭着爱昔斯女神起誓，你要是再把恺撒的名字和我的唯一的英雄相提并论，我要打得你满口出血了。

查米恩　请娘娘开恩恕罪，我不过把您说过的话照样说说罢了。

克莉奥佩特拉　那时候我年轻识浅，我的热情还没有煽起，所以才会说那样的话！可是来，我们进去吧；把墨水和信纸给我。他将要每天收到一封信，要不然我要把埃及全国的人都打发去为我送信。（同下。）

第二幕

第一场　墨西拿。庞贝府中一室

　　庞贝、茂尼克拉提斯及茂那斯同上。

庞贝　伟大的天神们假如是公平正直的，他们一定会帮助理直辞正的人。

茂尼克拉提斯　尊贵的庞贝，天神对于他们所眷顾的人，也许给他一时的留难，但决不会长久使他失望。

庞贝　当我们还在向他们神座之前祈求的时候，也许我们的希望已经毁灭了。

茂尼克拉提斯　我们昧于利害，往往所祈求的反而对我们自己有损无益；聪明的天神拒绝我们的祷告，正是玉成我们的善意；我们虽然所愿不遂，其实还是实受其利。

庞贝　我一定可以成功：人民这样爱戴我，海上的霸权已经操在我的手里；我的势力正像上弦月一样逐渐扩展，终有一天会变成一轮高悬中天的满月。玛克·安东尼正在埃及闲坐宴饮，懒得出外作战；恺撒搜括民财，弄得众怒沸腾；莱必多斯只知道两面讨好，他们两人也对他假意殷勤，可是他对他们两人既然并无好感,他们两人也不把他放在心上。

茂那斯　恺撒和莱必多斯已经上了战场;他们带着一支很强大的军队。

庞贝　你从什么地方听到这个消息?那是假的。

茂那斯　西尔维斯说的,主帅。

庞贝　他在做梦;我知道他们都在罗马等候着安东尼。淫荡的克莉奥佩特拉啊,但愿一切爱情的魔力柔润你的褪了色的朱唇!让妖术和美貌互相结合,再用淫欲加强它们的魅力!把这浪子围困在酒色阵里,让他的头脑终日昏迷;美味的烹调刺激他的食欲,醉饱酣眠消磨了他的雄心,直到长睡不醒的一天!

　　　凡里厄斯上。

庞贝　啊,凡里厄斯!

凡里厄斯　我要报告一个非常确实的消息:玛克·安东尼快要到罗马了;他早已离开埃及,算起日子来应该早到了。

庞贝　我真不愿相信这句话。茂那斯,我想这位好色之徒未必会为了这样一场小小的战争而披起他的甲胄来。讲到他的将才,的确要比那两个人胜过一倍;要是我们这一次行动,居然能够把沉湎女色的安东尼从那埃及寡妇的怀中惊醒起来,那倒很可以抬高我们的身价。

茂那斯　我想恺撒和安东尼未必能够彼此相容;他的已故的妻子曾经得罪恺撒,他的兄弟也和恺撒动过刀兵,虽然我想不是出于安东尼的指使。

庞贝　茂那斯,我不知道他们大敌当前,会不会捐弃私人间的嫌怨。倘不是我向他们三人揭起了挑战的旗帜,他们大概就会自相火并的,因为他们彼此间的积恨,已经到了剑拔弩张的境地了;可是我们还要看看同仇敌忾的心理究竟能够把他们团结到什么程度。一切依照神明的意旨吧!我们的成败存亡,全看我们能不能运用坚强的手腕。来，茂那斯。（同下。）

第二场　罗马。莱必多斯府中一室

　　爱诺巴勃斯及莱必多斯上。

莱必多斯　好爱诺巴勃斯，你要是能够劝告你家主帅，请他在说话方面温和一些，那就是做了一件大大的好事了。

爱诺巴勃斯　我要请他按照他自己的本性说话；要是恺撒激恼了他，让安东尼向恺撒睥睨而视，发出像战神一样的怒吼吧。凭着朱庇特起誓，要是安东尼的胡子装在我的脸上，我今天决不愿意修剪。

莱必多斯　现在不是闹私人意气的时候。

爱诺巴勃斯　要是别人有意寻事，那就随时都可以闹起来的。

莱必多斯　可是我们现在有更重大的问题，应该抛弃小小的争执。

爱诺巴勃斯　要是小小的争执在前，重大的问题在后，那就不能这么说。

莱必多斯　你的话全然是感情用事；可是请你不要拨起火灰来。尊贵的安东尼来了。

　　安东尼及文提狄斯上。

爱诺巴勃斯　恺撒也打那边来了。

　　恺撒、茂西那斯及阿格立巴上。

安东尼　要是我们在这儿相安无事，你就到帕提亚去；听着，文提狄斯。

恺撒　我不知道，茂西那斯；问阿格立巴。

莱必多斯　尊贵的朋友们，非常重大的事故把我们联合在一起，让我们不要因为细微的小事而彼此参商。各人有什么不痛快的地方，不妨平心静气提出来谈谈；要是为了一点小小的意见而弄得面红耳赤，那就不单是见伤不救，简直是向病人行刺了。所以，尊贵的同僚们，请你们俯从我的诚恳的请求，用最友好的态度讨论你们最不愉快的各点，千万不要意气用事，处理当前的大事是主要的。

安东尼　说得有理。即使我们现在彼此以兵戎相见，也应该保持这样的精神。

恺撒　欢迎你回到罗马来！

安东尼　谢谢你。

恺撒　请坐。

安东尼　请坐。

恺撒　那么有僭了。

安东尼　听说你为了一些捕风捉影，或者和你毫不相干的事情，心里不大痛快。

恺撒　要是我无缘无故，或者为了一些小小的事情而生起气来，尤其是生你的气，那不是笑话了吗？要是你的名字根本用不着我提在嘴上，我却好端端把它诋毁，那不更是笑话了吗？

安东尼　恺撒，我在埃及跟你有什么相干？

恺撒　本来你在埃及，就跟我在罗马一样，大家都是各不相干的；可是假如你在那边图谋危害我的地位，那我就不能不把它当作一个与我有关的问题了。

安东尼　你说我图谋危害是什么意思？

恺撒　你只要看看我在这儿遭到些什么事情，就可以懂得我的意思。你的妻子和兄弟都向我宣战，他们用的都是你的名义。

安东尼　你完全弄错了；我的兄弟从来没有让我与闻他的行动。我曾经调查这件事情的经过，从几个和你交锋过的人的嘴里听到确实的报告。他不是把你我两人一律看待，同样向我们两人的权力挑战吗？我早就有信给你，向你解释过了。你要是有意寻事，应该找一个更充分的理由，这样的借口是不能成立的。

恺撒　你推托得倒很干净，可是太把我看得不明事理啦。

安东尼　那倒不是这样说；我相信你一定不会不想到，他既然把我们两人同时作为攻击的目标，我当然不会赞许他这一种作乱的行为。至于我的妻子，那么我希望你也有一位像她这样强悍的夫人：三分之一的世界在你的统治之下，你可以很容易地把它驾驭，可是你永远驯服不了这样一个妻子。

爱诺巴勃斯　但愿我们都有这样的妻子，那么男人可以和女人临阵对垒了！

安东尼　恺撒，她的脾气实在太暴躁了，虽然她也是个精明强干的人；我很抱歉她给了你很大的烦扰，你必须原谅我没有力量控制她。

恺撒　你在亚历山大里亚喝酒作乐的时候，我有信写给你；你却把我的信置之不理，把我的使者一顿辱骂赶出去。

安东尼　阁下，这是他自己不懂礼节。我还没有叫他进来，他就莽莽撞撞走到我的面前；那时候我刚宴请过三个国王，不免有些酒后失态；可是第二天我就向他当面说明，那也等于向他道歉一样。让我们不要把这个人作为我们争论的题目吧；我们即使反目，也不要把他当作借口。

恺撒　你已经破坏盟约，我却始终信守。

莱必多斯　得啦，恺撒！

安东尼　不，莱必多斯，让他说吧；这是攸关我的荣誉的事，果然如他所说，我就是一个不讲信义的人了。说，恺撒，我怎么破坏了盟约。

恺撒　我们有约在先，当我需要你的助力的时候，你必须举兵相援，可是你却拒绝我的请求。

安东尼　那是我一时糊涂,疏忽了我的责任;我愿意向你竭诚道歉。我的诚实决不会减低我的威信;失去诚实,我的权力也就无法施行。那个时候我实在不知道富尔维娅为了希望我离开埃及,已经在这儿发动战事。在这一点上,我应该请你原谅。

莱必多斯　这才是英雄的口气。

茂西那斯　请你们两位不要记念旧恶,还是合力同心,应付当前的局势吧。

莱必多斯　说得有理,茂西那斯。

爱诺巴勃斯　或者你们可以暂时做一会儿好朋友,等到庞贝的名字不再被人提起以后,你们没有别的事情可做,不妨旧事重提,那时候尽你们去争吵好了。

安东尼　你是个武夫,不要胡说。

爱诺巴勃斯　老实人是应该闭口不言的,我倒几乎忘了。

安东尼　少说话,免得伤了在座众人的和气。

爱诺巴勃斯　好,好,我就做一块小心翼翼的石头。

恺撒　他的出言虽然莽撞,却有几分意思;因为我们的行动这样互相背驰,要维持长久的友谊是不可能的。不过要是我知道有什么方法可以加强我们的团结,那我即使踏遍天涯去访求也是愿意的。

阿格立巴　允许我说一句话,恺撒。

恺撒　说吧,阿格立巴。

阿格立巴　你有一个同母姊妹,贤名久播的奥克泰维娅;玛克·安东尼现在是一个鳏夫。

恺撒　不要这样说,阿格立巴;要是给克莉奥佩特拉听见了,少不了一顿骂。

安东尼　我没有妻室,恺撒;让我听听阿格立巴有些什么话说。

阿格立巴　为了保持你们永久的和好，使你们成为兄弟，把你们的心紧紧结合在一起，让安东尼娶奥克泰维娅做他的妻子吧；她的美貌配得上世间第一等英雄，她的贤德才智胜过任何人所能给她的誉扬。缔结了这一段姻缘以后，一切现在所看得十分重大的猜忌疑虑，一切对于目前的危机所感到的严重的恐惧，都可以一扫而空；现在你们把无稽的传闻看得那样认真，到了那时候，真正的事实也都可以一笑置之了；她对于你们两人的爱，一定可以促进你们两人间的情谊。请你们恕我冒昧，提出了这样一个意见；这并不是我临时想起来的，我觉得自己责任所在，早就把这意思详细考虑过了。

安东尼　恺撒愿意表示他的意见吗？

恺撒　他必须先听听安东尼对于这番话有什么反应。

安东尼　要是我说，"阿格立巴，照你的话办吧，"阿格立巴有什么力量，可以使它成为事实呢？

恺撒　恺撒有这样的力量，他可以替奥克泰维娅做主。

安东尼　但愿这一件大好的美事没有一点阻碍，顺利达到了我们的愿望！把你的手给我；从现在起，让兄弟的友爱支配着我们远大的计划！

恺撒　这儿是我的手。我给了你一个妹妹，没有一个兄长爱他的妹妹像我爱她一样；让她联系我们的王国和我们的心，永远不要彼此离贰！

莱必多斯　但愿如此。阿门！

安东尼　我不想对庞贝作战，因为他最近对我礼意非常优渥，我必须先答谢他的盛情，免得被他批评我无礼；然后我再责问他兴师犯境的理由。

莱必多斯　时间不容我们犹豫；我们倘不立刻就去找庞贝，庞贝就要来找我们了。

安东尼　他驻屯在什么地方？

恺撒　在密西嫩山附近。

安东尼　他在陆地上的实力怎样？

恺撒　很强大，而且每天都在扩充；可是在海上他已经握有绝对的主权。

安东尼　外边的传说正是这样。我们大家早一点商量商量就好了！事不宜迟；可是在我们穿上武装以前，先把刚才所说的事情办好吧。

恺撒　很好，我现在就带你到舍妹那儿去，介绍你们见见面。

安东尼　去吧；莱必多斯，你也必须陪我们去。

莱必多斯　尊贵的安东尼，即使有病我也要扶杖追随的。（喇叭奏花腔。恺撒、安东尼、莱必多斯同下。）

茂西那斯　欢迎你从埃及回来，朋友！

爱诺巴勃斯　恺撒的心腹，尊贵的茂西那斯！我的正直的朋友阿格立巴！

阿格立巴　好爱诺巴勃斯！

茂西那斯　事情这样圆满解决，真是可喜。你在埃及将养得很好。

爱诺巴勃斯　是的，老兄；我们白天睡得日月无光，夜里喝得天旋地转。

茂西那斯　听说十二个人吃一顿早餐，烤了八口整个的野猪，有这回事吗？

爱诺巴勃斯　这不过是大鹰旁边的一只苍蝇而已；我们还有更惊人的豪宴，那说来才叫人咋舌呢。

茂西那斯　她是一位非常豪华的女王，要是一般的传说没有把她夸张过分的话。

爱诺巴勃斯　她在昔特纳斯河上第一次遇见玛克·安东尼的时候，就把他的心捉住了。

阿格立巴　我也听见说他们在那里会面。

爱诺巴勃斯　让我告诉你们。她坐的那艘画舫就像一尊在水上燃烧的发光的宝座；舵楼是用黄金打成的；帆是紫色的，熏染着异香，逗引得风儿也为它们害起相思来了；桨是白银的，随着笛声的节奏在水面上下，使那被它们击动的痴心的水波加快了速度追随不舍。讲到她自己，那简直没有字眼可以形容；她斜卧在用金色的锦绸制成的天帐之下，比图画上巧夺天工的维纳斯女神还要娇艳万倍；在她的两旁站着好几个脸上浮着可爱的酒窝的小童，就像一群微笑的丘匹德一样，手里执着五彩的羽扇，那羽扇的风，本来是为了让她柔嫩的面颊凉快一些的，反而使她的脸色变得格外绯红了。

阿格立巴　啊！安东尼看见这样一位美人，真是几生有幸！

爱诺巴勃斯　她的侍女们像一群海上的鲛人神女，在她眼前奔走服侍，她们的周旋进退，都是那么婉娈多姿；一个作着鲛人装束的女郎掌着舵，她那如花的纤手矫捷地执行她的职务，沾沐芳泽的丝缆也都得意得心花怒放了。从这画舫之上散出一股奇妙扑鼻的芳香，弥漫在附近的两岸。倾城的仕女都出来瞻望她，只剩安东尼一个人高坐在市场上，向着空气吹啸；那空气倘不是因为填充空隙的缘故，也一定飞去观看克莉奥佩特拉，而在天地之间留下一个缺口了。

阿格立巴　稀有的埃及人！

爱诺巴勃斯　她上了岸，安东尼就遣使请她晚餐；她回答说他是客人，应当让她自己尽东道之谊，请他进宫赴宴。我们这位娴习礼仪的安东尼是从来不曾在一个妇女面前说过一个"不"字的，整容十次方才前去；这一去不打紧，为了他眼睛所享受的盛餐，他把一颗心付了下来，作为一席之欢的代价了。

阿格立巴　了不得的女人！怪不得我们从前那位恺撒为了她竟放

下刀枪，安置在她的床边；他耕耘，她便发出芽苗。

爱诺巴勃斯　我有一次看见她从市街上奔跳过去，一边喘息一边说话；那呼呼娇喘的神气，也是那么楚楚动人，在她破碎的语言里，自有一种天生的魅力。

茂西那斯　现在安东尼必须把她完全割舍了。

爱诺巴勃斯　不，他决不会丢弃她，年龄不能使她衰老，习惯也腐蚀不了她的变化无穷的伎俩；别的女人使人日久生厌，她却越是给人满足，越是使人饥渴；因为最丑恶的事物一到了她的身上，也会变成美好，即使她在卖弄风情的时候，神圣的祭司也不得不为她祝福。

茂西那斯　要是美貌、智慧和贤淑可以把安东尼的心安定下来，那么奥克泰维娅是他的一位很好的内助。

阿格立巴　我们走吧。好爱诺巴勃斯，当你在这儿停留的时候，请你做我的客人吧。

爱诺巴勃斯　多谢你的好意。（同下。）

第三场　同前。恺撒府中一室

恺撒、安东尼、奥克泰维娅（居二人之间）及侍从等上。

安东尼　这广大的世界和我的重要的职务，使我有时不能不离开你的怀抱。

奥克泰维娅　当你出去的时候，我将要长跪神前，为你祈祷。

安东尼　晚安，阁下！我的奥克泰维娅，不要从世间的传说之中诵读我的缺点；我过去诚然有行止不检的地方，可是从今以后，一定循规蹈矩。晚安，亲爱的女郎！

奥克泰维娅　晚安，将军！

恺撒　晚安！（恺撒、奥克泰维娅同下。）

　　　　预言者上。

安东尼　喂，我问你，你想不想回埃及去？

预言者　我希望我从来没有离开埃及，我更希望你从来没有到过埃及！

安东尼　你能够告诉我你的理由吗？

预言者　我心里明白，嘴里却说不出来。可是我看你还是赶快到埃及去吧。

安东尼　对我说，将来是恺撒的命运强，还是我的命运强？

预言者　恺撒的命运强。所以，安东尼啊！不要留在他的旁边吧。你的本命星是高贵勇敢、一往无敌的，可是一挨近恺撒的身边，它就黯然失色，好像被他掩去了光芒一般；所以你应该和他离得远一点儿才好。

安东尼　不要再提起这些话了。

预言者　这些话我只对你说；别人面前我可再也不提起。你无论跟他玩什么游戏，一定胜不过他，因为他有那种天赋的幸运，即使明明你比他本领高强，他也会把你击败。凡是他的光辉所在，你的光总是黯淡的。我再说一句，你在他旁边的时候，你的本命星就会惴惴不安，失去了主宰你的力量，可是他一走开，它又变得不可一世了。

安东尼　你去对文提狄斯说，我要跟他谈谈。（预言者下）他必须到帕提亚去。这家伙也许果然能够知道过去未来，也许给他偶然猜中，说的话倒很有道理。就是骰子也会听他的话；我们在游戏之中，虽然我的技术比他高明，总敌不过他的手风顺利；抽签的时候，总是他占便宜；无论斗鸡斗鹑，他都能够以弱胜强。我还是到埃及去；虽然为了息事宁人而缔结了这门婚事，可是我的快乐是在东方。

文提狄斯上。

安东尼　啊！来，文提狄斯，你必须到帕提亚去一次；你的委任文书已经办好了，跟我来拿吧。（同下。）

第四场　同前。街道

莱必多斯、茂西那斯及阿格立巴上。

莱必多斯　不劳远送，请两位催促你们的主帅早日就道。

阿格立巴　将军，等玛克·安东尼和奥克泰维娅温存一下，我们就会来的。

莱必多斯　那么等你们披上戎装以后，我再跟你们相见吧。

茂西那斯　照路程计算起来，莱必多斯，我们可以比你先到密西嫩山。

莱必多斯　你们的路程要短一些；我因为还有其他的任务，不能不多绕一些远路。你们大概比我先到两天。

茂西那斯　将军，祝你成功！

阿格立巴　莱必多斯　再会！（各下。）

第五场　亚历山大里亚。宫中一室

克莉奥佩特拉、查米恩、伊拉丝、艾勒克萨斯及侍从等上。

克莉奥佩特拉　给我奏一些音乐；对于我们这些以恋爱为职业的人，音乐是我们忧郁的食粮。

侍从　奏乐！

玛狄恩上。

克莉奥佩特拉　算了；我们打弹子吧。来，查米恩。

查米恩　我的手腕疼；您跟玛狄恩打吧。

克莉奥佩特拉　女人跟人监玩，就像女人跟女人玩一样。来，你愿意陪我玩玩吗？

玛狄恩　我愿意勉力奉陪，娘娘。

克莉奥佩特拉　心有余而力不足，那一片好意，总是值得嘉许的。我现在也不要打弹子了。替我把钓竿拿来，我们到河边去；你们在远远的地方奏着音乐，我就把钓竿放下去，诱那长着赭色鳍片的鱼儿上钩；我的弯弯的钓钩要钩住它们滑溜溜的嘴巴；当我拉起它们来的时候，我要把每一尾鱼当作一个安东尼，我要说，"啊哈！你可给我捉住啦！"

查米恩　那一次您跟他在一起钓鱼，你们还打赌哩；他不知道您已经叫一个人钻在水里，悄悄把一条腌鱼挂在他的钓钩上了，而他还当是什么好东西，拼命地往上提，想起来真是有趣得很。

克莉奥佩特拉　唉，提起那些话，真叫人不胜今昔之感！那时候我笑得他老羞成怒，可是一到晚上，我又笑得他回嗔作喜；第二天早晨我在九点钟以前就把他灌醉上床，替他穿上我的衣帽，我自己佩带了他那柄腓力比的宝剑。

　　　　一使者上。

克莉奥佩特拉　啊！从意大利来的；我的耳朵里久已不听见消息了，你有多少消息，一起把它们塞了进去吧。

使者　娘娘，娘娘——

克莉奥佩特拉　安东尼死了！你要是这样说，狗才，你就杀死你的女主人了；可是你要是说他平安无恙，这儿有的是金子，你还可以吻一吻这一只许多君王们曾经吻过的手；他们一面吻，一面还发抖呢。

使者　第一，娘娘，他是平安的。

克莉奥佩特拉　啊，我还要给你更多的金子。可是听着，我们常常说已死的人是平安的；要是你也是这个意思，我就要把那赏给你的金子熔化了，灌下你这报告凶讯的喉咙里去。

使者　好娘娘，听我说。

克莉奥佩特拉　好，好，我听你说；可是瞧你的相貌不像是个好人；安东尼要是平安无恙，不该让这样一张难看的面孔报告这样大好的消息；要是他有什么疾病灾难，你应该像一尊头上盘绕着毒蛇的凶神，不该仍旧装作人的样子。

使者　请您听我说下去吧。

克莉奥佩特拉　我很想在你没有开口以前先把你捶一顿；可是你要是说安东尼没有死，很平安，恺撒待他很好，没有把他监禁起来，我就把金子像暴雨一般淋在你头上，把珍珠像冰雹一样撒在你身上。

使者　娘娘，他很平安。

克莉奥佩特拉　说得好。

使者　他跟恺撒感情很好。

克莉奥佩特拉　你是个好人。

使者　恺撒和他的友谊已经比从前大大增进了。

克莉奥佩特拉　我要赏给你一大笔财产。

使者　可是，娘娘——

克莉奥佩特拉　我不爱听"可是"，它会推翻先前所说的那些好消息；呸，"可是"！"可是"就像一个狱卒，它会带上一个大奸巨恶的罪犯。朋友，请你把你所知道的消息，不管是好的坏的，一起灌进我的耳朵里吧。他跟恺撒很要好；他身体健康，你说；你还说他行动自由。

使者　自由，娘娘！不，我没有这样说；他已经被奥克泰维娅约束住了。

克莉奥佩特拉　什么约束?

使者　他们已经缔结了百年之好。

克莉奥佩特拉　查米恩,我的脸色发白了!

使者　娘娘,他跟奥克泰维娅结了婚啦。

克莉奥佩特拉　最恶毒的瘟疫染在你身上!(击使者倒地。)

使者　好娘娘,请息怒。

克莉奥佩特拉　你说什么?滚,(又击)可恶的狗才!否则我要把你的眼珠放在脚前踢出去;我要拔光你的头发;(将使者拉扯殴辱)我要用钢丝鞭打你,用盐水煮你,用酸醋慢慢地浸死你。

使者　好娘娘,我不过报告您这么一个消息,又不是我做的媒。

克莉奥佩特拉　说没有这样的事,我就赏给你一处封邑,让你安享富贵;你惹我生气,我已经打过了你,也不再计较了;你还有什么要求,只要向我说,我都可以答应你。

使者　他真的结了婚啦,娘娘。

克莉奥佩特拉　混蛋!你不要活命吗?(拔刀。)

使者　哎哟,那我可要逃了。您这是什么意思,娘娘?我没有过失呀。(下。)

查米恩　好娘娘,定一定心吧;这人是没有罪的。

克莉奥佩特拉　天雷殛死的不一定是有罪的人。让埃及溶解在尼罗河里,让善良的人都变成蛇吧!叫那家伙进来;我虽然发疯,我还不会咬他。叫他进来。

查米恩　他不敢来。

克莉奥佩特拉　我不伤害他就是了。(查米恩下)这一双手太有失自己的尊严了,是我自己闯的祸,却去殴打一个比我卑微的人。

　　　　查米恩及使者重上。

克莉奥佩特拉　过来，先生。把坏消息告诉人家，即使诚实不虚，总不是一件好事；悦耳的喜讯不妨极口渲染，不幸的噩耗还是缄口不言，让那身受的人自己感到的好。

使者　我不过尽我的责任。

克莉奥佩特拉　他已经结了婚吗？你要是再说一声"是"，我就更恨你了。

使者　他已经结了婚了，娘娘。

克莉奥佩特拉　愿天神重罚你！你还是这么说吗？

使者　我应该说谎吗，娘娘？

克莉奥佩特拉　啊！我但愿你说谎，即使我的半个埃及完全陆沉，变成鳞蛇栖息的池沼。出去；要是你有美少年那耳喀索斯一般美好的姿容，在我的眼中你也是最丑陋的伧夫。他结了婚吗？

使者　求陛下恕罪。

克莉奥佩特拉　他结了婚吗？

使者　陛下不要见气，我也不过遵照您的命令行事，要是因此而受责，那真是太冤枉啦。他跟奥克泰维娅结了婚了。

克莉奥佩特拉　啊，他的过失现在都要叫你承担，虽然你所肯定的，又与你无关！滚出去；你从罗马带来的货色我接受不了；让它堆在你身上，把你压死！（使者下。）

查米恩　陛下息怒。

克莉奥佩特拉　我在赞美安东尼的时候，把恺撒诋毁得太过分了。

查米恩　您好多次都是这样，娘娘。

克莉奥佩特拉　现在我可受到报应啦。带我离开这里；我要晕倒了。啊，伊拉丝！查米恩！算了。好艾勒克萨斯，你去问问那家伙，奥克泰维娅容貌长得怎样，多大年纪，性格怎样；不要忘记问她的头发是什么颜色；问过了赶快回来告诉我。（艾勒克萨斯下）让他一去不回吧；不，查米恩！我还是望他回来，虽然他一边的面孔像个狰狞的怪物，另一边却像威武的战神。（向玛狄恩）你去叫艾勒克萨斯再问问她的身材有多高。可怜我，查米恩，可是不要对我说话。带我到我的寝室里去。（同下。）

第六场　密西嫩附近

　　喇叭奏花腔。鼓角前导，庞贝及茂那斯自一方上；恺撒、安东尼、莱必多斯、爱诺巴勃斯、茂西那斯率兵士等自另一方行进上。

庞贝　我已经得到你们的保证，你们也已经得到我的保证，在没有交战以前，让我们先来举行一次谈判。

恺撒　先礼后兵是最妥当的办法，所以我们已经把我们的目的预先用书面通知你了；你要是已经把它考虑过，请让我们知道那些条件能不能使你收起你的愤愤不平的剑，带领你的子弟们回到西西里去，免得白白在这里牺牲许多有用的青年。

庞贝　你们三位是当今宰制天下的元老，神明意旨的主要执行者，你们还记得裘力斯·恺撒的阴魂在腓利比向善良的勃鲁托斯作祟的时候，他看见你们怎样为他出力；我的父亲也是有儿子、有朋友的，为什么他就没有人替他复仇？脸色惨白的凯歇斯为什么要阴谋作乱？那正直无私、为众人所尊敬的罗马人勃鲁托斯，和他的武装的党徒们，那一群追求着可爱的自由的人，为什么要血溅圣殿？他们的目的不是希望有一个真正的英雄出来统治罗马吗？我现在兴起水上的雄师，驾着怒海的波涛而来，也就是为了这一个目的；凭着我的盛大的军力，我要痛惩无情的罗马，报复它对我尊贵的父亲负心的罪辜。

恺撒　什么事情都好慢慢商量。

安东尼　庞贝，你不能用你船只的强盛吓退我们；就是到海上见面，我们也决不怕你。在陆地上你知道我们的力量是远远胜过你的。

庞贝　不错，在陆地上你把我父亲的屋子也占去了；可是既然杜鹃不会自己筑巢，你就住下去吧。

莱必多斯　现在我们不必讲别的话，请告诉我们，你对于我们向你提出的条件觉得怎样？

恺撒　这是我们今天谈话的中心。

安东尼　我们并不一定要求你接受，请你自己熟权利害。

恺撒　要是这样的条件还不能使你满足，那么妄求非分的结果也是值得考虑的。

庞贝　你们允许把西西里和撒丁尼亚两岛让给我；我必须替你们扫除海盗，还要把多少小麦送到罗马；双方同意以后，就可以完盾全刃，各自回去。

恺撒 & 安东尼 & 莱必多斯　这正是我们所提的条件。

庞贝　那么告诉你们吧，我到这儿来跟你们会见，本来是预备接受你们的条件的，可是看见了玛克·安东尼，却有点儿气愤不过。虽然一个人不该自己卖弄恩德，不过你要知道，恺撒和你兄弟交战的时候，你的母亲到西西里来，曾经受到殷勤的礼遇。

安东尼　我也听见说起过，庞贝；我早就想重重谢你。

庞贝　让我握你的手。将军，想不到我会在这儿碰见你。

安东尼　东方的枕褥是温暖的；幸亏你把我叫了起来，否则我还要在那边留恋下去，错过许多机会了。

恺撒　自从我上次看见你以后，你已经变了许多啦。

庞贝　嗯，我不知道冷酷的命运在我的脸上留下了什么痕迹，可是我决不让她钻进我的胸中，使我的心成为她的臣仆。

莱必多斯　今天相遇，真是一件幸事。

庞贝　我也希望这样，莱必多斯。那么我们已经彼此同意了。为了表示郑重起见，我希望把我们的协定写下来，各人签署盖印。

恺撒　那是当然的手续。

庞贝　我们在分手以前，还要各人互相请一次客；让我们抽签决定哪一个人先请。

安东尼　我先来吧，庞贝。

庞贝　不，安东尼，你也得抽签；可是不管先请后请，你那很好的埃及式烹调是总要领教领教的。我听说裘力斯·恺撒在那边吃成了一个胖子。

安东尼　你倒听到不少事哪。

庞贝　我并无恶意，将军。

安东尼　那么你就好好地讲吧。

庞贝　这些我都是听来的。我还听见说，阿坡罗陀勒斯把一个——

爱诺巴勃斯　那话不用说了，是有这一回事。

庞贝　请问是怎么一回事？

爱诺巴勃斯　把一个女王裹在褥子里送到恺撒的地方。

庞贝　我现在记起你来了；你好，壮士？

爱诺巴勃斯　有酒有肉，怎么不好；看来我的口福不浅，眼前就要有四次宴会了。

庞贝　让我握握你的手；我从来没有对你怀恨。我曾经看见你打仗，很钦慕你的勇敢。

爱诺巴勃斯　将军，我对您一向没有多大好感，可是我不是没有称赞过您，虽然我给您的称赞，还不及您实际价值的十分之一。

庞贝　你的爽直正是你的好处。现在我要请各位赏光到敝船上去叙叙；请了，各位将军。

恺撒 & 安东尼 & 莱必多斯　请你领路，将军。（除茂那斯、爱诺巴勃斯外皆下。）

茂那斯　庞贝，你的父亲是绝不会签订这样的条约的。朋友，我们曾经有一面之雅。

爱诺巴勃斯　我想我在海上见过你。

茂那斯　正是，朋友。

爱诺巴勃斯　你在海上很了不得。

茂那斯　你在陆地上也不错。

爱诺巴勃斯　谁愿意恭维我的，我都愿意恭维他；虽然我在陆地上横行无敌，是一件无可否认的事。

茂那斯　我在水上横行无敌，也是不可否认的。

爱诺巴勃斯　为了你自己的安全，你还是否认了的好；你是一个海上的大盗。

茂那斯　你是一个陆地的暴徒。

爱诺巴勃斯　那么我就否认我的陆地上的功劳。可是把你的手给我，茂那斯；要是我们的眼睛可以替我们作见证，它们在这儿可以看见两个盗贼握手言欢。

茂那斯　人们的手尽管不老实，他们的脸总是老实的。

爱诺巴勃斯　可是没有一个美貌的女人有一张老实的脸。

茂那斯　不错，她们是会把男人的心偷走的。

爱诺巴勃斯　我们到这儿来，本来是要跟你们厮杀。

茂那斯　拿我自己说，打仗变成了喝酒，真是扫兴得很。庞贝今天把他的一份家私笑掉了。

爱诺巴勃斯　要是他真的把家私笑掉了，那可是再也哭不回来的。

茂那斯　你说得有理，朋友。我们没有想到会在这儿看见玛克·安东尼。请问他已经跟克莉奥佩特拉结了婚吗？

爱诺巴勃斯　恺撒的妹妹名叫奥克泰维娅。

茂那斯　不错，朋友；她本来是卡厄斯·玛瑟勒斯的妻子。

爱诺巴勃斯　可是她现在是玛克斯·安东尼厄斯的妻子了。

茂那斯　怎么？

爱诺巴勃斯　这句话是真的。

茂那斯　那么恺撒跟他永远联合在一起了。

爱诺巴勃斯　要是叫我预测这一个结合的将来，我可不敢发表这样乐观的论断。

茂那斯　我想这一门婚事，大概还是政策上的权宜，不是出于男女双方的爱恋。

爱诺巴勃斯　我也这样想；可是你不久就会发现联结他们友谊的这一条带子，结果反而勒毙了他们的感情。奥克泰维娅的性情是端庄而冷静的。

茂那斯　谁不愿意有这样一个妻子？

爱诺巴勃斯　玛克·安东尼自己不是这样一个人，所以他也不喜欢这样一个妻子。他一定会再到埃及去领略他的异味；那时候奥克泰维娅的叹息便会扇起恺撒心头的怒火，正像我刚才所说，她现在是他们两人之间感情的联系，将来却会变成促动两人反目的原因。安东尼的心早已另有所属了，他在这儿结婚，只是一种应付环境的手段。

茂那斯　你的话也许会成为事实。来，朋友，上船去吧。我要请你喝杯酒呢。

爱诺巴勃斯　我一定领情；我们在埃及是喝惯了大口的酒的。

茂那斯　来，我们去吧。（同下。）

第七场　密西嫩附近海面庞贝大船上

　　　　音乐；两三仆人持酒食上。

仆甲　他们就要到这儿来啦，伙计。有几个人已经醉得站立不稳，一丝最轻微的风都可以把他们吹倒。

仆乙　莱必多斯喝得满脸通红。

仆甲　他们故意开他的玩笑，尽是哄他一杯一杯灌下去。

仆乙　他们自己却留着酒量，他只顾叫喊"不喝了，不喝了"；结果还是自己管不住自己。

仆甲　他岂不是失去了理智，开了自己的玩笑。

仆乙　混在大人物中间，给他们玩弄玩弄也是活该。叫我举一根捎不起的枪杆子，不如拈一根不中用的芦苇。

仆甲　高居于为众人所仰望的地位而毫无作为，正像眼眶里没有眼珠、只留下两个怪可怜的空洞的凹孔一样。

　　　　喇叭奏花腔。恺撒、安东尼、莱必多斯、庞贝、阿格立巴、茂西那斯、爱诺巴勃斯、茂那斯及其他将领等上。

安东尼　他们都是这样的，阁下。他们用金字塔做标准，测量尼罗河水位的高低，由此判断年岁的丰歉。尼罗河的河水越是高涨，收成越有把握；潮水退落以后，农夫就可以在烂泥上播种，不多几时就结实了。

莱必多斯　你们那边有很奇怪的蛇。

安东尼　是的，莱必多斯。

莱必多斯　你们埃及的蛇是生在烂泥里，晒着太阳光长大的；你们的鳄鱼也是一样。

安东尼　正是这样。

庞贝　请坐——酒来！我们干一杯祝莱必多斯健康！

莱必多斯　我身子不顶舒服，可是我决不示弱。

爱诺巴勃斯　除非等你睡去，他们绝不会放过你的。

莱必多斯　嗯，的确，我听说托勒密王朝的金字塔造得很好；我听见人家都是这样一致公认。

茂那斯　庞贝，我要跟你说句话。

庞贝　就在我的耳边说；什么事？

茂那斯　主帅，请你离开你的座位，听我对你说。

庞贝　等一等，我就来。这一杯酒祝莱必多斯健康！

莱必多斯　你们的鳄鱼是怎么一种东西？

安东尼　它的形状就像一条鳄鱼；它有鳄鱼那么大，也有鳄鱼那么高；它用它自己的肢体行动，靠着它所吃的东西活命；它的精力衰竭以后，它就死了。

莱必多斯　它的颜色是怎样的？

安东尼　也跟鳄鱼的颜色差不多。

莱必多斯　那是一种奇怪的蛇。

安东尼　可不是；而且它的眼泪是湿的。

恺撒　你这样说，他会信服吗？

安东尼　有庞贝向他敬酒还有问题吗，否则他真是个穷奢极欲之人了。

庞贝　该死，该死！这算什么话？去！照我吩咐你的去做。我叫你们替我斟下的这杯酒呢？

茂那斯　要是你愿意听我说话，请你站起来。

庞贝　我想你在发疯了。什么事？（二人走至一旁。）

茂那斯　我一向都是忠心耿耿，为你的利益打算。

庞贝　你替我做事很忠实。还有什么话说？各位将军，大家痛痛快快乐一下。

安东尼　莱必多斯，留心你脚底下的浮沙，你要摔下来了。

茂那斯　你要做全世界的主人吗？

庞贝　你说什么？

茂那斯　你要做全世界的主人吗？再干一场。

庞贝　怎么做法？

茂那斯　你只要抱着这样的决心，虽然你看我是一个微贱的人，我能够把全世界交在你的手里。

庞贝　你喝醉了吗？

茂那斯　不，庞贝，我一口酒也没有沾唇。你要是有胆量，就可以做地上的君王；大洋环抱之内，苍天覆盖之下，都归你所有，只要你有这样的雄心。

庞贝　指点我一条路径。

茂那斯　这三个统治天下、鼎峙称雄的人物，现在都在你的船上；让我割断缆绳，把船开到海心，砍下他们的头颅，那么一切都是你的了。

庞贝　唉！这件事你应该自己去干，不该先来告诉我。我干了这事，人家要说我不顾信义；你去干了，却是为主尽忠。你必须知道，我不能把利益放在荣誉的前面，我的荣誉是比利益更重要的。你应该懊悔让你的舌头说出了你的计谋；要是趁我不知道的时候干了，我以后会觉得你这件事情干得很好，可是现在我必须斥责这样的行为。放弃了这一个念头，还是喝酒吧。

茂那斯　（旁白）从此以后，我再也不追随你这前途黯淡的命运了。放着这样大好机会当面错过，以后再找，还找得到吗？

庞贝　再敬莱必多斯一杯！

安东尼　把他抬上岸去。我来替他干了吧，庞贝。

爱诺巴勃斯　敬你一杯，茂那斯！

茂那斯　爱诺巴勃斯，太客气了！

庞贝　把酒满满地倒在杯子里，让它一直齐到杯口。

爱诺巴勃斯　茂那斯，那是一个很有力气的家伙。（指一负莱必多斯下场之侍从。）

茂那斯　为什么？

爱诺巴勃斯　你没看见他把三分之一的世界负在背上吗？

茂那斯　那么三分之一的世界已经喝醉了，但愿整个世界都喝得酩酊大醉，像车轮般旋转起来！

爱诺巴勃斯　你也喝，大家喝个痛快。

茂那斯　来。

庞贝　我们今天的聚会，比起亚历山大里亚的豪宴来，恐怕还是望尘莫及。

安东尼　也差不多了。来，碰杯！这一杯是敬恺撒的！

恺撒　我可喝不下去了；我这头脑越洗越糊涂。

安东尼　今天大家不醉勿归，不能让你例外。

恺撒　那么你先喝，我陪着你喝；可是与其在一天之内喝这么多的酒，我宁愿绝食整整四天。

爱诺巴勃斯　（向安东尼）哈！我的好皇帝；我们现在要不要跳起埃及酒神舞来，庆祝我们今天的欢宴？

庞贝　好壮士，让我们跳起来吧。

安东尼　来，我们大家手搀着手，一直跳到美酒浸透了我们的知觉，把我们送进了温柔的黑甜乡里。

爱诺巴勃斯　大家搀着手。当我替你们排队的时候，让音乐在我们的耳边高声弹奏；于是歌童唱起歌来，每一个人都要拉开喉咙和着他唱，唱得越响越好。（奏乐；爱诺巴勃斯同众人携手列队。）

歌

来,巴克科斯,酒国的仙王,

你两眼红红,胖胖皮囊!

替我们浇尽满腹牢骚,

替我们满头挂上葡萄:

喝,喝,喝一个天旋地转,

喝,喝,喝一个天旋地转!

恺撒　够了,够了。庞贝,晚安!好兄弟,我求求你,跟我回去吧;不要一味游戏,忘记了我们的正事。各位将军,我们分手吧;你们看我们的脸烧得这样红;强壮的爱诺巴勃斯喝得一点力气都没有了;我自己的舌头也有点结结巴巴;大家疯疯癫癫的,都变成一群傻瓜啦。不必多说了。晚安!好安东尼,让我搀着你。

庞贝　我一定要到岸上来陪你们乐一下。

安东尼　很好,庞贝。把你的手给我。

庞贝　啊,安东尼!你占住了我父亲的屋子,可是那有什么关系?我们还是朋友。来,我们下小船吧。

爱诺巴勃斯　留心不要跌在水里。(庞贝、恺撒、安东尼及侍从等下。)茂那斯,我不想上岸去。

茂那斯　别去,到我舱里坐坐。这些鼓!这些喇叭、笛子!嘿!让海神听见我们向这些大人物高声道别吧;吹起来,他妈的!吹响一点!(喇叭奏花腔,间以鼓声。)

爱诺巴勃斯　嘿!他说的。瞧我的帽子。(掷帽。)

茂那斯　嘿!好家伙!来。(同下。)

第三幕

第一场　叙利亚一平原

文提狄斯率西里厄斯及其他罗马将校士卒奏凯上；兵士舁巴科勒斯尸体前行。

文提狄斯　横行无敌的帕提亚，你也有失败的一天；命运选定了我，叫我替已死的玛克斯·克拉苏复仇。把这王子的尸身在我们大军之前抬着走。奥洛第斯啊，你杀了我们的玛克斯·克拉苏，现在我们叫你的巴科勒斯抵了命啦。

西里厄斯　尊贵的文提狄斯，趁着帕提亚人的血在你的剑上还没有冷却的时候，继续追逐那些逃亡的敌人吧；驰骋你的铁骑，越过米太、美索不达米亚以及其他可以让溃败的帕提亚人栖身的地方；这样你的伟大的主帅安东尼就要使你高坐在凯旋的战车里，用花冠加在你的头上了。

文提狄斯　啊，西里厄斯，西里厄斯！这样已经很够了；一个地位在下的人，不应该立太大的功勋；因为，你要知道，西里厄斯，与其当长官不在的时候出力博得一个太高的名声，宁可把一件事情做到一半就歇手。恺撒和安东尼的赫赫功业，大部分是他们的部下替他们建立起来的,并不是靠他们自己的力量。我在叙利亚的一个同僚索歇斯,本来在他手下当副将的,就是因为太露锋芒而失去了他的欢心。在战场上,部下的军功如果超过主将,主将的威名就会被他所掩罩;凡是军人都有争强好胜的心理,他们宁愿吃一次败仗,也不愿让别人夺去了胜利的光荣。我本来还可以替安东尼多出一些力,可是那反而会使他恼怒,他一恼我的辛苦就白费了。

西里厄斯　文提狄斯,你真是深谋远虑;一个军人要是不能审察利害,那就跟他的剑没有分别了。你要写信去向安东尼报捷吗?

文提狄斯　我要很谦恭地告诉他,我们凭借他的先声夺人的威名,已经得到了怎样的战果;他的雄壮的旗帜和精神饱满的部队,怎样把百战百胜的帕提亚骑兵驱出了战场之外。

西里厄斯　他现在在什么地方?

文提狄斯　他预备到雅典去;我们现在就向雅典兼程前进,向他当面复命。来,弟兄们,走。(同下。)

第二场　罗马。恺撒府中一室

阿格立巴及爱诺巴勃斯自相对方向上。

阿格立巴　啊!那些好兄弟都散开了吗?

爱诺巴勃斯　他们已经把庞贝打发走了;那三个人还在重申盟好。奥克泰维娅因为不忍远离罗马而哭泣;恺撒也是满面愁容;莱必多斯自从在庞贝那儿赴宴归来以后,就像茂那斯说的,他害着贫血症。

阿格立巴　莱必多斯是个好人。

爱诺巴勃斯　一个很好的人。啊,他多么爱恺撒!

阿格立巴　嗯，可是他多么崇拜安东尼！

爱诺巴勃斯　恺撒？他才是人世的天神。

阿格立巴　安东尼吗？他是天神的领袖。

爱诺巴勃斯　你说起恺撒吗？嘿！盖世无双的英雄！

阿格立巴　啊，安东尼！千年一遇的凤凰！

爱诺巴勃斯　你要是想赞美恺撒，只要提起恺撒的名字就够了。

阿格立巴　真的，他对于他们两人都是恭维备至。

爱诺巴勃斯　可是他最爱恺撒；不过他也爱安东尼。嘿！他对于安东尼的友情，是思想所不能容、言语所不能尽、计数所不能量、文士所不能抒述、诗人所不能讴吟的。可是对于恺撒，他只有跪伏惊叹的份儿。

阿格立巴　他对于两个人一样的爱。

爱诺巴勃斯　他们是他的翅鞘，他是他们的甲虫。（内喇叭声）这是下马的信号。再会，尊贵的阿格立巴。

阿格立巴　愿你幸运，英勇的壮士，再会！

　　　　恺撒、安东尼、莱必多斯及奥克泰维娅上。

安东尼　请留步吧，阁下。

恺撒　你已经把大半个我带走；请你为了我的缘故好好看待她。妹妹，愿你尽力做一个好妻子，不要辜负了我的期望。最尊贵的安东尼，让这一个贤淑的女郎成为巩固我们两人友谊的胶泥，不要反而让她成为撞毁我们感情的堡垒的攻城车；因为我们要是不能同心爱护她，那么还是不要让她置身在我们两人之间的好。

安东尼　你要是不信任我，我可要生气啦。

恺撒　我的话已经说完了。

安东尼　无论你怎样放心不下，你决不会发现我有什么可以使你怀疑的地方。愿神明护持你，使罗马的人心都乐于为你效死！

我们就在这儿分手吧。

恺撒　再会，我的最亲爱的妹妹，再会；愿你一路平安！再会！

奥克泰维娅　我的好哥哥！

安东尼　她的眼睛里有四月的风光；那是恋爱的春天，这些眼泪便是催花的时雨。别伤心了。

奥克泰维娅　哥哥，请你留心照料我的丈夫的屋子；还有——

恺撒　什么，奥克泰维娅？

奥克泰维娅　让我附着你的耳朵告诉你。

安东尼　她的舌头不会顺从她的心，她的心也不会顺从她的舌头；她好比大浪顶上一根天鹅的羽毛，不会向任何一方偏斜。

爱诺巴勃斯　（向阿格立巴旁白）恺撒会不会流起眼泪来？

阿格立巴　他的脸上已经堆起乌云了。

爱诺巴勃斯　假如他是一匹马，这样也会有损他的庄严；何况他是一个堂堂男子。

阿格立巴　嘿，爱诺巴勃斯，安东尼看见裘力斯·恺撒死了，也曾放声大哭；他在腓利比看见勃鲁托斯被人杀死，也曾伤心落泪呢。

爱诺巴勃斯　不错，那一年他害着重伤风，所以涕泗横流；不瞒你说，连我也被他逗得哭起来了。

恺撒　不，亲爱的奥克泰维娅，你一定可以随时得到我的音讯；我对你的想念是不会因为时间的久远而冷淡下去的。

安东尼　来，大哥，来，我要用我爱情的力量和你角力了。你看，我抱住了你；现在我又放开了你，把你交给神明照看。

恺撒　再会，祝你们快乐！

莱必多斯　让所有的星星吐放它们的光明，一路上照耀着你们！

恺撒　再会，再会！（吻奥克泰维娅。）

安东尼　再会！（喇叭声。各下。）

第三场　亚历山大里亚。宫中一室

　　克莉奥佩特拉、查米恩、伊拉丝及艾勒克萨斯上。

克莉奥佩特拉　那个人呢？
艾勒克萨斯　他有些害怕，不敢进来。
克莉奥佩特拉　什么话！

　　一使者上。

克莉奥佩特拉　过来，朋友。
艾勒克萨斯　陛下，您发怒的时候，犹太的希律王也不敢正眼看您的。
克莉奥佩特拉　我要那个希律王的头；可是安东尼去了，谁可以替我去干这一件事呢？走近些。
使者　最仁慈的陛下！
克莉奥佩特拉　你见过奥克泰维娅吗？
使者　见过，尊严的女王。
克莉奥佩特拉　什么地方？
使者　娘娘，在罗马；我看见她一手搀着她的哥哥，一手搀着安东尼；她的脸给我看得清清楚楚。
克莉奥佩特拉　她像我一样高吗？
使者　她没有您高，娘娘。
克莉奥佩特拉　听见她说话吗？她的声音是尖的，还是低的？
使者　娘娘，我听见她说话；她的声音是很低的。
克莉奥佩特拉　那就不大好。他不会长久喜欢她的。
查米恩　喜欢她！啊，爱昔斯女神！那是不可能的。

克莉奥佩特拉　我也这样想,查米恩;矮矮的个子,说话又不伶俐!她走路的姿态有没有威仪?想想看;要是你看见过真正的威仪姿态,就该知道怎样的姿态才算是有威仪的。

使者　她走路简直像爬;她的动和静简直没有区别;她是一个没有生命的形体,不会呼吸的雕像。

克莉奥佩特拉　真的吗?

使者　要是不真,我就是不生眼睛的。

查米恩　在埃及人中间,他一个人的观察力可以胜过三个人。

克莉奥佩特拉　我看他很懂事。我还不曾听到她有什么可取的地方。这家伙眼光很不错。

查米恩　好极了。

克莉奥佩特拉　你猜她有多大年纪?

使者　娘娘,她本来是一个寡妇——

克莉奥佩特拉　寡妇!查米恩,听着。

使者　我想她总有三十岁了。

克莉奥佩特拉　你还记得她的面孔吗?是长的还是圆的?

使者　圆的,太圆了。

克莉奥佩特拉　面孔滚圆的人,大多数是很笨的。她的头发是什么颜色?

使者　棕色的,娘娘;她的前额低到无可再低。

克莉奥佩特拉　这儿是赏给你的金子;我上次对你太凶了点儿,你可不要见怪。我仍旧要派你去替我探听消息;我知道你是个很可靠的人。你去端整行装;我的信件已经预备好了。(使者下。)

查米恩　一个很好的人。

克莉奥佩特拉　正是,我很后悔把他这样凌辱。听他说起来,那女人简直不算什么。

查米恩　不算什么，娘娘。

克莉奥佩特拉　这人不是不曾见过世面，应该识得好坏。

查米恩　见过世面？我的爱昔斯女神，他已侍候您多年了！

克莉奥佩特拉　我还有一件事要问他，好查米恩；可是没有什么要紧，你把他带到我写信的房间里来就是了。一切还有结果圆满的希望。

查米恩　您放心吧，娘娘。（同下。）

第四场　雅典。安东尼府中一室

安东尼及奥克泰维娅上。

安东尼　不，不，奥克泰维娅，不单是那件事；那跟其他许多类似的事都还是情有可原的。可是他不该重新向庞贝宣战，还居然立下遗嘱，当众宣读；我的名字他提也不愿提起，当他不得不恭维我一番的时候，他就冷冷淡淡地用一两句话敷衍过去；他深怕对我过于宽厚；我向他讲好话，他满不放在心上，至多在牙缝里应酬一下。

奥克泰维娅　啊，我的主！传闻之辞，不可完全相信；即使确实，也不要过分介意。要是你们两人之间发生了冲突，我就是世上最不幸的女人，既要为你祈祷，又要为他祈祷；神明一定会嘲笑我，当我向他们祷告，"啊！保佑我的丈夫"以后，又接着向他们祷告，"啊！保佑我的哥哥！"希望丈夫得胜，只好让哥哥失败；希望哥哥得胜，只好让丈夫失败；在这两者之间，再没有一个折中的两全之道。

安东尼　温柔的奥克泰维娅，让你的爱心替你决定你的最大的同情应该倾向在哪一方面。要是我失去了我的荣誉，就是失去了我自己；与其你有一个被人轻视的丈夫，还是不要嫁给我的好。可是你既然有这样的意思，那么就有劳你在我们两人之间斡旋斡旋吧；一方面我仍旧在这儿积极准备，万一不幸而彼此以兵戎相见，令兄的英名恐怕就要毁于一旦了。事不宜迟，你趁早动身吧。

奥克泰维娅　谢谢我的主。最有威力的天神把我造成了一个最柔弱的人，我这最柔弱的人却要来调停你们的争端！你们两人开了战，就像整个的世界分裂为二，只有无数战死者的尸骸才可以填平这一道裂痕。

安东尼　你明白了谁是造成这次争端的祸首以后，就用不着再回护他；我们的过失决不会恰恰相等，总可以分别出一个是非曲直来。预备你的行装；你爱带什么人同去，就带什么人同去；路上需要多少费用，尽管问我要好了。（同下。）

第五场　同前。另一室

爱诺巴勃斯及爱洛斯自相对方向上。

爱诺巴勃斯　啊，朋友爱洛斯！
爱洛斯　有了很奇怪的消息呢，朋友。
爱诺巴勃斯　什么消息？
爱洛斯　恺撒和莱必多斯已经向庞贝开战。
爱诺巴勃斯　这是老消息；结果怎么样？
爱洛斯　恺撒利用了莱必多斯向庞贝开战以后，就翻过脸来不承认他有同等的地位，不让他分享胜利的光荣；不但如此，还凭着他以前写给庞贝的信札，作为通敌的证据，把他拘捕起来；所以这个可怜的第三者已经完了，只有死才能给他自由。

爱诺巴勃斯　那么，世界啊，你现在只剩下两个人了；把你所有的食物丢给他们，他们也要摩拳擦掌，互相争夺的。安东尼在哪儿？

爱洛斯　他正在园里散步，一面走，一面恨恨地踢着脚下的草，嘴里嚷着，"傻瓜，莱必多斯！"还发誓说要把那暗杀庞贝的军官捉住了割断他的咽喉。

爱诺巴勃斯　我们伟大的舰队已经扬帆待发了。

爱洛斯　那是要开到意大利去声讨恺撒的。还有，道密歇斯，主帅叫你快去；我应该把我的消息慢慢告诉你的。

爱诺巴勃斯　那就失去新闻的价值了；可是不要管它，带我去见安东尼吧。

爱洛斯　来，朋友。（同下。）

第六场　罗马。恺撒府中一室

恺撒、阿格立巴及茂西那斯上。

恺撒　这件事，还有其他种种，都是他为了表示对于罗马的轻蔑而在亚历山大里亚干的；那情形是这样的：在市场上筑起了一座白银铺地的高坛，上面设着两个黄金的宝座，克莉奥佩特拉跟他两人公然升座；我的义父的儿子，他们替他取名为恺撒里昂的，还有他们两人通奸所生的一群儿女，都列坐在他们的脚下；于是他宣布以克莉奥佩特拉为埃及帝国的女皇，全权统辖叙利亚、塞浦路斯和吕底亚各处领土。

茂西那斯　这是当着公众的面前举行的吗？

恺撒　就在公共聚集的场所，他们表演了这一幕把戏。他当场又把王号分封他的诸子：米太、帕提亚、亚美尼亚，他都给了亚历山大；叙利亚、西利西亚、腓尼基，他给了托勒密。那天她打扮成爱昔斯女神的样子；据说她以前接见群臣的时候，常常是这样装束的。

茂西那斯　让全罗马都知道这种事情吧。

阿格立巴　罗马人久已厌恶他的骄横，一定会对他完全失去好感。

恺撒　人民已经知道了；他们还听到了他的讨罪的檄告。

阿格立巴　他讨谁的罪？

恺撒　恺撒。他说我在西西里侵吞了塞克斯特斯·庞贝厄斯的领土以后，不曾把那岛上他所应得的一份分派给他；又说他借给我一些船只，我没有归还他；最后他责备我不该擅自褫夺莱必多斯的权位，推翻了三雄鼎峙的局面；他还说我们霸占他的全部的收入。

阿格立巴　主上，这倒是应该答复他的。

恺撒　我已经答复他，叫人带信给他了。我告诉他，莱必多斯最近变得非常横暴残虐，滥用他的大权作威作福，不能不有这一次的变动。凡是我所征服得来的利益，我都可以让他平均分享；可是在他的亚美尼亚和其他被征服的国家之中，我也向他要求同样的权利。

茂西那斯　他决不会答应那样的要求。

恺撒　我们也绝对不能对他让步。

　　　　奥克泰维娅率侍从上。

奥克泰维娅　祝福，恺撒，我的主！祝福，最亲爱的恺撒！

恺撒　难道要我称你为被遗弃的女子吗！

奥克泰维娅　你没有这样叫过我，你也没有理由这样称呼我。

恺撒　你为什么一声不响地到来呢？你来得不像是恺撒的妹妹；安东尼的妻子应该有一大队人马做她的前驱，当她还在远远的地方的时候，一路上的马嘶声就已经在报告她到来的消息；

路旁的树枝上都要满爬着人，因为不见所盼的人而焦心绝望；那络绎不断的马蹄扬起的灰尘，应该一直高达天顶。可是你却像一个市场上的女佣一般来到罗马，不曾预先通知我们，使我们来不及用盛大的仪式向你表示我们的欢迎；我们本该在海陆双方派人迎接，每到一处，都应该有人招待你的。

奥克泰维娅　我的好哥哥，我这样悄悄而来，并不是出于勉强，全然是我自己的意思。我的主安东尼听见你准备战争，把这不幸的消息告诉了我，所以我才请求他准许我回来一次。

恺撒　他很快就答应你了，因为你是使他不能享受风流乐趣的障碍。

奥克泰维娅　不要这样说，哥哥。

恺撒　我随时注意着他，他的一举一动，我这儿都有风闻。他现在在什么地方？

奥克泰维娅　在雅典。

恺撒　不，我的被人欺负的妹妹；克莉奥佩特拉已经招呼他到她那儿去了。他已经把他的帝国奉送给一个淫妇；他们现在正在召集各国的君长，准备进行一场大战。利比亚的国王鲍丘斯、卡巴多西亚的阿契劳斯、巴夫拉贡尼亚的国王菲拉德尔福斯、色雷斯王哀达拉斯、阿拉伯的玛尔丘斯王、本都的国王、犹太的希律、科麦真的国王密瑟里台提斯、米太王坡里蒙和利考尼亚王阿敏达斯，还有别的许多身居王位的人，都已经在他的邀请之下集合了。

奥克泰维娅　唉，我真不幸！我的一颗心分系在你们两人身上，你们两人却彼此相残！

恺撒　欢迎你回来！我们因为得到你的来信而暂缓发动，可是现在已经明白你怎样被人愚弄，我们倘再蹉跎观望，是一件多么危险的事，所以不能不迅速行动了。宽心吧，不要因为这些不可避免的局势扰乱了你的安宁而烦恼，让一切依照命运的安排达到它们最后的结局吧。欢迎你回到罗马来；我没有比你更亲爱的人了。你已经受到空前的侮辱，崇高的众神怜悯你的无辜，才叫我们和一切爱你的人奉行他们的旨意，替你报仇雪恨。愿你安心自乐，我们总是欢迎你的。

阿格立巴　欢迎，夫人！

茂西那斯　欢迎，好夫人！每一颗罗马的心都爱你、同情你；只有贪淫放纵的安东尼才会把你抛弃，让一个娼妓窃持大权，向我们无理挑衅。

奥克泰维娅　真的吗，哥哥？

恺撒　真的。妹妹，欢迎；请你安心忍耐，我的最亲爱的妹妹！（同下。）

第七场　阿克兴海岬附近安东尼营地

克莉奥佩特拉及爱诺巴勃斯上。

克莉奥佩特拉　我一定要跟你算账，你瞧着吧。

爱诺巴勃斯　可是为什么，为什么，为什么？

克莉奥佩特拉　在这次出征以前，你说我是女流之辈，战场上没有我的份儿。

爱诺巴勃斯　对啊，难道我说错了吗？

克莉奥佩特拉　为什么我不能御驾亲征，这不明明是讪谤我吗？

爱诺巴勃斯　（旁白）好，我可以回答你：要是我们把雄马雌马一起赶上战场，岂不要引得雄马撒野，雌马除了负上兵士，还要背上雄的呢。

克莉奥佩特拉　你说什么？

爱诺巴勃斯　安东尼看见了您，一定会心神不定；他在军情紧急的时候，怎么可以让您分散他的有限的精力和宝贵的时间？人家已经在批评他的行动轻率了，在罗马他们都说这一次的军事，都是一个名叫福的纳斯的太监和您的几个侍女们作的主张。

克莉奥佩特拉　让罗马沉下海里去，让那些诽谤我们的舌头一起烂掉！我是一国的君主，必须像一个男子一般负起主持战局的责任。不要反对我的决意；我不能留在后方。

爱诺巴勃斯　好，那么我不管。皇上来了。

　　　　安东尼及凯尼狄斯上。

安东尼　凯尼狄斯，他从大兰多和勃伦提斯出发，这么快就越过爱奥尼亚海，把妥林占领下来，不是很奇怪吗？你有没有听见这个消息，亲爱的？

克莉奥佩特拉　因循观望的人，最善于惊叹他人的敏捷。

安东尼　骂得痛快，真是警惰的良箴，这样的话出之于一个堂堂男子的口中，也可以毫无愧色。凯尼狄斯，我们要在海上和他决战。

克莉奥佩特拉　海上！不在海上还在什么地方？

凯尼狄斯　请问主上，为什么我们要在海上和他决战？

安东尼　因为他挑我在海上决战。

爱诺巴勃斯　可是您也曾经要求他单人决斗。

凯尼狄斯　您还要求他在法赛利亚，恺撒和庞贝交战的故址，和您一决胜负；可是他因为这些要求对他不利，一概拒绝了；他可以拒绝您，您也可以拒绝他的。

爱诺巴勃斯　我们的船只缺少得力的人手，那些水兵本来都是赶骡种地的乡民，在仓促之中临时拉来充数的；恺撒的舰队里却都是屡次和庞贝交锋、能征惯战的将士；而且他们的船只很轻便，不比我们的那样笨重。您在陆地上已经准备着充分的实力，拒绝和他在海上决战，也不是一件丢脸的事。

安东尼　在海上，在海上。

爱诺巴勃斯　主上，您要是在海上决战，就是放弃了陆地上绝对可操胜算的机会，分散了您那些善战的步兵的兵力，埋没了您那赫赫有名的陆战的才略，牺牲了最稳当的上策，去冒毫无把握的危险。

安东尼　我决定在海上作战。

克莉奥佩特拉　我有六十艘船舶，恺撒的船不比我们多。

安东尼　我们把多余的船只一起烧掉，把士卒分配到需用的船上，就从阿克兴岬口出发，迎头痛击恺撒的舰队。要是我们失败了，还可以再从陆地上争回胜利。

　　　　　一使者上。

安东尼　什么事？

使者　启禀主上，这消息是真的；有人已经看见他了；恺撒已经占领了妥林。

安东尼　他自己也到那边了吗？那是不可能的；他的本领果然神出鬼没。凯尼狄斯，我们在陆地上的十九个军团和一万二千匹战马，都归你节制。我自己要到船上指挥去：走吧，我的海中女神！

　　　　　一兵士上。

安东尼　什么事，英勇的军人？

兵士　啊，皇上！不要在海上作战；不要相信那些朽烂的木板；难道您怀疑这一柄宝剑的威力，和我这满身的伤疤吗？让那些埃及人和腓尼基人去跳水吧；我们是久惯于立足地上、凭着膂力博取胜利的。

安东尼　好，好，去吧！（安东尼、克莉奥佩特拉及爱诺巴勃斯同下。)

兵士　凭着赫拉克勒斯起誓,我想我的话没有说错。

凯尼狄斯　你没有错,可是他的整个行动,已经不受他自己的驾驭了;我们的领袖是被人家牵着走的,我们都只是一些供妇女驱策的男子。

兵士　您是在陆地上负责保全人马实力的,是不是?

凯尼狄斯　玛克斯·奥克泰维斯、玛克斯·杰思退厄斯、泼勃力科拉、西里厄斯都要参加海战;留着我们保全陆地的实力。恺撒用兵这样神速,真是出人意料。

兵士　当他还在罗马的时候,他的军队的调动掩护得非常巧妙,没有一个间谍不给他瞒过了。

凯尼狄斯　你听说谁是他的副将吗?

兵士　他们说是一个名叫陶勒斯的人。

凯尼狄斯　这人我很熟悉。

　　　　　一使者上。

使者　皇上叫凯尼狄斯进去。

凯尼狄斯　这样扰攘的时世,每一分钟都有新的消息产生。(同下。)

第八场　阿克兴附近一平原

　　　　　恺撒、陶勒斯及将士等上。

恺撒　陶勒斯!

陶勒斯　主上?

恺撒　不要在陆地上攻击敌人;保全实力;在我们海上的战事没有完毕以前,避免一切挑衅的行为。遵照这一通密令上所规定的计策实行,不可妄动;我们的成败在此一举。(同下。)

安东尼及**爱诺巴勃斯**上。

安东尼　把我们的舰队集合在山的那一边，正对着恺撒的阵地；从那地方我们可以看清敌人船只的数目，决定我们应战的方略。（同下。）

　　　凯尼狄斯率陆军上，由舞台一旁列队穿过；恺撒副将陶勒斯率其所部由另一旁穿过。两军入内后，内起海战声。号角声；爱诺巴勃斯重上。

爱诺巴勃斯　完了，完了，全完了！我再也瞧不下去了。埃及的旗舰"安东尼"号一碰到敌人，就带领了他们的六十艘船只全体转舵逃走；我的眼睛都看得要爆炸了。

　　　斯凯勒斯上。

斯凯勒斯　天上所有的男神女神啊！

爱诺巴勃斯　你为什么有这样的感慨？

斯凯勒斯　大半个世界都在愚昧中失去了；我们已经用轻轻的一吻，断送了无数的王国州郡。

爱诺巴勃斯　战局怎么样？

斯凯勒斯　我们的一方面好像已经盖上了瘟疫的戳记似的，注定着死亡的命运。那匹不要脸的埃及雌马，但愿她浑身害起癞病来！正在双方鏖战，不分胜负，或者还是我们这方面略占上风的时候，她像一头被牛虻钉上了身的六月的母牛一样，扯起帆就逃跑了。

爱诺巴勃斯　那我也看见，我的眼睛里看得火星直爆，再也看不下去了。

斯凯勒斯　她刚刚拨转船头，那被她迷醉得英雄气短的安东尼也就无心恋战，像一只痴心的水凫一样，拍了拍翅膀飞着追上去。我从来没有见过这样可羞的行为，多年的经验、丈夫的气概、战士的荣誉，竟会这样扫地无余！

144

爱诺巴勃斯　唉！唉！

　　　　　凯尼狄斯上。

凯尼狄斯　我们在海上的命运已经奄奄一息，无可挽回地没落下去了。我们的主帅倘不是这样糊涂，一定不会弄到这一个地步。啊！他自己都公然逃走了，兵士们看着这一个榜样，怎么不会众心涣散！

爱诺巴勃斯　你也这样想吗？那么真的什么都完了。

凯尼狄斯　他们都向伯罗奔尼撒逃走了。

斯凯勒斯　那条路很容易走，我也要到那边去等候复命。

凯尼狄斯　我要把我的军队马匹向恺撒献降；六个国王已经先我而投降了。

爱诺巴勃斯　我还是要追随安东尼的受伤的命运，虽然这是我的理智所反对的。（各下。）

第九场　亚历山大里亚。宫中一室

　　　　　安东尼及众侍从上。

安东尼　听！土地在叫我不要践踏它，它怕我这不光荣的身体会使它蒙上难堪的耻辱。朋友们，过来；我在这世上盲目夜行，已经永远迷失了我的路。我有一艘满装黄金的大船，你们拿去分了，各自逃生，不要再跟恺撒作对了吧。

众侍从　逃走！不是我们干的事。

安东尼　我自己也在敌人之前逃走，替懦夫们立下一个转身避害的榜样。朋友们，去吧；我已经为自己决定了一个方针，今后无须借重你们了；去吧。我的金银财宝都在港里，你们尽管拿去。唉！我追随了一个我羞于看见的人；我的头发都在造反，白发埋怨黑发的粗心鲁莽，黑发埋怨白发的胆小痴愚。朋友们，去吧；我可以写几封信，介绍你们投奔我的几个朋友。请你们不要快快不乐，也不要口出怨言，听从我在绝望之中的这一番指示；未了的事，听其自然；赶快到海边去吧；我就把那艘船和船上的财物送给你们。现在请你们暂时离开我；我已经不配命令你们，所以只好请求你们。我们等会儿再见吧。

（坐下。）

　　　　查米恩及伊拉丝携克莉奥佩特拉手上，爱洛斯后随。

爱洛斯　好娘娘，上去呀，安慰安慰他。

使者　上去呀，好娘娘。

查米恩　不上去又怎么样呢？

克莉奥佩特拉　让我坐下来。天后朱诺啊！

安东尼　不，不，不，不，不。

爱洛斯　您看见吗，主上？

安东尼　啊，呸！呸！呸！

查米恩　娘娘！

使者　娘娘，啊，好娘娘！

爱洛斯　主上，主上！

安东尼　是的，阁下，是的。他在腓利比把他的剑摇来挥去，像在跳舞一般；是我杀死了那个形容瘦削、满脸皱纹的凯歇斯，结果了那发疯似的勃鲁托斯的生命；他却只会让人代劳，从来不曾亲临战阵。可是现在——算了。

克莉奥佩特拉　唉！扶我一下。

爱洛斯　主上，娘娘来了。

使者　上去，娘娘，对他说话；他惭愧得完全失了常态了。

克莉奥佩特拉　好，那么扶着我。啊！

爱洛斯　主上，起来，娘娘来了；她低下了头，您要是不给她一

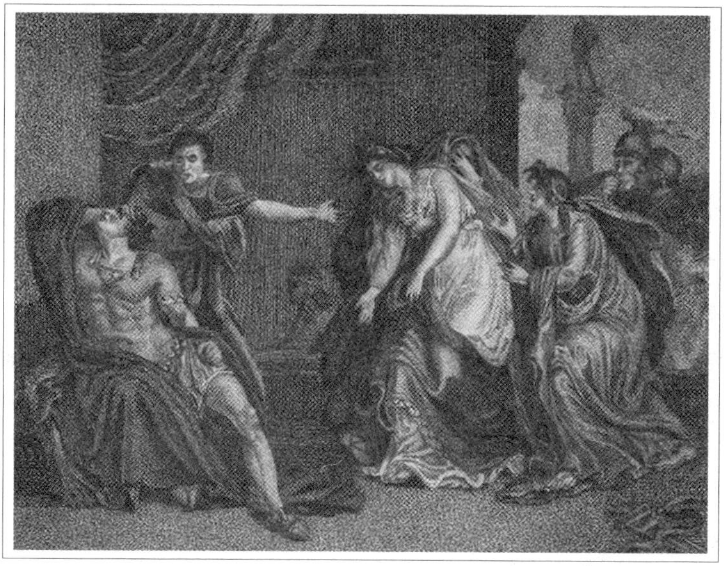

些安慰，她会悲哀而死的。

安东尼　我已经毁了自己的名誉，犯了一个最可耻的错误。

爱洛斯　主上，娘娘来了。

安东尼　啊！你把我带到什么地方去，埃及女王？瞧，我因为不愿从你的眼睛里看见我的耻辱，正在凭吊那已经化为一堆灰烬的我的雄图霸业呢。

克莉奥佩特拉　啊，我的主，我的主！原谅我因为胆怯而扬帆逃避；我没有想到你会跟了上来的。

安东尼　埃及的女王，你完全知道我的心是用绳子缚在你的舵上的，你一去就会把我拖着走；你知道你是我的灵魂的无上主宰，只要你向我一点头一招手，即使我奉有天神的使命，也会把它放弃了来听候你的差遣。

克莉奥佩特拉　啊，恕我！

安东尼　我曾经玩弄半个世界在我的手掌之上，操纵着无数人生杀予夺的大权，现在却必须俯首乞怜，用吞吞吐吐的口气向这小子献上屈辱的降表。你知道你已经多么彻头彻尾地征服了我，我的剑是绝对服从我的爱情的指挥的。

克莉奥佩特拉　恕我，恕我！

安东尼　不要掉下一滴泪来；你的一滴泪的价值，抵得上我所得而复失的一切。给我一吻吧；这就可以给我充分的补偿了。我们已经差那位教书先生去了；他回来了没有？爱人，我的灵魂像铅一样沉重。叫他们预备酒食！命运越是给我们打击，我们越是瞧不起她。（同下。）

第十场　埃及。恺撒营地

　　　　恺撒、道拉培拉、赛琉斯及余人等上。

恺撒　叫安东尼的使者进来。你们认识他吗？

道拉培拉　恺撒，那是他的教书先生；不多几月以前，多少的国王甘心为他奔走，现在他却差了这样一个卑微的人来，这就可以见得他的途穷日暮了。

　　　　尤弗洛涅斯上。

恺撒　过来，说明你的来意。

尤弗洛涅斯　我虽然只是一个地位卑微的人，却奉着安东尼的使命而来；不久以前，我在他的汪洋大海之中，不过等于一滴草叶上的露珠。

恺撒　好，你来有什么事？

尤弗洛涅斯　他说你是他的命运的主人，向你致最大的敬礼；他请求你准许他住在埃及，要是这一件事你不能允许他，他还有退一步的请求，愿你让他在天地之间有一个容身之处，在雅典做一个平民：这是他要我对你说的话。克莉奥佩特拉也承认你的伟大的权力，愿意听从你的支配；她恳求你慷慨开恩，准许她的后裔保存托勒密王朝的宝冕。

恺撒　对于安东尼，他的任何要求我一概置之不理。女王要是愿意来见我，或是向我有什么请求，我都可以答应，只要她能够把她那名誉扫地的朋友逐出埃及境外，或者就在当地结果他的性命；要是她做得到这一件事，她的要求一定可以得到我的垂听。你这样去回复他们两人吧。

149

尤弗洛涅斯　愿幸运追随你！

恺撒　带他通过我们的阵线。（尤弗洛涅斯下。向赛琉斯）现在是试验你的口才的时候了；快去替我从安东尼手里把克莉奥佩特拉夺来；无论她有什么要求，你都用我的名义答应她；另外你再可以照你的意思向她提出一些优厚的条件。女人在最幸福的环境里，也往往抵抗不了外界的诱惑；一旦到了困穷无告的时候，一尘不染的贞女也会失足堕落。尽量运用你的手段，赛琉斯；事成之后，随你需索什么酬报，我都决不吝惜。

赛琉斯　恺撒，我就去。

恺撒　注意安东尼在失势中的态度，从他的举动之间窥探他的意向。

赛琉斯　是，恺撒。（各下。）

第十一场　亚历山大里亚。宫中一室

克莉奥佩特拉、爱诺巴勃斯、查米恩及伊拉丝上。

克莉奥佩特拉　我们怎么办呢，爱诺巴勃斯？

爱诺巴勃斯　想一想，然后死去。

克莉奥佩特拉　这一回究竟是安东尼错还是我错？

爱诺巴勃斯　全是安东尼的错，他不该让他的情欲支配了他的理智。两军相接的时候，本来是惊心怵目的，即使您在战争的狰狞的面貌之前逃走了，为什么他要跟上来呢？当世界的两半互争雄长的紧急关头，他是全局所系的中心人物，怎么可以让儿女之私牵制了他的大将的责任。在全军惶惑之中追随您的逃走的旗帜，这不但是他的无可挽回的损失，也是一个无法洗刷的耻辱。

克莉奥佩特拉　请你别说了。

　　　　安东尼及尤弗洛涅斯上。

安东尼　那就是他的答复吗？

尤弗洛涅斯　是，主上。

安东尼　那么女王可以得到他的恩典，只要她愿意把我交出？

尤弗洛涅斯　他正是这样说。

安东尼　让她知道他的意思。把这颗鬓发苍苍的头颅送给那恺撒小子，他就会满足你的愿望，赏给你许多采邑领土。

克莉奥佩特拉　哪一颗头颅，我的主？

安东尼　再去回复他。对他说，他现在年纪还轻，应该让世人看看他有什么与众不同的地方；也许他的货币、船只、军队，都只是属于一个懦夫所有；也许他的臣僚辅佐恺撒，正像辅佐一个无知的孺子一样。所以我要向他挑战，叫他不要依仗那些比我优越的条件，直截痛快地跟我来一次剑对剑的决斗。我就去写信，跟我来。（安东尼、尤弗洛涅斯同下。）

爱诺巴勃斯　（旁白）是的，战胜的恺撒会放弃他的幸福，和一个剑客比赛起匹夫之勇来！看来人们的理智也是他们命运中的一部分，一个人倒了楣，他的头脑也就跟着糊涂了。他居然梦想富有天下的恺撒肯来理会一个一无所有的安东尼！恺撒啊，你把他的理智也同时击败了。

　　　　一侍从上。

侍从　恺撒有一个使者来了。

克莉奥佩特拉　什么！一点儿礼貌都没有了吗？瞧，我的姑娘们；人家只会向一朵含苞未放的娇花屈膝，等到花残香消，他们就要掩鼻而过了。让他进来，先生。（侍从下。）

爱诺巴勃斯　（旁白）我的良心开始跟我自己发生冲突了。我们的忠诚不过是愚蠢，因为只有愚人才会尽忠到底；可是谁要是死心塌地追随一个失势的主人，那么他的主人虽然被他的环境征服了，他却能够征服那种环境而不为所屈，这样的人是应该在历史上永远占据一个地位的。

赛琉斯上。

克莉奥佩特拉　恺撒有什么见教？

赛琉斯　请斥退左右。

克莉奥佩特拉　这儿都是朋友，你放心说吧。

赛琉斯　也许他们是安东尼的朋友。

爱诺巴勃斯　先生，他需要像恺撒一样多的朋友，否则他也用不着我们了。只要恺撒高兴，我们的主人十分愿意成为他的朋友；至于我们，那您知道，总是跟着他走的，他做了恺撒的朋友，我们自然也就是恺撒的人。

赛琉斯　好，那么，最有声誉的女王，恺撒请求你不要因为你目前的处境而介意，你只要想他是恺撒。

克莉奥佩特拉　说下去，尊贵的使者。

赛琉斯　他知道你投身在安东尼的怀抱里，不是因为爱他，只是因为惧怕他。

克莉奥佩特拉　啊！

赛琉斯　所以他对于你荣誉上所受的创伤是万分同情的，因为那只是被迫忍受的污辱，不是咎有应得的责罚。

克莉奥佩特拉　他是一位天神，他的判断是这样公正。我的荣誉并不是自己甘心屈服，全然是被人征服的。

爱诺巴勃斯　（旁白）我要去问问安东尼，究竟是不是这样。主上，主上，你已经是一艘千洞百孔的破船，我们必须离开你，让你沉下海里，因为你的最亲爱的人也把你丢弃了。（下。）

赛琉斯　我要不要回复恺撒，告诉他您对他有什么要求？因为他心里很希望您有求于他。要是您愿意把他的命运作为您的靠山，他一定会十分高兴的；可是他要是听见我说您已经离开了安东尼，把您自己完全置身于他的羽翼之下，尊奉他为全世界的主人，那才会叫他心满意足哩。

克莉奥佩特拉　你叫什么名字？

赛琉斯　我的名字是赛琉斯。

克莉奥佩特拉　最善良的使者，请你这样回答伟大的恺撒：我不能亲自吻他征服一切的手，已经请他的使者代致我的敬礼了；告诉他，我随时准备把我的王冠跪献在他的足下；告诉他，从他的举世慑服的诏语之中，我已经听见埃及所得到的判决了。

赛琉斯　这是您的最正当的方策。智慧和命运互相冲突的时候，要是智慧有胆量贯彻它的主张，没有意外的机会可以摇动它的。准许我敬吻您的手。

克莉奥佩特拉　你们恺撒的义父在世的时候，每次想到了征服国土的计划，往往把他的嘴唇放在这一个卑微的所在，雨也似的吻着它。

　　　　安东尼及爱诺巴勃斯上。

安东尼　凭着雷霆之威的乔武起誓，好大的恩典！喂，家伙，你是什么东西？

赛琉斯　我是奉着全世界最有威权、最值得服从的人的命令而来的使者。

爱诺巴勃斯　（*旁白*）你要挨一顿鞭子了。

安东尼　过来！啊，你这混蛋！天神和魔鬼啊！我已经一点儿权力都没有了吗？不久以前，我只要吆喝一声，国王们就会像一群孩子似的争先恐后问我有什么吩咐。你没有耳朵吗？我还是安东尼哩。

　　　　众侍从上。

安东尼　把这家伙抓出去抽一顿鞭子。

爱诺巴勃斯　（旁白）宁可和初生的幼狮嬉戏，不要玩弄一头濒死的老狮。

安东尼　天哪！把他用力鞭打。即使二十个向恺撒纳贡称臣的最大的国君，要是让我看见他们这样放肆地玩弄她的手——她，这个女人，她从前是克莉奥佩特拉，现在可叫什么名字？——狠狠地鞭打他，打得他像一个孩子一般捧住了脸哭着喊饶命；把他抓出去。

赛琉斯　玛克·安东尼——

安东尼　把他拖下去；抽过了鞭子以后，再把他带来见我；我要叫这恺撒手下的奴才替我传一个信给他。（侍从等拖赛琉斯下）在我没有认识你以前，你已经是一朵半谢的残花了；嘿！罗马的衾枕不曾留住我，多少名媛淑女我都不曾放在眼里，我不曾生下半个合法的儿女，难道结果反倒被一个向奴才们卖弄风情的女人欺骗了吗？

克莉奥佩特拉　我的好爷爷——

安东尼　你一向就是个水性杨花的人；可是，不幸啊！当我们沉溺在我们的罪恶中间的时候，聪明的天神就封住了我们的眼睛，把我们明白的理智丢弃在我们自己的污泥里，使我们崇拜我们的错误，看着我们一步步陷入迷途而暗笑。

克莉奥佩特拉　唉！竟会一至于此吗？

安东尼　当我遇见你的时候，你是已故的恺撒吃剩下来的残羹冷炙；你也曾做过克尼厄斯·庞贝口中的禁脔；此外不曾流传在世俗的口碑上的，还不知道有多少更荒淫无耻的经历；我相信，你虽然能够猜想得到贞节应该是怎样一种东西，可是你不知道它究竟是什么。

克莉奥佩特拉　你为什么要说这种话？

安东尼　让一个得了人家赏赐说一声"上帝保佑您"的家伙玩弄你那受过我的爱抚的手，那两心相印的神圣的见证！啊！我不能像一个绳子套在脖子上的囚徒一般，向行刑的人哀求早一点了结他的痛苦；我要到高山荒野之间大声咆哮，发泄我的疯狂的悲愤！

　　　　众侍从率赛琉斯重上。

安东尼　把他鞭打过了吗？

侍从甲　狠狠地鞭打过了，主上。

安东尼　他有没有哭喊饶命？

侍从甲　他求过情了。

安东尼　你的父亲要是还活在世上，让他怨恨你不是一个女儿；你应该后悔追随胜利的恺撒，因为你已经为了追随他而挨了一顿鞭打了；从此以后，愿你见了妇女的洁白的纤手，就会吓得浑身乱抖。滚回到恺撒跟前去，把你在这儿所受到的款待告诉他；记着，你必须对他说，他使我非常生气，因为他的态度太傲慢自人，看轻我现在失了势，却不想到我从前的地位。他使我生气；我的幸运的星辰已经离开了它们的轨道，把它们的火焰射进地狱的深渊里去了，一个倒运的人，是最容易被人激怒的。要是他不喜欢我所说的话和所干的事，你可以告诉他我有一个已经赎身的奴隶歇巴契斯在他那里，他为了向我报复起见，尽管鞭笞他、吊死他、用酷刑拷打他，都随他的便；你也可以在旁边怂恿他的。去，带着你满身的鞭痕滚吧！（赛琉斯下。）

克莉奥佩特拉　你的脾气发完了吗？

安东尼　唉！我们地上的明月已经晦暗了；它只是预兆着安东尼的没落。

克莉奥佩特拉　我必须等他安静下来。

安东尼　为了献媚恺撒的缘故，你竟会和一个服侍他穿衣束带的人眉来眼去吗？

克莉奥佩特拉　还没有知道我的心吗？

安东尼　不是心，是石头！

克莉奥佩特拉　啊！亲爱的，要是我果然这样，愿上天在我冷酷的心里酿成一阵有毒的冰雹，让第一块雹石落在我的头上，溶化了我的生命；然后让它打死恺撒里昂，再让我的孩子和我的勇敢的埃及人一个一个在这雹阵之下丧身；让他们死无葬身之地，充作尼罗河上蝇蚋的食料！

安东尼　我很满意你的表白。恺撒已经在亚历山大里亚安下营寨，我还要和他决一个最后的雌雄。我们陆上的军队很英勇地坚持不屈；我们溃散的海军也已经重新集合起来，恢复了原来的威风。我的雄心啊，你这一向都在哪里？你听见吗，爱人？要是我再从战场上回来吻这一双嘴唇，我将要遍身浴血出现在你的面前；凭着这一柄剑，我要创造历史上不朽的记录。希望还没有消失呢。

克莉奥佩特拉　这才是我的英勇的主！

安东尼　我要使出三倍的膂力，三倍的精神和勇气，做一个杀人不眨眼的魔王；因为当我命运顺利的时候，人们往往在谈笑之间邀取我的宽赦；可是现在我要咬紧牙齿，把每一个阻挡我去路的人送下地狱。来，让我们再痛痛快快乐它一晚；召集我的全体忧郁的将领，再一次把美酒注满在我们的杯里；让我们不要理会那午夜的钟声。

克莉奥佩特拉　今天是我的生日；我本来预备让它在无声无臭中过去，可是既然我的主仍旧是原来的安东尼，那么我也还是原来的克莉奥佩特拉。

安东尼　我们还可以挽回颓势。

克莉奥佩特拉　叫全体将领都来，主上要见见他们。

安东尼　叫他们来，我们要跟他们谈谈；今天晚上我要把美酒灌得从他们的伤疤里流出来。来，我的女王；我们还可以再接再厉。这一次我临阵作战，我要使死神爱我，即使对他的无情的镰刀，我也要作猛烈的抗争。（除爱诺巴勃斯外皆下。）

爱诺巴勃斯　现在他要用狰狞的怒目去压倒闪电的光芒了。过分的惊惶会使一个人忘怀了恐惧，不顾死活地蛮干下去；在这一种心情之下，鸽子也会向鸷鸟猛啄。我看我们主上已经失去了理智，所以才会恢复了勇气。有勇无谋，结果一定失败。我要找个机会离开他。（下。）

第四幕

第一场　亚历山大里亚城前。恺撒营地

　　恺撒上，读信；阿格立巴、茂西那斯及余人等上。

恺撒　他叫我小子，把我信口谩骂，好像他有力量把我赶出埃及似的；他还鞭打我的使者；要求我跟他单人决斗，恺撒对安东尼。让这老贼知道，我如果想死，方法还多着呢。尽管他挑战，我只是置之一笑。

茂西那斯　恺撒必须想到，一个伟大的人物开始咆哮的时候，就是势穷力迫、快要堕下陷阱的预兆。不要给他喘息的机会，利用他的狂暴焦躁的心理；一个发怒的人，总是疏于自卫的。

恺撒　让全营将士知道，明天我们将要作一次结束一切战争的决战。在我们队伍里面，有不少最近还在安东尼部下作战的人，凭着这些归降的将士，就可以把他诱进了圈套。你去传告我的命令：今晚大宴全军；我们现在食物山积，这都是弟兄们辛苦得来的成绩。可怜的安东尼！（同下。）

第二场　亚历山大里亚。宫中一室

安东尼、克莉奥佩特拉、爱诺巴勃斯、查米恩、伊拉丝、艾勒克萨斯及余人等上。

安东尼　他不肯跟我决斗，道密歇斯。

爱诺巴勃斯　嗯。

安东尼　他为什么不肯？

爱诺巴勃斯　他以为他的命运胜过你二十倍，他一个人可以抵得上二十个人。

安东尼　明天，军人，我要在海上陆上同时作战；我倘不能胜利而生，也要用壮烈的战血洗刷我的濒死的荣誉。你愿意出力打仗吗？

爱诺巴勃斯　我愿意嚷着"牺牲一切"的口号，向敌人猛力冲杀。

安东尼　说得好；来。把我家里的仆人叫出来；今天晚上我们要饱餐一顿。

　　　　三四仆人上。

安东尼　把你的手给我，你一向是个很忠实的人；你也是；你，你，你，你们都是；你们曾经尽心侍候我，国王们曾经做过你们的同伴。

克莉奥佩特拉　这是什么意思？

爱诺巴勃斯　（向克莉奥佩特拉旁白）这是他在心里懊恼的时候想起来的一种古怪花样。

安东尼　你也是忠实的。我希望我自己能够化身为像你们这么多的人，你们大家都合成了一个安东尼，这样我就可以为你们尽力服务，正像你们现在为我尽力一样。

众仆　那我们怎么敢当！

安东尼　好，我的好朋友们，今天晚上你们还是来侍候我，不要少给我酒，仍旧像从前那样看待我，就像我的帝国也还跟你们一样服从我的命令那时候一般。

克莉奥佩特拉　（向爱诺巴勃斯旁白）他是什么意思？

爱诺巴勃斯　（向克莉奥佩特拉旁白）他要逗他的仆人们流泪。

安东尼　今夜你们来侍候我；也许这是你们最后一次为我服役了；也许你们从此不再看见我了；也许你们所看见的，只是我的血肉模糊的影子；也许明天你们便要服侍一个新的主人。我瞧着你们，就像自己将要和你们永别了一般。我的忠实的朋友们，我不是要抛弃你们，你们尽心竭力地跟随了我一辈子，我到死也不会把你们丢弃的。今晚你们再侍候我两小时，我不再有别的要求了；愿神明保佑你们！

爱诺巴勃斯　主上，您何必向他们说这种伤心的话呢？瞧，他们都哭啦；我这蠢材的眼睛里也有些热辣辣的。算了吧，不要叫我们全都变成娘儿们吧。

安东尼　哈哈哈！该死，我可不是这个意思。你们这些眼泪，表明你们都是有良心的。我的好朋友们，你们误会了我的意思了，我本意是要安慰你们，叫你们用火把照亮这一个晚上。告诉你们吧，我的好朋友们，我对于明天抱着很大的希望；我要领导你们胜利而生，不是光荣而死。让我们去饱餐一顿，来，把一切忧虑都浸没了。（同下。）

第三场　同前。宫门前

　　　　　二兵士上，各赴岗位。

兵士甲　兄弟晚安；明天是决战的日子了。
兵士乙　胜败都在明天分晓；再见。你在街道上没有听见什么怪事吗？
兵士甲　没有。你知道什么消息？
兵士乙　多半是个谣言。晚安！
兵士甲　好，晚安！
　　　　　另二兵士上。
兵士乙　弟兄们，留心警戒哪！
兵士丙　你也留心点儿。晚安，晚安！（兵士甲、兵士乙各就岗位。）
兵士丁　咱们是在这儿。（兵士丙、兵士丁各就岗位）要是明天咱们的海军能够得胜，我绝对相信咱们地上的弟兄们也一定会挺得住的。
兵士丙　咱们军队是一支充满了决心的勇敢的军队。（台下吹高音笛声。）
兵士丁　别说话！什么声音？
兵士甲　听，听！
兵士乙　听！
兵士甲　空中的乐声。
兵士丙　好像在地下。
兵士丁　这是好兆，是不是？
兵士丙　不。

兵士甲　静些！这是什么意思？
兵士乙　这是安东尼所崇拜的赫拉克勒斯，现在离开他了。
兵士甲　走；让我们问问别的守兵听没听见这种声音。（四兵士行至另一岗位前。）
兵士乙　喂，弟兄们！
众兵士　喂！喂！你们听见这个声音吗？
兵士甲　听见的；这不是很奇怪吗？
兵士丙　你们听见吗，弟兄们？你们听见吗？
兵士甲　跟着这声音走，一直走到我们的界线上为止；让我们听听它怎样消失下去。
众兵士　（共语）好的。——真是奇怪得很。（同下。）

第四场　同前。宫中一室

安东尼及克莉奥佩特拉上；查米恩及余人等随侍。

安东尼　爱洛斯！我的战铠，爱洛斯！
克莉奥佩特拉　睡一会儿吧。
安东尼　不，我的宝贝。爱洛斯，来；我的战铠，爱洛斯！

爱洛斯持铠上。

安东尼　来，好家伙，替我穿上这一身战铠；要是命运今天不照顾我们，那是因为我们向她挑战的缘故。来。
克莉奥佩特拉　让我也来帮帮你。这东西有什么用处？
安东尼　啊！别管它，别管它；你是为我的心坎披上铠甲的人。错了，错了；这一个，这一个。
克莉奥佩特拉　真的，哎哟！我偏要帮你；它应该是这样的。
安东尼　好，好；现在我们一定可以成功。你看见吗，我的好家伙？

162

你也去武装起来吧。

爱洛斯　快些，主上。

克莉奥佩特拉　这一个扣子不是扣得很好吗？

安东尼　好得很，好得很。在我没有解甲安息以前，谁要是解开这一个扣子的，一定会听见惊人的雷雨。你怎么这样笨手笨脚的，爱洛斯；我的女王倒是一个比你能干的侍从哩。快些。啊，亲爱的！要是你今天能够看见我在战场上驰骋，要是你也懂得这一种英雄的事业，你就会知道谁是能手。

　　　　一兵士武装上。

安东尼　早安；欢迎！你瞧上去像是一个善战的健儿；我们对于心爱的工作，总是一早起身，踊跃前趋的。

兵士　主帅，时候虽然还早，弟兄们都已经装束完备，在城门口等候着您了。（喧呼声；喇叭大鸣。）

　　　　众将佐兵士上。

将佐　今天天色很好。早安，主帅！

众兵士　早安，主帅！

安东尼　孩儿们，你们的喇叭吹得很好。今天的清晨像一个立志干一番轰轰烈烈的事业的少年，很早就踏上了它的征途。好，好；来，把那个给我。这一边；很好。再会，亲爱的，我此去存亡未卜，这是一个军人的吻。（吻克莉奥佩特拉）我不能浪费我的时间在无谓的温存里；我现在必须像一个钢铁铸成的男儿一般向你告别。凡是愿意作战的，都跟着我来。再会！

（安东尼、爱洛斯及将士等同下。）

查米恩　请娘娘进去安息安息吧。

克莉奥佩特拉　你领着我。他勇敢地去了。要是他跟恺撒能够在一场单人的决斗里决定这一场大战的胜负，那可多好！那时候，安东尼——可是现在——好，去吧。（同下。）

第五场　亚历山大里亚。安东尼营地

　　　喇叭声。安东尼及爱洛斯上；一兵士自对面上。

兵士　愿天神保佑安东尼今天大获全胜！

安东尼　我只恨当初你那满身的创瘢不曾使我听从你的话，在陆地上作战！

兵士　你早听了我的话，那许多倒戈的国王一定还追随在你的后面，今天早上也没有人会逃走了。

安东尼　谁今天逃走了？

兵士　谁！你的一个多年亲信的人。你要是喊爱诺巴勃斯的名字，他不会听见你；或许他会从恺撒的营里回答你，"我已经不是你的人了。"

安东尼　你说什么？

兵士　主帅，他已经跟随恺撒去了。

爱洛斯　他的箱笼财物都没带走。

安东尼　他去了吗？

兵士　确确实实地去了。

安东尼　去，爱洛斯，把他的钱财送还给他，不可有误；听着，什么都不要留下。写一封信给他，表示惜别欢送的意思，写好了让我在上面签一个名字；对他说，我希望他今后再也不会有同样充分的理由，使他感到更换一个主人的必要。唉！想不到我的衰落的命运，竟会使本来忠实的人也变起心来。快去。爱诺巴勃斯！（同下。）

第六场　亚历山大里亚城前。恺撒营地

　　　　喇叭奏花腔。恺撒率阿格立巴、爱诺巴勃斯及余人等同上。
恺撒　阿格立巴，你先带领一支人马出去，开始和敌人交锋。我们今天一定要把安东尼生擒活捉；你去传令全军知道。
阿格立巴　恺撒，遵命。（下。）
恺撒　全面和平的时候已经不远了；但愿今天一战成功，让这鼎足而三的世界不再受干戈的骚扰！
　　　　一使者上。
使者　安东尼已经在战场上了。
恺撒　去吩咐阿格立巴，叫那些投降过来的将士充当前锋，让安东尼向他自家的人发泄他的愤怒。（恺撒及侍从下。）
爱诺巴勃斯　艾勒克萨斯叛变了，他奉了安东尼的使命到犹太去，却劝诱希律王归附恺撒，舍弃他的主人安东尼；为了他这一个功劳，恺撒已经把他吊死。凯尼狄斯和其余叛离的将士虽然都蒙这里收留，可是谁也没有得到重用。我已经干了一件使我自己捶心痛恨的坏事，从此以后，再也不会有快乐的日子了。
　　　　一恺撒军中兵士上。
兵士　爱诺巴勃斯，安东尼已经把你所有的财物一起送来了，还有他给你的许多赏赐。那差来的人是从我守卫的地方入界的，现在正在你的帐里搬下那些送来的物件。
爱诺巴勃斯　那些东西都送给你吧。
兵士　不要取笑，爱诺巴勃斯。我说的是真话。你最好自己把那

来人护送出营；我有职务在身。否则就送他走一程也没甚关系。你们的皇上到底还是一尊天神哩。（下。）

爱诺巴勃斯　我是这世上唯一的小人，最是卑鄙无耻。啊，安东尼！你慷慨的源泉，我这样反复变节，你尚且赐给我这许多黄金，要是我对你尽忠不贰，你将要给我怎样的赏赉呢！悔恨像一柄利剑刺进了我的心。如果悔恨之感不能马上刺破我这颗心，还有更加迅速的方法呢；不过我想光是悔恨也就足够了。我帮着敌人打你！不，我要去找一处最污浊的泥沟，了结我这卑劣的残生。（下。）

第七场　两军营地间的战场

　　号角声；鼓角齐奏声。阿格立巴及余人等上。

阿格立巴　退下去，我们已经过分深入敌军阵地了。恺撒自己正在指挥作战；我们所受的压力超过我们的预料。（同下。）

　　号角声；安东尼及斯凯勒斯负伤上。

斯凯勒斯　啊，我的英勇的皇上！这才是打仗！我们大家要是早一点这样出力，他们早就满头挂彩，给我们赶回老家去了。

安东尼　你的血流得很厉害呢。

斯凯勒斯　我这儿有一个伤口，本来像个丁字形，现在却已裂开来啦。

安东尼　他们败退下去了。

斯凯勒斯　我们要把他们追赶得入地无门；我身上还可以受六处伤哩。

　　爱洛斯上。

爱洛斯　主上，他们已经打败了；我们已经占了优势，这次一定可以大获全胜。

斯凯勒斯　让我们从背后痛击他们，就像捉兔子一般把他们一网罩住；打逃兵是一件最有趣不过的玩意儿。

安东尼　我要重赏你的鼓舞精神的谈笑，我还要把十倍的重赏酬劳你的勇敢。来。

斯凯勒斯　让我一跛一跛地跟着您走。（同下。）

第八场　亚历山大里亚城下

号角声。安东尼、斯凯勒斯率军队行进上。

安东尼　我们已经把他打回了自己的营地；先派一个人去向女王报告我们今天的战绩。明天在太阳没有看见我们以前，我们要叫那些今天逃脱性命的敌人一个个喋血沙场。谢谢各位，你们都是英勇的壮士，你们挺身作战，并不以为那是你们强制履行的义务，每一个人都把这次战争当作了自己切身的事情；你们谁都显出了赫克托一般的威武。进城去，拥抱你们的妻子朋友，告诉他们你们的战功，让他们用喜悦的眼泪洗净你们伤口的瘀血，吻愈了那光荣的创痕。（向斯凯勒斯）把你的手给我。

克莉奥佩特拉率扈从上。

安东尼　我要向这位伟大的女神夸扬你的勋劳，使她的感谢祝福你。你世上的光辉啊！你勾住我的裹着铁甲的颈项，连同你这一身盛装，穿过我的坚利的战铠，跳进我的心头，让我的喘息载着你凯旋回去吧！

克莉奥佩特拉　万君之君，你无限完美的英雄啊！你带着微笑从天罗地网之中脱身归来了吗？

安东尼　我的夜莺,我们已经把他们打退了。嘿,姑娘!虽然霜雪已经洒上我的少年的褐发,可是我还有一颗勃勃的雄心,它能够帮助我建立青春的志业。瞧这个人;让他的嘴唇沾到你手上的恩泽;吻着它,我的战士;他今天在战场上奋勇杀敌,就像一个痛恨人类的天神一样,没有人逃得过他的剑锋的诛戮。

克莉奥佩特拉　朋友,我要送给你一副纯金的战铠,它本来是归一个国王所有的。

安东尼　即使它像日轮一样灿烂夺目,他也可以受之无愧。把你的手给我。通过亚历山大里亚全城,我们的大军要列队前进,兴高采烈地显示我们的威容;我们要把剑痕累累的盾牌像我们的战士一样高高举起。要是我们广大的王宫能够容纳我们全军的将士,我们一定要全体欢宴一宵,为了预祝明天的大捷而痛饮。喇叭手,尽力吹响起来,让你们的喧声震聋了全城的耳朵;和着聒噪的鼓声,使天地之间充满了一片欢迎我们的呐喊。(同下。)

第九场　恺撒营地

哨兵各守岗位。

兵士甲　在这一小时以内,要是没有人来替我们,我们必须回到警备营去。今晚星月皎洁,他们说我们在清晨两点钟就要出发作战。

兵士乙　昨天的战事使我们受到极大的打击。

爱诺巴勃斯上。

爱诺巴勃斯　夜啊!请你做我的见证——

兵士丙　这是什么人?

兵士乙　躲一躲，听他说。

爱诺巴勃斯　请你做我的见证，神圣的月亮啊，变节的叛徒在历史上将要永远留下被人唾骂的污名，爱诺巴勃斯在你的面前忏悔他的错误了！

兵士甲　爱诺巴勃斯！

兵士丙　别说话！听下去。

爱诺巴勃斯　无上尊严的忧郁的女神啊，把黑夜的毒雾降在我的身上，让生命，我的意志的叛徒，脱离我的躯壳吧；把我这一颗为悲哀所煎枯的心投掷在我这冷酷坚硬的罪恶上，让它碎成粉末，结束了一切卑劣的思想吧。安东尼啊！你的高贵的精神，是我的下贱的行为所不能仰望的，原谅我对你个人所加的伤害，可是让世人记着我是一个叛徒的魁首。啊，安东尼！啊，安东尼！（死。）

兵士乙　让我们对他说话去。

兵士甲　我们还是听他说，也许他所说的话跟恺撒有关系。

兵士丙　让我们听着吧。可是他睡着了。

兵士甲　恐怕是晕过去了；照他的祷告听起来，不像是会一下子睡着了的。

兵士乙　我们走过去看看他。

兵士丙　醒来，将军，醒来！对我们说话呀。

兵士乙　你听见吗，将军？

兵士甲　死神的手已经抓住了他。（远处鼓声）听！庄严的鼓声在催唤睡着的人醒来。让我们把他抬到警备营去；他不是一个无名之辈。该换岗的时候了。

兵士丙　那么来；也许他还会苏醒转来。（众兵士舁爱诺巴勃斯尸下。）

第十场　两军营地之间

　　　　安东尼及斯凯勒斯率军队行进上。

安东尼　他们今天准备在海上作战；在陆地上他们已经认识了我们的厉害。

斯凯勒斯　主上，我们要在海陆两方面同样向他们显显颜色。

安东尼　我希望他们会在火里风里跟我们交战，我们也可以对付得了的。可是现在我们必须带领步兵，把守着城郊附近的山头；海战的命令已经发出，他们的战舰已经出港，我们凭着居高临下的优势，可以一览无余地观察他们的动静。（同下。）

　　　　恺撒率军队行进上。

恺撒　可是在敌人开始向我们进攻以后，我们仍旧要在陆地上继续作战，因为他的主力已经都去补充舰队了。到山谷里去，占个有利的地势！（同下。）

　　　　安东尼及斯凯勒斯重上。

安东尼　他们还没有集合起来。在那株松树矗立的地方，我可以望见一切；让我去看一看形势，立刻就来告诉你。（下。）

斯凯勒斯　燕子在克莉奥佩特拉的船上筑巢；那些算命的人都说不知道这是什么预兆；他们板起了冷冰冰的面孔，不敢说出他们的意见。安东尼很勇敢，可是有些郁郁不乐；他的多磨的命运使他有时充满了希望，有时充满了忧虑。（远处号角声，如在进行海战。）

　　　　安东尼重上。

安东尼　什么都完了！这无耻的埃及人葬送了我；我的舰队已经

投降了敌人，他们正在那边高掷他们的帽子，欢天喜地地在一起喝酒，正像分散的朋友久别重逢一般。三翻四覆的淫妇！是你把我出卖给这个初出茅庐的小子，我的心现在只跟你一个人作战。吩咐他们大家散伙了吧；我只要向这迷人的妖妇报复了我的仇恨以后，我这一生也就可以告一段落了，叫他们大家散伙了吧；去。（斯凯勒斯下）太阳啊！我再也看不见你的升起了；命运和安东尼在这儿分了手；就在这儿让我们握手分别。一切到了这样的结局了吗？那些像狗一样追随我，从我手里得到他们愿望的满足的人，现在都掉转头来，把他们的甘言巧笑向势力强盛的恺撒献媚去了；剩着这一株凌霄独立的孤松，悲怅它的鳞摧甲落。我被出卖了。啊，这负心的埃及女人！这外表如此庄严的妖巫，她的眼睛能够指挥我的军队的进退，她的酥胸是我的荣冠、我的唯一的归宿，谁料她却像一个奸诈的吉卜赛人似的，凭着她的擒纵的手段，把我诱进了山穷水尽的垓心。喂，爱洛斯！爱洛斯！

  克莉奥佩特拉上。

安东尼　啊！你这妖妇！走开！

克莉奥佩特拉　我的主怎么对他的爱人生气啦？

安东尼　不要让我看见你，否则我要给你咎有应得的惩罚，使恺撒的胜利大为减色了。让他捉了你去，在欢呼的民众之前把你高高举起；追随在他的战车的后面，给人们看看你是你们全体女性中最大的污点；让他们把你当作一头怪物，谁出了最低微的代价，就可以尽情饱览；让耐心的奥克泰维娅用她那准备已久的指爪抓破你的脸。（克莉奥佩特拉下）要是活着是一件好事，那么你固然是去了的好；可是你还不如死在我的盛怒之下，因为一死也许可以避免无数比死更难堪的痛苦。喂，爱洛斯！我祖上被害的毒衣已经披上了我的身子；

阿尔锡第斯①，我的先祖，教给我你的愤怒；让我把那送毒衣来的人抛向天空，悬挂在月亮的尖角上。让我用这一双曾经握过最沉重的武器的手，征服我最英雄的自己。这妖妇必须死；她把我出卖给那罗马小子，我中了他们的毒计；她必须因此而受死。喂，爱洛斯！（下。）

第十一场　亚历山大里亚。宫中一室

克莉奥佩特拉、查米恩、伊拉丝及玛狄恩上。

克莉奥佩特拉　扶着我，我的姑娘们！啊！他比得不到铠甲的忒拉蒙②还要暴躁；从来不曾有一头被猎人穷追的野猪像他那样满口飞溅着白沫。

查米恩　到陵墓里去！把您自己锁在里面，叫人告诉他您已经死了。一个大人物失去了地位，是比灵魂脱离躯壳更痛苦的。

克莉奥佩特拉　到陵墓里去！玛狄恩，你去告诉他我已经自杀了；你说我最后一句话是"安东尼"；请你用非常凄恻的声音，念出这一个名字。去，玛狄恩，回来告诉我他听见了我的死讯有什么表示。到陵墓里去！（各下。）

第十二场　同前。另一室

安东尼及爱洛斯上。

安东尼　爱洛斯，你还看见我吗？

---

① 即赫拉克勒斯。

② 即埃阿斯。

爱洛斯　看见的，主上。

安东尼　有时我们看见天上的云像一条蛟龙；有时雾气会化成一只熊、一头狮子的形状，有时像一座高耸的城堡、一座突兀的危崖、一堆雄峙的山峰，或是一道树木葱茏的青色海岬，俯瞰尘寰，用种种虚无的景色戏弄我们的眼睛。你曾经看见过这种现象，它们都是一些日暮的幻影。

爱洛斯　是，主上。

安东尼　现在瞧上去还像一匹马的，一转瞬间，浮云飞散了，它就像一滴水落在池里一样，分辨不出它的形状。

爱洛斯　正是这样，主上。

安东尼　爱洛斯，我的好小子，你的主帅也不过是这样一块浮云；现在我还是一个好好的安东尼，可是我却保不住自己的形体，我的小子。我为了埃及兴起一次次的战争；当我的心还属于我自己的时候，它曾经气吞百万之众，可是我让女王占有了它，我以为她的心也已经被我占有，现在我才知道她的心不是属于我的；她，爱洛斯，竟和恺撒暗中勾结，用诡计毁坏我的荣誉，使敌人得到了胜利。不，不要哭，善良的爱洛斯；我们还留着我们自己，可以替自己找个结局呢。

　　　玛狄恩上。

安东尼　啊，你那万恶的女主人！她已把我的权柄偷去了。

玛狄恩　不，安东尼，我那娘娘是爱你的；她的命运和你的命运完全结合在一起。

安东尼　滚开，放肆的阉人；闭住你的嘴！她欺骗了我，我不能饶她活命。

玛狄恩　人只能死一次，一死也就一了百了。你所要干的事，她早已替你干好；她最后所说的一句话是"安东尼！最尊贵的安东尼！"在一声惨痛的呻吟之中，她喊出了安东尼的名字，一半在她的嘴唇上，一半还留在她的心里。她的呼吸停止了，你的名字也就埋葬在她的胸中。

安东尼　那么她死了吗？

玛狄恩　死了。

安东尼　把战铠脱下吧，爱洛斯；永昼的工作已经完毕，我们现在该去睡了。（向玛狄恩）你送来这样的消息，还让你留着活命回去，已是给你最大的酬劳了；去。（玛狄恩下）脱下来；埃阿斯的七层的盾牌，也挡不住我心头所受的打击。啊，碎裂了吧，我的胸膛！心啊，使出你所有的力量来，把你这脆弱的胸膛爆破了吧！赶快，爱洛斯，赶快。我不再是一个军人了；残破的甲片啊，去吧；你们从前也是立过功劳的。暂时离开我一会儿。（爱洛斯下）我要追上你，克莉奥佩特拉，流着泪请求你宽恕。我非这样做不可，因为再活下去只有痛苦。火炬既然已经熄灭，还是静静地躺下来，不要深入迷途了。一切的辛勤徒然毁坏了自己所成就的事业；纵然有盖世的威力，免不了英雄末路的悲哀；从此一切撒手，也可以省下多少麻烦。爱洛斯！——我来了，我的女王！——爱洛斯！——等一等我。在灵魂们偃息在花朵上的乐园之内，我们将要携手相亲，用我们活泼泼的神情引起幽灵们的注目；狄多和她的埃涅阿斯将要失去追随的一群，到处都是我们遨游的地方。来，爱洛斯！爱洛斯！

　　　爱洛斯重上。

爱洛斯　主上有什么吩咐？

安东尼　克莉奥佩特拉死了，我却还在这样重大的耻辱之中偷生人世，天神都在憎恶我的卑劣了。我曾经用我的剑宰割世界，驾着无敌的战舰建立海上的城市；可是她已经用一死告诉我们的恺撒，"我是我自己的征服者"了，我难道连一个女人的志气也没有吗？爱洛斯，你我曾经有约在先，到了形势危急的关头，当我看见我自己将要在敌人手里遭受无可避免的凌辱的时候，我一发出命令，你就必须立刻把我杀死；现在这个时刻已经到了，履行你的义务吧。其实你并不是杀死我，而是击败了恺撒。不要吓得这样脸色发白。

爱洛斯　天神阻止我！帕提亚人充满敌意的矢镞不曾射中您的身体，难道我却必须下这样的毒手吗？

安东尼　爱洛斯，你愿意坐在罗马的窗前，看着你的主人交叉着两臂，俯下了他的伏罪的颈项，带着满面的羞惭走过，他的前面的车子上坐着幸运的恺撒，把卑辱的烙印加在他的俘虏的身上吗？

爱洛斯　我不愿看见这种事情。

安东尼　那么来，我必须忍受些微的痛苦，解脱终身的耻辱。把你那柄曾经为国家立过功劳的剑拔出来吧。

爱洛斯　啊，主上！原谅我！

安东尼　我当初使你获得自由的时候，你不是曾经向我发誓，我叫你怎样做你就怎样做吗？赶快动手，否则你过去的勤劳，都是毫无目的的了。拔出剑来，来。

爱洛斯　那么请您转过脸去，让我看不见那为全世界所崇拜瞻仰的容颜。

安东尼　你瞧！（转身背爱洛斯。）

爱洛斯　我的剑已经拔出了。

安东尼　那么让它赶快执行它的工作吧。

爱洛斯　我的亲爱的主人，我的元帅，我的皇上，在我没有刺这残酷的一剑以前，允许我向您道别。

安东尼　很好，朋友；再会吧。

爱洛斯　再会吧，伟大的主帅！我现在就动手吗？

安东尼　现在，爱洛斯。

爱洛斯　那么好，我这样免去了安东尼的死所给我的悲哀了。(自杀。)

安东尼　比我三倍勇敢的义士！壮烈的爱洛斯啊，你把我所应该做而你所不能做的事教会我了。我的女王和爱洛斯已经用他们英勇的示范占了我的先着；可是我要像一个新郎似的奔赴死亡，正像登上恋人的卧床一样。来；爱洛斯，你的主人临死时候却是你的学生，你教给我怎样死法。(伏剑倒地)怎么！没有死？没有死？喂，卫士！啊！帮我快一点儿死去！

　　　　德西塔斯及众卫士上。

卫士甲　什么声音？

安东尼　朋友们，我把事情干坏了；啊！请你们替我完成我的工作吧。

卫士乙　大星陨落了！

卫士甲　时间已经终止它的运行了！

众卫士　唉，伤心！

安东尼　哪一个爱我的，把我杀死了吧。

卫士甲　我不能下这样的手。

卫士乙　我也不能。

卫士丙　谁也下不了这样的手。(众卫士下。)

德西塔斯　你手下的人看见你国破身亡，全都走散了。我只要把这柄剑拿去献给恺撒，再把这样的消息告诉他，就可以成为我的进身之阶。

　　　　狄俄墨得斯上。

狄俄墨得斯　安东尼在什么地方？

德西塔斯　那边，狄俄墨得斯，那边。

狄俄墨得斯　他活着吗？你怎么不回答我，朋友？(德西塔斯下。)

安东尼　是你吗，狄俄墨得斯？拔出你的剑来，把我刺死了吧。

狄俄墨得斯　最尊严的主上，我们娘娘克莉奥佩特拉叫我来看你。

安东尼　她什么时候叫你来的？

狄俄墨得斯　现在，我的主。

安东尼　她在什么地方？

狄俄墨得斯　关闭在陵墓里。她早就害怕会有这种事情发生；她因为看见您疑心她和恺撒有勾结——其实是完全没有这一回事的——没有法子平息您的恼怒，所以才叫人来告诉您她死了；可是她又怕这一个消息会引起不幸的结果，所以又叫我来向您说明事实的真相；我怕我来得太迟了。

安东尼　太迟了，好狄俄墨得斯。请你叫我的卫士来。

狄俄墨得斯　喂，喂！皇上的卫士呢？喂，卫士们！来，你们的主帅叫你们哪！

　　　　　安东尼的卫士四五人上。

安东尼　好朋友们，把我抬到克莉奥佩特拉的所在去；这是我最后命令你们做的事了。

卫士甲　唉，唉！主上，您手下还有几个人是始终跟随着您的。

众卫士　最不幸的日子！

安东尼　不，我的好朋友们，不要用你们的悲哀使冷酷的命运在暗中窃笑；我们应该用处之泰然的态度，报复命运加于我们的凌辱。把我抬起来；一向总是我带领着你们，现在我却要劳你们抬着我走了，谢谢你们。（众舁安东尼同下。）

第十三场　同前。陵墓

　　　　　克莉奥佩特拉率查米恩、伊拉丝及侍女等于高处上。

克莉奥佩特拉　啊，查米恩！我一辈子不再离开这里了。

查米恩　不要伤心,好娘娘。

克莉奥佩特拉　不,我怎么不伤心?一切奇怪可怕的事情都是受欢迎的,我就是不要安慰;我们的不幸有多么大,我们的悲哀也该有多么大。

　　　　狄俄墨得斯于下方上。

克莉奥佩特拉　怎么!他死了吗?

狄俄墨得斯　死神的手已经降在他身上,可是他还没有死。从陵墓的那一边望出去,您就可以看见他的卫士正在把他抬到这儿来啦。

　　　　卫士等舁安东尼于下方上。

克莉奥佩特拉　太阳啊,把你广大的天宇烧毁吧!人间的巨星已经消失它的光芒了。啊,安东尼,安东尼,安东尼!帮帮我,查米恩,帮帮我,伊拉丝,帮帮我;下面的各位朋友!大家帮帮忙,把他抬到这儿来。

安东尼　静些!不是恺撒的勇敢推倒了安东尼,是安东尼战胜了他自己。

克莉奥佩特拉　是的,只有安东尼能够征服安东尼;可是苦啊!

安东尼　我要死了,女王,我要死了;我只请求死神宽假片刻的时间,让我把最后的一吻放在你的唇上。

克莉奥佩特拉　我不敢,亲爱的——我的亲爱的主,恕我——我不敢,我怕他们把我捉去。我决不让全胜而归的恺撒把我作为向人夸耀的战利品;要是刀剑有锋刃,药物有灵,毒蛇有刺,我决不会落在他们的手里;你那眼光温柔、神气冷静的妻子奥克泰维娅永远没有机会在我的面前表现她的端庄贤淑。可是来,来,安东尼——帮助我,我的姑娘们——我们必须把你抬上来。帮帮忙,好朋友们。

安东尼　啊!快些,否则我要去了。

克莉奥佩特拉　哎哟！我的主是多么的重！我们的力量都已变成重量了，所以才如此沉重。要是我有天后朱诺的神力，我一定要叫羽翼坚劲的麦鸠利负着你上来，把你放在乔武的身旁。可是只有呆子才存着这种无聊的愿望。上来点儿了。啊！来，来，来；（众举安东尼上至克莉奥佩特拉前）欢迎，欢迎！死在你曾经生活过的地方；要是我的嘴唇能够给你生命，我愿意把它吻到枯焦。

众人　伤心的景象！

安东尼　我要死了，女王，我要死了；给我喝一点酒，让我再说几句话。

克莉奥佩特拉　不，让我说；让我高声咒骂那司命运的婆子，恼得她摔破她的轮子。

安东尼　一句话，亲爱的女王。你可以要求恺撒保护你生命的安全，可是不要让他玷污了你的荣誉。啊！

克莉奥佩特拉　生命和荣誉是不能两全的。

安东尼　亲爱的，听我说；恺撒左右的人，除了普洛丘里厄斯以外，你谁也不要相信。

克莉奥佩特拉　我不相信恺撒左右的人；我只相信自己的决心和自己的手。

安东尼　我的厄运已经到达它的终点，不要哀哭也不要悲伤；当你思念我的时候，请你想到我往日的光荣；你应该安慰你自己，因为我曾经是全世界最伟大、最高贵的君王，因为我现在堂堂而死，并没有懦怯地向我的同国之人抛下我的战盔；我是一个罗马人，英勇地死在一个罗马人的手里。现在我的灵魂要离我而去；我不能再说下去了。

克莉奥佩特拉　最高贵的人，你死了吗？你把我抛弃不顾了吗？这寂寞的世上没有了你，就像个猪圈一样，叫我怎么活下去

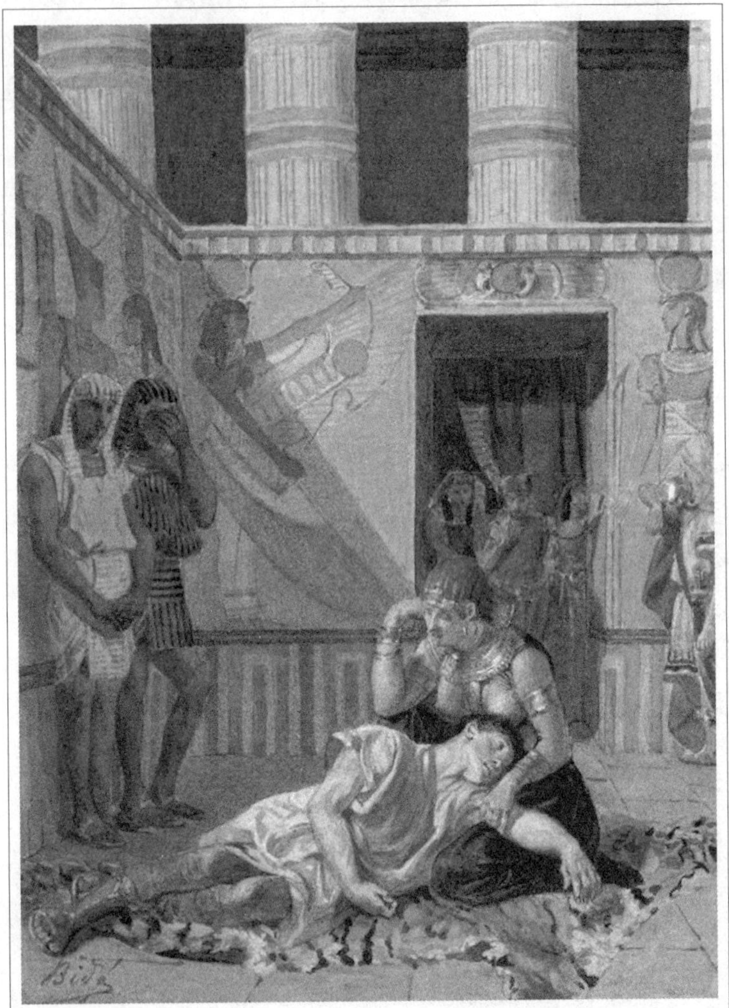

呢？啊！瞧，我的姑娘们，（安东尼死）大地消失它的冠冕了！我的主！啊！战士的花圈枯萎了，军人的大纛摧倒了；剩下在这世上的，现在只有一群无知的儿女；杰出的英雄已经不在人间，月光照射之下，再也没有值得注目的人物了。（晕倒。）

查米恩　啊，安静些，娘娘！

使者　她也死了，我们的女王！

查米恩　娘娘！

使者　娘娘！

查米恩　啊，娘娘，娘娘，娘娘！

使者　陛下！陛下！

查米恩　静，静，伊拉丝！

克莉奥佩特拉　什么都没有了，我只是一个平凡的女人，平凡的感情支配着我，正像支配着一个挤牛奶、做贱工的婢女一样。我应该向不仁的神明怒掷我的御杖，告诉他们当他们没有偷去我们的珍宝的时候，我们这世界是可以和他们的天国互相媲美的。如今一切都只是空虚无聊；忍着像傻瓜，不忍着又像疯狗。那么在死神还不敢侵犯我们以前，就奔进了幽秘的死窟，是不是罪恶呢？怎么啦，我的姑娘们？唉，唉！高兴点儿吧！哎哟，怎么啦，查米恩！我的好孩子们！啊，姑娘们，姑娘们，瞧！我们的灯熄了，它暗下去了，各位好朋友，提起勇气来；——我们要埋葬他，一切依照最庄严、最高贵的罗马的仪式，让死神乐于带我们同去。来，走吧；容纳着那样一颗伟大的灵魂的躯壳现在已经冰冷了；啊，姑娘们，姑娘们！我们没有朋友，只有视死如归的决心。（同下；安东尼尸身由上方舁下。）

第五幕

第一场　亚历山大里亚。恺撒营地

　　恺撒、阿格立巴、道拉培拉、茂西那斯、盖勒斯、普洛丘里厄斯及余人等上。

恺撒　道拉培拉，你去对他说，叫他赶快投降；他已经屡战屡败，不必再出丑了。

道拉培拉　恺撒，遵命。（下。）

　　德西塔斯持安东尼佩剑上。

恺撒　为什么拿了这柄剑来？你是什么人，这样大胆，竟敢闯到我们的面前？

德西塔斯　我的名字叫作德西塔斯；我是安东尼手下的人，当他叱咤风云的时候，他是我的最好的主人，我愿意为了刘除他的敌人而捐弃我的生命。要是现在你肯收容我，我也会像尽忠于他一样尽忠于你；不然的话，就请你把我杀死。

恺撒　你说什么？

德西塔斯　我说，恺撒啊，安东尼死了。

恺撒　这样一个重大的消息，应该用雷鸣一样的巨声爆发出来；

地球受到这样的震动，山林中的猛狮都要奔到市街上，城市里的居民反而藏匿在野兽的巢穴里。安东尼的死不是一个人的没落，半个世界也跟着他的名字同归于尽了。

德西塔斯　他死了，恺撒；执法的官吏没有把他宣判死刑，受人雇佣的刺客也没有把他加害，是他那曾经创造了许多丰功伟绩、留下不朽的光荣的手，凭着他的心所借给它的勇气，亲自用剑贯穿了他的心胸。这就是我从他的伤口拔下来的剑，瞧它上面沾着他的最高贵的血液。

恺撒　你们都现出悲哀的脸色吗，朋友们？天神在责备我，可是这样的消息是可以使君王们眼睛里洋溢着热泪的。

阿格立巴　真是不可思议，我们的天性使我们不能不悔恨我们抱着最坚强的决意所进行的行动。

茂西那斯　他的毁誉在他身上是难分高下的。

阿格立巴　从未有过这样罕见的人才操纵过人类的命运；可是神啊，你们一定要给我们一些缺点，才使我们成为人类。恺撒受到感动了。

茂西那斯　当这样一面广大的镜子放在他面前的时候，他不能不看见他自己。

恺撒　安东尼啊！我已经追逼得你到了这样一个结局；我们的血脉里都注射着致命的毒液，今天倘不是我看见你的没落，就得让你看见我的死亡；在这整个世界之上，我们是无法并立的。可是让我用真诚的血泪哀恸你——你、我的同伴、我的一切事业的竞争者、我的帝国的分治者、战阵上的朋友和同志、我的身体的股肱、激发我的思想的心灵，我要向你发出由衷的哀悼，因为我们那不可调和的命运，引导我们到了这样分裂的路上。听我说，好朋友们——

　　一埃及人上。

恺撒　我再慢慢告诉你们吧。这家伙脸上的神气,好像要来报告什么重要的事情似的;我们要听听他有什么话说。你是哪儿来的?

埃及人　我是一个卑微的埃及人。我家女王幽居在她的陵墓里,这是现在唯一属于她所有的地方,她想要知道你预备把她怎样处置,好让她自己有个准备。

恺撒　请她宽心吧;我们不久就要派人去问候她,她就可以知道我们已经决定了给她怎样尊崇而优厚的待遇;因为恺撒绝不是一个冷酷无情的人。

埃及人　愿神明保佑你!(下。)

恺撒　过来,普洛丘里厄斯。你去对她说,我们一点没有羞辱她的意思;好好安慰安慰她,免得她自寻短见,反倒使我们落一场空;因为我们要是能够把她活活地带回罗马去,那才是我们永久的胜利。去,尽快回来,把她所说的话和你所看见的她的情形告诉我。

普洛丘里厄斯　恺撒,我就去。(下。)

恺撒　盖勒斯,你也跟他一道去。(盖勒斯下)道拉培拉呢?我要叫他帮助普洛丘里厄斯传达我的旨意。

阿格立巴　茂西那斯　道拉培拉!

恺撒　让他去吧,我现在想起了我刚才叫他干一件事去的;他大概就会来。跟我到我的帐里来,我要让你们看看我是多么不愿意牵进这一场战争中间;虽然在戎马倥偬的当儿,我在给他的信中仍然是多么心平气和。跟我来,看看我在信中对他是怎样的态度。(同下。)

第二场　同前。陵墓

　　　　　克莉奥佩特拉、查米恩及伊拉丝于高处上。
克莉奥佩特拉　我的孤寂已经开始使我得到了一个更好的生活。做恺撒这样一个人是一件无聊的事；他既然不是命运，他就不过是命运的奴仆，执行着她的意志。干那件结束一切行动的行动，从此不受灾祸变故的侵犯，酣然睡去，不必再吮吸那同样滋养着乞丐和恺撒的乳头，那才是最有意义的。
　　　　　普洛丘里厄斯、盖勒斯及兵士等自下方上。
普洛丘里厄斯　恺撒问候埃及的女王；请你考虑考虑你有些什么要求准备向他提出。
克莉奥佩特拉　你叫什么名字？
普洛丘里厄斯　我的名字是普洛丘里厄斯。
克莉奥佩特拉　安东尼曾经向我提起过你，说你是一个可以信托的人；可是我现在已经用不着信托什么人，也不怕被人欺骗了。你家主人倘然想要有一个女王向他乞讨布施，你必须告诉他，女王是有女王的身份的，她要是向人乞讨，至少也得乞讨一个王国；要是他愿意把他所征服的埃及送给我的儿子，那么为了他把原来属于我自己的东西仍旧赏赐给我的偌大恩惠，我一定满心感激地向他长跪拜谢的。
普洛丘里厄斯　安心吧，您是落在一个宽宏大度的人的手里，什么都不用担忧。您要是有什么意见，尽管向我的主上提出；一切困穷无告的人，都可以沾沐他的深恩厚泽。让我回去向他报告您的臣服的诚意，您就可以知道他是一个多么仁慈的征服者。

克莉奥佩特拉　请你告诉他，我是他的命运的奴仆，我向他献呈他所应得的敬礼。每一小时我都在学习着服从的教训，希望他能够允许我瞻仰他的威容。

普洛丘里厄斯　我愿意照您的话回去报告，好娘娘。宽心吧，因为我知道那造成您目前这一种处境的人，对于您的遭遇是非常同情的。

盖勒斯　你们瞧，把她捉住是一件多么容易的事。（普洛丘里厄斯及二卫士登梯升墓至克莉奥佩特拉后。一部分卫士拔栓开各墓门，发现底层墓室。向普洛丘里厄斯及各卫士）把她好生看守，等恺撒到来发落。（下。）

使者　娘娘！

查米恩　啊，克莉奥佩特拉！你给他们捉住啦，娘娘！

克莉奥佩特拉　快，快，我的好手。（拔出匕首。）

普洛丘里厄斯　住手，娘娘，住手！（捉住克莉奥佩特拉手，将匕首夺下）不要干这种对不起您自己的事；您现在并没有被人陷害，却已经得到了解放。

克莉奥佩特拉　什么，死可以替受伤的病犬解除痛苦，难道我却连死的权利也被剥夺了吗？

普洛丘里厄斯　克莉奥佩特拉，不要毁灭你自己，辜负了我们主上的一片好心；让人们看看他的行事是多么高尚正大吧，要是你死了，他的美德岂不白白埋没了吗？

克莉奥佩特拉　死神啊，你在哪儿？来呀，来！来，来，把一个女王带了去吧，她的价值是抵得上许多婴孩和乞丐的！

普洛丘里厄斯　啊！忍耐点儿，娘娘！

克莉奥佩特拉　先生，我要不食不饮；宁可用闲谈消磨长夜，也不愿睡觉。不管恺撒使出什么手段来，我要摧残这一个易腐的皮囊。你要知道，先生，我并不愿意带着镣铐，在你家主人的庭前做一个待命的囚人,或是受那阴沉的奥克泰维娅的冷眼的嗔视。难道我要让他们把我悬吊起来,受那敌意的罗马的下贱民众的鼓噪怒骂吗?我宁愿葬身在埃及的沟壑里;我宁愿赤裸了身体,躺在尼罗河的湿泥上,让水蝇在我身上下卵,使我生蛆而腐烂;我宁愿铁链套在我的颈上,让高高的金字塔作为我的绞架!

普洛丘里厄斯　您想得太可怕了,恺撒决不会这样对待您的。

　　　　　　道拉培拉上。

道拉培拉　普洛丘里厄斯,你所做的事,你的主人恺撒已经知道了,他叫你去;女王归我看守。

普洛丘里厄斯　道拉培拉,那再好没有了;对她客气点儿。(向克莉奥佩特拉)您要是有什么话要对恺撒说,我可以替您转达。

克莉奥佩特拉　你去说,我要死。(普洛丘里厄斯及兵士等下。)

道拉培拉　最尊贵的女王,您有没有听见过我的名字?

克莉奥佩特拉　我不知道。

道拉培拉　您一定知道我的。

克莉奥佩特拉　先生,我听见什么、知道什么,都没有关系。当孩子和女人们把他们的梦讲给你听的时候,你不是要笑的吗?

道拉培拉　我不懂您的意思,娘娘。

克莉奥佩特拉　我梦见有一个安东尼皇帝;啊!但愿我再有这样一次睡眠,让我再看见这样一个人!

道拉培拉　请您听我说——

克莉奥佩特拉　他的脸就像青天一样,上面有两轮循环运转的日月,照耀着这一个小小的圆球。

道拉培拉　最尊贵的女王——

克莉奥佩特拉　他的两足横跨海洋;他的高举的胳臂罩临大地;他在对朋友说话的时候,他的声音有如谐和的天乐,可是当他发怒的时候，就会像雷霆一样震撼整个宇宙。他的慷慨是没有冬天的，那是一个收获不尽的丰年；他的欢悦有如长鲸泳浮于碧海之中；戴着王冠宝冕的君主在他左右追随服役，国土和岛屿是一枚枚从他衣袋里掉下来的金钱。

道拉培拉　克莉奥佩特拉——

克莉奥佩特拉　你想过去将来，会不会有像我梦见的这样一个人？

道拉培拉　好娘娘，这样的人是没有的。

克莉奥佩特拉　你说的全然是欺罔神听的谎话。然而世上要是果然有这样一个人，他的伟大一定超过任何梦想；造化虽然不能抗衡想象的瑰奇，可是凭着想象描画出一个安东尼来，那幻影是无论如何要在实体之前黯然失色的。

道拉培拉　听我说，好娘娘。您遭到这样重大的不幸，您的坚忍的毅力是和您的悲哀相称的。要是您的痛苦不曾在我心头引起同情的反响，但愿我永远没有功成名遂的一天。

克莉奥佩特拉　谢谢你，先生。你知道恺撒预备把我怎样处置吗？

道拉培拉　我不愿告诉您我所希望您知道的事。

克莉奥佩特拉　不，先生，请你说——

道拉培拉　他虽然是一个可尊敬的人——

克莉奥佩特拉　他要把我当作一个俘虏带回去夸耀他的凯旋吗？

道拉培拉　娘娘，他会这样干的；我知道他的为人。（内呼声："让开！恺撒来了！"）

　　　　恺撒、盖勒斯、普洛丘里厄斯、茂西那斯、塞琉克斯及侍从等上。

恺撒　哪一位是埃及的女王？

道拉培拉　娘娘，这位便是皇上。（克莉奥佩特拉跪。）

恺撒　起来，你不用下跪。请起来吧，埃及的女王。

克莉奥佩特拉　陛下，这是神明的意思；我必须服从我的主人。

恺撒　一切不必介意；你加于我们的伤害，虽然铭刻在我们的肌肤之上，可是我们将要使它在我们的记忆中成为偶然的事件。

克莉奥佩特拉　全世界唯一的主人，我没有话可以替我自己辩白，可是我承认我也像一般女人一样，在我的身上具备着许多可耻的女性的弱点。

恺撒　克莉奥佩特拉，你要知道，我们对于你总是一切宽大的，决不用苛刻的手段使你难堪，只要你顺从我的意志，你就会知道这一次的变化是对你有益的。可是假如你想效法安东尼的例子，使我蒙上残暴的恶名，那么你将要失去我的善意，你的孩子们都将不免一死，否则我是很愿意保障他们的安全的。我走了。

克莉奥佩特拉　愿全世界都信任您的广大的权力；整个大地都是属于您的；我们是您的胜利的标帜，您可以把我们随便悬挂在什么地方。这儿，我的主。

恺撒　你必须帮助我考虑怎样处置克莉奥佩特拉的办法。

克莉奥佩特拉　（呈手卷）这是登记着我所有的金钱珠宝的清单，一切都按照正确的估计载明价值，不值钱的琐细的东西不在其内。塞琉克斯呢？

塞琉克斯　有，娘娘。

克莉奥佩特拉　这是我的司库；我的主，请您问问他，我有没有为我自己留下什么；要是他所言不实，请治他以应得之罪。老实说吧，塞琉克斯。

塞琉克斯　娘娘，我宁愿闭住我的嘴唇，不愿说一句和事实不符的话。

克莉奥佩特拉　我藏起了什么？

塞琉克斯　您所藏起的珍宝的价值，可以抵得过您所呈献出来的一切。

恺撒　不必脸红，克莉奥佩特拉，我佩服你这件事干得聪明。

克莉奥佩特拉　瞧！恺撒！啊，瞧，有权有势的人多么被人趋附；我的人现在都变成您的人啦；要是我们易地相处，您的人也会变成我的人的。这个塞琉克斯如此没有良心，真叫人切齿痛恨。啊，奴才！你这跟买卖的爱情一样靠不住的家伙！什么！你想逃走吗？好，凭你躲到哪儿去，我要抓住你的眼珠，即使它们会长出翅膀飞走。奴才，没有灵魂的恶人，狗！啊，卑鄙不堪的东西！

恺撒　好女王，看在我的脸上，请息怒吧。

克莉奥佩特拉　啊，恺撒！今天多蒙你降尊纡贵，辱临我这柔弱无用的人，谁知道我自己的仆人竟会存着这样狠毒的居心，当面给人如此难堪的羞辱！好恺撒，假如说，我替自己保留了一些女人家的玩意儿，一些不重要的小东西，像我们平常送给泛泛之交的那一类饰物；假如说，我还另外藏起一些预备送给莉维娅和奥克泰维娅的比较值钱的纪念品，因为希望她们替我说两句好话；是不是我必须向一个被我豢养的人禀报明白？神啊！这是一个比国破家亡更痛心的打击。（向塞琉克斯）请你离开这里，否则我要从命运的冷灰里，燃起我的愤怒的余烬了。你倘是一个人，你应该同情我的。

恺撒　走开，塞琉克斯。（塞琉克斯下。）

克莉奥佩特拉　我们掌握大权的时候，往往因为别人的过失而担负世间的指责；可是我们失势以后，却谁也不把别人的功德归在我们身上，而对我们表示善意的同情。

恺撒　克莉奥佩特拉，不论是你所私藏的或是献纳的珍宝，我都没有把它们作为战利品而加以没收的意思；它们永远是属于你的，你可以把它们随意处分。相信我，恺撒不是一个唯利是图的商人，会跟人家争夺一些商人手里的货品，所以你安心吧，不要把你自己拘囚在你的忧思之中；不要这样，亲爱的女王,因为我们在决定把你怎样处置以前,还要先征求你自己的意见。吃得饱饱的,睡得好好的;我们对你非常关切而同情,你应该始终把我当作你的朋友。好,再见。

克莉奥佩特拉　我的主人和君王!

恺撒　不要这样。再见。(喇叭奏花腔。恺撒率侍从下。)

克莉奥佩特拉　他用好听的话骗我,姑娘们,他用好听的话骗我,使我不能做一个光明正大的人。可是你听我说,查米恩。(向查米恩耳语。)

使者　完了,好娘娘;光明的白昼已经过去,黑暗是我们的份了。

克莉奥佩特拉　你赶快再去一次;我已经说过,那东西早预备好了;你去催促一下。

查米恩　娘娘,我就去。

　　　　道拉培拉重上。

道拉培拉　女王在什么地方?

查米恩　瞧,先生。(下。)

克莉奥佩特拉　道拉培拉!

道拉培拉　娘娘,我已经宣誓向您掬献我的忠诚,所以我要来禀告您这一个消息:恺撒准备取道叙利亚回国,在这三天之内,他要先把您和您的孩子们遣送就道。请您自己决定应付的办法,我总算已经履行您的旨意和我的诺言了。

克莉奥佩特拉　道拉培拉,我永远感激你的恩德。

道拉培拉　我是您的永远的仆人。再会,好女王;我必须侍候恺撒去。

克莉奥佩特拉　再会,谢谢你。(道拉培拉下)伊拉丝,你看怎么样?你,一个埃及的木偶人,将要在罗马被众人观览,正像我一样;那些操着百工贱役的奴才,披着油腻的围裙,拿着木尺斧锤,将要把我们高举起来,让大家都能看见;他们浓重腥臭的呼吸将要包围着我们，使我们不得不咽下他们那股难闻的气息。

使者　天神保佑不要有这样的事！

克莉奥佩特拉　不，那是免不了的，伊拉丝。放肆的卫士们将要追逐我们像追逐娼妓一样；歌功颂德的诗人们将要用荒腔走韵的谣曲吟咏我们；俏皮的喜剧伶人们将要把我们编成即兴的戏剧，扮演我们亚历山大里亚的欢宴。安东尼将要以一个醉汉的姿态登场，而我将要看见一个逼尖了喉音的男童穿着克莉奥佩特拉的冠服卖弄着淫妇的风情。

使者　神啊！

克莉奥佩特拉　那是免不了的。

使者　我决不让我的眼睛看见这种事情；因为我相信我的指爪比我的眼睛更强。

克莉奥佩特拉　那才是一个有志气的办法，叫他们白白准备了一场，让他们看不见他们荒谬的梦想的实现。

　　　　　查米恩重上。

克莉奥佩特拉　啊，查米恩，来，我的姑娘们，替我穿上女王的装束；去把我最华丽的衣裳拿来；我要再到昔特纳斯河去和玛克·安东尼相会。伊拉丝，去。现在，好查米恩，我们必须快点；等你侍候我穿扮完毕以后，我就放你一直玩到世界的末日。把我的王冠和一切全都拿来。（伊拉丝下；内喧声）为什么有这种声音？

　　　　　一卫士上。

卫士　有一个乡下人一定要求见陛下；他给您送无花果来了。

克莉奥佩特拉　让他进来。（卫士下）一件高贵的行动，却会完成在一个卑微的人的手里！他给我送自由来了。我的决心已经打定，我的全身不再有一点女人的柔弱；现在我从头到脚，都像大理石一般坚定；现在我的心情再也不像月亮一般变幻无常了。

    卫士率小丑持篮重上。

卫士 就是这个人。

克莉奥佩特拉 出去,把他留在这儿。(卫士下)你有没有把那能够置人于死命而毫无痛苦的那种尼罗河里的可爱的虫儿捉来?

小丑 不瞒您说,捉是捉来了;可是我希望您千万不要碰它,因为它咬起人来谁都没有命的,给它咬死的人,难得有活过来的,简直没有一个人活得过来。

克莉奥佩特拉 你记得有什么人给它咬死吗?

小丑 多得很哪,男的女的全有。昨天我还听见有一个人这样死了;是一个很老实的女人,可是她也会撒几句谎,一个老实的女人是可以撒几句谎的,她就是给它咬死的,死得才惨哩。不瞒您说,她把这条虫儿怎样咬她的情形活灵活现地全讲给人家听啦;不过她们的话也不是完全可以相信的。总而言之,这是一条古怪的虫,这可是没有错儿的。

克莉奥佩特拉 你去吧;再会!

小丑 但愿这条虫儿给您极大的快乐!(将篮放下。)

克莉奥佩特拉 再会!

小丑 您可要记着,这条虫儿也是一样会咬人的。

克莉奥佩特拉 好,好,再会!

小丑 你还要留心,千万别把这条虫儿交在一个笨头笨脑的人手里;因为这是一条不怀好意的虫。

克莉奥佩特拉 你不必担忧,我们留心着就是了。

小丑 很好。请您不用给它吃什么东西,因为它是不值得养活的。

克莉奥佩特拉 它会不会吃我?

小丑 您不要以为我是那么蠢,我也知道就是魔鬼也不会吃女人的,我知道女人是天神的爱宠,要是魔鬼没有把她弄坏。可是不瞒您说,这些婊子生的魔鬼老爱跟天神捣蛋,天神造下来的女人,十个中间倒有五个是给魔鬼弄坏了的。

克莉奥佩特拉　好,你去吧;再会!

小丑　是,是;我希望这条虫儿给您快乐!(下。)

　　　伊拉丝捧冠服等上。

克莉奥佩特拉　把我的衣服给我,替我把王冠戴上;我心里怀着永生的渴望;埃及葡萄的芳酿从此再也不会沾润我的嘴唇。快点,快点,好伊拉丝;赶快。我仿佛听见安东尼的呼唤;我看见他站起来,夸奖我的壮烈的行动;我听见他在嘲笑恺撒的幸运;我的夫,我来了。但愿我的勇气为我证明我可以做你的妻子而无愧!我是火,我是风;我身上其余的元素,让它们随着污浊的皮囊同归于腐朽吧。你们好了吗?那么来,接受我嘴唇上最后的温暖。再会,善良的查米恩、伊拉丝,永别了!(吻查米恩、伊拉丝,伊拉丝倒地死)难道我的嘴唇上也有毒蛇的汁液吗?你倒下了吗?要是你这样轻轻地就和生命分离,那么死神的刺击正像情人手下的一捻,虽然疼痛,却是心愿的。你静静地躺着不动了吗?要是你就这样死了,你分明告诉世人,死生之际,连告别的形式也是多事的。

查米恩　溶解吧,密密的乌云,化成雨点落下来吧;这样我就可以说,天神也伤心得流起眼泪来了。

克莉奥佩特拉　我不应该这样卑劣地留恋着人间;要是她先遇见了鬈发的安东尼,他一定会向她问起我;她将要得到他的第一个吻,夺去我天堂中无上的快乐。来,你杀人的毒物,(自篮中取小蛇置胸前)用你的利齿咬断这一个生命的葛藤吧;可怜的蠢东西,张开你的怒口,赶快完成你的使命。啊!但愿你能够说话,让我听你称那伟大的恺撒为一头无谋的驴子。

查米恩　东方的明星啊!

194

克莉奥佩特拉　静，静！你没有见我的婴孩在我的胸前吮吸乳汁，使我安然睡去吗？

查米恩　啊，我的心碎了！啊，我的心碎了！

克莉奥佩特拉　像香膏一样甜蜜，像微风一样温柔——啊，安东尼！——让我把你也拿起来。（取另一蛇置臂上）我还有什么留恋呢——（死。）

查米恩　在这万恶的世间？再会吧！现在，死神，你可以夸耀了，一个绝世的佳人已经为你所占有。软绵绵的窗户啊，关上了吧；闪耀着金光的福玻斯再也看不见这样一双华贵的眼睛！你的王冠歪了，让我替你戴正，然后我也可以玩去了。

　　　　　众卫士疾趋上。

卫士甲　女王在什么地方？

查米恩　说话轻一些，不要惊醒她。

卫士甲　恺撒已经差了人来——

查米恩　来得太迟了。（取一蛇置胸前）啊！快点，快点；我已经有点觉得了。

卫士甲　喂，过来！事情不大对；恺撒受了骗啦。

卫士乙　恺撒差来的道拉培拉就在外边；叫他来。

卫士甲　这儿出了什么事啦！查米恩，这算是你们干的好事吗？

查米恩　干得很好，一个世代冠冕的王家之女是应该堂堂而死的。啊，军人！（死。）

　　　　　道拉培拉上。

道拉培拉　这儿发生了什么事啦？

卫士乙　都死了。

道拉培拉　恺撒，你也曾想到她们会采取这种惊人的行动，虽然你想竭力阻止她们，她们毕竟做出来给你看了。（内呼声，"让开！恺撒来了！"）

恺撒率全体扈从重上。

道拉培拉　啊！主上，您真是未卜先知；您的担忧果然成为事实了。

恺撒　她最后终究显出了无比的勇敢；她推翻了我们的计划，为了她自身的尊严，决定了她自己应该走的路。她们是怎样死的？我没有看见她们流血。

道拉培拉　什么人最后跟她们在一起？

卫士甲　一个送无花果来的愚蠢的乡人；这就是他的篮子。

恺撒　那么一定是服了毒啦。

卫士甲　啊，恺撒！这查米恩刚才还活着；她还站着说话；我看见她在替她已死的女王整饬那头上的宝冠；她的身子发抖，她站立不稳，于是就突然倒在地上。

恺撒　啊，英勇的柔弱！她们要是服了毒药，她们的身体一定会发肿；可是瞧她好像睡去一般，似乎在她温柔而有力的最后挣扎之中，她要捉住另外一个安东尼的样子。

道拉培拉　这儿在她的胸前有一道血痕，还有一个小小的裂口；在她的臂上也是这样。

卫士甲　这是蛇咬过的痕迹；这些无花果叶上还有黏土，正像在尼罗河沿岸那些蛇洞边所长的叶子一样。

恺撒　她多半是这样死去的；因为她的侍医告诉我，她曾经访求无数易死的秘方。抬起她的眠床来；把她的侍女抬下陵墓。她将要和她的安东尼同穴而葬；世上再也不会有第二座坟墓怀抱着这样一双著名的情侣。像这样重大的事件，亲手造成的人也不能不深深感动；他们这一段悲惨的历史，成就了一个人的光荣，可是也赢得了世间无限的同情。我们的军队将要用隆重庄严的仪式参加他们的葬礼，然后再回到罗马去。来，道拉培拉，我们对于这一次饰终盛典，必须保持非常整肃的秩序。（同下。）

科利奥兰纳斯

剧中人物

卡厄斯·马歇斯　后称卡厄斯·马歇斯·科利奥兰纳斯

泰特斯·拉歇斯　⎫
考密涅斯　　　　⎬ 征伐伏尔斯人的将领

米尼涅斯·阿格立巴　科利奥兰纳斯之友

西西涅斯·维鲁特斯　⎫
裘涅斯·勃鲁托斯　　⎬ 护民官

小马歇斯　科利奥兰纳斯之子
罗马传令官
塔勒斯·奥菲狄乌斯　伏尔斯人的大将
奥菲狄乌斯的副将
奥菲狄乌斯的党羽们
尼凯诺　罗马人
安息市民
阿德里安　伏尔斯人
二伏尔斯守卒

伏伦妮娅　科利奥兰纳斯之母
维吉利娅　科利奥兰纳斯之妻
凡勒利娅　维吉利娅之友
维吉利娅的侍女

罗马及伏尔斯元老、贵族、警吏、侍卫、兵士、市民、使者、奥菲狄乌斯的仆人及其他侍从等

地　点

罗马及其附近；科利奥里及其附近；安息

第一幕

第一场　罗马。街道

　　　　一群暴动的市民各持棍棒及其他武器上。

市民甲　在我们继续前进之前，先听我说句话。

众人　说，说。

市民甲　你们都下了决心，宁愿死，不愿挨饿吗？

众人　我们都下了决心了，我们都下了决心了。

市民甲　第一，你们知道卡厄斯·马歇斯是人民的最大公敌。

众人　我们知道，我们知道。

市民甲　让我们杀死他，然后我们要多少谷就有多少谷。我们就这样决定了吗？

众人　不用多说；就这么干。走，走！

市民乙　各位好市民，听我说一句话。

市民甲　我们都是苦百姓，贵族才是好市民。那些有权有势的人吃饱了，装不下的东西就可以救济我们。他们只要把吃剩下来的东西趁着新鲜的时候赏给我们，我们就会以为他们是出于人道之心来救济我们；可是在他们看来，我们都是不值得救济的。我们的痛苦饥寒，我们的枯瘦憔悴，就像是列载着他们的富裕的一张清单；他们享福就是靠了我们受苦。让我们举起我们的武器来复仇，趁我们还没有瘦得只剩几根骨头。天神知道我说这样的话，只是迫于没有面包吃的饥饿，不是因为渴于复仇。

市民乙　你特别提出卡厄斯·马歇斯来作为攻击的对象吗？

市民甲　我们第一要攻击他；他是出卖群众的狗。

市民乙　你不想到他替祖国立下了什么功劳吗？

市民甲　我知道得很清楚，我也不愿抹杀他的功劳；可是他因为过于骄傲，已经把他的功劳抵销了。

市民乙　你不要恶意诽谤。

市民甲　我对你说，他所做的轰轰烈烈的事情，都只有一个目的：虽然心肠仁厚的人愿意承认那是为了他的国家，其实他只是要取悦于他的母亲，同时使他自己可以对人骄傲；骄傲便是他的美德的顶点。

市民乙　他自己也无能为力的天生的癖性，你却认为是他的罪恶。你不能说他是个贪心的人。

市民甲　要是我不能这样说他，我也不会缺少攻击他的理由；他有数不清的过失，说来也会叫人口酸。（内呼声）这是什么呼声？城那面的人们也起来了。我们还在这儿多说什么？到议会去！

众人　来，来。

市民甲　且慢！谁来啦？

　　　　米尼涅斯·阿格立巴上。

市民乙　尊贵的米尼涅斯·阿格立巴；他是常常爱护着平民的。

市民甲　他是个好人；要是别人都像他一样就好了！

米尼涅斯　同胞们，你们现在要干些什么事？你们拿着这些棍棒到什么地方去？为了什么事？请你们告诉我。

市民甲　我们的事情元老院并不是不知道；他们这半个月来早已得到消息，知道我们将要有什么行动，现在我们就要做给他们看。人家说，穷人诉苦的时候，嘴里会发出一股可怕的气息；我们要让他们知道，我们还有一双可怕的胳臂哩。

米尼涅斯　哎哟，列位，我的好朋友们，你们不要活命了吗？

市民甲　先生，我们早就没有命活了。

米尼涅斯　我告诉你们，朋友们，贵族们对于你们是非常关切的。你们要是把你们的穷困和饥荒归罪政府，还不如举起你们的棍棒来打天；因为这次饥荒是天神的意旨，不是贵族们造成的。政府总是尽心竭力，替你解除种种重大的困难；你们应该屈膝哀求，不该举手反抗，这才会对你们有好处。唉！灾祸使你们迷失了本性，引导你们到更大的灾祸的路上；你们诽谤着国家的领导者，他们像慈父一样爱护你们，你们却像仇敌一样咒诅他们。

市民甲　爱护我们！真的！他们从来没有爱护过我们：让我们忍受饥寒，他们的仓库里却堆满了谷粒；颁布保护高利贷的法令；每天都在忙着取消那些不利于富人的正当的法律，重新制定束缚穷人的苛酷的条文。我们要是不死在战争里，也会死在他们手里；这就是他们对我们的爱护！

米尼涅斯　你们必须承认你们自己太会恶意猜疑，否则你们就是一群不懂好坏的傻子。我要讲一个有趣的故事给你们听，也许你们已经听见过；可是因为它适合我的目的，我要把它的意思再引申一下。

市民甲　好，我倒要听听，先生；可是你不要以为用一个故事就可以把我们的耻辱蒙混过去。请你讲吧。

米尼涅斯　从前有一个时候，身体上的各部器官联合向肚子反抗；

它们申斥它像一个无底洞似的占据在身体的中央，无所事事，其余的器官有的管看，有的管听，有的管思想，有的管教训，有的管步行，有的管感觉，分工合作，共同应付着全身的需要，只有它只知容纳食物，不知分担劳苦。肚子回答说——

市民甲　好，先生，那肚子怎么回答？

米尼涅斯　别急，让我讲给你听。——那肚子，而决非肺部，微微地露出一丝冷笑——因为你瞧，我既然可以叫肚子说话，那么当然也可以叫它微笑——带着讥讽的口气回答那些愤愤不平的、嫉妒它的收入的作乱的器官，正像你们因为元老们跟你们地位不同，所以把他们信口诽谤一样。

市民甲　你那肚子怎么回答？哼！那戴着王冠的头，那视察一切的眼睛，那运筹决策的心，那胳臂——我们的兵士，那腿——我们的坐骑，那舌头——我们的吹号人，以及其他在我们这一个组织里各尽寸劳的属僚佐贰，要是他们——

米尼涅斯　要是他们怎样？这家伙抢在我的前面说话！要是他们怎样？要是他们怎样？

市民甲　要是他们受制于饕餮的肚子，那不过是身体上的一个藏污纳垢的地方——

米尼涅斯　好，那便怎样？

市民甲　要是他们提出抗议，那肚子有什么话好回答呢？

米尼涅斯　我会告诉你的；只要你略微忍耐片刻，不要这么性急，你就可以听到肚子的回答。

市民甲　你讲话太不痛快。

米尼涅斯　听着，好朋友；这位庄严的肚子是很从容不迫的，不像攻击他的人们那样鲁莽轻率，他这样回答："不错，我的全体的朋友们，"他说，"你们全体赖以生活的食物，是由我最先收纳下来的；这是理所当然的事，因为我是整个身体的仓库和工场；可是你们应该记得，那些食物就是我把它们从你们血液的河流里一路运输过去，一直传达到心的宫廷和脑的宝座；经过人身的五官百窍，最强韧的神经和最微细的血管都从我得到保持他们活力的资粮。你们，我的好朋友们，虽然在一时之间——"听着，这是那肚子说的话——

市民甲　好，好，他怎么说？

米尼涅斯　"虽然在一时之间，不能看见我怎样把食物分送到各部分去，可是我可以清算我的收支，大家都从我领回食物的精华，剩下给我自己的只是一些糟粕。"你们觉得他的话说得怎样？

市民甲　那也回答得有理。你说这一段话是什么用意呢？

米尼涅斯　罗马的元老们就是这一个好肚子，你们就是那一群作乱的器官；因为你们要是把他们所讨论、所关切的问题仔细检讨一下，把有关大众幸福的事情彻底想一想，你们就会知道你们所享受的一切公共的利益，都是从他们手里得到，完全不是靠着你们自己的力量。你以为怎样，你这一群人中间的大拇脚趾头？

市民甲　我是大拇脚趾头？为什么我是大拇脚趾头？

米尼涅斯　因为你在这一场最聪明的叛乱里，是一个最低微、最卑鄙的人，却跑在众人的最前面；你这最下贱的恶棍，为了妄图非分的利益，竟敢自居于领导的地位。可是你们准备好举起你们粗硬的棍棒来吧；罗马和她的群鼠已经到了决战的关头；总有一方不免遭殃。

　　　卡厄斯·马歇斯上。

米尼涅斯　祝福，尊荣的马歇斯！

马歇斯　谢谢。——什么事，你们这些违法乱纪的流氓，凭着你们那些龌龊有毒的意见，使你们自己变成了社会上的疥癣？

市民甲　我们一向多承您温语相加。

马歇斯　谁要是对你们温语相加，他也会恭维他心里所痛恨的人了。你们究竟要什么，你们这些恶狗？你们既不喜欢和平，又不喜欢战争；战争会使你们害怕，和平又使你们妄自尊大。谁要是信任你们，他将会发现他所寻找的狮子不过是一群野兔，他所寻找的狐狸不过是一群鹅；你们比冰上的炭火、阳光中的雹点更不可靠。你们的美德是尊敬那犯罪的囚徒，咒诅那执法的刑官。谁立下了功德，就应该受你们的憎恨；你们的欢心就像病人的口味，只爱吃那些足以加重他的病症的食物。谁要是信赖着你们的欢心，就等于用铅造的鳍游泳，用灯芯草去斩伐橡树。该死的东西！相信你们？你们每一分钟都要变换一个心，你们会称颂你们刚才所痛恨的人，唾骂你们刚才所赞美的人。你们在城里到处鼓噪，攻击尊贵的元老院，究竟是怎么一回事？倘使没有他们帮助神明把你们约束住，使你们有一点畏惧，你们早就彼此相食了。他们究竟是什么目的？

米尼涅斯　他们要求照他们所索取的数量给他们谷物；他们说这城里藏着很多的谷物。

马歇斯　该死的东西！他们说！他们只会坐在火炉旁边，假充知道议会里所干的事；谁将要升起，谁正在得势，谁将要没落；宣布他们猜想中的婚姻；党同伐异，凡是他们所赞成的一方面，就夸赞它的强大；凡是他们所反对的一方面，就放在他们的破鞋子底下踹踏。他们说有很多的谷！要是那些贵族愿意放下他们的慈悲，让我运用我的剑，我要尽我的枪尖所能挑到，把几千个这样的奴才杀死了堆成一座高高的尸山。

米尼涅斯　不，这些人差不多已经完全悔悟了；因为他们虽然行事十分鲁莽，然而他们都是非常懦怯的。可是请问，还有那一群怎么说？

马歇斯 他们已经解散了，该死的东西！他们说他们肚子饿；叹息出一些陈腐的老话：什么饥饿可以摧毁石墙；什么狗也要吃东西；什么肉是供口腹享受的；什么天神降下五谷，不是单为富人。用这种陈词滥调，倾吐他们的不平；他们的申诉是接受了，他们的请愿也得到了准许——一个奇怪的请愿，最慷慨的人听见了也会伤心，最大胆的人瞧见了也会失色——于是他们抛掷他们的帽子，高声欢呼，好像赌赛谁可以把他的帽子挂到月亮的钩上去似的。

米尼涅斯 准许了他们什么请愿？

马歇斯 由他们自己选出五个护民官，保护他们下贱的智慧：一个是裘涅斯·勃鲁托斯，一个是西西涅斯·维鲁特斯，还有那几个我不知道——哼！如果是我的话，就让这些乌合之众把城头上的天拆毁了，也决不答应他们；这样会使他们渐渐扩展势力，引起更大的叛乱。

米尼涅斯 真是怪事。

马歇斯 去，滚回家去，你们这些废物！

　　　　一使者匆匆上。

使者 卡厄斯·马歇斯呢？

马歇斯 这儿；什么事？

使者 将军，伏尔斯人起兵了。

马歇斯 我很高兴；我们可以有机会发泄发泄我们剩余下来的朽腐的精力了。瞧，我们的元老们来了。

　　　考密涅斯、泰特斯·拉歇斯及其他元老；裘涅斯·勃鲁托斯、西西涅斯·维鲁特斯等同上。

元老甲 马歇斯，您最近对我们说的话不错；伏尔斯人果然起兵了。

马歇斯 他们有一个领袖，塔勒斯·奥菲狄乌斯，你们就会知道他的厉害。我很嫉妒他的高贵的品格,倘然我不是我,我就希望我是他。

考密涅斯　您曾经跟他交战过。

马歇斯　要是整个世界分成两半,互相厮杀,而他竟站在我这一方面,那么我为了要跟他交战的缘故,也会向自己的一方叛变;能够猎逐像他这样一头狮子,是我所认为一件可以自傲的事。

元老甲　那么,尊贵的马歇斯,跟随考密涅斯出征去吧。

考密涅斯　这是您已经答应过的。

马歇斯　是的,我决不食言。泰特斯·拉歇斯,你将要再见我向塔勒斯挥剑。怎么!你动也不动?你想置身事外吗?

拉歇斯　不,卡厄斯·马歇斯;即使我必须一手扶杖而行,我也要用另一手挥杖从征,决不后人。

米尼涅斯　啊!这才是英雄本色!

元老甲　请你们各位驾临议会;我们那些最高贵的朋友都在那里等着我们。

拉歇斯　(向考密涅斯)您先走;(向马歇斯)您跟在考密涅斯后面;我们必须跟在您的后面。

考密涅斯　尊贵的马歇斯!

元老甲　(向众市民)去!各人回家去!去!

马歇斯　不,让他们跟着来吧。伏尔斯人有许多谷;带这些耗子去吃空他们的谷仓吧。敬天畏上的叛徒们,你们已经表现了非常的勇敢;请你们跟着来吧。(众元老、考密涅斯、马歇斯、泰特斯、米尼涅斯同下;众市民偷偷散开。)

西西涅斯　你见过像这个马歇斯一样骄傲的人吗?

勃鲁托斯　没有人可以和他相比。

西西涅斯　当我们被选为护民官的时候——

勃鲁托斯　你没有留心到他的嘴唇和眼睛吗?

西西涅斯　他那种冷嘲热讽才叫人难堪呢。

勃鲁托斯　碰到他动怒的时候，天神也免不了挨他一顿骂。

西西涅斯　温柔的月亮也要遭他的讥笑。

勃鲁托斯　这些战争把他葬送了；他已经变得这样骄傲，不会再像从前那样勇敢了。

西西涅斯　这样一种性格，在受到胜利的煽动以后，会瞧不起正午时候他所践踏的自己的影子。可是我不知道凭着他这种傲慢的脾气，怎么能够俯首接受考密涅斯的号令。

勃鲁托斯　他的目的只是争取名誉，他现在也已经有很好的名誉；一个人要保持固有的名誉，获得更大的名誉，最好的办法就是处在亚于领袖的地位；因为要是有过错的话，就可以归咎于主将，虽然他已经尽了最大的能力；盲目的舆论就会替马歇斯发出惋惜的呼声，"啊！要是他担负了这个责任就好了！"

西西涅斯　而且，要是事情进行得顺利的话，舆论因为一向认定马歇斯是他们的英雄，考密涅斯的功劳也会被他埋没。

勃鲁托斯　对了，即使马歇斯没有出一点力，考密涅斯的一半的光荣也是属于他的；考密涅斯的一切错处，对于马歇斯也会变成光荣，虽然他不曾立下一点功劳。

西西涅斯　让我们去听听他们怎样调兵遣将；还要看看他除了这一副孤僻的神气以外，是用怎样的态度出发作战的。

勃鲁托斯　我们去吧。（同下。）

第二场　科利奥里。元老院

塔勒斯・奥菲狄乌斯及众元老上。

元老甲　所以照您看来，奥菲狄乌斯，罗马人已经预闻我们的计谋，知道我们行动的情形了。

奥菲狄乌斯　那不也是您的意见吗？凡是我们这儿所想到的事情，哪一件不是在我们还没有把它实行以前，罗马就已经准备好对策了？自从我得到那边来的消息以后，到现在还不满四天；那消息是这样的：我想这封信还在我身边；是的，在这儿。"他们已经调遣一支军队，不知道是开向东方去的还是开向西方去的。饥荒很是严重；民不聊生，人心思乱。据闻那支军队由考密涅斯、马歇斯——你的旧日的敌人，罗马人恨他比你还要厉害——和泰特斯·拉歇斯——一个非常勇敢的罗马人——这三个人率领；大概是要开到你们边境上来的，请考虑考虑吧。"

元老甲　我们的军队已经在战场上；我们相信罗马一定准备着迎战了。

奥菲狄乌斯　你们以为把你们伟大的计划遮掩一下，让它到最后的关头方才暴露出来，是一个很聪明的办法；可是当它正在进行的时候，就已经被罗马人知晓了。我们本来预备趁罗马还没有知道我们计划以前，就用迅雷不及掩耳的手段，占领许多城市，现在消息已经泄露，我们的计划也要受到影响了。

元老乙　尊贵的奥菲狄乌斯，请您接受我们的委任，赶快到军前去；让我们守卫科利奥里。要是他们兵临我们城下，您就带领军队回来把他们赶走；可是我想他们一定还没有防备我们的进攻。

奥菲狄乌斯　啊！那可不能这么说；我可以确定说他们已经有充分的准备。不但如此，他们一部分军队已经出发，把我们这儿作为唯一的目标。我去了。要是我有机会碰见卡厄斯·马歇斯，那么我们曾经立誓在先，一定要战到筋疲力尽方才罢手。

众元老　愿神明帮助您！

奥菲狄乌斯　愿你们各位平安！

元老甲　再会！

元老乙　再会！

众元老　再会！（各下。）

第三场　罗马。马歇斯家中一室

　　　　伏伦妮娅及维吉利娅上，各坐矮凳上做针线。

伏伦妮娅　媳妇，你唱一支歌吧，或者让你自己高兴一点儿。倘然我的儿子是我的丈夫，我宁愿他出外去争取光荣，不愿他贪恋着闺房中的儿女私情。当年，他还只是一个身体娇嫩的孩子，我膝下还只有他这么一个儿子，他的青春和美貌正吸引着众人的注目，就在这种连帝王们的整天请求也都不能使一个母亲答应让她的儿子离开她眼前一小时的时候，我因为想到名誉对于这样一个人是多么重要，要是让他默默无闻地株守家园，岂不等于一幅悬挂在墙上的画像？所以就放他出去追寻危险，从危险中间博取他的声名。我让他参加一场残酷的战争；当他回来的时候，他的头上戴着橡叶的荣冠。我告诉你，媳妇，我第一次知道他是个男孩子的时候，还不及第一次看见他已经变成一个堂堂男子的时候那样喜欢得跳跃起来。

维吉利娅　婆婆，要是他战死了呢？

伏伦妮娅　那么他的不朽的声名就是我的儿子，就是我的后裔。听我说句真心话：要是我有十二个儿子，我都同样爱着他们，就像爱着我们亲爱的马歇斯一样，我也宁愿十一个儿子为了他们的国家而光荣地战死，不愿一个儿子闲弃他的大好的身子。

侍女上。

侍女　太太，凡勒利娅夫人来瞧您来啦。

维吉利娅　请您准许我进去。

伏伦妮娅　不，你不要进去。我仿佛已经听见你丈夫的鼓声，看见他拉着奥菲狄乌斯的头发把他摔下马来，那些伏尔斯人见了他就像小孩子见了一头熊似的纷纷逃避；我仿佛看见他这样顿足高呼，"上前，你们这些懦夫！虽然你们是罗马人，你们却是在恐惧中生下来的。"他用套着甲的手揩去他额角上的血，奋勇前进，好像一个割稻的农夫，倘使不把所有的稻一起割下，主人就要把他解雇一样。

维吉利娅　他额角上的血！朱庇特啊！不要让他流血！

伏伦妮娅　去，你这傻子！那样才更可以显出他的英武的雄姿，远胜于那些辉煌的战利品，当赫卡柏乳哺着赫克托的时候，她的丰美的乳房还不及赫克托流血的额角好看，当他轻蔑地迎着希腊人的剑锋的时候。——请凡勒利娅夫人进来。（侍女下。）

维吉利娅　上天保佑我的丈夫不要遭奥菲狄乌斯的毒手！

伏伦妮娅　他会把奥菲狄乌斯的头打到他膝盖底下去，在他的脖子上践踏。

　　　侍女率凡勒利娅及阍者重上。

凡勒利娅　两位夫人早安。

伏伦妮娅　好夫人。

维吉利娅　今天幸会夫人，不胜欣慰。

凡勒利娅　你们两位都好？真是一对贤主妇！你们在这儿缝些什么？好一处清净的所在。小哥儿好吗？

维吉利娅　谢谢夫人，他很好。

伏伦妮娅　他宁愿看刀剑听鼓声，不愿见教书先生的面。

212

凡勒利娅　真是有其父必有其子；我可以发誓他是一个很可爱的孩子。不瞒你们说，星期三那天我曾经瞧了他足足半个钟头；他有这么一副坚决的面孔。我见他追赶着一只金翅的蝴蝶，捉到了手又把它放走，放走了又去追它；这么奔来奔去，捉了放、放了捉，也不知道是因为跌了一跤呢，还是因为别的缘故，他发起脾气来，咬紧了牙关，把那蝴蝶撕碎了；啊！瞧他撕的时候那股劲儿！

伏伦妮娅　他父亲也是这样的脾气。

凡勒利娅　真是一个不同凡俗的孩子。

维吉利娅　一个顽皮的孩子，夫人。

凡勒利娅　来，放下你们的针线；今天下午我要你们陪我玩去。

维吉利娅　不，好夫人，今天我不出去。

凡勒利娅　不出去！

伏伦妮娅　偏要她出去。

维吉利娅　不，真的，请您原谅；在我的丈夫打仗没有回来以前，我决不迈出门槛一步。

伏伦妮娅　胡说！你不应该这样毫无理由地把你自己关在家里。来，你必须去访问访问那位害病的好夫人。

维吉利娅　我愿意祝她早日恢复健康，替她诚心祈祷；可是我不能去。

伏伦妮娅　为什么呢，请问？

维吉利娅　不是因为偷懒，也不是因为我冷酷无情。

凡勒利娅　你要做珀涅罗珀[①]第二吗？可是人家说，她在俄底修斯出去以后所纺的纱线，不过使伊塔刻充满了飞蛾一般的食客

[①] 珀涅罗珀是俄底修斯之妻，以贞节著称，在家乡等候了俄底修斯二十年。

而已。来；我希望你手里的布也像你的手指一样有知觉,那么你因为心怀不忍,也许不会再用针去刺它了。来,你必须跟我们一块儿去。

维吉利娅　不,好夫人,原谅我;真的,我不想出去。

凡勒利娅　真的,你跟我去吧;我会告诉你关于尊夫的好消息。

维吉利娅　啊,好夫人,现在还不会就有好消息哩。

凡勒利娅　真的,我不是对你说笑话;昨天晚上他有信来。

维吉利娅　真的吗,夫人?

凡勒利娅　真的,不骗你;我听见一个元老说起。据说,伏尔斯人有一支军队开了过来,我们的主将考密涅斯已经带了一部分罗马军队前去迎敌了;尊夫和泰特斯·拉歇斯两人已经在他们的科利奥里城前扎下营寨,他们深信一定会在短时期内获得胜利。凭着我的名誉发誓,这是真的;所以请你陪我们去吧。

维吉利娅　请您多多原谅,好夫人;我以后什么都听从您就是了。

伏伦妮娅　随她去,夫人;照她现在这种样子,叫她同去也会扫我们的兴。

凡勒利娅　真的,我也这样想。那么再见吧。来,好夫人。维吉利娅,请你还是把你的忧愁撵出门外,跟我们一块儿去吧。

维吉利娅　不,夫人,我真的不去。我愿您快乐。

凡勒利娅　那么好,再见。(同下。)

第四场　科利奥里城前

　　　　旗鼓前导；马歇斯、泰特斯·拉歇斯、军官、兵士等上；一使者自对面上。

马歇斯　有人带消息来了；我可以打赌他们已经相遇了。

拉歇斯　我用我的马赌你的马，他们还没有相遇。

马歇斯　好，一言为定。

拉歇斯　算数。

马歇斯　喂，我们的元帅有没有跟敌人相遇？

使者　他们已经彼此相望，可是还没有交锋。

拉歇斯　这匹好马是我的啦。

马歇斯　我向你买回来。

拉歇斯　不，我不愿把它出卖或是送人；可是我愿意借给你骑五十年。让我们招降这城市吧。

马歇斯　那两支军队离这儿有多远？

使者　有一英里半光景。

马歇斯　那么我们可以互相听见鼓角的声音了。战神啊，请你默佑我们马到成功，好让我们立刻转过头来，挥舞我们热腾腾的利剑，去帮助我们战地上的友人！来，吹起喇叭来。

　　　　吹议和信号；二元老及余人等在城墙上出现。

马歇斯　塔勒斯·奥菲狄乌斯在你们城里吗？

元老甲　不，没有一个人比他更不把你放在心上了。听，我们的鼓声（*远处鼓声*）正在召唤我们的青年们杀出去；我们宁愿推倒我们自己的城墙，也不愿被困在城内；我们的城门瞧上去虽然还是关得紧紧的,可是它们不过是用灯芯草拴住的,等会儿就会自己打开。你听,远方的声音!(远处号角声)那是奥菲狄乌斯;听,他正在向你们那七零八落的军队大施挞伐。

马歇斯　啊!他们在交战了!

拉歇斯　让他们喧呼的声音鼓起我们的勇气。来,梯子!

　　　　一队伏尔斯兵士上,自台前经过。

马歇斯　他们不怕我们,却从城里蜂拥而出。现在把你们的盾牌挡在胸前,鼓起你们比盾牌更坚强的斗志,努力杀敌吧!上去,勇敢的泰特斯;想不到他们竟会这样藐视我们,把我气得出了一身汗。来啊,弟兄们;谁要是退缩不前,我就把他当作一个伏尔斯人,叫他死在我的剑下。

　　　　号角声;罗马人败退;马歇斯重上。

马歇斯　南方的一切瘟疫都降在你们身上,你们这些罗马的耻辱!愿你们浑身长满毒疮恶病,在逆风的一英里路之外就会互相传染,人家只要一闻到你们的气息就会远远退避。你们这些套着人类躯壳的蠢鹅的灵魂!猴子们都会把他们打退的一群奴才,也会把你们吓得乱奔乱窜!该死!你们都是背后受伤;背上流着鲜红的血,脸却因为奔逃和恐惧而变成了灰白!提起勇气来,向他们反攻!否则凭着天上的神火起誓,我要丢下敌人,向你们作战;留心着吧。上去;要是你们奋勇坚持,我们一定要把他们打回他们妻子的怀抱里去。

　　　　号角声;伏尔斯人及罗马人重上交战;伏尔斯人败退城内,马歇斯追至城门口。

马歇斯　现在城门开了;大家出力!命运打开它们,是为了追赶的人,不是为了逃走的人;瞧着我的样子,跟我来吧!(进城门。)

兵士甲　简直是蛮干！我可不来。

兵士乙　我也不高兴。（马歇斯被关在城内。）

兵士丙　瞧，他们把他关在里面了。

众人　他这回准要送命了。（号角声继续吹响。）

　　　　泰特斯·拉歇斯重上。

拉歇斯　马歇斯怎样啦？

众人　他一定被杀了，将军。

兵士甲　他紧紧追赶着那些逃走的敌人，一直追进了城里，突然之间他们把城门关上了，剩下他一个人在里面应付全城的敌人。

拉歇斯　啊，英勇的壮士！当他的无情的刀剑锋摧刃折的时候，他那有知的血肉之躯依旧昂然不屈。你被我们遗弃了，马歇斯；一颗像你的身体那么大的完整的红玉，也比不上你珍贵。你是一个恰如凯图①理想的军人，不但在挥舞刀剑的时候勇猛惊人，你的威严的怒容，你的雷鸣一样的声音，也会使敌人丧胆，就像整个世界在害着热病而颤栗一样。

　　　　马歇斯被敌众围攻流血重上。

兵士甲　将军，瞧！

拉歇斯　啊！那是马歇斯！让我们救他出来，否则大家都要像他一样了。（众人上前激战，同进城内。）

第五场　科利奥里。街道

　　　　若干罗马兵士携战利品上。

兵士甲　我要把这带回罗马去。

---

① 凯图（Cato，公元前234—公元前149），古罗马的爱国军人。

兵士乙　我要把这带回去。

兵士丙　倒霉！我还以为这是银子哩。（远处号角声仍继续不断。）

　　　　马歇斯及泰特斯·拉歇斯上，一喇叭手随上。

马歇斯　瞧这些家伙倒是一分钟也不肯放松！垫子、铅汤匙、小小的铁器、刽子手也懒得剥下来的死刑犯身上的囚衣，这些下贱的奴才不等打完仗，就忙着收拾起来了。都是该死的东西！听，元帅在那边厮杀得那么热闹！我们也去助战去！我灵魂里痛恨的仇人，奥菲狄乌斯，正在那儿杀戮着我们的罗马人。勇敢的泰特斯，你分一部分军队在城里扫荡扫荡，我再带着那些有勇气的，立刻就去接应考密涅斯。

拉歇斯　将军，你在流血呢；你已经战得太辛苦啦，该休息休息才是。

马歇斯　不要恭维我；我还没有杀上劲来呢。再见。这一点点血，可以鼓起我的勇气，有什么要紧；我要照这样子去和奥菲狄乌斯交战。

拉歇斯　但愿命运女神深深地恋爱着你；凭着她的无边的法力，使你的敌人的剑每击不中！勇敢的将军，愿胜利伴随着你！

马歇斯　愿命运同样照顾着你！再见。

拉歇斯　英勇绝伦的马歇斯！（马歇斯下）去，在市场上吹起你的喇叭来；召集全城的官吏，让他们明白我们的意旨。去！

（各下。）

第六场　考密涅斯营帐附近

　　　　考密涅斯率军队自前线退却。

考密涅斯　弟兄们，休息一会儿；你们打得不错。我们没有失去罗马人的精神,既不愚蠢地作无益的牺牲,在退却的时候,也没有露出懦怯的丑态。相信我,诸位,敌人一定还要向我们进攻。我们正在激战的时候,可以断断续续地听到从风里传来的我们友军和敌人激战的声音。罗马的神明啊!愿你们护佑他们获得胜利,正像我们希望自己获得胜利一样;当我们含笑相遇的时候,我们一定会向你们呈献感谢的祭礼。

　　一使者上。

考密涅斯　你带什么消息来了?

使者　科利奥里的市民从城里蜂拥而出,和拉歇斯、马歇斯两人的军队交战;我看见我们的军队被他们击退,就离开那儿了。

考密涅斯　你的话虽然是真,却不是好消息。那是多久以前的事?

使者　一个多钟头了,元帅。

考密涅斯　一共不到一英里路,我们曾经听到过一阵短促的鼓声;你怎么一英里路要走一个钟头,到现在才把这消息送来?

使者　伏尔斯人的探子跟住了我,我不得不绕圈子走了三四英里路;要不然的话,元帅,我在半点钟以前早就把消息送来了。

考密涅斯　那边来的是谁?瞧他的样子,好像碰见过强盗一般。哎哟!他的神气有点儿像马歇斯;我从前也见过他这副模样的。

马歇斯　(在内)我来得太迟了吗?

考密涅斯　正像牧羊人听见雷声就知道它不是鼓声一样,我一听见马歇斯讲话的声音,就知道那不会是一个卑微的人在讲话。

　　马歇斯上。

马歇斯　我来得太迟了吗?

考密涅斯　是的,要是你身上染着的不是别人的血,而是你自己的血,那么你是来得太迟了。

马歇斯　啊!让我用就像我求婚时候一样坚强的胳臂拥抱你,让我用花烛送我们进入洞房的时候那样喜悦的心拥抱你!

考密涅斯　战士中的英华！泰特斯·拉歇斯怎样啦？

马歇斯　他正在忙得像一个法官一样：把有的人处死、有的人放逐、有的人罚款，有的人得到了赦免，有的人受到了警告；科利奥里已经隶属于罗马的名义之下，像一头用皮带束住的摇尾乞怜的猎狗，不怕它逃到哪儿去了。

考密涅斯　告诉我说他们已经把你们击退的那个奴才呢？他到哪儿去了？叫他来。

马歇斯　不要责骂他；他并没有虚报事实。可是我们的那些士兵——死东西！他们还要护民官！——他们见了比他们自己更不中用的家伙，也会逃得像耗子见了猫儿似的。

考密涅斯　可是你们怎么会得胜呢？

马歇斯　现在还有时间讲话吗？敌人呢？你们是不是已经占到优势？倘然不是，那么你们为什么停了下来？

考密涅斯　马歇斯，我们因为实力不及敌人，所以暂避锋芒，以退为进。

马歇斯　他们的阵地布置得怎样？你知道他们的主力是在哪一方面？

考密涅斯　照我的推测，马歇斯，他们的先锋部队是他们最信任的安息地方部队，统辖他们的将领就是他们全军希望所寄的奥菲狄乌斯。

马歇斯　为了我们过去并肩作战的历次战役，为了我们共同流过的血，为了我们永矢友好的盟誓，我请求你立刻派我去向奥菲狄乌斯和他的安息地方部队挑战；让我们不要坐失时机，赶快挺起我们的刀剑枪矛来，就在这一小时内和他们决一胜负。

考密涅斯　我虽然希望用香汤替你沐浴，用油膏敷擦你的伤痕，可是我绝不敢拒绝你的请求；请你自己选择一队最得力的人马带领前去吧。

马歇斯　只要是有胆量跟我去的，就是我所要选择的人。我相信在这儿一定有喜欢像我身上所涂染的这种油彩的人；我也相信在这儿一定有畏惧恶名甚于生命危险的人；我更相信在这儿一定有认为蒙耻偷生不如慷慨就义、祖国的荣誉胜过个人幸福的人：要是在你们中间有一个这样的人，或是有许多人都抱着这样的思想，就请挥起剑来，跟随马歇斯去。（众人高呼挥剑，将马歇斯举起，脱帽抛掷）啊！只有我一个人吗？你们把我当作你们的剑吗？要是这不单单是形式上的表示，那么你们中间哪一个人不可以抵得过四个伏尔斯人？哪一个人不可以举起坚强的盾牌来，抵御伟大的奥菲狄乌斯？谢谢你们全体，可是我只要选择一部分人就够了；其余的必须静候号令，在别的战争里担起你们的任务来。现在请大家开步前进；我要立刻挑选那些最胜任的人。

考密涅斯　前进，弟兄们；把你们所表示的雄心壮志付诸实践，你们将和我们分享一切。（同下。）

第七场　科利奥里城门

泰特斯·拉歇斯在科利奥里布防完毕后，率兵士及鼓角等出城往考密涅斯及马歇斯处会合，一副将及一探子随上。

拉歇斯　就是这样；各个城门都要用心防守，按照我的命令行事，不可怠忽职务。要是我差人来，你就传令这些队伍开拔赴援，留少数人暂时驻守；要是我们在战场上失败了，这一个城也是守不住的。

副将　我们一定尽我们的责任，将军。

拉歇斯　去，把城门关上。带路的人，来，领我们到罗马军队的阵地上去。（各下。）

第八场　罗马及伏尔斯营地之间的战场

　　号角声；马歇斯及奥菲狄乌斯自相对方向上。

马歇斯　我只要跟你厮杀，因为我恨你比恨一个背约的人还厉害。

奥菲狄乌斯　我也同样恨你；没有一条非洲的毒蛇比你的名誉和狠毒更使我憎恨。站定你的脚跟。

马歇斯　要是谁先动脚跑，让他做对方的奴隶而死去，死后永远不得超生！

奥菲狄乌斯　马歇斯，要是我逃走，你就把我当作一头兔子一样呼唤。

马歇斯　塔勒斯，过去三小时以内，我独自在你们科利奥里城里奋战，所向无敌；你看见我脸上所涂着的，不是我自己的血；你要是不服气的话，快来跟我拼命吧。

奥菲狄乌斯　即使你就是你们所夸耀的老祖宗赫克托自己，我今天也不放你活命。（二人交战，若干伏尔斯人趋前援助奥菲狄乌斯），你们这些多事的、没有勇气的东西，谁要你们来帮我，丢我的脸。（马歇斯驱众人入内且战且下。）

第九场　罗马营地

　　号角声；吹归营号；喇叭奏花腔。考密涅斯及罗马兵士一队自一方上，马歇斯以巾裹臂伤，率另一队罗马兵士自另一方上。

考密涅斯　要是我向你追叙你这一天来的工作，你一定不会相信你自己所干的事。可是我要回去向他们报告，让元老们的喜笑里掺杂着眼泪；让贵族们耸肩倾听，终于赞叹；让贵妇们惊怖失色，欢喜战栗，要求再闻其详；让麻木不仁、和顽固的平民一鼻孔出气、痛恨着你的尊荣的护民官们，也不得不违背他们的本心，说，"感谢神明,我们罗马有这样一位军人！"

　　泰特斯·拉歇斯率所部兵士追踪而至。

拉歇斯　啊，元帅，这儿才是一匹骏马，我们都不过是些鞍鞯缰勒；要是你看见——

马歇斯　请你别说了。当我的母亲赞美我的时候，我就会心中不安，虽然她是有夸扬她自己骨肉的特权的。我所做的事情不过跟你们所做的一样，各人尽各人的能力；我们的动机也只有一个，大家都是为了自己的国家。谁只要克尽他良心上的天职，他的功劳就应该在我之上。

考密涅斯　你的功劳是不能埋没的；罗马必须知道她自己的健儿的价值。隐蔽你的勋绩，比偷窃诽谤的罪恶更大。所以我请求你，为了表扬你的本身，不是酬答你的辛劳，听我在全军将士面前说几句话。

马歇斯　我身上的剑痕尚新，它们听见人家提起它们的时候，就会作痛的。

考密涅斯　它们不应该因此作痛；它们只会因忘恩负义而溃烂，因死亡而治愈。在我们所虏获的无数强壮的战马之中，在我们从战地上和城中所搜得的一切珍宝财物之中，我们把十分之一分送给你；你可以在当众分配的时候，凭你自己的意思挑选。

马歇斯　谢谢你，元帅；可是我不能同意让我的剑受人贿赂。恕我拒绝你的盛情；我愿意和参与这次战役的人受同等的待遇。（喇叭奏长花腔；众高呼"马歇斯！马歇斯！"抛掷帽、枪；考密涅斯、拉歇斯脱帽立）愿这些被你们亵渎的乐器不再发出声音！当战地上的鼓角变成媚人的工具的时候，让宫廷和城市里都充斥着口是心非的阿谀趋奉吧！快别这样了！我只是没有洗净我流血的鼻子，我只是打败了几个孱弱的家伙，这是这儿的许多弟兄都跟我同样干过的事，虽然没有人注意到他们；你们就这样把我过分吹捧，好像我喜欢让我这一点儿微功薄能，用掺和着谎语的赞美大加渲染似的。

考密涅斯　你太谦虚了；你不但蔑视我们对你的至诚的称颂，尤其对于你自己的美好的声名，也未免过于苛刻。请不要见怪，要是你会对你自己动怒，那么我们要把你当作一个危险人物一样，替你加上镣铐，然后放胆跟你辩论。让全世界知道，卡厄斯·马歇斯戴着这一次战争的荣冠，为了纪念他的功勋，我送给他我这一匹全军知名的骏马，以及它所附带的一切装具；从今以后，为了他在科利奥里所建树的奇功，在我们全军欢呼声中，他将被称为卡厄斯·马歇斯·科利奥兰纳斯！让他永远光荣地戴上这一个名字！

众人　卡厄斯·马歇斯·科利奥兰纳斯！（喇叭奏花腔；鼓角齐鸣。）

科利奥兰纳斯　我要去洗个脸；等我把脸洗净以后，你们就可以看见我有没有惭愧的颜色。可是我谢谢你们。我准备跨上你的骏马，尽我所有的能力，永远保持着你们加于我的美名。

考密涅斯　好，我们回营去；在我们解甲安息以前，还要先给罗马去信，报告我们的胜利。泰特斯·拉歇斯，你必须回到科利奥里，叫他们派代表到罗马去，为了彼此双方的利益，和我们商订议和的条款。

拉歇斯　是，元帅。

科利奥兰纳斯　天神要开始讥笑我了。我刚才拒绝了最尊荣的礼物，现在却不得不向元帅请求一个小惠。

考密涅斯　无论什么要求，我都可以允许你。你说吧。

科利奥兰纳斯　我从前曾经在这儿科利奥里城里向一个穷汉借宿过一宵，他招待我非常殷勤。我看见他已经成为我们的俘虏，他见了我就向我高呼求助；可是因为那时奥菲狄乌斯在我的眼前，愤怒吞噬了我的怜悯，我没有理会他；请您让我的可怜的居停主人恢复自由吧。

考密涅斯　啊！这是一个很好的请求！即使他是杀死我儿子的凶手，我也要让他像风一样自由。泰特斯，把他放了。

拉歇斯　马歇斯，他的名字呢？

科利奥兰纳斯　天哪！我忘了。我很疲倦；嗯，我懒得记忆。我们这儿没有酒吗？

考密涅斯　我们回营去。你脸上的血也干了；我们应当赶快替你调护调护。来。（同下。）

225

第十场　伏尔斯人营地

  喇叭奏花腔；吹号筒。塔勒斯·奥菲狄乌斯流血上，二三兵士随上。

奥菲狄乌斯　我们的城市被占领了！

兵士甲　只要条件讲得好，它会还给我们的。

奥菲狄乌斯　条件！把自己的运命听任他人支配的一方，还会有什么好条件！马歇斯，我已经跟你交战过五次了，五次我都被你打败；要是我们相会的次数就像吃饭的次数一样多，我相信你也会每次把我打败的。天地为证，要是我再有机会当面看见他，不是我杀死他，就是他杀死我。我对他的敌视已经使我不能再顾全我的荣誉；因为我既不能堂堂正正地以剑对剑，用同等的力量取胜他，凭着愤怒和阴谋，也要设法叫他落在我的手里。

兵士甲　他简直是个魔鬼。

奥菲狄乌斯　他比魔鬼还大胆，虽然没有魔鬼狡猾。他使我的勇气受到了毁损；我的怨毒一见了他，就会自己飞出来。不论在他睡觉、害病或是解除武装的时候，不论在圣殿或神庙里，不论在教士的祈祷或在献祭的时辰，所有这一切阻止复仇的障碍，都不能运用它们陈腐的特权和惯例，禁止我向马歇斯发泄我的仇恨。要是我在无论什么地方找到了他，即使他是在我自己的家里，在我的兄弟的保护之下，我也要违反好客的礼仪，在他的胸膛里洗我的凶暴的手。你们到城里去探听探听敌人占领的情形，以及将要到罗马去做人质的是哪一些人。

兵士甲　您不去吗？

奥菲狄乌斯　我在柏树林里等着，它就在磨坊的南面；请你探到了外边的消息以后，就到那儿告诉我，让我可以决定应当怎样走我的路。

兵士甲　是，将军。（各下。）

第二幕

第一场　罗马。广场

米尼涅斯、西西涅斯及勃鲁托斯上。

米尼涅斯　占卜的人告诉我，我们今晚将有消息到来。

勃鲁托斯　好消息还是坏消息？

米尼涅斯　这消息不是人民所希望听到的，因为他们对马歇斯没有好感。

西西涅斯　畜生也知道谁是他们的友人。

米尼涅斯　请问，狼喜欢什么？

西西涅斯　羔羊。

米尼涅斯　对了，因为它可以吃它，正像那些饥饿的平民恨不得把尊贵的马歇斯吃下去一般。

勃鲁托斯　他真是一头羔羊！吼起来却像一头熊。

米尼涅斯　他真是一头熊！却过着羔羊一般的生活。你们两位都是老人家了；让我问你们一件事情，请你们告诉我。

西西涅斯 & 勃鲁托斯　好，你说。

米尼涅斯　马歇斯究竟有些什么重大的缺点，这种缺点是不是也可以从你们两位身上同样找出许多来呢？

勃鲁托斯　任何缺点他都不缺少，所有的缺点他都齐备。

西西涅斯　尤其是骄傲。

勃鲁托斯　他的自负更可以凌越一切。

米尼涅斯　这可奇了。你们两位知道我们这城里的人，我的意思是说，我们在军中有地位的人怎样批评你们吗？

西西涅斯＆勃鲁托斯　他们怎样批评我们？

米尼涅斯　因为你们现在说起骄傲——你们不会生气吗？

西西涅斯＆勃鲁托斯　好，好，你说吧。

米尼涅斯　好，那也没有什么关系；因为本来就是芝麻大的一点小事，也会使你们大发脾气的。把你们的火性耐一耐；要是你们一定要动怒，那也随你们的便。你们怪马歇斯太骄傲吗？

勃鲁托斯　这不单是我们两人的意见。

米尼涅斯　我知道单单凭着你们两个人，是再也干不出什么大事情来的；你们的助手太多了，否则你们的行动就会变得非常简单；你们的能力太幼稚了，只好因人成事。你们说起骄傲；啊！要是你们能够转过眼睛来看看你们自己的背后，把你们自己反省一下！啊，要是你们能够！

勃鲁托斯　那便怎样呢？

米尼涅斯　那时候你们就可以看见一双全罗马最骄傲狂妄、无功受禄的官儿，换句话说，全罗马一对最大的傻瓜。

西西涅斯　米尼涅斯，谁都知道你是个怎样的人。

米尼涅斯　谁都知道我是个喜欢说说笑话的贵族，也喜欢喝杯不掺水的热酒；人家说我有点先入为主，太容易大惊小怪；我喜欢作长夜之宴，不高兴日出而作；想到什么就要说出来，不让一些芥蒂留在心里。碰到像你们这样的两位贵人——恕我不能称你们为圣人——要是你们给我喝的酒不合我的口味，我就会向它扮鬼脸；要是你们所发表的高论，大部分都是些驴子叫，我也不敢恭维你们讲得不错；虽然人家要是说你们是两位尊严可敬的长者，我也只好不去跟他们争论，可是谁说你们长着很好的相貌，就是说了一个大谎。你们要是从我的为人里看出这一点，就算你们了解我了吗？即使算你们了解了我，那么以你们昏聩的眼光，又能从我的这种品性里看出什么缺点来呢？

勃鲁托斯　算了，算了，我们了解你是个怎样的人。

米尼涅斯　你们既不了解我，也不了解你们自己，你们什么都不了解。只要那些苦人向你们脱帽屈膝，你们就觉得踌躇满志。你们费去整整的一个大好下午，审判一个卖橘子的女人跟一个卖塞子的男人涉讼的案件，结果还是把这场三便士的官司宣布延期判决。当你们正在听两造辩论的时候，要是突然发起疝气痛来，你们就会现出一脸的怪相，暴跳如雷，一面连声喊拿便壶来，一面斥退两造，好好一件案子，给你们越审越糊涂；纠纷没有解决，两下里只是挨你们骂了几声混蛋。你们真是一对奇怪的宝贝。

勃鲁托斯　算了，算了，大家都知道你在筵席上是一个嬉笑怒骂的好手，在议会里却是一个毫无用处的人物。

米尼涅斯　我们的教士们见了你们这种荒唐的家伙，也会忍不住把你们嘲笑。你们讲得最中肯的时候，那些话也不值得你们挥动你们的胡须；讲到你们的胡须，那么还不配塞在一个拙劣的椅垫或是驴子的驮鞍里。可是你们一定要说马歇斯是骄傲的；按照最低的估计，他也抵得过你们所有的老前辈合起来的价值，虽然他们中间有几个最有名的人物也许是世代相传的刽子手。晚安，两位尊驾；你们是那群畜类一般的平民的牧人，我再跟你们谈下去，我的脑子也要沾上污秽了；恕我失礼少陪啦。（勃鲁托斯、西西涅斯退至一旁。）

伏伦妮娅，维吉利娅及凡勒利娅上。

米尼涅斯　啊，我的又美丽又高贵的太太们，月亮要是降下尘世；也不会比你们更高贵；请问你们这样热烈地在望着什么？

伏伦妮娅　正直的米尼涅斯，我的孩子马歇斯来了；为了天后朱诺的爱，让我们去吧。

米尼涅斯　哈！马歇斯回来了吗？

伏伦妮娅　是的，尊贵的米尼涅斯，他载着胜利的荣誉回来了。

米尼涅斯　让我向您脱帽致敬，朱庇特，我谢谢您。呵！马歇斯回来了！

伏伦妮娅 & 维吉利娅　是的，他真的回来了。

伏伦妮娅　瞧，这儿是他写来的一封信。他还有一封信给政府，还有一封给他的妻子；我想您家里也有一封他写给您的信。

米尼涅斯　我今晚要高兴得把我的屋子都掀翻了。有一封信给我！

维吉利娅　是的，真的有一封信给您；我看见的。

米尼涅斯　有一封信给我！读了他的信可以使我七年不害病，在这七年里头，我要向医生撇嘴唇；比起这一味延年却病的灵丹来，药经里最神效的药方也只算江湖医生的草头方，只好胡乱给马儿治治病。他没有受伤吗？他每一次回来的时候，总是负着伤的。

维吉利娅　啊，不，不，不。

伏伦妮娅　啊！他是受伤的，感谢天神！

米尼涅斯　只要受伤不厉害，我也要感谢天神。他把胜利放进他的口袋里了吗？受了伤才更可以显出他的英雄。

伏伦妮娅　他把胜利高悬在额角上，米尼涅斯；他已经第三次戴着橡叶冠回来了。

米尼涅斯　他已经把奥菲狄乌斯痛痛快快地教训过了吗？

伏伦妮娅　泰特斯·拉歇斯信上说他们曾经交战过，可是奥菲狄乌斯逃走了。

米尼涅斯　的确，他也只好逃走；否则，即使有全科利奥里城里的宝柜和金银，我也根本不会再提起这个奥菲狄乌斯的名字的。元老院有没有知道这一个消息？

伏伦妮娅　两位好夫人，我们去吧。是的，是的，是的，元老院已经得到元帅的来信，他把这次战争的全部功劳归在我的儿子身上。他这一次的战功的确比他以前各次的战功更要超过一倍。

凡勒利娅　真的，他们都说起关于他的许多惊人的作为。

米尼涅斯　惊人的作为！嘿，我告诉你吧，这些都是他凭着真本领干下来的呢。

维吉利娅　愿天神默佑那些话都是真的！

伏伦妮娅　真的！还会是假的不成？

米尼涅斯　真的！我可以发誓那些话都是真的。他什么地方受了伤？（向西西涅斯、勃鲁托斯）上帝保佑两位尊驾！马歇斯回来了；他有更多可以骄傲的理由啦。（向伏伦妮娅）他什么地方受了伤？

伏伦妮娅　肩膀上，左臂上；当他在民众之前站起来的时候，他可以把很大的伤疤公开展示哩。在击退塔昆这一役中间，他身上有七处受伤。

米尼涅斯　颈上一处，大腿上两处，我知道一共有九处。

伏伦妮娅　在这一次出征以前，他全身一共有二十五处伤痕。

米尼涅斯　现在是二十七处了；每一个伤口都是一个敌人的坟墓。（内欢呼声，喇叭奏花腔）听！喇叭的声音！

伏伦妮娅　这是马歇斯将要到来的预报。凡是他所到之处，总是震响着雷声；他经过以后，只留下一片汪洋的泪海；在他壮健的臂腕里躲藏着幽冥的死神；只要他一挥手，人们就丧失了生命。

    喇叭奏花腔。考密涅斯及泰特斯·拉歇斯拥科利奥兰纳斯戴橡叶冠上，将校、兵士及一传令官随上。

传令官 罗马全体人民听着：马歇斯单身独力，在科利奥里城内奋战；他已经在那里赢得了一个光荣的名字，在卡厄斯·马歇斯之后，加上科利奥兰纳斯的荣称。欢迎您到罗马来，著名的科利奥兰纳斯！（喇叭奏花腔。）

众人 欢迎您到罗马来，著名的科利奥兰纳斯！

科利奥兰纳斯 快别这样；我不喜欢这一套。请你们免了吧。

考密涅斯 瞧，将军，您的母亲！

科利奥兰纳斯 啊！我知道您为了我的胜利，一定已经祈祷过所有的神明。（跪下。）

伏伦妮娅 不，我的好军人，起来；我的善良的马歇斯，尊贵的卡厄斯，还有你那个凭着功劳博得的新的荣名——那是怎么叫的？——我必须称呼你科利奥兰纳斯吗？——可是啊！你的妻子！——

科利奥兰纳斯 我的静默的好人儿，愿你有福！你这样泪流满面地迎接我的凯旋，要是一具棺材装着我的尸骨回来，你倒会含笑吗？啊！我的亲爱的，科利奥里的寡妇和失去儿子的母亲，她们的眼睛也哭得像你一样。

米尼涅斯 愿天神替你加上荣冠！

科利奥兰纳斯 你还活着吗？（向凡勒利娅）啊，我的好夫人，恕我失礼。

伏伦妮娅 我不知道应当转身向什么地方。啊！欢迎你们回来！欢迎，元帅！欢迎，各位将士！

米尼涅斯 十万个欢迎！我也想哭，也想笑；我的心又轻松又沉重。欢迎！谁要是不高兴看见你，愿咒诅咬啮着他的心！你们是应当被罗马所眷爱的三个人；可是凭着人类的忠心起誓，在我们的城市里却有几棵老山楂树，它们的口味是和你们不同的。可是欢迎，战士们！是荨麻我们就叫它荨麻，傻瓜们的错处一言以蔽之，其名为愚蠢。

考密涅斯　你说得有理。

科利奥兰纳斯　米尼涅斯，这是永远的真理。

传令官　站开，站开！

科利奥兰纳斯　（向伏伦妮娅、凡勒利娅）让我吻您的手，再让我吻您的。在我还没有回到自己家里去以前，我必须先去访问那些贵族；他们不但给我欢迎，而且还给我新的光荣。

伏伦妮娅　我已经活到今天，看见我的愿望一一实现，我的幻想构成的美梦成为事实；现在只有一个愿望还没有满足，可是我相信我们的罗马一定会把它加在你的身上的。

科利奥兰纳斯　好妈妈，您要知道，我宁愿照我自己的意思做他们的仆人，不愿擅权弄势，和他们在一起做主人。

考密涅斯　前进，到议会去！（喇叭奏花腔；吹号筒。众列队按序下；西西涅斯、勃鲁托斯留场。）

勃鲁托斯　所有的舌头都在讲他，眼光昏花的老头子也都戴了眼镜出来瞧他；饶舌的乳媪因为讲他讲得出了神，让她的孩子在一旁啼哭；灶下的丫头也把她最好的麻巾裹在她那油腻的颈上，爬上墙头去望他；马棚里、阳台上、窗眼里，全都挤满了，水沟里、田塍上，也都站满着各色各样的人，大家争先恐后地想看一看他的脸；难得露脸的祭司也在人丛里挤来挤去，跟人家占夺一个地位，蒙着面罩的太太奶奶们也让她们用心装扮过的面庞去接受阳光的热吻，吻得一块红、一块白的；真是热闹极了，简直像把他当作了一尊天神的化身似的。

234

西西涅斯　我说，他这次一定有做执政的希望。

勃鲁托斯　那么当他握权的时候，我们只好无所事事了。

西西涅斯　他初握政权，地位还不能巩固，可是他将要失去他已得的光荣。

勃鲁托斯　那就好了。

西西涅斯　你放心吧，我们所代表的平民，本来对他抱着恶感，只要为了些微细故，就会忘记他新得的光荣，凭着他这副骄傲的脾气，我相信他一定会干出一些不慊人意的事来。

勃鲁托斯　我听见他发誓说，要是他被推为执政，他决不到市场上去，也不愿穿上表示谦卑的粗衣；他也不愿按照习惯，把他的伤痕袒露给人民看，从他们恶臭的嘴里求得同意。

西西涅斯　正是这样。

勃鲁托斯　他是这样说的。啊！他宁愿放弃执政的地位，也不愿俯从绅士贵族们的请求去干这样的事。

西西涅斯　我但愿他坚持着这样的意思，把它见之实施。

勃鲁托斯　他大概会这么干的。

西西涅斯　要是真的这样，那么正像我们所希望的，他的崩溃一定无可避免了。

勃鲁托斯　他要是不倒，我们的权力也要动摇。为了促成他的没落，我们必须让人民知道他一向对于他们怀着怎样的敌意；要是他掌握了大权，他一定要把他们当作骡马一样看待，压制他们的申诉，剥夺他们的自由；认为他们的行动和能力是不适宜于处理世间的事务的，正像战争的时候用不着骆驼一样；豢养他们的目的，只是要他们担负重荷，要是他们在重负之下压得爬不起来，一顿痛打便是给他们的赏赐。

西西涅斯　只要给他一点刺激，他的傲慢不逊的脾气，一定会向人民发泄出来，正像嗾使一群狗去咬绵羊一样容易；那时候你这一番话就等于点在干柴上的一把烈火，那火焰可以使他的声名从此化为灰烬。

　　——使者上。

勃鲁托斯　有什么事？

使者　请两位大人到议会里去。人家都以为马歇斯将要做执政。我看见聋子围拢来瞧他，瞎子围拢去听他讲话；当他一路经过的时候，中年的妇女向他挥手套，年轻的姑娘向他挥围巾手帕；贵族们见了他，像对着乔武的神像似的鞠躬致敬，平民们见了他，都纷纷掷帽；欢声雷动；我从来没有见过这样的景象。

勃鲁托斯　我们到议会去吧。让我们一面用耳朵和眼睛留心着眼前的情势，一面用我们的心思想着未来的意图。

西西涅斯　那么请了。（同下。）

第二场　同前。议会

　　二吏役上，铺坐垫。

吏甲　来，来，他们快要来了。有多少人竞争执政的位置？

吏乙　他们说有三个人；可是谁都以为科利奥兰纳斯一定会当选。

吏甲　他是个好汉子；可是他太骄傲了，对于平民也没有好感。

吏乙　老实说一句，有许多大人物尽管口头上拼命讨好平民，心里却一点不喜欢他们；也有许多人喜欢了一个人，却不知道为什么要喜欢他，他们既然会莫名其妙地爱他，也就会莫名其妙地恨他。所以科利奥兰纳斯对于他们的爱憎漠不关心，正可以表示他真正了解他们的性格；他也由他们去看得一清二楚，满不在意。

吏甲　要是他对于他们的爱憎漠不关心，那么他既不会有心讨好他们，也不会故意冒犯他们；可是他对他们寻衅的心理，却比他们对他仇恨的心理更强，凡是可以表明他是他们的敌人的事实，他总是不加讳饰地表现出来。像这样有意装出敌视人民的态度，比起他所唾弃的那种取媚人民以求得他们欢心的手段来，同样是不足为法的。

吏乙　他替国家立下了极大的功劳；他的跻登高位，绝不像那些毫无寸尺之功、单凭着向人民曲意逢迎的手段滥邀爵禄的人们那样容易；他的荣誉彪炳在他们的眼前，他的功业铭刻在他们的心底，他们要是不作一声，否认这一切，那就是忘恩负义；要是颠倒是非，混淆黑白，那就是恶意中伤。

吏甲　别讲他了；他是一个可尊敬的人。让开，他们来了。

　　　　喇叭奏花腔。侍卫官前导，考密涅斯（执政）、米尼涅斯、科利奥兰纳斯、众元老、西西涅斯、勃鲁托斯同上；元老及护民官依次就座。

米尼涅斯　我们已经决定处置伏尔斯人的办法，并且决定召唤泰特斯·拉歇斯回来，剩下来要在这一次会议里决定的主要的问题，就是怎样酬报我们这一位为国宣劳的英雄。所以，各位尊严的元老们，请你们要求现任执政，也就是领导我们得到这一次胜利的主帅，略为向我们报告一些卡厄斯·马歇斯·科利奥兰纳斯所造成的英勇的伟绩，让我们可以按照他实际的功劳向他表示我们的感谢，并且用适当的尊荣褒奖他。

元老甲　说吧，好考密涅斯；不要因为怕叙述太长而忽略了什么，宁可让我们觉得国家酬庸有功太菲薄，不要使我们觉得政府的爵禄失之过滥。（向西西涅斯、勃鲁托斯）两位人民的代表，请你们耐心静听，当我们决定了一个结果以后，还要有劳你们向民众传达我们的意见，征求他们善意的同情。

西西涅斯　我们这次为了通过一个满意的条约而集会,在欣慰之余,我们是很愿意给我们这位英雄不次的荣迁的。

勃鲁托斯　要是他能够把他一向对人民的看法稍微改善一点,那么我们一定可以赞同。

米尼涅斯　不要说到题外去;我希望你还是不要开口的好。你们愿意听考密涅斯说话吗?

勃鲁托斯　当然愿意;可是我的劝告却要比您的责备恰当一些哩。

米尼涅斯　他喜爱你们的人民;可是不要硬叫他和他们睡在一个床上。尊贵的考密涅斯,说吧。(科利奥兰纳斯起立欲去)不,您坐下。

元老甲　坐下,科利奥兰纳斯;不要因为听到你自己所做的光荣的事情而惭愧。

科利奥兰纳斯　请诸位原谅,我宁愿让我的伤痕消失了形迹,不愿听人家讲起我得到它们时的情形。

勃鲁托斯　将军,我希望您不是因为听了我的话,所以不安于席的。

科利奥兰纳斯　不,可是往往打击使我停留,空言却使我逃避。你的话都是不关痛痒的。至于你的人民,我只能按照他们的价值来喜爱他们。

米尼涅斯　请坐下来吧。

科利奥兰纳斯　我宁愿在赴战的号角吹响的时候,让人家在太阳底下搔我的头颅,不愿呆坐着听人家把我的一些不足道的小事信口夸张。(下。)

米尼涅斯　两位人民代表,你们现在已经看见他宁愿用他全身的力量去追求荣誉,不愿分出一小部分的精神来听人家的赞美,他怎么能够向你们那些一千个中间难得有一个好人的芸芸众生浪费他的谀辞呢?说吧,考密涅斯。

考密涅斯　我的声音太微弱了,不够叙述科利奥兰纳斯的功绩。

勇敢是世人公认的最大美德,有勇的人是最值得崇敬的;要是我们可以这么说,那么我现在所要说起的这一个人,在全世界简直找不出一个可以和他抗衡的人物。当塔昆举兵向罗马侵犯的时候,他还只有十六岁,就已经在战场上崭露头角,表现他过人的神勇;我们当时的执政亲眼看见那些鬓鬓多须的大汉被白皙韶秀的他追赶得没命奔逃。他跨过了一个被压倒在地上的罗马人的身体,当着执政的面前,手刃了三个敌人;塔昆也和他亲自对垒,被他打了下来。在那一天的战绩里,他本来可以做一个怯懦不前的妇女,但他证明了自己是战场上顶勇敢的男子,为了旌扬他的功勋,他的额上被加上了橡叶的荣冠。这样他从一个新列戎行的孺子,变成一个能征惯战的健儿,他的与日俱增的勇敢,像大海一样充沛,在前后十七次战役之中,战无不胜,攻无不克。讲到最近这一次在科利奥里城前和城中的鏖战,那么我可以说,我的言辞是无法给他适当的赞美的;他阻止了奔逃的败众,用他惊人的榜样,扫去了懦夫心中的恐惧;正像水草当着一艘疾驶的帆船一样,他的剑光挥处,人们不是降服就是死亡,谁要是碰着他的锋刃,再也没有活命的希望;从脸上到脚上,他浑身都染着血,他的每一个行动,都伴随着绝命的哀号;他一个人闯进了密布着死亡的城里用他操纵着死生的铁手染红了城门,然后他又单身脱围而出,带着一队生力军,像一颗彗星似的向科利奥里突击。他已经大获全胜;但战争的喧声又开始刺激他敏锐的感觉,于是他兼人的精力又使他忘却了身体的疲劳,他立刻再上战场,在那里奔走驰突,杀人如麻,好像这是一场永无休止的掠夺一样;直到我们把城郊全部占领以后,他不曾有一刻站定喘息的时间。

米尼涅斯　　了不得的英雄!

元老甲 我们所准备给他的光荣，他是受之无愧的。

考密涅斯 他拒绝我们分给他的战利品，把一切珍贵的宝物视同粪土；他的欲望比吝啬者的度量更小；行为的本身便是他给自己的酬报。

米尼涅斯 他是个高贵的人物；快去请他来。

元老甲 请科利奥兰纳斯来。

警吏 他来了。

　　　　科利奥兰纳斯重上。

米尼涅斯 科利奥兰纳斯，元老们很愿意举你做执政。

科利奥兰纳斯 我愿意永远为他们尽忠效命。

米尼涅斯 现在还有一步手续必须履行，您应该向人民说几句话。

科利奥兰纳斯 请你们宽免我这一项例行的手续，因为我不能披上粗布的长衣，裸露着身体，请求他们为了我的伤痕的缘故，接受我做他们的执政。请你们不要让我干这种事吧。

西西涅斯 将军，人民必须表示他们的意见；他们也决不愿变更规定的仪式。

米尼涅斯 不要激怒他们；您还是遵照着习惯，像前任的那些人一样，用合法的形式取得您的地位吧。

科利奥兰纳斯 要我扮演这一幕把戏，我一定要脸红，我看还是免了吧。

勃鲁托斯 （向西西涅斯旁白）你听见吗？

科利奥兰纳斯 向他们夸口，说我做过这样的事，那样的事，把应当藏匿起来的没有痛楚的伤疤给他们看，好像我受了这些伤，只是为了换得他们的一声赞叹！

米尼涅斯 不要固执着这一点。两位护民官，请你们向民众传达我们的意志。愿我们尊严的执政享有一切快乐和光荣！

众元老 愿一切快乐和光荣降于科利奥兰纳斯！（喇叭奏花腔；

除西西涅斯、勃鲁托斯外均退场。)

勃鲁托斯　你知道他将怎样对待人民。

西西涅斯　但愿他们知道他的用心！他将要用一种鄙夷不屑的态度去请求他们，好像他从他们手里得到恩惠是一件耻辱。

勃鲁托斯　来，我们去把这儿的一切经过情形通知他们；我知道他们都在市场上等候着我们的消息。（同下。）

第三场　同前。大市场

若干市民上。

市民甲　要是他请求我们的同意，我们可不能拒绝他。

市民乙　要是我们不能同意，我们可以拒绝他。

市民丙　我们有权力拒绝他，可是我们没有权力运用这一种权力；因为要是他把他的伤痕给我们看，把他的功绩告诉我们，我们的舌头就应当替他的伤痕说话，告诉他他的伟大的功绩已经得到我们慷慨的嘉纳。忘恩负义是一种极大的罪恶，忘恩负义的群众是一个可怕的妖魔；我们都是群众中间的一分子，都要变成这妖魔身上的器官肢体了。

市民甲　我可以举出一个小小的例子，证明我们在人家眼里正是这样一个东西：有一次我们为了要求谷物而鼓噪起来的时候，他自己曾经破口骂我们是多头的群众。

市民丙　许多人都这样称呼我们，不是因为我们的头发有的是褐色的，有的是黑色的，有的是赭色的，有的是光秃秃的，而是因为我们的思想是这么分歧不一。我真的在想，要是我们各人所有的思想都从一个脑壳里发表出来，它们一定会有的往东，有的往西，有的往北，有的往南，四下里飞散开去。

市民乙　你这样想吗？你看我的思想会向哪一个方向飞？

市民丙　嘿，你的思想可不像别人的思想那样容易出来，因为它是牢牢地封在一个木头的脑壳里的；可是要是它得到了自由，它一定会飞到南方去。

市民乙　为什么飞到南方去？

市民丙　到南方去迷失在一阵大雾里，它的四分之三溶解在恶臭的露水里，剩下的四分之一因为良心上过意不去，仍旧转回来，帮助你娶一个妻子。

市民乙　你老这样开人家的玩笑；开吧，开吧。

市民丙　你们都决定对他表示同意吗？可是那也没有关系，最后的结果是要取决于大多数的意见的。我说，要是他愿意同情民众，那么从来不曾有过一个比他更胜任的人了。

　　　　科利奥兰纳斯披粗衣与米尼涅斯同上。

市民丙　他来了，还披着一件粗布的长衣。留心他的举止。我们不要大家在一起，或者一个人，或者两个人三个人，分别跑到他站立的地方。他必须征求个别的同意；我们每一个人都有他各自的权利，可以用我们自己的嘴向他表示我们各自的同意。所以大家跟我来吧，让我指导你们怎样走过他的身旁。

众人　很好，很好。（市民等同下。）

米尼涅斯　啊，将军，您错了；您不知道最尊贵的人都做过这样的事吗？

科利奥兰纳斯　我应该怎么说？"求求你，先生，"——哼！我不能让我的舌头发出这种乞怜的调子。"瞧，先生，我的伤痕！当你们那些同胞听见了自己军中的鼓声而惊呼逃走的时候，我因为为国尽劳，受了这么多伤。"

米尼涅斯　哎哟，天哪！您不能那样说；您必须请求他们想起您的功劳。

科利奥兰纳斯　想起我的功劳！哼！我宁愿他们把我忘记，正如他们把神父们的忠告也忘记了一样。

米尼涅斯　您会把事情弄坏的。我走了。请您好好地对他们说话。

科利奥兰纳斯　叫他们把脸洗一洗，把他们的牙齿刷干净。（米尼涅斯下）好，有一对来了。

　　　　二市民重上。

科利奥兰纳斯　先生，你们知道我为什么站在这儿吗？

市民甲　我们知道，将军；告诉我们您到这儿来的缘故。

科利奥兰纳斯　因为我自己的功劳。

市民乙　您自己的功劳！

科利奥兰纳斯　嗯，却不是我自己的意志。

市民甲　怎么不是您自己的意志？

科利奥兰纳斯　不，先生，我从来不愿意向穷人求乞。

市民甲　您必须明白，要是我们给了您什么东西，我们是希望从您身上得到一点好处的。

科利奥兰纳斯　好，那么我要请问，向你们讨一个执政做要多少价钱？

市民甲　那价钱就是您必须恭恭敬敬地请求。

科利奥兰纳斯　恭恭敬敬！先生，我请求你们，让我做执政吧；你们要是想看我的伤痕，我愿意在隐僻一点的地方给你们看。请你们给我同意吧，先生；你们怎么说？

市民乙　您可以得到我们的同意，尊贵的将军。

科利奥兰纳斯　一言为定，先生。我已经讨到两个尊贵的同意了。谢谢你们的布施；再见。

市民甲　可是这有点儿古怪。

市民乙　要是已经出口的话可以收回——可是那也算了。（二市民下。）

其他二市民重上。

科利奥兰纳斯　我请求你们,现在我已经按照习惯,披上这一件衣服了,你们能够允许我做执政吗?

市民丙　您虽然有功国家,可是不孚众望。

科利奥兰纳斯　请教?

市民丙　您鞭笞罗马的敌人,也鞭笞罗马的友人;您对平民一向没有好感。

科利奥兰纳斯　您应该格外敬重我,因为我没有滥卖人情。先生,为了博取人民的欢心,我愿意向我这些誓同生死的同胞谄媚,这是他们所认为温良恭顺的行为。既然他们所需要的,只是我的脱帽致敬,不是我的竭忠尽瘁,那么我可以学习一套卑躬屈节的本领,尽量向他们装腔作势;那就是说,先生,我要学学那些善于笼络人心的贵人,谁喜欢这一套,我可以大量奉送。所以我请求你们,让我做执政吧。

市民丁　我们希望您是我们的朋友,所以愿意给您诚心的赞助。

市民丙　您曾经为国家受了许多伤。

科利奥兰纳斯　你们既然已经知道,那我也用不着袒露我的身体向你们证明。我一定非常珍重你们的盛意,不再来麻烦你们了。

市民丙 & 市民丁　愿天神给您快乐,将军!(同下。)

科利奥兰纳斯　最珍贵的同意!宁可死,宁可挨饿,也不要向别人求讨我们分所应得的酬报。为什么我要穿起这身毡布的外衣站在这儿,向每一个路过的人乞讨不必要的同意?习惯逼着我这样做;习惯怎样命令我们,我们就该怎样做,陈年累世的灰尘让它堆在那儿不加扫拭,高积如山的错误把公道正义完全障蔽。与其扮演这样的把戏,还不如索性把国家尊贵的名位赏给愿意干这种事的人。我已经演了半本,待我憋着这口气,演完那下半本吧。又有几个同意来了。

其他三市民重上。

科利奥兰纳斯　你们的同意！为了你们的同意，我和敌人作战；为了你们的同意，我经历十八次战争，受到二十多处创伤；为了你们的同意，我干下许多大大小小的事情。我要做执政；请你们给我同意吧。

市民戊　他曾经立过大功，必须让他得到每一个正直人的同意。

市民己　那么让他做执政吧。愿天神给他快乐，使他成为人民的好友！

众人　阿门，阿门。上帝保佑你，尊贵的执政！（市民等下。）

科利奥兰纳斯　尊贵的同意！

米尼涅斯偕勃鲁托斯、西西涅斯重上。

米尼涅斯　您已经忍受种种麻烦，这两位护民官将会向您宣布您已经得到人民的同意，现在您必须立刻到元老院去，接受正式的任命。

科利奥兰纳斯　事情完了吗？

西西涅斯　您已经按照惯例履行了请求同意的手续；人民已经接受了您，他们就要再召集一次会议，通过您的任命。

科利奥兰纳斯　什么地方？就在元老院吗？

西西涅斯　就在那儿，科利奥兰纳斯。

科利奥兰纳斯　我可以把这些衣服换下来了吗？

西西涅斯　您可以，将军。

科利奥兰纳斯　我就去换衣服；让我认识了我自己的本来面目以后，再到元老院来。

米尼涅斯　我陪您去。你们两位也跟我们一起走吗？

勃鲁托斯　我们还要在这儿等候民众。

西西涅斯　再见。(科利奥兰纳斯，米尼涅斯下)他现在已经拿稳了；从他的脸色看来，他心里好像在火一样烧着呢。

勃鲁托斯　他用一颗骄傲的心穿着他的卑贱的衣服。请你打发这些民众吧。

　　　众市民重上。

西西涅斯　啊，各位朋友！你们已经选中这个人了吗？

市民甲　他已经得到我们的同意。

勃鲁托斯　我们祈祷神明，但愿他不要辜负你们的好意。

市民乙　阿门。照我的愚见观察，他在请求我们同意的时候，仿佛在讥笑我们。

市民丙　不错，他简直在辱骂我们。

市民甲　不，他说起话来总是这样的；他没有讥笑我们。

市民乙　除了你一个人之外，我们中间每一个人都说他用侮蔑的态度对待我们。他应该把他的功劳的印记，他为国家留下的伤痕给我们看。

西西涅斯　啊，那我相信他一定会给你们看的。

众人　不，不，谁也没有瞧见。

市民丙　他说他有许多伤痕，可以在隐僻一点的地方给我们看。他这样带着轻蔑的神气挥舞着他的帽子，"我要做执政，"他说，"除非得到你们的同意，传统的习惯不会容许我；所以我要请求你们同意。"当我们答应了他以后，他就说，"谢谢你们的同意，谢谢你们最珍贵的同意；现在你们已经给我同意，我也用不着你们了。"这不是讥笑是什么？

西西涅斯　啊，到底是你们没有看见呢，还是你们已经看见了，却一味表示孩子气的好感，随便给了他同意？

勃鲁托斯　你们难道不会凭着你们所受的教训，对他说当他还没有掌握权力、不过是政府里一个地位卑微的仆人的时候，他就是你们的敌人，老是反对着你们的自由和你们在这共和国里所享有的特权吗？你们难道不会对他说，现在他登上了秉持国家大权的地位，要是他仍旧怀着恶意，继续做平民的死敌，那么你们现在所表示的同意，不将要成为你们自己的咒诅吗？你们应当对他说，他的伟大的功业，既然可以使他享有他所要求的地位而无愧色，但愿他的仁厚的天性，也能够想到你们现在所给他的同情的赞助，而把他对你们的敌意变成友谊，永远做你们慈爱的执政。

西西涅斯　你们照这样对他说了以后，就可以触动他的心性，试探他的真正的意向；也许他会给你们善意的允诺，那么将来倘有需要的时候，你们就可以责令他履行旧约；也许那会激怒他的暴戾的天性，因为他是不能容忍任何拘束的，这样引动了他的恼怒，你们就可以借着他的恶劣的脾气做理由，拒绝他当执政。

勃鲁托斯　你们看他在需要你们好感的时候，会用这样公然侮蔑的态度向你们请求，难道你们没有想到当他有权力压迫你们的时候，他这种侮蔑的态度不会变成公然的伤害吗？怎么，你们胸膛里难道都是没有心的吗？或者你们的舌头会反抗理智的判断吗？

西西涅斯　你们以前不是曾经拒绝过向你们请求的人吗？现在他并没有请求你们，不过把你们讥笑了一顿，你们却会毫不迟疑地给他同意吗？

市民丙　他还没有经过正式的确认，我们还可以拒绝他。

市民乙　我们一定要拒绝他；我可以号召五百个人反对他就任。

市民甲　好，就是一千个人也不难，还可以叫他们各人拉些朋友来充数。

勃鲁托斯　你们立刻就去，告诉你们那些朋友，说他们已经选了一个执政，他将会剥夺他们的自由，限制他们发言的权利，把他们当作狗一样看待，虽然为了要它们吠叫而豢养，可是

247

往往因为它们吠叫而把它们痛打。

西西涅斯　让他们集合起来，重新作一次郑重的考虑，一致撤回你们愚昧的选举。竭力向他们提出他的骄傲和他从前对你们的憎恨；也不要忘记他是用怎样轻蔑的态度穿着那件谦卑的衣服，当他向你们请求的时候，他是怎样讥笑着你们；可是你们因为存心忠厚，只想到他的功劳，所以像这样从牢不可拔的憎恨里表现出来的放肆无礼的举止，也就被你们忽略过去了。

勃鲁托斯　可以把过失推在我们两人——你们的护民官身上，说都是我们一定要你们选举他的。

西西涅斯　你们可以说，你们是在我们的命令之下选举他的，不是出于你们自己的真意；你们的心里因为存着不得不然的见解，而不是因为觉得应该这样做，所以才会违背着本心，而赞同他做执政。把一切过失推在我们身上好了。

勃鲁托斯　对了，不要宽恕我们。说我们向你们反复讲说，他在多么年轻的时候就已经开始为国家出力；他已经服务了多么长久；他的家世是多么高贵；纽玛的外孙，继伟大的霍斯提力斯君临罗马的安格斯·马歇斯，就是从他们家里出来的；替我们开渠通水的坡勃律斯和昆塔斯也是那一族里的人；做过两任监察官的森索利纳斯是他的先祖。

西西涅斯　因为他出身这样高贵，他自己又立下这许多功劳，应该可以使他得到一个很高的位置，所以我们才把他向你们举荐；可是你们在把他过去的行为和现在的态度互相观照之下，认为他始终是你们的敌人，所以决定撤回你们一时疏忽的同意。

勃鲁托斯　你们坚持着说，你们的同意只是因为受到我们的怂恿；把民众召集起来以后，你们立刻就到议会里来。

众人　我们一定这样做；我们大家都懊悔选他。（众市民下。）

勃鲁托斯　让他们去闹；与其隐忍着更大的危机，不如冒险鼓动起这一场叛变。要是他照着以往的脾气，果然因为他们的拒绝而发起怒来，那么我们正可以好好利用这一个机会。

西西涅斯　到议会去。来，我们必须趁着大批的民众还没有赶到以前先到那儿，免得被人家看出他们是受我们的煽动。(同下。)

第三幕

第一场　罗马。街道

　　吹号筒；科利奥兰纳斯、米尼涅斯、考密涅斯、泰特斯·拉歇斯、众元老、贵族等同上。

科利奥兰纳斯　那么塔勒斯·奥菲狄乌斯又发兵来了吗？

拉歇斯　是的，阁下；所以我们应当格外迅速地部署起来。

科利奥兰纳斯　这么说，伏尔斯人还是没有屈服，随时准备着向我们乘机进攻。

考密涅斯　执政阁下，他们已经筋疲力尽，我们这一辈子大概不会再看见他们的旗帜飘扬了。

科利奥兰纳斯　你看见奥菲狄乌斯吗？

拉歇斯　在我们的保卫之下他曾经来看过我；他咒骂伏尔斯人，因为他们这样卑怯地举城纳降。现在他退到安息地方去了。

科利奥兰纳斯　他说起我吗？

拉歇斯　说起的，阁下。

科利奥兰纳斯　怎么说？说些什么？

拉歇斯　他说他跟您剑对剑地会过多少次；在这世上，您是他最切齿痛恨的一个人，他说只要能够找到一个机会把您打败，他不惜荡尽他的财产。

科利奥兰纳斯　他住在安息地方吗？

拉歇斯　是的。

科利奥兰纳斯　我希望有机会到那边去找他，让我们把彼此的仇恨发泄一个痛快。欢迎你回来！

　　　　西西涅斯及勃鲁托斯上。

科利奥兰纳斯　瞧！这两个是护民官，平民大众的喉舌；我瞧不起他们，因为他们擅作威福，简直到了叫人忍无可忍的地步。

西西涅斯　不要走过去。

科利奥兰纳斯　嘿！那是什么意思？

勃鲁托斯　前面有危险，不要过去。

科利奥兰纳斯　为什么有这样的变化？

米尼涅斯　怎么一回事？

考密涅斯　他不是已经由贵族平民双方通过了吗？

勃鲁托斯　考密涅斯，他没有。

科利奥兰纳斯　我不是已经得到孩子们的同意了吗？

元老甲　两位护民官，让开；他必须到市场上去。

勃鲁托斯　人民对他非常愤怒。

西西涅斯　站住，否则大家都要卷进一场骚动里了。

科利奥兰纳斯　你们不是他们的牧人吗？他们会把刚才出口的话当场否认，这样的人也可以让他们有发言的权利吗？你们管些什么事情？你们既然是他们的嘴巴，为什么不把他们的牙齿管住？你们没有指使他们吗？

米尼涅斯　安静点儿，安静点儿。

科利奥兰纳斯　这是一场有意的行动，全然是阴谋的结果，它的目的是要拘束贵族的意志。要是我们容忍这一种行为，我们就只好和那些既没有能力统治、又不愿被人统治的人们生活在一起了。

勃鲁托斯　不要说这是一个阴谋。人民高呼着说您讥笑了他们，说您在不久以前施放谷物的时候，曾经口出怨言，辱骂那些为人民请命的人，说他们是时势的趋附者，谄媚之徒，卑鄙的小人。

科利奥兰纳斯　这是大家早就知道的。

勃鲁托斯　他们有的人还不知道。

科利奥兰纳斯　那么是你后来告诉他们的吗？

勃鲁托斯　怎么！我告诉他们！

科利奥兰纳斯　你很可以干这种事的。

勃鲁托斯　像您干的这种事，我想我可以比您干得好一点。

科利奥兰纳斯　那么我为什么要做执政呢？凭着那边天上的云起誓，让我也像你们一样没有寸尺之功，跟你们一起做个护民官吧！

西西涅斯　您把悻悻之情表现得太露骨了，人民正是为了这个缘故才激动起来的。您现在已经迷失了道路，要是您想达到您的目的地，您必须用温和一点的态度向人家问路，否则您不但永远做不到一个尊荣的执政，就是要跟他并肩做一个护民官，也是一样办不到的。

米尼涅斯　让我们安静一点。

考密涅斯　人民一定被人利用、受人指使了。这一种纷争不应该在罗马发生；科利奥兰纳斯因功受禄，也不该在他坦荡的大路上遭遇这种用卑鄙手段安放上去的当途的障碍。

科利奥兰纳斯　向我提起谷物的事情！那个时候我是这样说的，我可以把它重说一遍——

米尼涅斯　现在不用说了。

元老甲　在这样意气相争的时候，还是不用说了吧。

科利奥兰纳斯　我一定要说。我的高贵的朋友们，请你们原谅。这种反复无常、腥臊恶臭的群众，我不愿恭维他们，让他们认清楚自己的面目吧。我要再说一遍，我们因为屈尊纡贵，与他们降身相伍，已经亲手播下了叛乱、放肆和骚扰的祸根，要是再对他们姑息纵容，那么这种莠草更将滋蔓横行，危害我们元老院的权力；我们不是没有道德，更不是没有力量，可是我们的力量已经送给一群乞丐了。

米尼涅斯　好，别说下去了。

元老甲　请您不要再说下去了。

科利奥兰纳斯　怎么！不再说下去！我曾经不怕外力的凭陵，为国家流过血，现在我更要大声疾呼，直到嘶破我的肺部为止，警告你们留意那些你们所厌恶、畏惧、唯恐沾染然而却又正在竭力招引上身的麻疹。

勃鲁托斯　您讲起人民的时候，好像您是一位膺惩罪恶的天神，忘记了您也是跟他们具有同样弱点的凡人。

西西涅斯　我们应当让人民知道他这种话。

米尼涅斯　怎么，怎么？他的一时气愤的话吗？

科利奥兰纳斯　一时气愤！即使我像午夜的睡眠一样善于忍耐，凭着乔武起誓，我也不会改变我这一种意思！

西西涅斯　您这一种意思必须让它留着毒害自己，不能让它毒害别人。

科利奥兰纳斯　必须让它留着！你们听见这个侏儒群中的高个子的话吗？你们注意到他那斩钉截铁的"必须"两个字吗？

考密涅斯　好像他的话就是神圣的律法似的。

科利奥兰纳斯　"必须"！啊，善良而不智的贵族！你们这些庄重而鲁莽的元老，为什么你们会允许这多头的水蛇选举一个官吏，让他代替怪物发言，凭着他的专横的"必须"两字，他会大胆宣布要把你们的水流向沟渠决注，把你们的河道侵为己有？放下你们的愚昧，从你们危险的宽容中间觉醒过来吧！你们是博学的人，不要像一般愚人一样，甘心替他们掇椅铺垫。要是他们做了元老，你们便要变成平民；当他们的声音和你们的声音混合在一起的时候，因为他们人数众多，你们将要完全为他们所掩盖，被他们所支配。他们可以选择他们自己的官长，就像这家伙一样，凭着他的"必须"、他的迎合民心的"必须"两字，就可以和最尊严的元老们对抗。凭着乔武本身起誓，执政们将会因此失去他们的身份；当两种权力彼此对峙的时候，混乱就会乘机而起，我一想到这种危机，心里就感到极大的痛苦。

考密涅斯　好，到市场上去吧。

科利奥兰纳斯　谁授权执政，使他散放仓库中的存谷，像从前希腊的情形——

米尼涅斯　得啦，得啦，别提起那句话啦。

科利奥兰纳斯　虽然希腊人民有更大的权力，可是我说，他们这一种举动，无异养成反叛的风气，酿成了国家的瓦解。

勃鲁托斯　嘿，人民可以同意说这种话的人当执政吗？

科利奥兰纳斯　我可以说出比他们的同意更好的理由来。他们知道这些谷不是我们名分中的酬报，自以为谁也不会把它从他们的嘴边夺下来，所以也从来不曾为它出过一丝劳力。当国家危急存亡的关头要他们出征的时候，他们懒得连城门也不肯走出；一到了战场，他们只有在叛变内讧这一类行动上表现了最大的勇气；像这样的功绩，是不该把谷物白白分给他们的。他们常常用莫须有的罪名指斥元老院，难道我们因为受到了他们那样的指斥，才会作这样慷慨的施舍吗？好，给了他们又怎样呢？这些盲目的群众会感激元老院的好意吗？他们的行动就可以代替他们的言语："我们提出要求；我们是大多数，他们畏惧我们，所以答应了我们的要求。"这样我们贬抑了我们自己的地位，让那些乌合之众把我们的谨慎称为恐惧；他们的胆子愈来愈大，总有一天会打开元老院的锁，让一群乌鸦飞进来向鹰隼乱啄。

米尼涅斯　够了，够了。

勃鲁托斯　够了，已经说得太多了。

科利奥兰纳斯　不，再听我说下去。无论天上人间，一切可以凭着发誓的东西，愿它们为我的结论做证！元老贵族与平民两方面的权柄，一部分因为确有原因而轻视着另一部分，那一部分却毫无理由地侮辱着这一部分；身份、名位和智慧不能决定可否，却必须取决于无知的大众的一句是非，这样的结果必致于忽略了实际的需要，让轻率的狂妄操纵着一切；正当的目的受到阻碍，一切事情都是无目的地胡作非为。所以，我请求你们，要是你们的谨慎过于你们的恐惧，你们爱护国家的基础甚于怀疑它的变化，你们喜欢光荣甚于长生，愿意用危险的药饵向一个别无生望的病体作冒险的一试，那么赶快拔去群众的舌头吧；让他们不要去舐那将要毒害他们的蜜糖。你们要是受到耻辱，是非的公论也要从此不明，政府将要失去它所应有的健全，因为它被恶势力所统治，一切善政都将无法推行。

勃鲁托斯　他已经说得很够了。

西西涅斯　他说的全然是叛徒的话；他必须受叛徒的处分。

科利奥兰纳斯　你这卑鄙的家伙！让你受众人的唾弃！人民要这种秃头的护民官干吗呢？因为信任了他们，所以人民才会不再服从比他们地位高的人。在叛乱的时候，一切不合理的事实都可以武断地成为法律，那时候他们才是应该受人拥戴的人物；可是在正常的时期，那么让一切按照着正理而行，把他们的权力推下尘土里去吧。

勃鲁托斯　公然的叛逆！

西西涅斯　这还是个执政吗？不。

勃鲁托斯　喂！警官呢？把他逮捕起来。

　　　　　一警吏上。

西西涅斯　去，叫民众来；（警吏下）我用人民的名义亲自逮捕你，宣布你是一个企图政变的叛徒，公众幸福的敌人；我命令你不得反抗，跟我去听候处分。

科利奥兰纳斯　滚开，老山羊！

众元老　我们可以替他担保。

考密涅斯　老人家，放开手。

科利奥兰纳斯　滚开，坏东西！否则我要把你的骨头一根根摇下来。

西西涅斯　诸位市民，救命啊！

　　　　　若干警吏率侍从及一群市民同上。

米尼涅斯　两方面彼此客气一点。

西西涅斯　这个人要夺去你们一切的权力。

勃鲁托斯　抓住他，警官们！

众市民　打倒他！打倒他！——

众元老　（围绕科利奥兰纳斯忙作一团，狂呼）武器！——武器！——武器！——护民官！——贵族们！——市民们！——喂！——西西涅斯！——勃鲁托斯！——科利奥兰纳斯！——市民们！——静！——静！——静！——且慢！——住手！——静！

米尼涅斯　事情将要闹得怎样呢？——我气都喘不过来啦。这一场乱子可不小。我话都说不出来啦。你们这两位护民官！科利奥兰纳斯，忍耐些！好西西涅斯，说句话吧。

西西涅斯　听我说，诸位民众；静下来！

众市民　让我们听我们的护民官说话；静下来！说，说，说。

西西涅斯　你们快要失去你们的自由了，马歇斯将要夺去你们的一切；马歇斯，就是刚才你们选举他做执政的。

米尼涅斯　哎哟，哎哟，哎哟！这不是去灭火，明明是火上加油。

元老甲　他要把我们这城市拆为平地。

西西涅斯　没有人民，还有什么城市？

众市民　对了，有人民才有城市。

勃鲁托斯　我们得到全体的同意，就任人民的长官。

众市民　你们继续是我们的长官。

米尼涅斯　他们也未必会放弃这一个地位。

考密涅斯　他们要把城市拆毁，把屋宇摧为平地，把整整齐齐的市面埋葬在一堆瓦砾的中间。

西西涅斯　这一种罪名应该判处死刑。

勃鲁托斯　让我们执行我们的权力，否则让我们失去我们的权力。我们现在奉人民的意旨，宣布马歇斯应该立刻受死刑的处分。

西西涅斯　抓住他，把他押送到大帕岩①上，推下山谷里去。

勃鲁托斯　警官们，抓住他！

众市民　马歇斯，赶快束手就缚！

米尼涅斯　听我说一句话；两位护民官，请你们听我说一句话。

警吏　静，静！

米尼涅斯　请你们做祖国的真正的友人，像你们表面上所装的一样；什么事情都可以用温和一点的手段解决，何必这样操切

---

① 大帕岩是加比托林山的悬崖，古罗马人将叛国犯人由此推下摔死。

从事？

勃鲁托斯　要是病症凶险，只有投下猛药才可见效，谨慎反会误了大事。抓住他，把他押到山岩上去。

科利奥兰纳斯　不，我宁愿死在这里。（拔剑）你们中间有的人曾经瞧见我怎样跟敌人争战；来，你们自己现在也来试一试看。

米尼涅斯　放下那柄剑！两位护民官，你们暂时退下去吧。

勃鲁托斯　抓住他！

米尼涅斯　帮助马歇斯，帮助他，你们这些有义气的人；帮助他，年轻的和年老的！

众市民　打倒他！——打倒他！（在纷乱中护民官、警吏及民众均被打退。）

米尼涅斯　去，回到你家里去；快去！否则大家都要活不成啦。

元老乙　您快去吧。

科利奥兰纳斯　站住；我们的朋友跟我们的敌人一样多。

米尼涅斯　难道我们一定要跟他们打起来吗？

元老甲　天神保佑我们不要有这样的事！尊贵的朋友，请你回家去，让我们设法挽回局势吧。

米尼涅斯　这是我们身上的一个痛疮，你不能替你自己医治；请你快去吧。

考密涅斯　来，跟我们一块儿去。

科利奥兰纳斯　我希望他们是一群野蛮人，不是罗马人；虽然这些畜类生在罗马，长大在朱庇特神庙的宇下，可是他们却跟野蛮人没有分别——

米尼涅斯　去吧；不要把你的满脸义愤放在你的唇舌上。

科利奥兰纳斯　要是堂堂正正地交锋起来，我一个人可以打败他们四十个人。

米尼涅斯　我自己也可以抵挡他们中间的一对头儿脑儿，那两个护民官。

考密涅斯　可是现在众寡悬殊；当一幢房屋坍下的时候而不知道趋避，这一种勇气是被称为愚笨的。您还是趁着那群乱民没有回来以前赶快走开吧；他们的愤怒就像受到阻力的流水一样，一朝横决，就会把他们所负载的一切完全冲掉。

米尼涅斯　请您快去吧。我要试一试我这老年人的智慧对于那些没有头脑的东西是不是有点需要；无论如何，这事情总要想法子弥缝过去。

考密涅斯　去吧，去吧。（科利奥兰纳斯、考密涅斯及余人等同下。）

贵族甲　这个人把他自己的前途葬送了。

米尼涅斯　他的天性太高贵了，不适宜于这一个世界。他不肯恭维涅普图努斯的三叉戟的雄威，或是乔武的雷霆的神力。他的心就在他的口头，想到什么一定要说出来。他一动了怒，就会忘记世上有一个死字。（内喧声）听他们闹得多厉害！

贵族乙　我希望他们都去睡觉！

米尼涅斯　我希望他们都给我跳下台伯河里！好厉害！他就不能对他们说句好话吗？

　　　　勃鲁托斯及西西涅斯率乱民上。

西西涅斯　要把全城的人吃掉、让他一个人称霸的那条毒蛇呢？

米尼涅斯　两位尊贵的护民官——

西西涅斯　我们必须用无情的铁手，把他推下大帕岩去；他已经公然反抗法律，所以法律也无须再向他执行什么审判的手续，他既然貌视群众，就叫他认识认识群众的力量。

市民甲　我们要让他明白，尊贵的护民官是人民的喉舌，我们是他们的胳臂。

众市民　我们一定要让他明白。

米尼涅斯　诸位，诸位——

西西涅斯　静些！

米尼涅斯　有话可以商量，何必吵成这个样子？

西西涅斯　先生，你怎么也会帮助他逃走了？

米尼涅斯　听我说；我知道这位执政的长处，我也可以举出他的短处。

西西涅斯　执政！什么执政？

米尼涅斯　科利奥兰纳斯执政。

勃鲁托斯　他！执政！

众市民　不，不，不，不，不。

米尼涅斯　要是两位护民官和你们这些善良的民众允许我，我要请求说一两句话，你们听了以后，就会平心静气，自悔多事了。

西西涅斯　那么简简单单地说吧；因为我们已经决定除去这个恶毒的叛徒。把他驱逐出境会引起未来的祸患；留在国内，我们都要死在他的手里；所以我们决定就在今晚把他处死。

米尼涅斯　我们的罗马是以赏罚严明著名于全世界的，她对于有功的儿女的爱护，是记录在天神的册籍里的，要是现在她像一头灭绝天性的母兽一样，吞食了她自己的子女，善良的神明一定不能容许！

西西涅斯　他是一颗必须割去的疮疖。

米尼涅斯　啊！他是一段生着疮疖的肢体，割去了会致人死命，治愈它却很容易。他对罗马做了些什么事，你们要把他处死呢？他杀死我们的敌人，为他的祖国流过血，我敢说一句，他所失去的血，比他身上所有的血更多；他剩下的血，要是现在再被他的国人取去，那么无论下这样毒手的人，或是容忍这种事情发生的人，都要永远在后世留下一个可耻的烙印了。

西西涅斯　这些全然是胡说八道。

勃鲁托斯　一派歪论；当他爱他的国家的时候，他的国家也尊重他。

米尼涅斯　他的战功如果腐朽了，人家也就对他失去敬意了。

勃鲁托斯　我们不想再听你说下去了。追到他家里去，把他拖出来；他是一种能够传染的恶病，不要让他的流毒沾到别人身上。

米尼涅斯　再听我说一句话，只有一句话。你们现在的行动，都是出于一时的气愤，就像纵虎出柙一样，当你们自悔孟浪的时候，再要把笨重的铅块系在虎脚上就来不及了。与其鲁莽偾事，不如循序渐进；否则他也不是没有人拥护的，要是因此而引起内争，那么伟大的罗马要在罗马人自己手里毁掉了。

勃鲁托斯　要是这样的话——

西西涅斯　你还说什么？我们不是已经领略到他是怎样地服从命令的吗？我们的警察官不是已经遭他痛打了吗？我们自己不是也遭他反抗过了吗？来！

米尼涅斯　请你们想到这一点：他自从两手能够拔剑的时候起，就一直在战阵中长大，不曾在温文尔雅的语言方面受过训练；他说起话来，总是把美谷和糠麸不加分别地同时倾吐。你们要是允许我，我可以到他家里去，向他陈说利害，叫他接受用和平的手段，合法的方式进行的裁判。

元老甲　两位尊贵的护民官，这是最人道的办法；你们原来的方式太残酷了，而且也不知道将会引起怎样的结果。

西西涅斯　尊贵的米尼涅斯，那么请您接受人民的委托，去把他传来。各位朋友，放下你们的武器。

勃鲁托斯　不要回去。

西西涅斯　在市场上集合。我们在那边等着你们。要是您不能把马歇斯带来，我们就实行原来的办法。

米尼涅斯　我一定会叫他来的。（向众元老）请你们陪我去一趟。他一定要来，否则事情会愈弄愈糟的。

元老甲　我们去找他吧。（同下。）

第二场　同前。科利奥兰纳斯家中一室

科利奥兰纳斯及贵族等上。

科利奥兰纳斯　让他们大家来扯我的耳朵；让他们把我用车轮辗死、马蹄踏死，或是堆十座山在大帕岩上，把我推下看不见底的深谷；我还是用这样一副态度对待他们。

贵族甲　这正是您的过人之处。

科利奥兰纳斯　我的母亲常常说他们只是一批萎靡软弱的货色，几毛钱就可以把他们买来卖去，在集会的时候秃露着头顶，听到像我这样地位的人谈到战争或和平问题，就会打呵欠，莫名其妙地不作一声；我想她现在也不大赞成我。

伏伦妮娅上。

科利奥兰纳斯　我正在说起您。您为什么要我温和一点？难道您要我违反我的本性吗？您应该说，我现在的所作所为，正可以表现我的真正的骨气。

伏伦妮娅　啊！儿啊，儿啊，儿啊，我希望你不要在基础未固以前，就丢失了你手中的权力。

科利奥兰纳斯　别管我。

伏伦妮娅　你要不是这样有意显露你的锋芒，已经不失为一个豪杰之士；在他们还有力量阻挠你的时候，你要是少向他们矜夸一些意气，也可以少碰到一些逆意的事情。

科利奥兰纳斯　让他们上吊去吧！

伏伦妮娅　是的，我还希望他们在火里烧死。

米尼涅斯及元老等上。

米尼涅斯　来，来；您太粗暴了，有点太粗暴了；您非得回去把局势弥缝弥缝不可。

元老甲　此外没有办法了；您要是不愿意这样做，我们的城市就要分裂而灭亡了。

伏伦妮娅　请你接受劝告吧。我有一颗跟你同样刚强的心，可是我还有一个头脑，教我把我的愤怒用在更适当的地方。

米尼涅斯　说得好，尊贵的夫人！倘不是因为遭到这样非常的变化，为了挽回大局起见，不得不出此下策，那么我也要摜甲持枪，决不忍受这样的耻辱，让他去向群众屈身的。

科利奥兰纳斯　我必须怎么办？

米尼涅斯　回去见那两个护民官。

科利奥兰纳斯　好，还有呢？还有呢？

米尼涅斯　为了您的失言道歉。

科利奥兰纳斯　向他们道歉！我不能向神明道歉；难道我必须向他们道歉吗？

伏伦妮娅　你太固执了；在危急的时候，一个人是应当通权达变的。我听你说过，在战争中间，荣誉和权谋就像亲密的朋友一样不可分离；假定这句话是真的，那么请你告诉我，在和平的时候，它们倘然不能交相为用，是不是能够独立存在？

科利奥兰纳斯　嘿！嘿！

米尼涅斯　问得好。

伏伦妮娅　要是你们在战争中间，为了达到你们的目的起见，不妨采用权谋，示人以诈，而这样的行为对于荣誉并无损害，那么在和平的时候，万一也像战时一样需要权谋，为什么它就不能和荣誉并行不悖呢？

科利奥兰纳斯　为什么您要强迫我接受这种理由？

伏伦妮娅　因为你现在必须去向人民说话；不是照着你自己的意

思说话，却要去向他们说一些完全违背你的本心的话。为了避免把自己的命运作孤注，为了避免流许多的血，你可以用温和的词句招抚一个城市，那么向人民说这样的话，对于你的荣誉又有什么损害呢？要是我的财产和我的亲友处于生死存亡的关头，需要我用欺诈的手段保全他们，我就会毅然去干那样的事，并不以为有什么可耻；我是代表你的妻子、你的儿子、这些元老和贵族向你进这番忠告的；可是你却宁愿向这些无知的群众怒目横眉，不愿向他们稍假辞色，去博取他们的欢心和爱戴，这是维持你的荣誉和地位所必需的保障。

米尼涅斯　尊贵的夫人！走吧，跟我们走吧；说两句好话；也许你不但可以缓和当前的危险，并且可以弥补过去的错误。

伏伦妮娅　我的孩子，请你现在就去见他们，把这帽子拿在手里，你的膝盖吻着地上的砖石，摇摆着你的头，克制你的坚强的心，让它变得像摇摇欲坠的烂熟的桑子一样谦卑；在这种事情上，行为往往胜于雄辩，愚人的眼睛是比他们的耳朵聪明得多的。你可以对他们说，你是他们的战士，因为生长在干戈扰攘之中，不懂得博取他们好感所应有的礼节；可是从此以后，当你握权在位的日子，你一定会为他们鞠躬尽瘁。

米尼涅斯　您只要照她这两句话说过以后，他们的心就是您的了；因为他们的原谅是有求必应的，正像他们爱说废话一样不费事。

伏伦妮娅　请你听从我们的劝告，去吧；虽然我知道你宁愿在火焰的深谷里追逐你的敌人，不愿在卧室之中向他献媚。考密涅斯来了。

　　　　　　考密涅斯上。

考密涅斯　我已经到市场上去过。您现在必须结合强力的援助，否则就得用温和的态度保全您自己，或者暂时出走，躲避他们的锋芒。所有的民众都激怒了。

米尼涅斯　只有谦恭的言语才可以挽回形势。

考密涅斯　要是他能够勉力抑制他的性子，我想这也是个办法。

伏伦妮娅　他必须这样做，非这样做不可。请你说你愿意这样做，立刻就去吧。

科利奥兰纳斯　我必须去向他们露我的秃脑袋吗？我必须用我的无耻的舌头，把一句谎话加在我的高贵的心上吗？好，我愿意。可是这一个计策倘然失败，他们就要把这个马歇斯的体肤磨成齑粉，迎风抛散了。到市场上去！你们现在逼着我去做一件事情，它的耻辱是我终身不能洗刷的。

考密涅斯　来，来，我们愿意帮您的忙。

伏伦妮娅　好儿子，你曾经说过，当初你因为受到我的奖励，所以才会成为一个军人；现在请你再接受我的奖励，做一件你从来没有做过的事吧。

科利奥兰纳斯　好，那么我就去。滚开，我的高傲的脾气，让一个娼妓的灵魂占据住我的身体！让我那和战鼓竞响的巨嗓变成像阉人一样地尖细、像催婴儿入睡的处女的歌声一样轻柔的声音！让我的颊上挂起奸徒的巧笑，让学童的眼泪蒙蔽我的目光！让乞儿的舌头在我的嘴唇之间转动，我那跨惯征鞍的罩甲的膝盖，像接受布施一样向人弯曲！不，我不愿意；我怕我会失去对我自己的尊敬，我的身体干了这样的事，也许会使我的精神沾上一重无法摆脱的卑鄙。

伏伦妮娅　那么随你的便。我向你请求，比之你向他们请求，对于我是一个更大的耻辱。一切都归于毁灭吧；宁可让你的母亲感觉到你的骄傲，不要让她因为你的危险的顽强而担忧，因为我用像你一样豪壮的心讪笑着死亡。你愿意怎么办就怎么办；你的勇敢是从我身上得来的，你的骄傲却是你自己的。

科利奥兰纳斯　请您宽心吧，母亲，我就到市场上去；不要责备我了。我要骗取他们的欢心,当我回来的时候,我将被罗马的一切手艺人所喜爱。瞧,我去了。替我向我的妻子致意。我一定要做一个执政回来,否则你们再不要相信我的舌头也会向人谄媚。

伏伦妮娅　照你的意思做吧。(下。)

考密涅斯　去!护民官在等着您。准备好一些温和的回答;因为我听说他们将要向您提出一些比现在他们加在您身上的更严重的罪状。

米尼涅斯　记好"温和"两个字。

科利奥兰纳斯　让我们去吧;尽他们捏造我什么罪状,我都可以用我的荣誉答复他们。

米尼涅斯　是的,可是要温和点儿。

科利奥兰纳斯　好,那么就温和点儿。温和!(同下。)

第三场　同前。大市场

西西涅斯及勃鲁托斯上。

勃鲁托斯　我们说他企图独裁专政,用这一点作为他的最大的罪名;要是他在这一点上能够饰辞自辩,我们就说他敌视人民,并且说他把从安息人那里得到的战利品都中饱了自己的私囊。

一警吏上。

勃鲁托斯　啊,他来不来?

警吏　他就来了。

勃鲁托斯　什么人陪着他?

警吏　年老的米尼涅斯和那些一向袒护他的元老。

西西涅斯　你有没有把我们得到的票数记录下来?

警吏　我已经记下在这儿了。

西西涅斯　你有没有按着部族征询他们的意见?

警吏　我已经分别征询过了。

西西涅斯　快把民众立刻召集到这儿来;当他们听见我说,"凭着民众的权利和力量,必须如此如此"的时候,不论是死刑、罚款或是放逐,我要是说"罚款",就让他们跟着我喊"罚款";我要是说"死刑",就让他们跟着我喊"死刑"。

警吏　我一定这样吩咐他们。

西西涅斯　当他们开始呼喊的时候,叫他们不停地喊下去,大家乱哄哄地高声鼓噪,要求把我们的判决立刻实行。

警吏　很好。

西西涅斯　叫他们留心我们的说话行事,不要退缩让步。

勃鲁托斯　去干你的事吧。(警吏下)一下子就激动他的怒气。他一向惯于征服别人,爱闹别扭;一受了拂逆,就不能控制自己的性子,那时候他心里想到什么便要说出口来,我们就可以看准他这个弱点致他死命。

西西涅斯　好,他来了。

　　　　　　科利奥兰纳斯、米尼涅斯、考密涅斯及元老贵族等上。

米尼涅斯　请您温和点儿。

科利奥兰纳斯　好,就像一个马夫似的,为了一点点的赏钱,愿意替无论哪个恶徒奔走。但愿尊荣的天神们护佑罗马的安全,让贤德的君子做我们的执法者!播散爱的种子在我们的中间,使我们宏大的神庙里充满和平的气象,不要使我们的街道为战争所扰乱!

元老甲　阿门,阿门。

米尼涅斯　好一个高尚的愿望!

　　　　　　警吏率市民等重上。

西西涅斯　过来，民众。

警吏　听你们的护民官说话；肃静！

科利奥兰纳斯　先听我说几句话。

西西涅斯　勃鲁托斯　好，说吧。喂，静下来！

科利奥兰纳斯　你们就在此刻宣布我的罪状吗？一切必须在这儿决定吗？

西西涅斯　我要请你答复，你是不是愿意服从人民的公意，承认他们的官吏的权力，当你的罪案成立以后，甘心接受合法的制裁？

科利奥兰纳斯　我愿意。

米尼涅斯　听着！各位市民，他说他愿意。想一想，他立过多少战功；想一想他身上的伤痕，就像墓地上的坟茔一样多。

科利奥兰纳斯　那些不过是荆棘抓破的伤痕，这点点的创痏，也不过供人一笑罢了。

米尼涅斯　再想一想，他说的话虽然不合一个市民的身份，可是却不失为军人的谈吐；不要把他粗暴的口气认为恶意的言辞，那正是他的军人本色，不是对你们的敌视。

考密涅斯　好，好，别说了。

科利奥兰纳斯　为了什么原因，我已经得到全体同意当选执政以后，你们又立刻撤销原议，给我这样的羞辱？

西西涅斯　回答我们。

科利奥兰纳斯　好，说吧；我是应该回答你们的。

西西涅斯　你企图推翻一切罗马相传已久的政制，造成个人专权独裁的地位，所以我们宣布你是人民的叛徒。

科利奥兰纳斯　怎么！叛徒！

米尼涅斯　不，温和点儿，你答应过的。

科利奥兰纳斯　地狱底层的烈火把这些人民吞了去！说我是他们

的叛徒！你这害人的护民官！在你的眼睛里藏着两万个死亡，在你的两手中握着两千万种杀人的毒计，在你说谎的舌头上含着无数杀人的阴谋，我要用向神明祈祷一样坦白的声音，向你说，"你说谎！"

西西涅斯　民众，你们听见他的话吗？

众市民　把他送到山岩上去！把他送到山岩上去！

西西涅斯　静！我们不必再把新的罪名加在他的身上；你们亲眼看见他所做的事，亲耳听见他所说的话：殴打你们的官吏，辱骂你们自己，用暴力抗拒法律，现在他又公然藐视那些凭着他们的权力审判他的人，像这样罪大恶极的行为，已经应处最严重的死刑了。

勃鲁托斯　可是他既然为罗马立过功劳——

科利奥兰纳斯　你们还要讲什么功劳？

勃鲁托斯　我提起这一点，因为我知道你的功劳。

科利奥兰纳斯　你！

米尼涅斯　你怎样答应你的母亲的？

考密涅斯　你要知道——

科利奥兰纳斯　我不要知道什么。让他们宣判把我投身在高峻的大帕岩下，放逐，鞭打，每天给我吃一粒谷监禁起来，我也不愿用一句好话的代价购买他们的慈悲，更不愿为了乞讨他们的布施而抑制我的雄心，向他们道一声早安。

西西涅斯　因为他不但在思想上，而且在行动上不断敌对人民，企图剥夺他们的权力，到现在他居然擅敢在尊严的法律和执法的官吏之前，行使暴力反抗的手段，所以我们用人民的名义，秉着我们护民官的职权，宣布从即时起，把他放逐出我们的城市，要是以后他再进入罗马境内，就要把他投身在大帕岩下。用人民的名义，我说，这判决必须实行。

众市民　这判决必须实行——这判决必须实行——把他赶出去！——把他放逐出境！

考密涅斯　听我说，各位人民大众——

西西涅斯　他已经受到判决；没有什么说的了。

考密涅斯　让我说句话。我自己也曾当过执政；我可以向罗马公开展示她的敌人加在我身上的伤痕；我重视祖国的利益，甚于自己的生命和我所珍爱的儿女；要是我说——

西西涅斯　我们知道你的意思；说什么？

勃鲁托斯　不必多说，他已经被当作人民和祖国的敌人而放逐了；这判决必须实行。

众市民　这判决必须实行——这判决必须实行。

科利奥兰纳斯　你们这些狂吠的贱狗！我痛恨你们的气息，就像痛恨恶臭的沼泽的臭味一样；我轻视你们的好感，就像厌恶腐烂的露骨的尸骸一样。我驱逐了你们；让你们和你们那游移无定的性格永远留在这里吧！让每一句轻微的谣言震动你们的心，你们敌人帽上羽毛的摇闪，就会把你们扇进绝望的深渊！永远保留着把你们的保卫者放逐出境的权力吧，直到最后让你们自己的愚昧觉得人家已经不费一刀一枪，使你们成为最微贱的俘虏！对于你们，对于这一个城市，我只有蔑视；我这样离开你们，这世界上什么地方没有我的安身之处。（科利奥兰纳斯、考密涅斯、米尼涅斯、元老、贵族等同下。）

警吏　人民的仇敌已经去了，已经去了！

众市民　我们的敌人已经被放逐了！——他去了！——呵！呵！

（众欢呼，掷帽。）

西西涅斯　去，把他赶出城门，像他从前驱逐你们一样驱逐他，尽量发泄你们的愤怒，让他也难堪难堪。让一队卫士卫护我们通过全城。

众市民　来,来——让我们把他赶出城门!来!神明保佑我们尊贵的护民官!来!(同下。)

第四幕

第一场　罗马。城门前

科利奥兰纳斯、伏伦妮娅、维吉利娅、米尼涅斯、考密涅斯及若干青年贵族上。

科利奥兰纳斯　算了，别哭了，就这样分手吧；那多头的畜生把我撞走了。哎，母亲，您从前的勇气呢？您常常说，患难可以试验一个人的品格；非常的境遇方才可以显出非常的气节；风平浪静的海面，所有的船只都可以并驱竞胜；命运的铁拳击中要害的时候，只有大勇大智的人才能够处之泰然：您常常用那些格言教训我，锻炼我的坚强不屈的志气。

维吉利娅　天哪！天哪！

科利奥兰纳斯　不，妇人，请你——

伏伦妮娅　愿赤色的瘟疫降临在罗马各色人民的身上，使百工商贾同归于尽！

科利奥兰纳斯　怎么，怎么，怎么！当我离开他们以后，他们将会追念我的好处。不，母亲，您从前不是常常说，要是您做了赫拉克勒斯的妻子，您一定会替他完成六件艰巨的工作，减轻他一半的劳力吗?请您仍旧保持这一种精神吧。考密涅斯,不要懊丧;再会!再会,我的妻子!我的母亲!我一定还要干一番事业。你年老而忠心的米尼涅斯,你的眼泪比年轻人的眼泪更辛酸,它会伤害你的眼睛的。我的旧日的主帅,我曾经瞻仰过您那刚强坚毅的气概,您也看见过不少可以使人心肠变硬的景象,请您告诉这两个伤心的妇人,为了不可避免的打击而悲痛,是一件多么痴愚的事情。我的母亲,您知道您一向把我的冒险作为您的安慰,请您相信我,虽然我像一条孤独的龙一样离此而去,可是我将要使人们在谈起我的沼泽的时候,就会瞿然变色;您的儿子除非误中奸谋,一定会有吐气扬眉的一天。

伏伦妮娅 我的长子,你要到哪儿去呢?让考密涅斯陪你走一程吧;跟他商量一个妥当的方策,不要盲冲瞎撞,去试探前途的危险。

科利奥兰纳斯 天神啊!

考密涅斯 我愿意陪着你走一个月,跟你决定一个安身的地方,好让我们彼此互通声息;要是有机会可以设法召你回来的话,我们也可以不至于在茫茫的世界上到处找寻一个莫明踪迹的人,万一事过境迁,大好的机会又要蹉跎过去了。

科利奥兰纳斯 再会吧;你已经有一把的年纪,饱受战争的辛苦,不要再跟一个筋骨壮健的人去跋涉风霜了。我只要请你送我出城门。来,我亲爱的妻子,我最亲爱的母亲,我的情深义厚的朋友们,当我出去的时候,请你们用微笑向我道别。请你们来吧。只要我尚在人世,你们一定会听到我的消息;而且你们所听到的,一定还是跟我原来的为人一样。

米尼涅斯 那正是每一个人所乐意听见的。来,我们不用哭泣。要是我能够从我衰老的臂腿上减去七岁年纪,凭着善良的神明发誓,我一定要寸步不离地跟着你。

科利奥兰纳斯　把你的手给我。来。(同下。)

第二场　同前。城门附近的街道

　　　　西西涅斯、勃鲁托斯及一警吏上。

西西涅斯　叫他们大家回家去;他已经去了,我们也不必追他。贵族们很不高兴,他们都是袒护他的。

勃鲁托斯　现在我们已经表现出我们的力量,事情既已了结,我们不妨在言辞之间装得谦恭一点。

西西涅斯　叫他们回家去;说他们重要的敌人已经去了,他们已经恢复了往日的力量。

勃鲁托斯　打发他们各人回家。(警吏下。)

　　　　伏伦妮娅、维吉利娅及米尼涅斯上。

勃鲁托斯　他的母亲来了。

西西涅斯　让我们避开她。

勃鲁托斯　为什么?

西西涅斯　他们说她发了疯了。

勃鲁托斯　她们已经看见我们;您尽管走吧。

伏伦妮娅　啊!你们来得正好。愿神明把所有的灾祸降在你们身上,报答你们的好意!

米尼涅斯　静些,静些!不要这样高声嚷叫。

伏伦妮娅　我倘不是哭不成声,一定要让你们听听——不,我要嚷给你们听听。(向勃鲁托斯)你想逃走吗?

维吉利娅　(向西西涅斯)你也别走。我希望我能够向我的丈夫说这样的话。

西西涅斯　你们是男人吗？

伏伦妮娅　是的，傻瓜；那是丢脸的事吗？听这傻瓜说的话。我的父亲不是一个男人吗？你果然有这样狐狸般的狡狯，会把一个替罗马立过多少汗马功劳的人放逐出去吗？

西西涅斯　哎哟，苍天在上！

伏伦妮娅　为了罗马的利益，他挥舞他的英勇的剑锋，那次数比你说过的聪明话还要多。让我告诉你；可是你去吧；不，你给我站住：我但愿我的儿子在阿拉伯，你和你那一族里的人都跪在他的面前，他手里举起宝剑——

西西涅斯　那又怎么样呢？

维吉利娅　那又怎么样！他要斩草除根，不留下一个孽种在世上。

伏伦妮娅　全都是些杂种私生子！好人，他为了罗马受过多少伤！

米尼涅斯　来，来，别闹了。

西西涅斯　要是他能够贯彻为国献身的初衷，不把自己辛苦换来的光荣亲手撕毁，那就好了！

勃鲁托斯　我也希望他这样。

伏伦妮娅　"我也希望他这样"！都是你们煽动这些乱民，猫狗般的畜生，他们不能认识他的价值，正像我不能了解上天不让世间知道的神秘一样。

勃鲁托斯　请你让我们走吧。

伏伦妮娅　现在，先生，请你给我滚吧。你们已经干了一件了不得的好事。在你们未走之前，再听我说一句话：正像朱庇特的神庙不能和罗马最卑陋的一间屋子相比一样，被你们放逐出去的我的儿子——这位夫人的丈夫，就是他，你们明白了没有？——比起你们这些东西来，真是天壤之别。

勃鲁托斯　好，好，我们少陪啦。

西西涅斯　为什么我们要待在这儿，给一个疯婆子缠个不休？

275

伏伦妮娅　把我的祈祷带了去吧。（二护民官下）我但愿天神们什么事也不做，只替我实现我的咒诅！要是我能够每天遇见他们一次，那么我心头的悲哀也许可以倾吐一空。

米尼涅斯　您已经骂得他们很痛快；凭良心说，您没有冤屈他们。你们愿意赏光到舍间吃晚饭吗？

伏伦妮娅　愤怒是我的食物；我一肚子都是气恼，吃不下东西了。来，我们走吧。不要这样呜呜咽咽地哭个不停，瞧着我的样子，我们在愤怒的时候，应当保持天后般的尊严。来，来，来。

米尼涅斯　唉，唉，唉！（同下。）

第三场　罗马安息间的大路

一罗马人及一伏尔斯人上，相遇。

罗马人　先生，我认识您，您也认识我；您的大名我想是阿德里安。

伏尔斯人　正是，先生。不瞒您说，我可忘记您了。

罗马人　我是个罗马人；可是我所干的事，却跟您一样，是跟罗马人作对的。您现在认识我了吗？

伏尔斯人　尼凯诺吗？不是。

罗马人　正是，先生。

伏尔斯人　我上次看见您的时候，您的胡子比现在多一点；可是您的声音可以证明您的确是他。罗马有什么消息？我得到了伏尔斯政府的命令，叫我到罗马去找您；您现在省了我一天的路程了。

罗马人　罗马曾经发生惊人的叛变；人民跟元老贵族们作对。

伏尔斯人　曾经发生！那么现在已经解决了吗？我们的政府却不这样想；他们正在积极准备用兵，想要趁他们争执得十分激烈的时候向他们突袭。

罗马人　火焰大体已经熄灭，可是一件微细的琐事就可以使它重新燃烧起来。因为那些贵族对于放逐科利奥兰纳斯这件事感到非常痛心，一有机会，就准备剥夺人民的一切权力，把那些护民官永远罢免。我可以告诉你，未灭的余烬正在那儿吐出熊熊的火焰，猛烈爆发的时期已经不远了。

伏尔斯人　科利奥兰纳斯被放逐了！

罗马人　被放逐了，先生。

伏尔斯人　尼凯诺，您带了这一个消息去，他们一定十分欢迎。

罗马人　他们现在的机会很好。人家说，诱奸有夫之妇，最好趁她和丈夫反目的时候下手。你们那位英勇的塔勒斯·奥菲狄乌斯这一下可以大逞威风了，因为他的最大的敌手科利奥兰纳斯已经被他的祖国摈斥了。

伏尔斯人　这是不用说的。我很幸运今天凑巧碰见了您；现在我的任务已了，让我陪着您高高兴兴地回去吧。

罗马人　我现在就可以开始把许多罗马的怪事讲给您听，一直讲到晚餐的时候为止；这些事情，都是对于他们的敌人有利的。您说你们已经有一支军队准备出发了吗？

伏尔斯人　一支很雄壮的军队；所有人马都已经征齐入伍，分派营舍，命令发出以后，一小时之内就可以出发。

罗马人　我很高兴听见他们已经准备好了；我想我去见了他们以后，就可以催促他们立刻举事。好，先生，今天能够碰见您，真是一件幸事，我很愿意做您的同行的伴侣。

伏尔斯人　您省了我一趟跋涉，先生；能够跟您一路同行，真是我的莫大的荣幸。

罗马人　好，我们一块儿走吧。（同下。）

277

第四场 安息。奥菲狄乌斯家门前

科利奥兰纳斯微服化装蒙面上。

科利奥兰纳斯 这安息倒是一个很好的城市。城啊,是我使你的妇女们成为寡妇;这些富丽大厦的后嗣,有许多人我曾经听见他们在我的战阵中间呻吟倒地。所以不要认识我,免得你的妇人们用唾涎唾我,你的小儿们投石子打我,使我在琐小的战争中间死去。

一市民上。

科利奥兰纳斯 请了,先生。
市民 请了。
科利奥兰纳斯 请您指点我伟大的奥菲狄乌斯住在什么地方。他是在安息吗?
市民 是的,今天晚上他在家里宴请政府中的贵人。
科利奥兰纳斯 请问他的家在哪儿?
市民 就是在您面前的这一所屋子。
科利奥兰纳斯 谢谢您,先生。再见。(市民下)啊,变化无常的世事!刚才还是誓同生死的朋友,两个人的胸膛里好像只有一颗心,睡眠、饮食、工作、游戏,都是彼此相共,亲爱得分不开来,一转瞬之间,为了些微的争执,就会变成不共戴天的仇人。同样,切齿痛恨的仇敌,他们在梦寐之中也念念不忘地钩心斗角,互谋倾陷,为了一个偶然的机会,一些不足道的琐事,也会变成亲密的友人,彼此携手合作。我现在也正是这样:我痛恨我自己生长的地方,我的爱心已经移向了这个仇敌的城市。我要进去；要是他把我杀死，那也并不是有悖公道的行为；要是他对我曲意优容，那么我愿意为他的国家尽力。（下。）

第五场　同前。奥菲狄乌斯家中厅堂

内乐声；仆甲上。

仆甲　酒，酒，酒！他们都在干些什么事！我想我们那些伙计都睡着了。（下。）

仆乙上。

仆乙　戈得斯呢？主人在叫他。戈得斯！（下。）

科利奥兰纳斯上。

科利奥兰纳斯　好一间屋子；好香的酒肉味道！可是我却不像一个客人。

仆甲重上。

仆甲　朋友，你要什么？你是哪儿来的？这儿没有你的地方；出去。（下。）

科利奥兰纳斯　因为我是科利奥兰纳斯，他们这样款待我是理所当然的。

仆乙重上。

仆乙　朋友，你是从什么地方来的？管门的难道不生眼睛，会放这种家伙进来吗？出去出去！

科利奥兰纳斯　走开！

仆乙　走开！你自己走开！

科利奥兰纳斯　你真讨厌。

仆乙　你这样放肆吗？我就去叫人来跟你说话。

仆丙上；仆甲重上。

仆丙　这家伙是什么人？

仆甲　我从来没有见过这样古怪的家伙，我没有法子叫他出去。请你去叫主人出来。

仆丙　朋友，你到这儿来干吗？谢谢你，快出去吧。

科利奥兰纳斯　只要让我站在这儿；我不会弄坏你们的炉灶的。

仆丙　你是什么人？

科利奥兰纳斯　一个绅士。

仆丙　一个穷得出奇的绅士。

科利奥兰纳斯　正是，你说得不错。

仆丙　谢谢你，穷绅士，到别处去吧；这儿没有你的地方。喂，滚出去。

科利奥兰纳斯　你管你自己的事；去，吃你的残羹冷菜去。（将仆丙推开。）

仆丙　怎么，你不肯去吗？请你去告诉主人，他有一个奇怪的客人在这儿。

仆乙　好，我就去告诉他。（下。）

仆丙　你住在什么地方？

科利奥兰纳斯　在苍天之下。

仆丙　在苍天之下！

科利奥兰纳斯　是的。

仆丙　那是在什么地方？

科利奥兰纳斯　在鹞子和乌鸦的城里。

仆丙　在鹞子和乌鸦的城里！这个蠢驴！那么你是和乌鸦住在一起的吗？

科利奥兰纳斯　不；我并不侍候你的主人。

仆丙　怎么，你是来和我们老爷打交道的吗？

科利奥兰纳斯　嗯，反正不是跟你们太太打交道就是好事。别尽说废话了，到酒席上侍候去吧。（将仆丙打走。）

　　　　　奥菲狄乌斯及仆乙上。

奥菲狄乌斯　这家伙在什么地方？

仆乙　这儿，老爷。倘不是恐怕惊吵了里面的各位老爷，我早就把他当狗一样打得半死了。

奥菲狄乌斯　你是从哪儿来的？你要什么？你叫什么名字？为什么不说话？说吧，朋友，你叫什么名字？

科利奥兰纳斯　（取下面巾）塔勒斯，要是你还不认识我，看见了我的面，也想不到我是什么人，那么我必须自报姓名了。

奥菲狄乌斯　你叫什么名字？（众仆退后。）

科利奥兰纳斯　我的名字在伏尔斯人的耳中是不好听的，你听见了会觉得刺耳。

奥菲狄乌斯　说，你叫什么名字？你有一副凌然不可侵犯的容貌，你的脸上有一种威严；虽然你的装束这样破旧，却不像是一个庸庸碌碌的人。你叫什么名字？

科利奥兰纳斯　准备皱起你的眉头来吧。你还不认识我吗？

奥菲狄乌斯　我不认识你。你的名字呢？

科利奥兰纳斯　我的名字是卡厄斯·马歇斯，我曾经把极大的伤害和灾祸加在你和一切伏尔斯人的身上；我的姓氏科利奥兰纳斯就是最好的证明。辛苦的战役、重大的危险、替我这负恩的国家所流过的血，结果只是换到了这一个空洞的姓氏，为你对我所怀的怨恨留下一个创巨痛深的记忆。只有这名字剩留着；残酷猜忌的人民，得到了我们那些懦怯的贵族的默许，已经一致遗弃了我，抹杀了我一切的功绩，让那些奴才把我轰出了罗马。这一种不幸的遭遇，使我今天来到你的家里；不要误会我，以为我想来向你求恩乞命，因为要是我怕死的话，我就应该远远地躲开你；我只是因为出于气愤，渴想报复那些放逐我的人，所以才到这儿来站在你的面前。要是你也有一颗复仇的心，想要替你自己和你的国家洗雪耻辱，现在就是你的机会到了，你正可以利用我的不幸，达到你自己的目的，因为我将要用地狱中一切饿鬼的怨毒，来向我的腐败的祖国作战。可是你要是没有这样的胆量，也不想追求远大的前程，那么一句话，我也已经厌倦人世，愿意伸直我的颈项，听任你的宰割，让你一泄这许多年来郁积在心头的怨恨；你要是不杀我，你就是个傻瓜，因为我一向是你的死敌，曾经从你祖国的胸前溅下了无数吨的血；要是让我活在世上，对于你永远是一个耻辱，除非你能够跟我合作。

奥菲狄乌斯　啊，马歇斯，马歇斯！你所说的每一个字，已经从我心里薙除了旧日的怨恨，不再存留一些芥蒂。要是朱庇特从那边的云中宣示神圣的诏语，说，"这是真的，"我也不会相信他甚于相信你，高贵无比的马歇斯。让我用我的胳臂围住你的身体；我这样拥抱着我的剑砧，热烈而真诚地用我的友谊和你比赛，正像我过去雄心勃勃地和你比赛着勇力一样。我告诉你，我曾经热恋着我的妻子，为她发过无数挚情的叹息；可是我现在看见了你，你高贵的英雄！我的狂喜的心，比我第一次看见我的恋人成为我的新妇，跨进我的门槛的时候还要跳跃得厉害。嗨，战神，我对你说，我们已经有一支军队准备行动；我已经再度下了决心，一定要从你的胸前割下一块肉来，即使牺牲自己的一只胳臂，也是甘心的。你曾经打败我十二次，每天晚上我都做着和你交战的梦；在我的睡梦之中，我们常常一起倒在地上，争着解开彼此盔上的扣子，拳击着彼此的咽喉，等到梦醒以后，已经无缘无故地累得半死了。尊贵的马歇斯，即使我们和罗马毫无仇恨，只是因为你被他们放逐了出来,我们也会动员一切十二岁以上七十岁以下的男子,把战争的汹涌的洪流倾倒在罗马忘恩的心脏里。来啊!进去和我们那些善意的元老握握手,他们现在正要向我告别;他们虽然还没有想到要把罗马吞并,可是已经准备向你们的领土进攻了。

科利奥兰纳斯　　感谢神明!

奥菲狄乌斯　　所以,沉鸷雄毅的将军,要是你愿意为报复自己的仇恨而做我们的前导,我可以分我的一半军力归你节制;你既然对于自己国中的虚实了如指掌,就可以凭着你自己的经验决定进军的方策;或者直接向罗马本城进攻,或者在僻远的所在猛力骚扰,让他们在灭亡以前,先受到一些惊恐。可是进来吧;让我先介绍你见见几个人,取得他们的准许。一千个欢迎!我们已经尽释前嫌,变成了一心一德的友人。把你的手给我;欢迎!(科利奥兰纳斯、奥菲狄乌斯同下。)

仆甲　　(上前)真是意想不到的变化!

仆乙　　我可以举手为誓,我还想用棍子打他呢;可是我心里总觉得他这个人是不能凭他的衣服判断他是个什么人的。

仆甲　　他的臂膀多么结实!他用两个指头把我掇来掇去,就像人们拈弄一个陀螺似的。

仆乙　　哦,我瞧着他的脸,就知道他有一点不同凡俗的地方;我觉得他的脸上有一种——我不知道应该怎么说。

仆甲　　他的确是这样;瞧上去好像——我早就知道他有一点不是我所窥测得到的东西。

仆乙　　我可以发誓,我也这样想;他简直是世界上最稀有的人物。

仆甲　　我想是的;可是他是比你所知道的一个人更伟大的军人。

仆乙　　谁?我的主人吗?

仆甲　　哦,那就不用说了。

仆乙　我的主人一个人可以抵得过像他这样的六个人。

仆甲　不，那也不见得；我看还是他了不得。

仆乙　哼，那可不能这么说；讲到保卫城市，我们大帅的本领是超人一等的。

仆甲　是的，就是进攻起来也不弱呢。

　　　　仆丙重上。

仆丙　奴才们哪！我可以告诉你们好多消息。

仆甲　仆乙　什么，什么，什么？讲给我们听听。

仆丙　在所有的国家之中，我顶不愿意做一个罗马人；我宁可做一个判了死罪的囚犯。

仆甲　仆乙　为什么？为什么？

仆丙　嘿，刚才来的那个人，就是常常打败我们的大帅的那个卡厄斯·马歇斯呢。

仆甲　你为什么说"打败我们的大帅"？

仆丙　我并不说"打败我们的大帅"；可是他一向是他的劲敌。

仆乙　算了吧，我们都是自己人好朋友；我们的大帅总是败在他手里，我常常听见他自己这样说。

仆甲　说句老实话，我们的大帅实在打他不过；在科利奥里城前，他曾经把他像切肉一样宰着呢。

仆乙　要是他喜欢吃人肉，也许还会把他煮熟了吃下去哩。

仆甲　可是再讲你的新闻吧。

仆丙　嘿，他在里边受到这样的敬礼，好像他就是战神的儿子一样；坐在食桌的上首；那些元老有什么问题问他的时候，总是脱下帽子站在他的面前。我们的大帅自己也把他当作一个情人似的敬奉，握着他的手，翻起了眼白听他讲话。可是最要紧的消息是，我们的大帅已经腰斩得只剩半截了，还有那半截因为全体在座诸人的要求和同意，已经给了那个人了。

他说他要去把看守罗马城门的人扯着耳朵拖出来；他要斩除挡住他的路的一切障碍，使他的所过之处都成为一片平地。

仆乙　他一定做得到这样的事。

仆丙　做得到！他当然做得到：因为你瞧，他虽然有许多敌人，也有许多朋友；那些朋友在他沮丧失势的时候，却不敢自称为他的朋友，不敢露面出来。

仆甲　沮丧失势！怎么讲？

仆丙　可是他们要是看见他恢复元气，再振声威，就会像雨后的兔子一样从他们的洞里钻了出来，环绕在他的身边了。

仆甲　可是什么时候出兵呢？

仆丙　明天；今天；立刻。今天下午你们就可以听见鼓声；这是他们宴会中的一个余兴，在他们抹干嘴唇以前就要办好。

仆乙　啊，那么我们就可以热闹起来啦。这种和平不过锈了铁，增加了许多裁缝，让那些没事做的人编些歌曲唱唱。

仆甲　还是战争好，我说；它胜过和平就像白昼胜过黑夜一样。战争是活泼的、清醒的，热闹的、兴奋的；和平是麻木不仁的、平淡无味的、寂无声息的、昏睡的、没有感觉的。和平所产生的私生子，比战争所杀死的人更多。

仆乙　对呀：战争可以说是一个强奸妇女的狂徒，因而和平就无疑是专事培植乌龟的能手了。

仆甲　是呀，它使人们彼此仇恨。

仆丙　理由是有了和平，人们就不那么需要彼此照顾了。我愿意用我的钱打赌还是战争好。我希望看见罗马人像伏尔斯人一样贱。他们都从席上起来了，他们都从席上起来了。

众仆　进去，进去，进去，进去！（同下。）

第六场　罗马。广场

　　　　　西西涅斯及勃鲁托斯上。

西西涅斯　我们没有听见他的消息，也不必怕他有什么图谋。人民现在已经由狂乱的状态回复到安宁平静，他也无能为力了。因为一切进行得如此顺利，我们已经使他的朋友们感到惭愧，他们是宁愿瞧见纷争的群众在街道上闹事——虽然那样对于他们自身也是同样有害——而不愿瞧见我们的百工商贾们安居乐业、歌舞升平的。

　　　　　米尼涅斯上。

勃鲁托斯　我们总算没有错过了时机。这是米尼涅斯吗？
西西涅斯　正是他，正是他。啊！他近来变得和气多啦。您好，老人家！
米尼涅斯　你们两位都好！
西西涅斯　您那科利奥兰纳斯除了他的几个朋友以外，没有什么人因为他的不在而惋惜。我们的共和政府依然存在，即使他对它再不高兴一些，也会继续存在下去的。
米尼涅斯　一切都很好；要是他的态度能够谦和一些，事情一定会更好的。
西西涅斯　他在什么地方？你听见人家说起吗？
米尼涅斯　不，我没有听到什么；他的母亲和他的妻子也没有听到他的消息。

　　　　　市民三、四人上。

众市民　天神保佑你们两位！

西西涅斯　各位朋友，你们都好。

勃鲁托斯　你们大家都好，你们大家都好。

市民甲　我们自己、我们的妻子儿女，都应该跪下来为你们两位祈祷。

西西涅斯　愿你们都能享受幸福繁荣的生活！

勃鲁托斯　再见，好朋友们；我们希望科利奥兰纳斯也像我们一样爱你们。

众市民　神明保佑你们！

西西涅斯　勃鲁托斯　再见，再见。（市民等下。）

西西涅斯　这才是太平盛世的光景，比从前这些人在街上到处奔走、叫嚣扰乱的时候好得多啦。

勃鲁托斯　卡厄斯·马歇斯在战阵上是一员能将；可是太傲慢、太目空一世、太野心勃勃、太自负了——

西西涅斯　他只想由他一个人称王道霸，用不着别人帮助。

米尼涅斯　我倒不这样想。

西西涅斯　要是他果然当了执政，我们现在就要发现他是这样一个人而后悔不及了。

勃鲁托斯　幸亏神明默护，不让他当选，罗马去掉了这个人，可以从此安宁了。

　　　一警吏上。

警吏　两位尊贵的护民官，据一个给我们关在牢里的奴隶说，伏尔斯人派了两支军队，已经开进了罗马领土，毁灭他们所碰到的一切，存心要来向我们挑起一场恶战。

米尼涅斯　那一定是奥菲狄乌斯；当罗马有马歇斯挺身保卫的时候，他就像一只缩头的蜗牛，不敢钻出壳来张望一眼，现在他听见马歇斯已经被放逐出去，又要把他的角伸出来了。

西西涅斯　得啦，您何必提起马歇斯呢？

勃鲁托斯　去把这个造谣惑众的家伙抽一顿鞭子。伏尔斯人绝不敢来侵犯我们。

米尼涅斯　绝不敢！我们有过去的记录可以证明他们会干这样的事；在我的一生之中，已经看到过三次同样的例子了。可是你们在处罚这家伙以前，应该把他问清楚，他从什么地方听到这句话，免得屈打了一个把确实消息报告你们、叫你们预防祸事的好人。

西西涅斯　不劳指教，我知道绝不会有这种事。

勃鲁托斯　不可能的。

　　　　一使者上。

使者　贵族们都急急忙忙地到元老院去了；他们不知道听到了什么消息，一个个脸色都变了。

西西涅斯　都是这个奴才。——去把他鞭打示众；完全是他造谣生事。

使者　是的，大人，这奴隶的话已经有人证实；而且还有更可怕的消息。

西西涅斯　什么更可怕的消息？

使者　许多人都在那里公开传说，我也不知道他们从哪儿听来的，说是马歇斯已经和奥菲狄乌斯联合，带领一支军队来攻打罗马了；他发誓为自己复仇，把罗马人无论老幼，一起杀尽。

西西涅斯　会有这样的事！

勃鲁托斯　完全是谣言；他们想用这样的话煽惑那些懦弱的人，让他们希望善良的马歇斯回来。

西西涅斯　正是这个诡计。

米尼涅斯　这话恐怕未必；他跟奥菲狄乌斯是势不两立的仇人，绝没有调和的可能。

　　　　另一使者上。

288

使者乙　请各位大人到元老院去。卡厄斯·马歇斯由奥菲狄乌斯辅佐，已经率领了一支声势浩大的军队，向我们的领土进犯了；他们一路过来势如破竹，到处纵火焚烧，掳夺一空。

　　　　考密涅斯上。

考密涅斯　啊！你们干得好事！

米尼涅斯　什么消息？什么消息？

考密涅斯　你们已经帮助你们的敌人来强奸你们自己的女儿，把全城的铅块熔灌在你们的头顶，亲眼看你们的妻子被人污辱——

米尼涅斯　什么消息？什么消息？

考密涅斯　你们的神庙化为灰烬，你们所倚赖的特权压缩得只剩锥孔一样大小。

米尼涅斯　请你把消息告诉我吧。——哼，你们干得好事！——请问什么消息？假如马歇斯和伏尔斯人联合起来——

考密涅斯　假如！他就是他们的神。他领导着他们的那副气概，好像凭着造化的本领，也造不出他这样一个顶天立地的男儿一样；他们跟随着他来攻击我们这些小儿，也像孩子们追捕夏天的蝴蝶、屠夫们杀戮苍蝇一样有把握。

米尼涅斯　你们干得好事，你们和你们那些穿围裙的家伙！你们那样看重那些手工匠的话，那些吃大蒜的人吐出来的气息！

考密涅斯　他将要荡平你们的罗马。

米尼涅斯　就像赫拉克勒斯从树上摇落一颗烂熟的果子一样容易。你们干得好事！

勃鲁托斯　可是这是真的吗？

考密涅斯　还会不真吗？等着瞧吧，你们的脸色都要吓白了。各处属地都望风响应，欣然脱离我们的羁縻；企图抵抗的，都被讥笑为勇敢的愚夫，因为不自量力而覆亡。谁能责怪他的不是呢？你们的敌人和他的敌人都知道他是一个不可轻视的人。

米尼涅斯　我们全都完了，除非这位英雄大发慈悲。

考密涅斯　谁去求他开恩呢？护民官是不好意思去向他求情的；人民不值得他怜悯，正像豺狼不值得牧人怜悯一样；至于他的要好的朋友们，要是他们向他说，"照顾照顾罗马吧，"那么他们也就和他所憎恨的人一鼻孔出气，也就是他的仇敌了。

米尼涅斯　不错，要是他在我的家里放起火来，我也没有脸向他说，"请您住手。"——你们干得好事，你们和你们那些手段！

考密涅斯　你们使罗马发生空前的战栗，它从来没有像今天这样濒于绝望的境地。

西西涅斯　勃鲁托斯　不要说这是我们的错处。

米尼涅斯　怎么！那么是我们的错处吗？我们都是敬爱他的，可是像一群畜生和懦怯的贵族似的，让你们那群贱民为所欲为，把他轰出了城。

考密涅斯　可是我怕他们又要用高声的叫喊迎接他进来了。塔勒斯·奥菲狄乌斯，人类中间第二个令人畏惧的名字，像他的部属一样服从他的号令。罗马倘要抵抗他们，除了准备与城俱亡以外，已经力竭计穷、无法防御了。

　　一群市民上。

米尼涅斯　这群东西来了。奥菲狄乌斯也和他在一起吗？你们抛掷你们恶臭油腻的帽子，鼓噪着把科利奥兰纳斯放逐出去，就这样使罗马的空气变得污浊了。现在他来了；每一个兵士头上的每一根头发，都会变成惩罚你们的鞭子；他要把你们的头颅一个一个砍下来，报答你们的好意。算了，要是他把我们一起烧成了一个炭块，也是活该。

众市民　真的，我们听见了可怕的消息。

市民甲　拿我自己来说，当我说把他放逐的时候，我也说这是一件很可惋惜的事。

市民乙　我也这样说。

市民丙　我也这样说；说句老实话，我们中间有许多人都这样说。我们所干的事，都是为了大众的利益；虽然我们同意放逐他，可是那也并不是我们的本意。

考密涅斯　你们都是些好东西，你们的同意！

米尼涅斯　你们干得好事，你们和你们的鼓噪！我们要不要到议会里去？

考密涅斯　啊，是，是；不去又有什么事情好做？（考密涅斯、米尼涅斯同下。）

西西涅斯　各位！你们回家去吧；不要发急。这两个人是一党，他们虽然面子上装得很害怕，心里却但愿真有这样的事。回去吧，不要露出惊慌的样子来。

市民甲　但愿神明照顾我们！来，朋友们，我们回去吧。我们把他放逐的时候，我早就说我们做了一件错事。

市民乙　我们大家都这样说。可是走吧，我们回去吧。（众市民下。）

勃鲁托斯　我不喜欢这种消息。

西西涅斯　我也不喜欢。

勃鲁托斯　我们到议会去吧。要是有人能够证明这消息是个谣言，我愿意把我一半的家产赏给他！

西西涅斯　我们走吧。（同下。）

第七场　离罗马不远的营地

奥菲狄乌斯及其副将上。

奥菲狄乌斯　他们仍旧向那罗马人纷纷投附吗？

副将　我不知道他有一种什么魔力，可是他们简直把他当作食前的祈祷、席上的谈话，和餐后的谢恩一样一刻不离口。您的声名，主帅，在这次战役中已经相形见绌，甚至于您自己的部下对您的信仰也一天不如一天了。

奥菲狄乌斯　我现在也没有法子，虽然可以用计策排挤他，可是那会影响到军事的进行。当我第一次拥抱他的时候，我想不到他在我的面前也会倨傲到这个样子；可是这也是他天性如此，改变不过来的脾气，我也只好原谅他了。

副将　可是主帅，为您着想，我倒希望这次您没有和他负起共同的责任，或者您自己统率全军，或者让他独自主持一切。

奥菲狄乌斯　我很懂得你的意思；你等着瞧吧，等到我跟他最后清算的日子，怕他不跌翻在我的手里。虽然看上去好像他的行事非常堂皇正大，对伏尔斯政府也十分尽忠，作战的时候像龙一样勇猛，一拔出剑来就可以克敌制胜，他自己也因此沾沾自喜，一般凡俗的眼光也莫不以为如此；可是他还有一件事情留下没有做，在我们最后清算的日子，它将要使我们两人中间有一个人牺牲。

副将　请教主帅，您看来他会不会把罗马征服？

奥菲狄乌斯　他还没有坐下，他的威力就已经压倒一切。罗马的元老和贵族们都是他的朋友；护民官不是军人；他们的人民会鲁莽地把他放逐，也会鲁莽地收回成命。我想他对于罗马，就像白鹭对于鱼类一样，天性中自有一种使人俯首就范的力量。本来他是他们的一个忠勇的仆人，可是他不能使他的荣誉维持不坠。也许因为他的一帆风顺的命运，使他沾上骄傲的习气，损坏了他的完善的人格；也许因为他见事不明，不善于利用他自己的机会；也许因为他本性难移，只适宜于顶盔披甲，不适宜于雍容揖让，刚毅严肃本来是治军的正道，他却用来对待和平时期的民众；这几重原因他虽然并不完全犯着，可是每一种都犯几分，只要犯了其中之一，就可以使他为人民所畏惧，因而被他们憎恨以至于放逐。正像一个怀璧亡身的人一样，他的功劳一经出口，就会被它自己所噎死。所以我们的美德是随着时间而变更价值的；权力的本身虽可称道，可是当它高踞宝座的时候，已经伏下它的葬身的基础了。一个火焰驱走另一个火焰，一枚钉打掉另一枚钉；权利因权利而转移，强力被强力所征服。来，我们去吧。卡厄斯，当你握有整个罗马的时候，你是一个最贫穷的人；那时候你就在我的手掌之中了。（同下。）

第五幕

第一场 罗马。广场

米尼涅斯、考密涅斯、西西涅斯、勃鲁托斯及余人等上。

米尼涅斯　不,我不去。你们已经听见他从前的主将怎么说了,他对于他的爱护是无微不至的。他虽然把我叫作父亲,可是那又有什么用处呢?你们把他放逐出去,还是你们去向他央求,在他营帐之前一英里路的地方俯伏下来,膝行而进,请他大发慈悲吧。不,他既然不愿听考密涅斯的话,那么我还是安住家里的好。

考密涅斯　他假装不认识我。

米尼涅斯　你们听见了吗?

考密涅斯　可是从前他却用我的名字称呼我。我向他提起我们过去的交情,我们在一起流过的血;可是无论我叫他科利奥兰纳斯或者其他的名字,他都不应一声;他仿佛是一个无名无姓的东西,等着用罗马城中的烈火替他自己熔铸出一个名字来。

米尼涅斯　哼,好,你们干得好事!一对护民官替罗马降低了炭价,不朽的功绩!

考密涅斯 我对他说,宽恕人家所不能宽恕的,是一种多么高贵的行为;他却回答我,一个国家向它所处罚的罪人求恕,是一件多么无聊的事。

米尼涅斯 很好,他当然要说这样的话啦。

考密涅斯 我叫他想想他自己的亲戚朋友;他回答我说,他等不及把他们从一大堆恶臭发霉的糠屑中间选择出来;他说他不能为了不忍烧去一两粒谷子的缘故,永远忍受着难闻的气味。

米尼涅斯 为了一两粒谷子的缘故!我就是这样一粒谷子;他的母亲、妻子,他的孩子,还有这位好汉子,我们都是这样的谷粒;你们是发霉的糠屑,你们的臭味已经熏到月亮上去了。为了你们的缘故,我们也只好同归于尽!

西西涅斯 不,请您不要恼怒;要是您不肯在这样危急的时候帮助我们,那么您也不要在我们的患难之中责备我们。可是我们相信,要是您愿意替您的祖国请命,那么凭着您的巧妙的口才,一定可以使我们那位同国之人放下干戈,比我们所能召集的军队更有力量。

米尼涅斯 不,我不愿多管闲事。

西西涅斯 请您去这一趟吧。

米尼涅斯 我干得了什么事呢?

勃鲁托斯 只要您去向马歇斯试一试您对他的交情能不能为罗马做一点事。

米尼涅斯 好;要是马歇斯理也不理我,就像他对待考密涅斯一样对待我,那便怎样呢?要是我在他的无情的冷淡之下抱着满怀的懊恼失望而归,那可怎么办呢?

西西涅斯 无论此去成功失败,您的好意总是会得到罗马的感谢的。

米尼涅斯 好,我就去试一试;也许他会听我的话。可是他对考密涅斯咬紧嘴唇，哼呀哈的，却叫我担着老大的心事。也许考密涅斯没有看准适当的时间，那个时候他还没有吃过饭；一个人在腹中空虚、血液没有温暖的时候，往往会噘着嘴生气，不大肯布施人，更不容易宽恕别人的过失；可是当我们把酒食填下了脏腑，使全身的血管增加热力以后，我们的灵魂就要比未进饮食以前温柔得多了。所以我要留心看着他，等他餐罢以后，方才向他提出我的请求，竭力说得他回心转意。

勃鲁托斯　您已经知道用怎样的途径激发他的天良，我们相信您一定不会有错。

米尼涅斯　好，不论结果如何，我去试一试再说。成功失败，不久就可以见个分晓。（下。）

考密涅斯　他绝不会听他的话。

西西涅斯　不听他？

考密涅斯　我告诉你，他坐在黄金的椅上，他的眼睛红得像要把罗马烧起来一般，他的冤愤就是监守他的恻隐之心的狱吏。我跪在他的面前，他淡淡地说了一声"起来"，用他的无言的手把我挥走。他准备做的事，他将用书面告诉我；他不愿做的事，他已经立誓在先，决无改移。所以一切希望都已归于乌有了，除非他的母亲和妻子去向他当面哀求；听说她们已经准备前去求他保全他的祖国了，所以让我们就去恳促她们赶快动身吧。（同下。）

第二场　罗马城前的伏尔斯人营地

　　　　　二守卒立岗位前防守；米尼涅斯上。

守卒甲　站住！你是什么地方来的？

守卒乙　站住！回去！

米尼涅斯　你们这样尽职，很好；可是对不起你们，我是一个政府官吏，要来见科利奥兰纳斯说话。

守卒甲　从什么地方来的？

米尼涅斯　从罗马来的。

守卒甲　你不能通过；你必须回去。我们主将有令，凡是从罗马来的人，一概不见。

守卒乙　等你看见你们的罗马被烈焰拥抱的时候，你再来跟科利奥兰纳斯说话吧。

米尼涅斯　我的好朋友们，要是你们曾经听见你们的主将说起罗马和他在罗马的朋友们，那么我的名字一定接触过你们的耳朵：我是米尼涅斯。

守卒甲　很好，回去吧；你的名字不能使你在这儿通行无阻。

米尼涅斯　我告诉你吧，朋友，你的主将是我的好朋友；我曾经是记载他的善行的一卷书，人家可以从我的嘴里读到他的无比的名声，因为我对于我的朋友们的好处总是极口称扬的，尤其是他，我有时候因为说溜了嘴，就像一个球碰到了光滑的地面一样，会不知不觉地夸张过分，越过了限定的界线。所以，朋友，你必须让我通过。

守卒甲　先生，即使您替他说过的谎话，就跟您自己说过的话一样多，即使说谎是一件善事，您也不能在这儿通过。所以您还是回去吧。

米尼涅斯　朋友，请你记好我的名字是米尼涅斯，一向都是站在你主将一边的。

守卒乙　不管你替他扯过多少谎，我奉着他的命令，却必须老实告诉你，你不能通过。所以你回去吧。

米尼涅斯　你知道他已经吃过饭了没有？我一定要等他饭后方才

跟他说话。

守卒甲　你是一个罗马人，是不是？

米尼涅斯　我是罗马人，你的主将也是罗马人。

守卒甲　那么你应当像他一样痛恨罗马。你们把保卫罗马的人逐出门外，在一阵群众的狂暴的愚昧中，把你们的干盾给了你们的敌人，现在你们却想用老妇人的不费力的呻吟、你们女儿们的童贞的手掌或是像你这样一个老朽的瘫痪的说项，来抵御他的复仇的怒焰吗？你们想要用像这样微弱的呼吸，来吹灭将要焚毁你们城市的烈火吗？不，你完全想错了；所以赶快回到罗马去，准备引颈就戮吧。你们的劫运已经无可避免，我们的主将发誓不再宽恕你们。

米尼涅斯　哼，要是你的长官知道我在这儿，他一定会对我以礼相待的。

守卒乙　算了吧，我的长官不认识你。

米尼涅斯　我是说你的主将。

守卒甲　我的主将不知道有你这样一个人。回去，走，否则我要叫你流出你身上所有的两三滴血了；回去回去。

米尼涅斯　不，不，朋友，朋友——

　　　　科利奥兰纳斯及奥菲狄乌斯上。

科利奥兰纳斯　什么事？

米尼涅斯　现在，伙计，我也不要麻烦你替我传报了。你现在就可以知道我是一个被人敬礼的人；一个卑微的哨兵，是不能挡住我不让我看见我的孩儿科利奥兰纳斯的。你只要看他怎样款待我，就可以猜想得到你是不是将要上绞架，或者受到其他欣赏起来更长久、受苦得更残酷的死刑了；现在你给我留心看着，想一想你的未来的遭遇而晕过去吧。（向科利奥兰纳斯）愿荣耀的天神们每时每刻护佑着你，像你的米尼涅斯老爹一样眷爱你！啊，我的孩子！我的孩子！你在准备用火烧我们；瞧，我要用我眼睛里的泪水把它浇熄。他们好容易劝我到这儿来；可是我因为相信除了我自己以外，再也没有别人可以说动你，所以就让叹息把我吹出了城门，来求你宽恕罗马，和你的迫切待命的同胞们。愿善良的神明们缓和你的愤怒，要是你还有几分气恼未消，请你发泄在这个奴才的身上吧，他像一块石头一样，挡住了我不让见你。

科利奥兰纳斯 去！

米尼涅斯 怎么！去！

科利奥兰纳斯 我不知道什么妻子、母亲、儿女。我现在替别人做着事情，虽然是为自己报仇，可是我的行动要受伏尔斯人的支配。讲到我们过去的交情，那么还是让它在无情的遗忘里冷淡下去，不要用同情的怜悯唤起它的记忆吧。所以你去吧；你们的城门经不起我大军的一击，我的耳朵却不会被你们的呼吁所打动。可是为了我们的友谊，把这拿去吧；（以信交米尼涅斯）这是我写给你的，我本想叫人送给你。还有一句话，米尼涅斯，我不想听你说话。奥菲狄乌斯，这个人是我在罗马的好朋友，可是你瞧我怎样对待他！

奥菲狄乌斯 您有一个很坚决的意志。（科利奥兰纳斯、奥菲狄乌斯同下。）

守卒甲 先生，您的大名是米尼涅斯吗？

守卒乙 这一个名字是一道很有法力的符咒。现在您知道从哪条路回家去了。

守卒甲 您有没有听见我们因为不让大驾通过，挨了怎样一顿痛骂？

守卒乙 为了什么理由您说我要晕过去呢？

米尼涅斯 整个世界和你们的主将都不在我的心上；至于像你们

这种东西，那么我简直不知道世上有你们存在，你们是太渺小了。自己愿意死的人，不怕别人把他杀死。让你们的主将去大施威风吧。讲到你们，那么愿你们一辈子做个没出息的小兵；愿你们的困苦与年俱增！你们叫我去，我也要对你们说，滚开！（下。）

守卒甲　他不是一个等闲之辈。

守卒乙　我们的主将是个好汉；他是岩石，是风吹不折的橡树。（同下。）

第三场　科利奥兰纳斯营帐

科利奥兰纳斯、奥菲狄乌斯及余人等上。

科利奥兰纳斯　我们明天将要在罗马城前驻扎下我们的大军。我的从征的助手，你必须向伏尔斯政府报告我怎样坦白地执行我的任务的情形。

奥菲狄乌斯　您只知道履行他们的意旨，充耳不闻罗马人民的呼吁，不让一句低声的私语进入您的耳中；即使那些自信和您交情深厚、绝不会遭您拒绝的朋友，也不能不失望而归。

科利奥兰纳斯　最后来的那位老人家，就是我使他怀着一颗碎裂的心回去的那位，爱我胜如一个父亲；他简直把我像天神一样崇拜。他们把最后的希望寄托在他身上，叫他来向我说情；我虽然用冷酷的态度对待他，可是为了顾念往日的交情起见，仍旧向他提出最初的条件，那是他们所已经拒绝、现在也无法接受的。我不曾向他们作过什么让步；以后要是他们再派什么人来向我请求，无论是政府方面的使者，或是私人方面的朋友，我都一概不去理会他们。（内呼声）嘿！这是什么呼声？难道我刚发了誓，就有人来引诱我背誓吗？我一定不。

维吉利娅、伏伦妮娅各穿丧服，率小马歇斯、凡勒利娅及侍从等上。

科利奥兰纳斯　我的妻子走在最前面；跟着她来的就是塑成我这躯体的高贵的模型，她的手里还挽着她的嫡亲的孙儿。可是去吧，感情！一切天性中的伦常，都给我毁灭了吧！让倔强成为一种美德。那屈膝的敬礼，还有那可以使天神背誓的鸽子一样温柔的眼光，又都值得了什么呢？我要是被温情所溶解，那么我就要变得和别人同样软弱了。我的母亲向我鞠躬了，好像俄林波斯山也会向一个土丘低头恳求一样；我的年幼的孩儿也露着求情的脸色，伟大的天性不禁喊出，"不要拒绝他！"让伏尔斯人耕耘着罗马的废墟，把整个意大利夷为田亩吧；我绝不做一头服从本能的呆鹅，我要漠然无动于衷，就像我是我自己的创造者，不知道还有什么亲族一样。

维吉利娅　我的主，我的丈夫！

科利奥兰纳斯　我现在不是用我在罗马时候的那双眼睛瞧着你了。

维吉利娅　悲哀改变了我们的容貌，所以您才会这样想。

科利奥兰纳斯　像一个愚笨的伶人似的，我现在已经忘记了我所扮演的角色，将要受众人的耻笑了。我的最亲爱的，原谅我的残酷吧；可是不要因此而向我说，"原谅我们的罗马人。"啊！给我一个像我的放逐一样长久、像我的复仇一样甜蜜的吻吧！善妒的天后可以为我证明，爱人，我这一个吻就是上次你给我的，我的忠心的嘴唇一直为它保持着贞操。天哪！我是多么饶舌，忘记了向全世界最高贵的母亲致敬。母亲，您的儿子向您下跪了；（跪）我应该向您表示不同于一般儿子的最深的敬意。

伏伦妮娅　啊！站起来受我的祝福；让坚硬的石块做我的膝垫，

我现在跪在你的面前，颠倒向我的儿子致敬了。（跪。）

科利奥兰纳斯　这是什么意思？您向我下跪！向您有罪的儿子下跪！那么让硗瘠的海滨的石子向天星飞射，让作乱的狂风弯折凌霄的松柏，去打击赤热的太阳吧；一切不可能的事都要变成可能，一切不会实现的奇迹都要变成轻易的工作了。

伏伦妮娅　你是我的战士；你这雄伟的躯体上一部分是我的心血。你认识这位夫人吗？

科利奥兰纳斯　坡勃力科拉的尊贵的姊妹，罗马的明月；她的贞洁有如从最皎白的雪凝冻而成，悬挂在狄安娜神庙檐下的冰柱；亲爱的凡勒利娅！

伏伦妮娅　这是你自己的一个小小的缩影，（指小儿）等他长大成人以后，他就会完全像你一样。

科利奥兰纳斯　愿至高无上的乔武允许战神把义勇的精神启发你的思想，让你不会屈服于耻辱之下，在战争中间做一座伟大的海标，受得住一切风浪的袭击，使那些望着你的人都能得救！

伏伦妮娅　跪下来，孩子。

科利奥兰纳斯　我的好孩子！

伏伦妮娅　他，你的妻子，这位夫人，以及我自己，现在都来向你请求了。

科利奥兰纳斯　请您不要说下去；或者在您没有向我提出什么要求以前，先记住这一点：我所立誓绝不允许的事情，不能因为你们的请求而答应你们。不要叫我撤回我的军队，或者再向罗马的手工匠屈服；不要对我说我在什么地方太不近人情；也不要想用你们冷静的理智浇熄我的复仇的怒火。

伏伦妮娅　啊！别说了，别说了；你已经拒绝我们一切的要求，因为我们除了你所已经拒绝的以外，更没有什么其他的要求

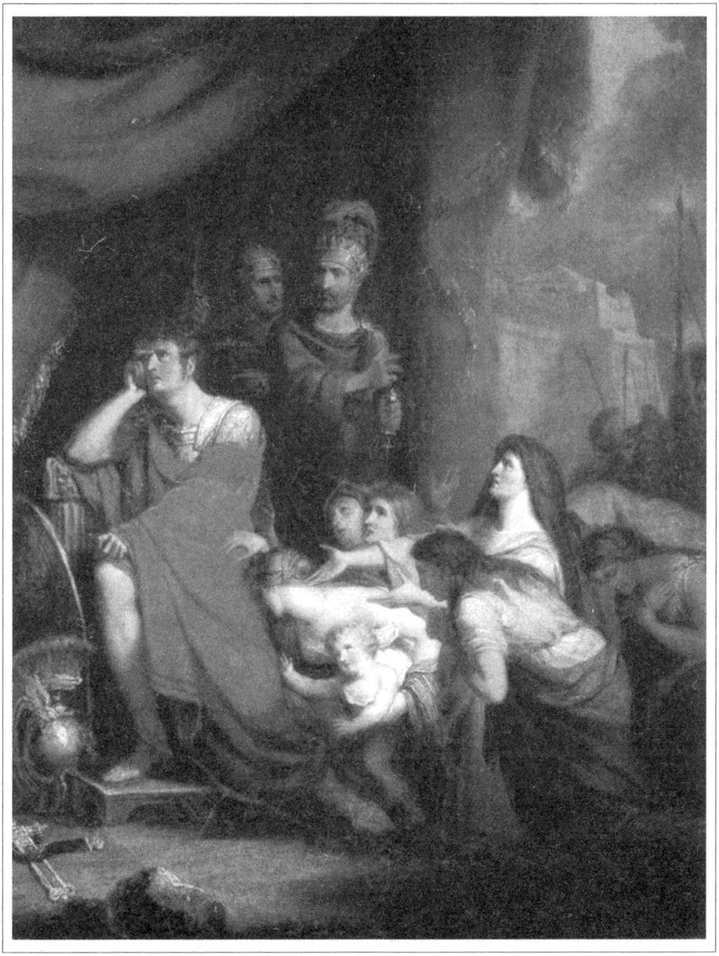

了；可是我们还是要向你请求，那么要是你拒绝了我们，我们就可以归怨于你的忍心。所以，听我们说吧。

科利奥兰纳斯　奥菲狄乌斯，还有你们这些伏尔斯人，请你们听着；因为凡是从罗马来的言语，我都要公之于众人。您的要求是什么？

伏伦妮娅　即使我们静默不言，你也可以从我们的衣服和容态上，看出我们自从你放逐以后，过着怎样的生活。请你想一想，我们到这儿来，是怎样比世间所有的妇女不幸万分，因为我们看见了你，本来应该眼睛里荡漾着喜悦，心坎里跳跃着欣慰，可是现在反而悲泣流泪，忧惧战栗；母亲、妻子、儿子，都要看着她的孩子、她的丈夫和他的父亲亲手挖出他祖国的心脏来。你的敌意对于可怜的我们是无上的酷刑，你使我们不能向神明祈祷，那本来是每一个人所能享受的安慰。因为，唉！我们虽然和祖国的命运是不可分的，可是我们的命运又是和你的胜利不可分的，我们怎么能为我们的祖国祈祷呢？唉！我们倘不是失去我们的国家，我们亲爱的保姆，就是失去你，我们在国内唯一的安慰。无论哪一方得胜，虽然都符合我们的愿望，可是总免不了一个悲惨的结果：我们不是看见你像一个通敌的叛徒一般，戴上镣铐牵过市街，就是看见你意气扬扬地践踏在祖国的废墟上，高举着胜利的旗帜，因为你已经勇敢地溅了你妻子儿女的血。至于我自己，那么，孩子，我不愿等候命运宣判战争的最后胜负；要是我不能把你劝服，使你放弃了陷一个国家于灭亡的行动，而采取一种兼利双方的途径，那么相信我，我绝不让你侵犯你的国家，除非先从你生身母亲的身上践踏过去。

维吉利娅　哦，我替您生下这个孩子，继续您的家声，您现在也必须从我的身上践踏过去。

小马歇斯　我可不让他踏；我要逃走，等我年纪长大了，我也要打仗。

科利奥兰纳斯　看见孩子和女人的脸，容易使人心肠变软。我已经坐得太久了。（起立。）

伏伦妮娅　不，不要就这样离开我们。要是我们的请求，是要你为了拯救罗马人的缘故而毁灭你所臣事的伏尔斯人，那么你可以责备我们不该损害你的信誉；不，我们的请求只是要你替双方和解，伏尔斯人可以说，"我们已经表示了这样的慈悲，"罗马人也可以说，"我们已经接受了这样的恩典，"同时两方面都向你欢呼称颂，"祝福你替我们缔结和平！"你知道，我的伟大的儿子，战争的结果是不能确定的，可是这一点却可以确定：要是你征服了罗马，你所收得的利益，不过是一个永远伴着唾骂的恶名；历史上将要记载："这个人本来是很英勇的，可是他在最后一次的行动里亲手涂去了他的令名，毁灭了他的国家，他的名字永受后世的憎恨。"儿子，对你的母亲不能默默无言哪：你已保全了体面，就该同天神一样做得光彩，虽然用雷电撕裂云层，却不妨霹雳一声，震倒一棵橡树，何必让生灵涂炭呢。你为什么不说话呢？你以为一个高贵的人，是应该不忘旧怨的吗？媳妇，你说话呀；他不理会你的哭泣呢。你也说话呀，孩子；也许你的天真会比我们的理由更能使他感动。没有一个人和他母亲的关系更密切了；可是他现在却让我像一个用脚镣锁着的囚人一样叨叨絮语，置若罔闻。你从来不曾对你亲爱的母亲表示过一点孝敬；她却像一头痴心爱着它头胎雏儿的母鸡似的，把你教养成人，送你献身疆场，又迎接你满载着光荣归来。要是我的请求是不正当的，你尽可以挥斥我回去；否则你就是不忠不孝，天神将要降祸于你，因为你不曾向你的母亲尽一个人子的义务。

他转身去了；跪下来，让我们用屈膝羞辱他。附属于他那科利奥兰纳斯的姓氏上的，只有骄傲，没有一点怜悯。跪下来；完了，这是我们最后的哀求；我们现在要回到罗马去，和我们的邻人们死在一起。不，瞧着我们吧。这个小孩不会说他要些什么，只是陪着我们下跪举手，他代替我们呼吁的理由，比你拒绝的理由有力得多。来，我们去吧。这人有一个伏尔斯的母亲，他的妻子在科利奥里，他的孩子也许像他一样。可是请你给我们一个答复；我要等我们的城市在大火中焚烧以后，方才停止我的声音，那时候我也没有什么好说了。

科利奥兰纳斯　（握伏伦妮娅手，沉默）啊，母亲，母亲！您做了一件什么事啦？瞧！天都裂了开来，神明在俯视这一场悖逆的情景而讥笑我们了。啊，我的母亲！母亲！啊！您替罗马赢得了一场幸运的胜利；可是相信我，啊！相信我，被您战败的您的儿子，却已经遭遇着严重的危险了。可是让它来吧。奥菲狄乌斯，虽然我不能帮助你们战胜，可是我愿意为双方斡旋和平。好奥菲狄乌斯，要是你处在我的地位，你会听你的母亲这样说而不答应她吗？

奥菲狄乌斯　我心里非常感动。

科利奥兰纳斯　我敢发誓你一定受到感动。将军，要我的眼睛里流下同情的眼泪来，可不是一件容易的事呢。可是，好将军，你们想要缔结怎样的和平，请你告诉我；我自己并不到罗马，仍旧跟着你们一起回去；请你帮助我促成这一个目的吧。啊，母亲！妻子！

奥菲狄乌斯　（旁白）我很高兴你已经使慈悲和荣誉两种观念在你的心里互相抵触了；我可以利用这一个机会，恢复我以前的地位。（诸妇人向科利奥兰纳斯做手势示意。）

科利奥兰纳斯　好，那慢慢再说。我们先在一起喝杯酒；你们可以带一个比言语更确实的证据回去,那是我们在同样情形之下也会照样签署的。来,跟我们进去。夫人们,罗马应该为你们建造一座庙宇;意大利所有的刀剑和她的联合的军力,都不能缔结这样的和平。(同下。)

第四场 罗马。广场

   米尼涅斯及西西涅斯上。

米尼涅斯　你看见那边庙堂上的基石吗?

西西涅斯　看见了又怎样?

米尼涅斯　要是你能够用你的小指头把它移动,那么,罗马的妇女们,尤其是他的母亲,也许有几分希望可以把他说服。可是我说,再也不会有什么希望了。我们只是在伸着头颈等候人家来切断我们的咽喉。

西西涅斯　难道在这样短短的时间里,一个人会改变得这样厉害吗?

米尼涅斯　毛虫和蝴蝶是大不相同的,可是蝴蝶就是从毛虫变化而成的。这马歇斯已经从一个人变成一条龙了;他已经生了翅膀,不再是一个爬行的东西了。

西西涅斯　他本来是很孝敬他的母亲的。

米尼涅斯　他本来也很爱我;可是他现在就像一匹八岁的马,完全忘记他的母亲了。他脸上那股凶相,可以使熟葡萄变酸;他走起路来,就像一辆战车开过,把土地都震陷了;他的目光可以穿透甲胄;他的说话有如丧钟,哼一声也像大炮的轰鸣。他坐在尊严的宝座上,好像只有亚历山大才可以和他对抗。他的命令一发出,事情就已经办好。他全然是一个天神,

307

只缺少永生和一个可以雄踞的天庭。

西西涅斯　要是你说得他不错，那么他还缺少天神应有的慈悲。

米尼涅斯　我不过照他的本相描写他。你瞧着吧，他的母亲将会从他那儿带些什么慈悲来。他要是会发慈悲，那么雄虎身上也会有乳汁了；我们这不幸的城市就可以发现这一个真理，这一切都是为了你们的缘故！

西西涅斯　但愿神明护佑我们！

米尼涅斯　不，神明在这种事情上是不会护佑我们的。当我们把他放逐的时候，我们就已经冒犯了神明；现在他回来杀我们的头，神明也不会可怜我们。

　　　　　一使者上。

使者　先生，您要是爱惜性命，赶快逃回家里躲起来吧。民众已经把你们那一位护民官捉住，把他拖来拖去，大家发誓说要是那几位罗马妇女不把好消息带回来，就要把他寸寸磔死。

　　　　　另一使者上。

西西涅斯　有什么消息？

使者乙　好消息！好消息！那几位夫人已经得到胜利，伏尔斯军队撤退了，马歇斯也去了。罗马从来不曾有过这样欢乐的日子；就是击退塔昆的时候，也不及今天这样高兴。

西西涅斯　朋友，你能够确定这句话是真的吗？全然是正确的吗？

使者乙　正像我知道太阳是一团火一样正确。您究竟躲在什么地方，才会不相信这句话呢？好消息传进城里，是比潮水冲过桥孔还快的。你听！（喇叭箫鼓声同时并奏，内欢呼声）喇叭、号筒、弦琴、横笛、手鼓、铙钹，还有欢呼的罗马人，使太阳都跳起舞来了。您听！（内欢呼声。）

米尼涅斯　这果然是好消息。我要去迎接那几位夫人。这位伏伦妮娅抵得过全城的执政、元老和贵族；比起像你们这样的护民官来，那么盈海盈陆的护民官，也抵不上她一个人。你们今天祷告得很有灵验；今天早上我还不愿出一个铜子来买你们一万条喉咙哩。听，他们多么快乐！（乐声，欢呼声继续。）

西西涅斯　第一，你带了这样好消息来，愿神明祝福你；第二，请你接受我的感谢。

使者乙　先生，我们大家都应该感谢上天。

西西涅斯　她们已经离城很近了吗？

使者乙　快要进城来了。

西西涅斯　我们也去迎接她们，凑凑热闹。（欲去。）

　　　伏伦妮娅、维吉利娅、凡勒利娅等由元老、贵族、民众等簇拥而上，自台前穿过。

元老甲　瞧我们的女恩人，罗马的生命！召集你们的部族，赞美神明，燃起庆祝的火炬来；在她们的面前散布鲜花；用欢迎他母亲的呼声，代替你们从前要求放逐马歇斯的鼓噪，大家喊，"欢迎，夫人们，欢迎！"

众人　欢迎，夫人们，欢迎！（鼓角各奏花腔；众人下。）

第五场　科利奥里。广场

　　　塔勒斯·奥菲狄乌斯及侍从等上。

奥菲狄乌斯　你们去通知城里的官员们，说我已经到了；把这封信交给他们，叫他们读了以后，就到市场上去，我要在那边当着他们和民众，证明这信里所写的话。我所控告的那个人，现在大概也进了城，他也想在民众面前用言语替他自己辩解；你们快去吧。（侍从等下。）

　　　奥菲狄乌斯党羽三四人上。

奥菲狄乌斯　非常欢迎!

党徒甲　我们的主帅安好?

奥菲狄乌斯　别提啦,我正像一个被自己的布施所毒害、被自己的善心所杀死的人。

党徒乙　主帅,要是您仍旧希望我们帮助您实行原来的计划,我们一定愿意替您解除您的重大的危险。

奥菲狄乌斯　现在我还不能说;我们必须在明白人民的心理以后,再决定怎么办。

党徒丙　当你们两人继续对立的时候,人民的喜怒也不会有一定的方向;可是你们中间无论哪一个人倒下以后,还有那一个人就可以为众望所归。

奥菲狄乌斯　我知道;我必须找到一个振振有词的借口,方才可以对他作无情的抨击。他是我提拔起来的人,我用自己的名誉担保他的忠心;可是他这样跻登贵显以后,就用谄媚的露水灌溉他的新栽的树木,引诱我的朋友们归附他,为了这一个目的,他方才有意抑制他的粗暴倔强、不受拘束的性格,装出一副卑躬屈节的态度。

党徒丙　主帅,他在候选执政的时候,因为过于傲慢而落选——

奥菲狄乌斯　那正是我要说起的事:他因为得罪了罗马的民众,被他们放逐出境,他就到我的家里来,向我伸颈就戮;我收容了他,使他成为我的同僚,一切满足他的要求;甚至于为了帮助他完成他的目的起见,让他在我的部队中间亲自挑选最勇壮的兵士;我自己也尽力协助他,和他分任劳苦,却让他一个人收到名誉。我这样挫抑着自己,非但毫无怨尤,而且还自以为成人之美,是一件值得自豪的事。直到后来,我仿佛变成了他的下属,而不是他的同僚了;他对我老是露出不屑的神气,好像我是一个贪利之徒一样。

党徒甲　他正是这样，主帅；全军都觉得非常奇怪。后来我们向罗马长驱直进，满以为这次一定可以大获全胜——

奥菲狄乌斯　正是；为了这一次的事情，我也一定要把他亲手扑杀。单单几滴像谎话一样不值钱的女人的眼泪，就会使他出卖了我们在这次伟大的行动中所抛掷的血汗和劳力。他非死不可，他的没落才是我出头的机会。可是听！（鼓角声，夹杂人民高呼声。）

党徒甲　您走进您自己的故乡，就像到一处驿站一样，不曾有一个人欢迎您回来；可是他回来的时候，那喧哗的声音却把天都震破了。

党徒乙　那些健忘的傻瓜，没有想到他曾经杀死他们的子女，却拼命张开他们卑贱的喉咙来向他称颂。

党徒丙　所以您应该趁他没有为自己辩白、凭着他的利嘴鼓动人心以前，就让他死在您的剑下，我们一定会帮助您。等他死了以后，您就可以用您自己的话宣布他的罪状，即使他有天大的理由，也只好和他的尸体一同埋葬了。

奥菲狄乌斯　不要说下去；官员们来了。

　　　　城中众官员上。

众官　您回来了，欢迎得很！

奥菲狄乌斯　我不值得受各位这样的欢迎。可是，各位大人，你们有没有用心读过我写给你们的信？

众官　我们已经读过了。

官甲　并且很觉得痛心。他以前所犯的种种错误，我想未始不可以从宽处分；可是他这样越过一切的界限，轻轻地放弃了我们厉兵秣马去谋取的利益，擅作主张，和一个濒于屈膝的城市缔结休战的条约，这是绝对不可容恕的。

奥菲狄乌斯　他来了；你们可以听听他怎么说。

科利奥兰纳斯上，旗鼓前导，一群市民随上。

科利奥兰纳斯　祝福，各位大人！我回来了，仍旧是你们的兵士，仍旧像我去国的时候一样对自己的祖国没有一点眷恋，一心一意接受你们伟大的命令。让我报告你们知道，我已经顺利地执行了我的使命，用鲜血打开了一条大道，直达罗马的城前。我们这次带回来的战利品，足足抵偿出征费用的三分之一而有余。我们已经缔结和约，使安息人得到极大的光荣，但是对罗马人也并不过于难堪。这儿就是已经由罗马的执政和贵族签字，并由元老院盖印核准的我们所议定的条件，现在我把它呈献给各位了。

奥菲狄乌斯　不要读它，各位大人；对这个叛徒说，他已经越权滥用你们的权力，罪在不赦了。

科利奥兰纳斯　叛徒！怎么？

奥菲狄乌斯　是的，叛徒，马歇斯。

科利奥兰纳斯　马歇斯！

奥菲狄乌斯　是的，马歇斯，卡厄斯·马歇斯。你以为我会在科利奥里用你那个盗窃得来的名字科利奥兰纳斯称呼你吗？各位执政的大臣，他已经不忠不信地辜负了你们的付托，为了几滴眼泪的缘故，把你们的罗马城放弃在他的母亲妻子的手里——听着，我说罗马是"你们的城市"。他破坏他的盟誓和决心，就像拉断一绞烂丝一样，也没有咨询其他将领的意见，就这样痛哭号呼地牺牲了你们的胜利；他这种卑怯的行动，使孩儿们也代他羞愧，勇士们都面面相觑，愕然失色。

科利奥兰纳斯　你听见吗，战神马斯？

奥菲狄乌斯　不要提起天神的名字，你这善哭的孩子！

科利奥兰纳斯　嘿！

奥菲狄乌斯　我的话就是这样。

科利奥兰纳斯　你这漫天说谎的家伙,我的心都气得快要胀破了。孩子!啊,你这奴才!恕我,各位大人,这是我第一次迫不得已的骂人。请各位秉公判断,痛斥这狗子的妄言。他身上还留着我鞭笞的痕迹,我总要把他打下坟墓里去。

官甲　两个人都不要闹,听我说话。

科利奥兰纳斯　把我斩成片段吧,伏尔斯人;成人和儿童们,让你们的剑上都沾着我的血吧。孩子!说谎的狗!要是你们的历史上记载的是实事,那么你们可以翻开来看一看,我曾经怎样像一头鸽棚里的鹰似的,在科利奥里城里单拳独掌,把你们这些伏尔斯人打得落花流水。孩子!

奥菲狄乌斯　嘿,各位大人;你们愿意让这个亵渎神圣、大言不惭的狂徒当着你们的耳目,夸耀他的盲目的侥幸,使你们回想到你们的耻辱吗?

众党徒　杀死他,杀死他!

众市民　撕碎他的身体!——立刻杀死他!——他杀死我的儿子!——我的女儿!——他杀死了我的族兄玛克斯!——他杀死了我的父亲!

官乙　静下来,喂!不许行暴;静下来!这人是一个英雄,他的名誉广播世间。他对于我们所犯的罪行,必须用合法的手续审判。站住,奥菲狄乌斯,不要扰乱治安。

科利奥兰纳斯　啊!要是我的剑在手头,即使有六个奥菲狄乌斯,或者他的所有的党徒都在我的面前,我也一定要结果他的性命!

奥菲狄乌斯　放肆的恶徒!

众党徒　杀,杀,杀,杀,杀死他!(奥菲狄乌斯及众党徒拔剑杀科利奥兰纳斯,科利奥兰纳斯倒地;奥菲狄乌斯立于科利奥兰纳斯尸体上。)

众官　住手，住手，住手，住手！

奥菲狄乌斯　各位朋友，听我说话。

官甲　啊，塔勒斯！

官乙　你已经做了一件将要使勇士们悲泣的事了。

官丙　不要踏在他的身上。各位朋友，静下来。收好你们的剑。

奥菲狄乌斯　各位大人，这次暴行完全是他自己向我们挑衅的结果，你们已经亲眼瞧见他的行为，一定知道这一个人的存在对于你们是一种多大的危险，现在我们已经除去这一个祸患，你们应该引为莫大的幸事。请你们把我传到你们的元老院里去质询吧，我愿意呈献我自己做你们的忠仆，或者受你们最严厉的处分。

官甲　把他的尸体搬去；你们大家为他悲泣，用最隆重的敬礼表示哀思吧。

官乙　他自己的躁急，免去了奥菲狄乌斯大部分的责任。事情已经到这个地步，我们还是商量善后的处置吧。

奥菲狄乌斯　我的愤怒已经消失，我感到深深的悔恨。把他抬起来；让三个重要的军人帮着抬他的尸体，我自己也做其中的一个。鼓手，在你的鼓上敲出沉痛的节奏来；把你们的钢矛倒拖在地上行走。虽然他在这城里杀死了许多人的丈夫儿女，使他们至今吞声饮泣，可是他必须有一个光荣的葬礼。大家帮着我。

（众抬科利奥兰纳斯尸体同下；奏丧礼进行曲。）

雅典的泰门

剧中人物

泰门　雅典贵族

路歇斯
路库勒斯　｝谄媚的贵族
辛普洛涅斯

文提狄斯　泰门的负心友人之一
艾帕曼特斯　性情乖僻的哲学家
艾西巴第斯　雅典将官
弗莱维斯　泰门的管家

弗莱米涅斯
路西律斯　｝泰门的仆人
塞维律斯

凯菲斯
菲洛特斯
泰特斯　｝泰门债主的仆人
路歇斯
霍坦歇斯

文提狄斯的仆人
凡罗及艾西铎（泰门的二债主）的仆人
三路人
雅典老人

侍童

弄人

诗人、画师、宝石匠及商人

菲莉妮娅 ⎫
提曼德拉 ⎭ 艾西巴第斯的情妇

贵族、元老、将士、兵士、窃贼、侍从等
化装跳舞中扮丘匹德及阿玛宗女战士者

地　点

雅典及附近森林

第一幕

第一场　雅典。泰门家中的厅堂

　　诗人、画师、宝石匠、商人及余人等自各门分别上。

诗人　早安，先生。

画师　您好？

诗人　好久不见了。近况怎样啊？

画师　先生，变得一天不如一天了。

诗人　嗯，那是谁都知道的；可是有什么特别新鲜的事情，有什么奇闻怪事，为我们浩如烟海的载籍中所未之前睹的？瞧，慷慨的魔力！群灵都被你召唤前来，听候驱使了。我认识这个商人。

画师　这两个人我都认识；有一个是宝石匠。

商人　啊！真是一位贤德的贵人。

宝石匠　嗯，那是谁都不能否认的。

商人　一位举世无比的人，他的生活的目的，好像就是继续不断地行善，永不厌倦。像他这样的人，真是难得！

宝石匠　我带着一颗宝石在这儿——

商人　啊！倒要见识见识。先生，这是送给泰门大爷的吗？

宝石匠　要是他能出一个价格；可是——

诗人　诗句当为美善而歌颂，

　　　倘因贪利而赞美丑恶，

　　　就会降低风雅的声价。

商人　（观宝石）这宝石的式样很不错。

宝石匠　它的色彩也很美丽；您瞧那光泽多好。

画师　先生，您又在吟哦您的大作了吗？一定又是献给这位贵人的什么诗篇了。

诗人　偶然想起来的几个句子。我们的诗歌就像树脂一样，会从它滋生的地方分泌出来。燧石中的火不打是不会出来的；我们的灵感的火焰却会自然激发，像流水般冲击着岸边。您手里是什么东西？

画师　一幅图画，先生。您的大著几时出版？

诗人　等我把它呈献给这位贵人以后，就可以和世人相见了。可不可以让我欣赏欣赏您的妙绘？

画师　见笑得很。

诗人　画得很好，真是神来之笔。

画师　谬奖谬奖。

诗人　佩服佩服！瞧这姿态多么优美！这一双眼睛里闪耀着多少智慧！这一双嘴唇上流露着多少丰富的想象！在这默然无语的神情中间，蕴蓄着无限的深意。

画师　这是一幅惟妙惟肖的画像。这一笔很传神，您看怎样？

诗人　简直是巧夺天工，就是真的人也不及老兄笔下这样生趣盎然。

　　　若干元老上，自舞台前经过。

画师　这位贵人真是前呼后拥！

诗人　都是雅典的元老；幸福的人！

画师　瞧，还有！

诗人　您瞧这一大群蝇营蚁附的宾客。在我的拙作中间，我勾画出了一个受尽世俗爱宠的人；可是我并不单单着力做个人的描写，我让我的恣肆的笔锋在无数的模型之间活动，不带一丝恶意，只是像凌空的鹰隼一样，一往直前，不留下一丝痕迹。

画师　您的意思我有点不大懂得。

诗人　我可以解释给您听。您瞧各种不同地位不同性情的人，无论是轻浮油滑的，或是严肃庄重的，都愿意为泰门大爷效劳服役；他的巨大的财产，再加上他的善良和蔼的天性，征服了各种不同的人，使他们乐于向他输诚致敬；从那些脸上反映出主人的喜怒的谄媚者起，直到憎恨自己的艾帕曼特斯，一个个在他的面前屈膝，只要泰门点点头，就可以使他们满载而归。

画师　我曾经看见他跟艾帕曼特斯在一起谈话。

诗人　先生，我假定命运的女神端坐在一座巍峨而幽美的山上；在那山麓下面，有无数智愚贤不肖的人在那儿劳心劳力，追求世间的名利，他们的眼睛都一致注视着这位主宰一切的女神；我把其中一个人代表泰门，命运女神用她象牙一样洁白的手招引他到她的身边；他是她眼前的恩宠，他的敌人也一齐变成了他的奴仆。

画师　果然是很巧妙的设想。我想这一个宝座，这一位命运女神和这一座山，在这山下的许多人中间只有一个人得到女神的招手，这个人正弓着身子向峻峭的山崖爬去，攀登到幸福的顶端，很可以表现出我们这儿的情形。

诗人　不，先生，听我说下去。那些在不久以前还是和他同样地位的人，也有一些本来胜过他的人，现在都跟在他后面亦步亦趋；他的接待室里挤满了关心他的起居的人，他的耳朵中充满了一片有如向神圣祷告那样的低语；连他的马镫也被奉为神圣，他们从他那里呼吸到自由的空气。

画师　好，那便怎么样呢？

诗人　当命运突然改变了心肠，把她的宠儿一脚踢下山坡的时候，那些攀龙附凤之徒，本来跟在他后面匐匐膝行的，这时候便会冷眼看他跌落，没有一个人做他患难中的同伴。

画师　那是人类的通性。我可以画出一千幅醒世的图画，比语言更有力地说明祸福无常的真理。但是你也不妨用文字向泰门大爷陈述一个道理，指出眼光浅近的人往往会把黑白混淆起来。

　　　　喇叭声。泰门上，向每一请求者殷勤周旋；一使者奉文提狄斯差遣前来，趋前与泰门谈话；路西律斯及其他仆人随后。

泰门　你说他下了监狱了吗？

使者　是，大爷。他欠了五个泰伦①的债，他的手头非常困难，他的债主催逼得很厉害。他请您写一封信去给那些拘禁他的人，否则他什么安慰也没有了。

泰门　尊贵的文提狄斯！好，我不是一个在朋友有困难时把他丢弃不顾的人。我知道他是一位值得帮助的绅士，我一定要帮助他。我愿意替他还债，使他恢复自由。

使者　他永远不会忘记您的大恩。

泰门　替我向他致意。我就会把他的赎金送去；他出狱以后，请他到我这儿来。单单把软弱无力的人扶了起来是不够的，必须有人随时搀扶他，照顾他。再见。

使者　愿大爷有福！（下。）

　　　　一雅典老人上。

老人　泰门大爷，听我说句话。

———————

① 泰伦（Talent），古希腊货币名。

泰门　你说吧,好老人家。

老人　你有一个名叫路西律斯的仆人。

泰门　是的,他怎么啦?

老人　最尊贵的泰门,把那家伙叫来。

泰门　他在不在这儿?路西律斯!

路西律斯　有,大爷有什么吩咐?

老人　这个家伙,泰门大爷,你这位尊价,晚上常常到我家里来。我一生克勤克俭,挣下了这份家产,可不能让一个做奴才的承继了去。

泰门　嗯,还有些什么话?

老人　我只有一个独生的女儿,要是我死了,也没有别的亲人可以接受我的遗产。我这孩子长得很美,还没有到结婚的年纪,我费了不少的钱,让她受最好的教育。你这个仆人却想勾引她。好大爷,请你帮帮忙,不许他去看她;我自己对他说过好多次,总是没用。

泰门　这个人倒还老实。

老人　所以你应该叫他不要做不老实的事,泰门。一个人老老实实,总有好处;可不能让他老实得把我的女儿也拐了去。

泰门　你的女儿爱他吗?

老人　她年纪太轻,容易受人诱惑;就是我们自己在年轻的时候,也是一样多情善感的。

泰门　(向路西律斯)你爱这位姑娘吗?

路西律斯　是,我的好大爷,她也接受我的爱。

老人　要是她没有得到我的允许和别人结婚,我请天神做证,我要拣一个乞儿做我的后嗣,一个钱也不给她。

泰门　要是她嫁给一个门户相当的丈夫,你预备给她怎样一份嫁奁呢?

老人　先给她三泰伦；等我死了以后，我的全部财产都是她的。

泰门　这个人已经在我这儿做了很久的事；君子成人之美，我愿意破格帮助他这一次。把你的女儿给他；你有多少陪嫁费，我也给他同样的数目，这样他就可以不致辱没令爱了。

老人　最尊贵的大爷，您既然这么说，我一定遵命，她就是他的人了。

泰门　好，我们握手为定；我用我的名誉向你担保。

路西律斯　敬谢大爷；我的一切幸运，都是您所赐予的！（路西律斯及老人下。）

诗人　这一本拙作要请大爷指教。

泰门　谢谢您；您不久就可以得到我的答复；不要走开。您有些什么东西，我的朋友？

画师　是一幅画，请大爷收下了吧。

泰门　一幅画吗？很好很好。这幅画简直画得像活人一样；因为自从欺诈渗进了人们的天性中以后，人本来就只剩一个外表了。这些画像确实是一丝不苟。我很喜欢您的作品，您就可以知道；请您等一等，我还有话对您说。

画师　愿神明保佑您！

泰门　回头见，先生；把您的手给我；您一定要陪我吃饭的。先生，您那颗宝石，我实在有点不敢领情。

宝石匠　怎么，大爷，宝石不好吗？

泰门　简直是太好了。要是我按照人家对它所下的赞美那样的价值向您把它买了下来，恐怕我要倾家荡产了。

宝石匠　大爷，它的价格是按照市价估定的；可是您知道，同样价值的东西，往往因为主人的喜恶而分别高下。相信我，好大爷，要是您戴上了这宝石，它就会身价十倍了。

泰门　不要取笑。

商人　不，好大爷；他说的话不过是我们大家所要说的话。

泰门　瞧，谁来啦？你们愿意挨一顿骂吗？

　　　　艾帕曼特斯上。

宝石匠　要是大爷不以为意，我们也愿意忍受他的侮辱。

商人　他骂起人来是谁也不留情的。

泰门　早安，善良的艾帕曼特斯！

艾帕曼特斯　等我善良以后，你再说你的早安吧；等你变成了泰门的狗，等这些恶人都变成好人以后，你再说你的早安吧。

泰门　为什么你要叫他们恶人呢？你又不认识他们。

艾帕曼特斯　他们不是雅典人吗？

泰门　是的。

艾帕曼特斯　那么我没有叫错。

宝石匠　您认识我吗，艾帕曼特斯？

艾帕曼特斯　你知道我认识你；我刚才就叫过你的名字。

泰门　你太骄傲了，艾帕曼特斯。

艾帕曼特斯　我感到最骄傲的是我不像泰门一样。

泰门　你到哪儿去？

艾帕曼特斯　去砸碎一个正直的雅典人的脑袋。

泰门　你干了那样的事，是要抵命的。

艾帕曼特斯　对了，要是干莫须有的事在法律上也要抵命的话。

泰门　艾帕曼特斯，你喜欢这幅图画吗？

艾帕曼特斯　一幅好画，因为它并不伤人。

泰门　画这幅图画的人手法怎样？

艾帕曼特斯　造物创造出这个画师来，他的手法比这画师强多啦，虽然他创造出来的也不过是一件低劣的作品。

画师　你是一条狗。

艾帕曼特斯　你的母亲是我的同类；倘然我是狗，她又是什么？

泰门　你愿意陪我吃饭吗，艾帕曼特斯？

艾帕曼特斯　不，我是不吃那些贵人的。

泰门　要是你吃了那些贵人，那些贵人的太太要生气哩。

艾帕曼特斯　啊！她们自己才是吃贵人吃惯了的，所以吃得肚子那么大。

泰门　你把事情看邪了。

艾帕曼特斯　那是你的看法，也难为你了。

泰门　艾帕曼特斯，你喜欢这颗宝石吗？

艾帕曼特斯　我喜欢真诚老实，它不花一文钱。

泰门　你想它值多少钱？

艾帕曼特斯　它不值得我去想它的价钱。你好，诗人！

诗人　你好，哲学家！

艾帕曼特斯　你说谎。

诗人　你不是哲学家吗？

艾帕曼特斯　是的。

诗人　那么我没有说谎。

艾帕曼特斯　你不是诗人吗？

诗人　是的。

艾帕曼特斯　那么你说谎；瞧你上一次的作品，你故意把他写成了一个好人。

诗人　那并不是假话；他的确是一个好人。

艾帕曼特斯　是的，他赏了你钱，所以他是一个好人；有了拍马的人，自然就有爱拍马的人。天哪，但愿我也是一个贵人！

泰门　你做了贵人便怎么样呢，艾帕曼特斯？

艾帕曼特斯　我要是做了贵人，我就要像现在的艾帕曼特斯一样，从心底里痛恨一个贵人。

泰门　什么，痛恨你自己吗？

艾帕曼特斯　是的。

泰门　为什么呢?

艾帕曼特斯　因为我不能再怀着痛恨的心情想象自己是一个贵人。你是一个商人吗?

商人　是的,艾帕曼特斯。

艾帕曼特斯　要是神明不给你灾祸,那么让你在买卖上大倒其霉吧!

商人　要是我买卖失利,那就是神明给我的灾祸。

艾帕曼特斯　买卖就是你的神明,愿你的神明给你灾祸!

　　　　喇叭声。一仆人上。

泰门　那是哪里的喇叭声音?

仆人　那是艾西巴第斯带着二十多人骑着马来了。

泰门　你们去招待招待;领他们进来。(若干侍从下)你们必须陪我吃饭,等我谢过了你们的厚意以后再去。承你们各位光临,使我非常高兴。

　　　　艾西巴第斯率队上。

泰门　欢迎得很,将军!

艾帕曼特斯　好,好!愿疼痛把你们柔软的骨节扭成一团!这些温文和气的恶人彼此不怀好意,面子上却做得这样彬彬有礼!人类全都变成猴子啦。

艾西巴第斯　我已经想了您好久,今天能够看见您,真是大慰平生的饥渴。

泰门　欢迎欢迎!这次我们一定要好好地欢叙一下再分手。请进去吧。(除艾帕曼特斯外均下。)

　　　　二贵族上。

贵族甲　现在是什么时候了,艾帕曼特斯?

艾帕曼特斯　现在是应该做个老实人的时候了。

贵族甲　人是无论什么时候都应该老老实实的。

艾帕曼特斯　那你就更加该死，你无论什么时候都是不老实的。

贵族乙　你去参加泰门大爷的宴会吗？

艾帕曼特斯　是的，我要去看肉塞在恶汉的嘴里，酒灌在傻子的肚里。

贵族乙　再见，再见。

艾帕曼特斯　你是个傻瓜，向我说两次"再见"。

贵族乙　为什么，艾帕曼特斯？

艾帕曼特斯　你应该把一句"再见"留给你自己，因为我是不想向你说"再见"的。

贵族甲　你去上吊吧！

艾帕曼特斯　不，我不愿听从你的号令。你还是向你的朋友请求吧。

贵族乙　滚开，专爱吵架的狗！我要把你踢走了。

艾帕曼特斯　我要像一条狗一样逃开驴子的蹄子。（下。）

贵族甲　他是个不近人情的家伙。来，我们进去，领略领略泰门大爷的盛情吧。他的慷慨仁慈，真是世间少有的。

贵族乙　他的恩惠是随时随地向人倾注的；财神普路托斯不过是他的管家。谁替他做了一件事，他总是给他价值七倍的酬劳；谁送给他什么东西，他的答礼总是超过一般酬酢的极限。

贵族甲　他有一颗比任何人更高贵的心。

贵族乙　愿他富贵长寿！我们进去吧。

贵族甲　敢不奉陪。（同下。）

第二场　同前。泰门家中的宴会厅

　　　　高音笛奏闹乐。厅中设盛宴，弗莱维斯及其他仆人侍立；泰门、艾西巴第斯、众贵族元老、文提狄斯及侍从等上；艾帕曼特斯最后上，仍作倨傲不平之态。

文提狄斯　最可尊敬的泰门，神明因为眷念我父亲年老，召唤他去享受永久的安息；他已经安然去世，把他的财产遗留给我。这次多蒙您的大德鸿恩，使我脱离了缧绁之灾，现在我把那几个泰伦如数奉还，还要请您接受我的感恩图报的微忱。

泰门　啊！这算什么，正直的文提狄斯？您误会我的诚意了；那笔钱是我送给您的，哪有给了人家再收回来之理？假如比我们高明的人这样做的话，我们也决不敢效法他们；有钱的人缺点也是优点。

文提狄斯　您的心肠太好了。（众垂手恭立，视泰门。）

泰门　哎哟，各位大人，一切礼仪，都是为了文饰那些虚应故事的行为、言不由衷的欢迎、出尔反尔的殷勤而设立的；如果有真实的友谊，这些虚伪的形式就该一律摈弃。请坐吧；我的财产欢迎你们分享，甚于我欢迎我自己的财产。（众就座。）

贵族甲　大人，我们也常常这么说。

艾帕曼特斯　呵，呵！也这么说；哼，你们也这么说吗？

泰门　啊！艾帕曼特斯，欢迎。

艾帕曼特斯　不，我不要你欢迎；我要你把我撵出门外去。

泰门　呸！你是个伧夫；你的脾气太乖僻啦。各位大人，人家说，暴怒不终朝；可是这个人老是在发怒。去，给他一个人摆一张桌子，因为他不喜欢跟别人在一起，也不配跟别人在一起。

艾帕曼特斯 泰门，要是你不把我撵走，那你可不要怪我得罪你的客人；我是来做一个旁观者的。

泰门 我不管你说什么；你是一个雅典人，所以我欢迎你。我自己没有力量封住你的嘴，请你让我的肉食使你静默吧。

艾帕曼特斯 我不要吃你的肉食；它会噎住我的喉咙，因为我永远不会谄媚你。神啊！多少人在吃泰门，他却看不见他们。我看见这许多人把他们的肉放在一个人的血里蘸着吃，我就心里难过；可是发了疯的他，却还在那儿殷勤劝客。我不知道人们怎么敢相信他们的同类；我想他们请客的时候，应当不备刀子，既可以省些肉，又可以防止生命的危险。这样的例子是很多的；现在坐在他的近旁，跟他一同切着面包、喝着同心酒的那个人，也就是第一个动手杀他的人；这种事情早就有证明了。如果我是一个巨人，我一定不敢在进餐的时候喝酒；因为恐怕人家看准我的咽喉上的要害；大人物喝酒是应当用铁甲裹住咽喉的。

泰门 大人，今天一定要尽兴；大家干一杯，互祝健康吧。

贵族乙 好，大人，让酒像潮水一样流着吧。

艾帕曼特斯 像潮水一样流着！好家伙！他倒是惯会迎合潮流的。泰门泰门，这样一杯一杯地干下去，要把你的骨髓和你的家产都吸干了啊！我这儿只有一杯不会害人的淡酒，好水啊，你是不会叫人烂醉如泥的；这样的酒正好配着这样的菜。吃着大鱼大肉的人，是会高兴得忘记感谢神明的。

　　　　永生的神，我不要财宝，
　　　　我也不愿为别人祈祷；
　　　　保佑我不要做个呆子，
　　　　相信人们空口的盟誓；

也不要相信娼妓的泪；

　　　也不要相信狗的假寐；

　　　也不要相信我的狱吏，

　　　或是我患难中的知己。

　　阿门！好，吃吧；有钱的人犯了罪，我只好嚼嚼菜根。（饮酒食肴）愿你好心得好报，艾帕曼特斯！

泰门　艾西巴第斯将军，您的心现在一定在战场上驰骋吧。

艾西巴第斯　我的心是永远乐于供您驱使的，大人。

泰门　您一定喜欢和敌人们在一起早餐，甚于和朋友们在一起宴会。

艾西巴第斯　大人，敌人的血是胜于一切美味的肉食的；我希望我的最好的朋友也能跟我在一起享受这样的盛宴。

艾帕曼特斯　但愿这些谄媚之徒全是你的敌人，那么你就可以把他们一起杀了，让我分享一杯羹。

贵族甲　大人，要是我们能够有那样的幸福，可以让我们的一片赤诚为您尽尺寸之劳，那么我们就可以自己觉得不虚此生了。

泰门　啊！不要怀疑，我的好朋友们，天神早已注定我将要得到你们许多帮助；否则你们怎么会做我的朋友呢？为什么在千万人中间，只有你们有那样一个名号；不是因为你们是我心上最亲近的人吗？你们因为谦逊而没有向我提起过的关于你们自己的话，我都向我自己说过了；这是我可以向你们证实的。我常常这么想着：神啊！要是我们永远没有需用我们的朋友的时候，那么我们何必要朋友呢？要是我们永远不需要他们的帮助，那么他们便是世上最无用的东西，就像深藏不用的乐器一样，没有人听得见它们美妙的声音。啊，我常常希望我自己再贫穷一些，那么我一定可以格外跟你们亲近一些。天生下我们来，就是要我们乐善好施；什么东西比我们朋友的财产更适宜于被称为我们自己的呢？啊！能够有这么许多人像自己的兄弟一样，彼此支配着各人的财产，这是一件多么可贵的乐事！呵，快乐还未诞生就已经消化了！我的眼睛里忍不住要流出眼泪来了；原谅我的软弱，我为各位干这一杯。

艾帕曼特斯　你简直是涕泣劝酒了，泰门。

贵族乙　我们的眼睛里也因为忍不住快乐，像一个婴孩似的流起泪来了。

艾帕曼特斯　呵，呵！我一想到那个婴孩是个私生子，我就要笑死了。

贵族丙　大人，您使我非常感动。

艾帕曼特斯　非常感动！（喇叭奏花腔。）

泰门　那喇叭声音是怎么回事？

　　　　一仆人上。

泰门　什么事？

仆人　禀大爷，有几位姑娘在外面求见。

泰门　姑娘！她们来干什么？

仆人　大爷，她们有一个领班的人，他会告诉您她们的来意。

泰门　请她们进来吧。

　　　　一人饰丘匹德上。

丘匹德　祝福你，尊贵的泰门；祝福你席上的嘉宾！人身上最灵敏的五官承认你是它们的恩主，都来向你献奉它们的珍奇。听觉、味觉、触觉、嗅觉，都已经从你的筵席上得到满足了；现在我们还要略呈薄技，贡献你视觉上的欢娱。

泰门　欢迎欢迎；请她们进来吧。音乐，奏起来欢迎她们！（丘匹德下。）

贵族甲　大人，您看，您是这样被人敬爱。

>音乐；丘匹德率妇女一队扮阿玛宗女战士重上，众女手持琵琶，且弹且舞。

艾帕曼特斯　哎哟！瞧这些过眼的浮华！她们跳舞！她们都是些疯婆子。人生的荣华不过是一场疯狂的胡闹，正像这种奢侈的景象在一个嚼着淡菜根的人看来一样。我们寻欢作乐，全然是傻子的行为。我们所谄媚的、我们所举杯祝饮的那些人，也就是在年老时被我们痛骂的那些人。哪一个人不曾被人败坏也败坏过别人？哪一个人死了能够逃过他的朋友的讥斥？我怕现在在我面前跳舞的人，有一天将要把我放在他们的脚下践踏；这样的事不是不曾有过，人们对于一个没落的太阳是会闭门不纳的。

>众贵族起身离席，向泰门备献殷勤；每人各择舞女一人共舞，高音笛奏闹乐一二曲；舞止。

泰门　各位美人，你们替我们添加了不少兴致，我们今天的欢娱，因为有了你们而格外美丽热烈了。我必须谢谢你们。

舞女甲　大爷，您太抬举我们了。

艾帕曼特斯　的确，不抬举就是压低，我怕那样便弄得不成体统了。

泰门　姑娘们，还有一桌酒席空着等候你们；请你们随意坐下吧。

众女　谢谢大爷。（丘匹德及众女下。）

泰门　弗莱维斯！

弗莱维斯　有，大爷。

泰门　把我那小匣子拿来。

弗莱维斯　是，大爷。（旁白）又要把珠宝送人了！他高兴的时候，谁也不能违拗他的意志，否则我早就老老实实告诉他了；真的，我该早点儿告诉他，等到他把一切挥霍干净以后，再要跟他闹别扭也来不及了。可惜宽宏大量的人，背后不多生一个眼睛；心肠太好的结果不过害了自己。（下。）

贵族甲　我们的仆人呢?

仆人　有,大爷,在这儿。

贵族乙　套起马来!

    弗莱维斯携匣重上。

泰门　啊,我的朋友们!我还要对你们说一句话。大人,我要请您赏我一个面子,接受了我这一颗宝石;请您收下戴上吧,我的好大人。

贵族甲　我已经得到您太多的厚赐了——

众人　我们也都是屡蒙见惠。

    一仆人上。

仆甲　大爷,有几位元老院里的老爷刚才到来,要来拜访。

泰门　我很欢迎他们。

弗莱维斯　大爷,请您让我向您说句话;那是对于您有切身关系的。

泰门　有切身关系!好,那么等会儿你再告诉我吧。请你快去预备预备,不要怠慢了客人。

弗莱维斯　(旁白)我简直不知道应该怎么办。

    另一仆人上。

仆乙　禀大爷,路歇斯大爷送来了四匹乳白的骏马,鞍辔完全是银的,要请您鉴纳他的诚意,把它们收下。

泰门　我很高兴接受它们;把马儿好生饲养着。

    另一仆人上。

泰门　啊!什么事?

仆丙　禀大爷,那位尊贵的绅士,路库勒斯大爷,请您明天去陪他打猎;他送来了两对猎犬。

泰门　我愿意陪他打猎;把猎犬收下了,用一份厚礼答谢他。

弗莱维斯　(旁白)这样下去怎么得了呢?他命令我们预备这样预备那样,把贵重的礼物拿去送人,可是他的钱箱里却早已空得不剩一文。他又从来不想知道他究竟有多少钱，也不让我有机会告诉他实在的情形，使他知道他的力量已经不能实现他的愿望。他所答应人家的，远超过他自己的资力，因此他口头所说的每一句话都是一笔负债。他是这样的慷慨，他现在送给人家的礼物，都是他出了利息向人借贷来的；他的土地都已经抵押出去了。唉，但愿他早一点辞歇了我，免得将来有被迫解职的一日！与其用酒食供养这些比仇敌还凶恶的朋友，那么还是没有朋友的人幸福得多了。我在为我的主人衷心泣血呢。（下。）

泰门　你们这样自谦，真是太客气了。大人，这一点点小东西，聊以表示我们的情谊。

贵族乙　那么我拜领了，非常感谢。

贵族丙　啊，他真是个慷慨仁厚的人。

泰门　我记起来了，大人，前天您曾经赞美过我所乘的一匹栗色的马儿；您既然喜欢它，就把它带去吧。

贵族丙　啊！原谅我，大人，那我可万万不敢掠爱。

泰门　您尽管收下吧，大人；我知道一个人倘不是真心喜欢一样东西，决不会把它赞美得恰如其分。凭着我自己的心理，就可以推测到我的朋友的感情。我叫他们把它牵来给您。

众贵族　啊！那好极了。

泰门　承你们各位光临，我心里非常感激；即使把我的一切送给你们，也不能报答你们的盛情；我想要是我有许多国土可以分给我的朋友们，我一定永远不会感到厌倦。艾西巴第斯，你是一个军人，军人总是身无长物的，钱财难得会到你的手里；因为你的生活是与死为邻，你所有的土地都在疆场之上。

艾西巴第斯　是的，大人，只是一些荆榛瓦砾之场。

贵族甲　我们深感大德——

泰门　我也同样感谢你们。

贵族乙　备蒙雅爱——

泰门　我也多承各位不弃。多拿些火把来！

贵族甲　最大的幸福、尊荣和富贵跟您在一起，泰门大人！

泰门　这一切他都愿意和朋友们分享。（艾西巴第斯及贵族等同下。）

艾帕曼特斯　好热闹！这么摇头晃脑撅屁股！他们的两条腿恐怕还不值得他们跑这一趟所得到的代价。友谊不过是些渣滓废物，虚伪的心不会有坚硬的腿，老实的傻瓜们也在人们的打躬作揖之下卖弄自己的家私。

泰门　艾帕曼特斯，倘然你不是这样乖僻，我也会给你好处的。

艾帕曼特斯　不，我不要什么；要是我也受了你的贿赂，那么再也没有人骂你了，你就要造更多的孽了。你老是布施人家，泰门，我怕你快要写起卖身文契来，把你自己也送给人家了。这种宴会、奢侈、浮华是做什么用的？

泰门　哎哟，要是你骂起我的交际来，那我可要发誓不理你了。再会；下次来的时候，请你预备一些好一点的音乐。（下。）

艾帕曼特斯　好，你现在不要听我，将来要听也听不到了；天堂的门已经锁上了，你从此只好徘徊门外。唉，人们的耳朵不能容纳忠言，谄媚却这样容易进去！（下。）

第二幕

第一场 雅典。某元老家中一室

某元老手持文件上。

元老　最近又是五千；他还欠了凡罗和艾西铎九千；单是我的债务，前后一共是两万五千。他还在任意挥霍！这样子是维持不下去的；一定维持不下去。要是我要金子，我只要从一个乞丐那里偷一条狗送给泰门，这条狗就会替我变出金子来。要是我要把我的马卖掉，再去买二十匹比它更好的马来，我只要把我的马送给泰门，不必问他要什么。就这么送给他，它就会立刻替我生下二十匹好马来。他门口的管门人，见了谁都笑脸相迎，每一个路过的人，他都邀请他们进去。这样子是维持不下去的；他这份家私看起来恐怕有些不稳。凯菲斯，喂！喂，凯菲斯！

凯菲斯上。

凯菲斯　有，老爷；您有什么吩咐？

元老　披上你的外套，赶快到泰门大爷家里去；请他务必把我的钱还我；不要听他推三托四，也不要因为他说了一声"替我问候你家老爷"，把他的帽子放在右手这么一挥，就说不出一句话来；你要对他说，我有很要紧的用途；我必须用我自己的钱供给我自己的需要；他的借款早已过期，他因为爽约；我对他也失去信任了。我虽然很看重他的为人，可是不能为了医治他的手指而打伤了我自己的背；我的需要很急迫，不能让他用空话敷衍过去，一定要他立刻把钱还我。你去吧；装出一副很严厉的神气向他追索。我怕泰门大爷现在虽然像一只神采翩跹的凤凰，要是把他借来的羽毛一根根拔去以后，就要变成一只秃羽的海鸥了。你去吧。

凯菲斯　我就去，老爷。

元老　"我就去，老爷"！把借票一起带去，别忘记借票上面的日子。

凯菲斯　是，老爷。

元老　去吧。（各下。）

第二场　同前。泰门家中的厅堂

　　　　弗莱维斯持债票多纸上。

弗莱维斯　他一点也不在乎，一点都不知道停止他的挥霍！不想想这样浪费下去，怎么维持得了；钱财产业从他手里飞了出去，他也不管；将来怎么过日子，他也从不放在心上；只是这样傻头傻脑地乐善好施。怎么办才好呢？不叫他亲自尝到财尽囊空的滋味，他是再也不会听人家的话的。现在他出去打猎，快要回来了，我必须提醒他才是。嘿！嘿！嘿！嘿！

　　　　凯菲斯及艾西铎、凡罗二家仆人上。

凯菲斯　晚安，凡罗家的大哥。什么！你是来讨债的吗？

凡罗家仆人　你不也是来讨债的吗？

凯菲斯　是的；你也是吗，艾西铎家的大哥？

艾西铎家仆人　正是。

凯菲斯　但愿我们都能讨到手！

凡罗家仆人　我怕有点讨不到。

凯菲斯　大爷来了！

　　　　泰门、艾西巴第斯及贵族等上。

泰门　我们吃过了饭再出去，艾西巴第斯。你们是来看我的吗？有什么事？

凯菲斯　大爷，这儿是一张债票。

泰门　债票！你是哪儿来的？

凯菲斯　我就是这儿雅典的人，大爷。

泰门　跟我的管家说去。

凯菲斯　禀大爷，他叫我等几天再来，可是我家主人因为自己有急用，并且知道大爷一向为人正直，千万莫让他今天失望了。

泰门　我的好朋友，请你明天来吧。

凯菲斯　不，我的好大爷——

泰门　你放心吧，好朋友。

凡罗家仆人　大爷，我是凡罗的仆人——

艾西铎家仆人　艾西铎叫我来请大爷快一点把他的钱还了。

凯菲斯　大爷，要是您知道我家主人是怎样等着用这笔钱——

凡罗家仆人　这笔钱，大爷，已经过期六个星期了。

艾西铎家仆人　大爷，您那位管家尽是今天推明天，明天推后天的，所以我家主人才叫我向大爷您面讨。

泰门　让我松一口气。各位大人，请你们先进去一会儿；我立刻就来奉陪。（艾西巴第斯及贵族等下。向弗莱维斯）过来。请问你，究竟是怎么一回事，这些人都拿着过期的债票向我缠扰不清，让人家看着把我的脸也丢尽了？

弗莱维斯 对不起,各位朋友,现在不是讲这种事情的时候,请你们暂时忍耐片刻,等大爷吃过饭以后,我可以告诉他为什么你们的债款还没有归还。

泰门 等一等再说吧,我的朋友们。好好地招待他们。(下。)

弗莱维斯 请各位过来。(下。)

    艾帕曼特斯及弄人上。

凯菲斯 且慢,瞧那傻子跟着艾帕曼特斯来了;让我们跟他们开开玩笑。

凡罗家仆人 别理他,他会骂我们的。

艾西铎家仆人 该死的狗!

凡罗家仆人 你好,傻子?

艾帕曼特斯 你在对你的影子讲话吗?

凡罗家仆人 我不是跟你说话。

艾帕曼特斯 不,你是对你自己说话。(向弄人)去吧。

艾西铎家仆人 (向凡罗家仆人)傻子已经附在你的背上了。

艾帕曼特斯 不对,你只是一个人站在那里,还没有骑上他的背呢。

凯菲斯 此刻那傻子呢?

艾帕曼特斯 问这问题的就是那傻子。哼,这些放债人手下的奴才!都是些金钱与欲望之间的娼家。

众仆 我们是什么,艾帕曼特斯?

艾帕曼特斯 都是些驴子。

众仆 为什么?

艾帕曼特斯 因为你们不知道自己是什么,却要来问我。跟他们谈谈,傻子。

弄人 各位请了。

众仆 你好,好傻子。你家奶奶好吗?

弄人 她正在烧开热水来替你们这些小鸡洗皮拔毛哩。巴不得在妓院里看到你们!

艾帕曼特斯　说得好!

　　　　　　侍童上。

弄人　瞧,咱们奶奶的童儿来了。

侍童　(向弄人)啊,您好,大将军!您在这些聪明人中间有什么贵干?你好,艾帕曼特斯?

艾帕曼特斯　我但愿我的舌头上长着一根棒儿,可以痛痛快快地回答你。

侍童　艾帕曼特斯,请你把这两个信封上的字念给我听一听,我不知道哪一封信应该给哪一个人。

艾帕曼特斯　你不认识字吗?

侍童　不认识。

艾帕曼特斯　那么你吊死的一天,学问倒不会受损失了。这是给泰门大爷的;这是给艾西巴第斯的。去吧;你生下来是个私生子,到死是个王八蛋。

侍童　母狗把你生了下来,你死了也是一条饿狗。不要回答我,我去了。(下。)

艾帕曼特斯　好,你夹着尾巴逃吧。——傻瓜,我要跟你一块儿到泰门大爷那儿去。

弄人　您要把我丢在那儿吗?

艾帕曼特斯　要是泰门在家,我就把你丢在那儿。你们三个人侍候着三个放债的人吗?

众仆　是的;我们但愿他们侍候我们!

艾帕曼特斯　那倒跟刽子手侍候偷儿一样好玩。

弄人　你们三个人的主人都是放债的吗?

众仆　是的,傻瓜。

弄人　我想是个放债的就得有个傻瓜做他的仆人;我家奶奶是个

341

放债的,我就是她的傻瓜。人家向你们的主人借钱,来的时候都是愁眉苦脸,去的时候都是欢欢喜喜;可是人家走进我家奶奶的屋子的时候,却是欢欢喜喜,走出去的时候反而愁眉苦脸,这是什么道理呢?

凡罗家仆人 我可以说出一个道理来。

艾帕曼特斯 那么你说吧,你说了出来,我们就可以承认你是一个王八龟子;虽然你本来就是个王八龟子。

凡罗家仆人 傻瓜,什么叫作王八龟子?

弄人 他是一个穿着好衣服的傻瓜,跟你差不多的一种东西。是一个鬼魂:有时候样子像一个贵人;有时候像一个律师;有时候像一个哲学家,系着两颗天生的药丸;又往往以一个骑士的姿态出现;这个鬼魂也会化成各色各样的人,有时候是个八十岁的老头儿,有时候是个十三岁的小哥儿。

凡罗家仆人 你倒不完全是个傻子。

弄人 你也不完全是个聪明人;我不过有几分傻气,你也刚刚缺少这几分聪明。

艾帕曼特斯 这倒像是艾帕曼特斯说的话。

众仆 站开,站开;泰门大爷来了。

泰门及弗莱维斯重上。

艾帕曼特斯 跟我来,傻瓜,来。

弄人 我不大愿意跟在情人、长兄和女人的背后;有时候也不愿意跟着哲学家跑。(艾帕曼特斯及弄人下。)

弗莱维斯 请您过来;我一会儿就跟你们说话。(众仆下。)

泰门 你真使我奇怪;为什么你不早一点把我的家用收支的情形明白告诉我,好让我在没有欠债以前,把费用节省节省呢?

弗莱维斯 我好几回向您说起,您总是不理会我。

泰门 哼,也许你趁着我心里不高兴的时候说起这种话,我叫你

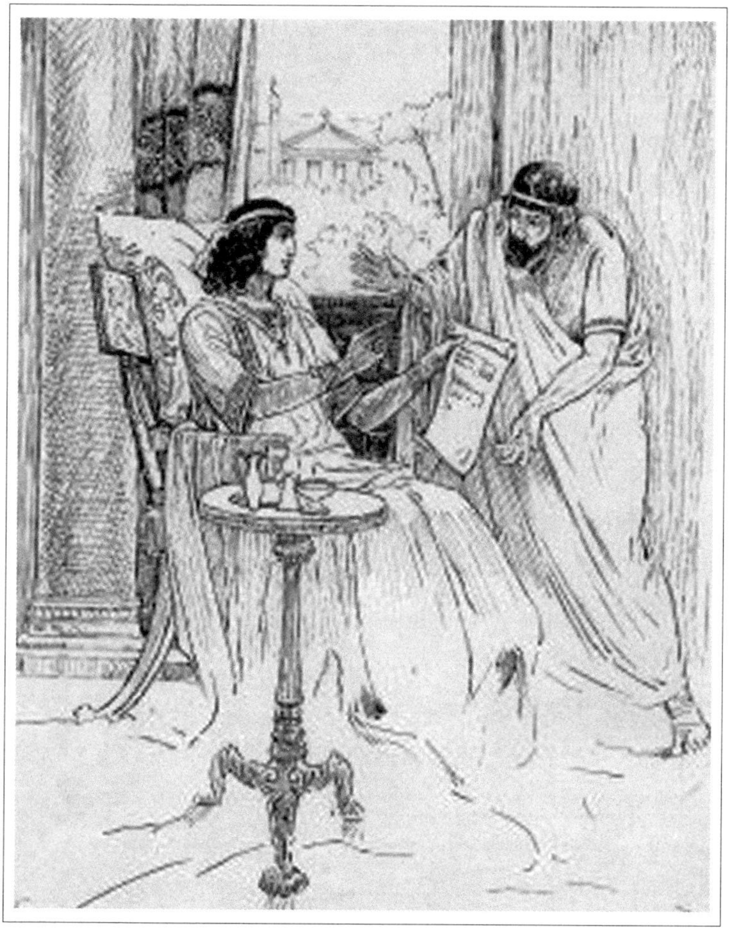

不要向我絮烦,你就借着这个做理由,替你自己诿卸责任了。

弗莱维斯　啊,我的好大爷!好多次我把账目拿上来呈给您看,您总是把它们推在一旁,说是您相信我的忠实。当您收下了人家一点点轻微的礼品,叫我用许多贵重的东西酬答他们的时候,我总是摇头流泪,甚至于不顾自己卑贱的身份,再三劝告您不要太慷慨了。不止一次我因为向您指出您的财产已经大不如前,您的欠债已经愈积愈多,而您却对我严词申斥。我的亲爱的大爷,现在您虽然肯听我把实在的情形告诉您,可是已经太迟了,您的家产至多也不过抵偿您的欠债的半数。

泰门　把我的土地一起卖掉好了。

弗莱维斯　土地有的已经变卖了,有的已经抵押给人家了;剩下来的还不够偿还目前已经到期的债款;没有到期的债款也快要到期了,中间这一段时间怎么应付过去呢?我们这一笔账,到最后又是怎么算法?

泰门　我的土地不是一直通到斯巴达吗?

弗莱维斯　啊,我的好大爷!整个的世界也不过是一句话;即使它是完全属于您的,只要您一开口,也可以把它很快地送给别人。

泰门　你说的倒是真话。

弗莱维斯　要是您疑心我办事欺心,您可以叫几个最精细的查账员当面查看我的账目。神明在上,当我们的门庭之内充满着饕餮的食客,当我们的酒窟里泛滥着满地的余沥,当每一间屋内灯光吐辉、笙歌沸天的时候,我总是一个人躲在一个漏水的管子下面,止不住我的泪涛的汹涌。

泰门　请你不要说下去啦。

弗莱维斯　天哪!我总是说,这位大爷多么慷慨!在这一个晚上,有多少狼藉的酒肉填饱了庸奴伧夫的肠胃!哪一个人不是靠泰门养活的？哪一个人的心思才智、武力资财，不是泰门大爷的？伟大的泰门，光荣高贵的泰门，唉！花费了无数的钱财，买到人家一声赞美，钱财一旦去手，赞美的声音也寂灭了。酒食上得来的朋友，等到酒尽樽空，转眼成为路人；一片冬天的乌云刚刚出现，这些飞虫早就躲得不知去向了。

泰门　得啦，少教训几句吧；我虽然太慷慨了些，可是慷慨也不是坏事；我的钱财用得虽然不大得当，可是还不是用在不明不白的地方。你何必哭呢？你难道以为我会缺少朋友吗？放心吧，凭着我对人家这点交情，要是我开口向人告借，谁都会把他们自己和他们的财产给我自由支配的。

弗莱维斯　但愿您所深信的果然是事实！

泰门　而且我现在的贫乏，未始不可以说是一种幸运；因为我可以借此试探我的朋友。你就可以明白你对于我的财产的忧心完全是一种过虑，我有这许多朋友，还怕穷吗？里面有人吗？弗莱米涅斯！塞维律斯！

　　　　　弗莱米涅斯、塞维律斯及其他仆人上。

众仆　大爷！大爷！

泰门　你们替我分别到几个地方去：你到路歇斯大爷那里；你到路库勒斯大爷那里，我今天还跟他在一起打猎；你到辛普洛涅斯那里。替我向他们致意问候；说是我认为非常荣幸，能够有机会请求他们借给我一些钱；只要五十个泰伦就够了。

弗莱米涅斯　是，大爷，我们就照您这几句话去说。

弗莱维斯　（旁白）路歇斯和路库勒斯？哼！

泰门　（向另一仆人）你到元老院去，请他们立刻送一千泰伦来给我；为了国计民生我曾尽过力，现在他们也该答应我的请求。

弗莱维斯　我已经大胆用您的图章和名义，向他们请求过了；可是他们只向我摇摇头，结果我仍旧空手而归。

泰门　真的吗？有这种事！

弗莱维斯　他们众口一词地回答我说，现在他们的景况很困难，手头没有钱，力不从心；很抱歉；您是很有信誉的人；可是他们觉得——他们不知道；有一点儿不敢十分赞同；善人未必没有过失；但愿一切顺利；实在不胜遗憾之至；说着这样断断续续的话，满脸不耐烦的神气，把帽子掀了掀，冷淡地点了点头，就去忙别的要事去了，把我冷得哑口无言。

泰门　神啊，惩罚他们！老人家，你不用烦恼。这些老家伙，都是天生忘恩负义的东西；他们的血已经寒冷冻结，不会流了；他们因为缺少热力，所以这样冷酷无情；他们将要终结他们生命的旅程而归于泥土，所以他们的天性也变得冥顽不灵了。（向一仆）你到文提狄斯那儿去。（向弗莱维斯）你也不用伤心了，你是忠心而诚实的；这全然不是你的错处。（向那仆人）文提狄斯新近把他的父亲安葬；他自从父亲死了以后，已经承继到一笔很大的遗产；他关在监狱里的时候，穷得一个朋友也没有，是我用五泰伦把他赎了出来；你去替我向他致意，对他说他的朋友因为有一些正用，请他把那五泰伦还给他。（仆人下。向弗莱维斯）那五泰伦拿到以后，就把目前已经到期的债款还给那些家伙。泰门有的是朋友，他的家业是不会没落的。

弗莱维斯　我希望我也像您一样放心。顾虑是慷慨的仇敌；一个人自己慷慨了，就以为人家也跟你一样。（同下。）

第三幕

第一场　雅典。路库勒斯家中一室

　　　　弗莱米涅斯在室中等候；一仆人上。

仆人　我已经告诉我家大爷说你在这儿；他就来见你了。

弗莱米涅斯　谢谢你，大哥。

　　　　路库勒斯上。

仆人　这就是我家大爷。

路库勒斯　（旁白）泰门大爷的一个仆人！一定是送什么礼物来的。哈哈，一点不错；我昨天晚上梦见银盘和银瓶哩。弗莱米涅斯，好弗莱米涅斯，承蒙你光降，不胜欢迎之至。给我倒些酒来。（仆人下）那位尊贵的、十全十美的、宽宏大量的雅典绅士，你那慷慨的好主人好吗？

弗莱米涅斯　他身体很好，先生。

路库勒斯　我很高兴他身体很好。你那外套下面有些什么东西，可爱的弗莱米涅斯？

弗莱米涅斯　不瞒您说，先生，那不过是一只空匣子；我奉我家大爷之命，特来请您把它填满了；他因为急用，需要五十个泰伦，所以叫我来向您商借，他相信您一定会毫不踌躇地帮助他的。

路库勒斯　哪，哪，哪哪！"相信他一定会帮助我"，他这样说吗？唉！好大爷，他是一位尊贵的绅士，就是太爱摆阔了。我好多次陪他在一块儿吃中饭，打算劝劝他；晚上再去陪他吃晚饭，也是为着劝他不要太浪费；可是他总不肯听人家的劝，也不因为我一次次地上门而有所觉悟。哪一个人没有几分错处，他的错处就是太老实了；我也这样对他说过，可是没有法子改变他的习性。

　　　　　仆人持酒重上。

仆人　大爷，酒来了。

路库勒斯　弗莱米涅斯，我一向知道你是个聪明人。喝杯酒吧。

弗莱米涅斯　多承大爷谬奖。

路库勒斯　我常常注意到你的脾气很和顺勤勉，凭良心说，你是很懂得道理的；你也从来不偷懒，这些都是你的好处。（向仆人）你去吧。（仆人下）过来，好弗莱米涅斯，你家大爷是位慷慨的绅士；可是你是个聪明人，虽然你到这儿来看我，你也一定明白，现在不是可以借钱给别人的时世，尤其单单凭着一点交情，什么保证都没有，那怎么行呀？这儿有三毛钱你拿了去；好孩子，帮帮忙，就说你没有看见我就是了。再会。

弗莱米涅斯　世事的变迁，人情的变幻，竟会一至于此吗？滚开，该死的下贱的东西，回到那崇拜你的人那儿去吧！（将钱掷去。）

路库勒斯　嘿！原来你也是个傻子，这才是有其主必有其仆。（下。）

弗莱米涅斯　愿你落在铁锅里和着熔化了的钱活活地熬死，你这恶病一样的朋友！难道友谊是这样轻浮善变，不到两天工夫就换了样子吗？天哪！我的心头充塞着我主人的愤怒。这个奴才的肠胃里还有我家主人赏给他吃的肉，为什么这些肉不跟他的良心一起变坏，化成毒药呢？他的生命一部分是靠着我家主人养活的；但愿他害起病来，临死之前多挨一些痛苦！（下。）

第二场　同前。广场

    路歇斯及三路人上。

路歇斯　谁？泰门大爷吗？他是我的很好的朋友，也是一个高贵的绅士。

路人甲　我们也久闻他的大名，虽然跟他没有交情。可是我可以告诉您一件事情，我听一般人都这样纷纷传说，说现在泰门大爷的光荣时代已经过去，他的家业已经远不如前了。

路歇斯　嘿，哪有这样的事，你不要听信人家胡说；他是总不会缺钱的。

路人乙　可是您得相信我，在不久以前，他叫一个仆人到路库勒斯大爷家里去，向他告借多少泰伦，说是有很要紧的用途，可是结果并没有借到。

路歇斯　怎么！

路人乙　我说，他没有借到。

路歇斯　岂有此理！天神在上，我真替他害羞！不肯借钱给这样一位高贵的绅士！那真是太不讲道义了。拿我自己来说，我必须承认曾经从他手里得到过一些小恩小惠，譬如说钱哪、杯盘哪，珠宝哪，这一类零星小物，比起别人到手的东西来可比不上，可是要是他向我开口借钱，我是不会不借给他这几个泰伦的。

塞维律斯上。

塞维律斯 瞧，巧得很，那里正是路歇斯大爷；我好容易找到他。（向路歇斯）我的尊贵的大爷！

路歇斯 塞维律斯！你来得很好。再会；替我问候你的高贵贤德的主人，我的最好的朋友。

塞维律斯 告诉大爷知道，我家主人叫我来——

路歇斯 哈！他又叫你送什么东西来了吗？你家大爷待我真好，他老送东西给我；你看我应当怎样感谢他才好呢？他现在又送些什么来啦？

塞维律斯 他没有送什么来，大爷，只是因为一时需要，想请您借给他几个泰伦。

路歇斯 我知道他老人家只是跟我开开玩笑；他哪里会缺五十、一百个泰伦用。

塞维律斯 可是大爷，他现在需要的还不到这个数目。要是他的用途并不正当，我也不会向您这样苦苦求告的。

路歇斯 你说的是真话吗，塞维律斯？

塞维律斯 凭着我的灵魂起誓，我说的是真话。

路歇斯 我真是一头该死的畜生，放着这一个大好的机会，可以表明我自己不是一个翻脸无情的小人，偏偏把手头的钱一起用光了！真不凑巧，前天我买了一件无关紧要的东西，今天蒙泰门大爷给我这样一个面子，却不能应命。塞维律斯，天神在上，我真的是无力应命；我是一头畜生；我自己刚才还想叫人来向泰门大爷告借几个钱呢，这三位先生可以替我证明；可是我觉得不好意思，否则早就向他开口了。请你多多替我向你家大爷致意；我希望他不要见怪于我，因为我实在是心有余而力不足。再请你替我告诉他，我不能满足这样一位高贵的绅士的要求，真是我生平第一件恨事。好塞维律斯，你愿意做我的好朋友，照我这几句话对他说吗？

塞维律斯　好的，大爷，我这样对他说就是了。

路歇斯　我一定不忘记你的好处，塞维律斯。（塞维律斯下）你们果然说得不错，泰门已经失势了，一次被人拒绝，到处都要碰壁的。（下。）

路人甲　您看见这种情形吗，霍斯提律斯？

路人乙　嗯，我看得太明白了。

路人甲　哼，这就是世人的本来面目；每一个谄媚之徒，都是同样的居心。谁能够叫那同器而食的人做他的朋友呢？据我所知道的，泰门曾经像父亲一样照顾这位贵人，用他自己的钱替他还债，维持他的产业；甚至于他的仆人的工钱，也是泰门替他代付的；他每一次喝酒，他的嘴唇上都是啜着泰门的银子；可是唉！瞧这些狗彘不食的人！人家行善事，对乞丐也要布施几个钱，他却好意思这样忘恩负义地一口拒绝。

路人丙　世道如斯，鬼神有知，亦当痛哭。

路人甲　拿我自己来说，我虽然从来不曾叨光过泰门的一顿酒食；他也从来不曾施恩于我，可以表明我是他的一个朋友；可是我要说一句，为了他的正直的胸襟、超人的德行和高贵的举止，要是他在窘迫的时候需要我的帮助，我一定愿意变卖我的家产，把一大半送给他，因为我是这样敬爱他的为人。可是在现在的时世，一个人也只好把怜悯之心搁起，因为万事总需熟权利害，不能但问良心。（同下。）

第三场　同前。辛普洛涅斯家中一室

辛普洛涅斯及一泰门的仆人上。

辛普洛涅斯　哼！难道他没有别人，一定要找我吗？他可以向路歇斯或是路库勒斯试试；文提狄斯是他从监狱里赎出身来的，现在也发了财了：这几个人都是靠着他才有今天这份财产。

仆人　大爷，他们几个人的地方都去过了，一个也不是好东西，谁都不肯借给他。

辛普洛涅斯　怎么！他们已经拒绝了他吗？文提狄斯和路库勒斯都拒绝了他吗？他现在又来向我告借吗？三个人？哼！这就可以看出他不但不够交情，而且也太缺少知人之明；我必须做他的最后的希望吗？他的朋友已经三次拒绝了他，就像一个病人已经被三个医生认为不治，所以我必须负责把他医好吗？他明明瞧不起我，给我这样重大的侮辱，我在生他的气哩。他应该一开始就向我商量，因为凭良心说，我是第一个受到他的礼物的人；现在他却最后一个才想到我，想叫我在最后帮他的忙吗？不，要是我答应了他，人家都要笑我，那些贵人都要当我是个傻子了。要是他瞧得起我，第一个就向我借，那么别说这一点数目，就是三倍于此，我也愿意帮助他的。可是现在你回去吧，替我把我的答复跟他们的冷淡的回音一起告诉你家主人；谁轻视了我，休想用我的钱。（下。）

仆人　很好！你这位大爷也是一个大大的奸徒。魔鬼把人们造得这样奸诈，一定后悔无及；比起人心的险恶来，魔鬼也要望风却步哩。瞧这位贵人唯恐人家看不清楚他的丑恶，拼命龇牙咧嘴给人家看,这就是他的奸诈的友谊!这是我的主人的最后的希望;现在一切都已消失了,只有向神明祈祷。现在他的朋友都已死去;终年开放、来者不拒的大门,也要关起来保护它们的主人了:这是一个浪子的下场;一个人不能看守住他的家产,就只好关起大门躲债。(下。)

第四场　同前。泰门家中厅堂

凡罗家两个仆人及路歇斯的仆人同上,与泰特斯、霍坦歇斯及其他泰门债主的仆人相遇。

凡罗家仆人甲　咱们碰见得很巧;早安,泰特斯,霍坦歇斯。

泰特斯　早安,凡罗家的大哥。

霍坦歇斯　路歇斯家的大哥!怎么!你也来了吗?

路歇斯家仆人　是的,我想我们都是为着同一的目的来的;我为讨钱而来。

泰特斯　他们和我们都是来讨钱的。

菲洛特斯上。

路歇斯家仆人　菲洛特斯也来了!

菲洛特斯　各位早安。

路歇斯家仆人　欢迎,好兄弟。你想现在是什么时候了?

菲洛特斯　快九点钟啦。

路歇斯家仆人　这么晚了吗?

菲洛特斯　还没有看见泰门大爷吗?

路歇斯家仆人　还没有。

菲洛特斯　那可怪了;他平常总是七点钟就起来的。

路歇斯家仆人　嗯,可是他的白昼现在已经比从前短了;你该知道一个浪子所走的路程是跟太阳一般的,可是他并不像太阳一样周而复始。我怕在泰门大爷的钱囊里,已经是岁晚寒深的暮冬时候了,你尽管一直把手伸到底里,恐怕还是一无所得。

菲洛特斯　我也担着这样的心。

泰特斯　我可以提醒你一件奇怪的事情。你家大爷现在差你来要钱。

霍坦歇斯　一点不错,他差我来要钱。

泰特斯　可是他身上还戴着泰门送给他的珠宝,我就是到这儿来等他把这珠宝的钱还我的。

霍坦歇斯　我虽然奉命而来,心里可是老大不愿意。

路歇斯家仆人　你瞧,事情多么奇怪,泰门应该还人家的钱比他实在欠下的债还多;好像你家主人佩戴了他的珍贵的珠宝以后,还应该向他讨还珠宝的价钱一样。

霍坦歇斯　我真不愿意干这种差使。我知道我家主人挥霍了泰门的财产,现在还要干这样忘恩负义的事,真是窃贼不如了。

凡罗家仆人甲　是的,我要向他讨还三千克朗;你呢?

路歇斯家仆人　我的是五千克朗。

凡罗家仆人甲　还是你比我多;照这数目看起来,你家主人对他的交情比我家主人深得多了,否则不会有这样的差别的。

　　　　弗莱米涅斯上。

泰特斯　他是泰门大爷的一个仆人。

路歇斯家仆人　弗莱米涅斯!大哥,说句话。请问大爷就要出来了吗?

弗莱米涅斯　不,他还不想出来呢。

泰特斯　我们都在等着他;请你去向他通报一声。

弗莱米涅斯　我不必通报他;他知道你们是经常上门的。(弗莱米涅斯下。)

　　　　弗莱维斯穿外套蒙首上。

路歇斯家仆人　嘿！那个蒙住了脸的，不是他的管家吗？他躲躲闪闪地去了；叫住他，叫住他。

泰特斯　你听见吗，总管？

凡罗家仆人乙　对不起，总管。

弗莱维斯　你有什么事要问我，朋友？

泰特斯　我们在这儿等着要拿回几个钱，总管。

弗莱维斯　哼，当你们那些黑心的主人吃着我家大爷的肉食的时候，为什么你们不把债票送上来要钱？那个时候他们是不把他的欠款放在心上的，只知道忙着胁肩谄笑，把利息吞下他们贪馋的胃里。你们跟我吵有什么用呢？让我安安静静地过去吧。相信我，我家大爷跟我已经解除了主仆的名分；我没有账可管，他也没有钱可用了。

路歇斯家仆人　我们可不能拿你这样的话回去交代啊。

弗莱维斯　我的话倒是老实话，不像你们的主人都是些无耻小人。

（下。）

凡罗家仆人甲　怎么！这位卸了职的老爷子咕噜些什么？

凡罗家仆人乙　随他咕噜些什么；他是个苦老头儿，理他作甚？连一间可以钻进头去的屋子也没有的人，见了高楼大厦当然会痛骂的。

　　　塞维律斯上。

泰特斯　啊！塞维律斯来了；现在我们可以得到一些答复了。

塞维律斯　各位朋友，要是你们愿意改日再来，我就感谢不尽了；不瞒列位说，我家大爷今天心境很不好；他身子也有点不大舒服，不能起来。

路歇斯家仆人　有许多人睡在床上不起来，并不是为了害病的缘故。要是他真的有病，我想他更应该早一点把债还清，这才可以撒手归天。

塞维律斯　天哪！

泰特斯　我们不能拿这样的话回去交代哩。

弗莱米涅斯　（在内）塞维律斯，赶快！大爷！大爷！

　　　　泰门暴怒上，弗莱米涅斯随上。

泰门　什么！我自己的门都不许我通过吗？我从来不曾受别人管过，现在我自己的屋子却变成了拘禁我的敌人、我的监狱吗？我曾经举行过宴会的地方，难道也像所有的人类一样，用一颗铁石的心肠对待我吗？

路歇斯家仆人　跟他说去，泰特斯。

泰特斯　大爷，这儿是我的债票。

路歇斯家仆人　这儿是我的。

霍坦歇斯　还有我的，大爷。

凡罗家仆人甲　凡罗家仆人乙　还有我们的，大爷。

菲洛特斯　我们的债票都在这儿。

泰门　用你们的债票把我打倒，把我腰斩了吧。

路歇斯家仆人　唉！大爷——

泰门　剖开我的心来。

泰特斯　我的账上是五十个泰伦。

泰门　把我的血一滴一滴地数出来。

路歇斯家仆人　五千个克朗，大爷。

泰门　还你五千滴血。你要多少？你呢？

凡罗家仆人甲　大爷——

凡罗家仆人乙　大爷——

泰门　扯碎我的四肢，把我的身体拿了去吧；天神的愤怒降在你们身上！（下。）

霍坦歇斯　我看我们的主人的债是讨不回来的了，因为欠债的是个疯子。（同下。）

　　　　泰门及弗莱维斯重上。

泰门　他们简直不容我有一点儿喘息的工夫，这些奴才！什么债主，简直是魔鬼！

弗莱维斯　我的好大爷——

泰门　要是果然这样呢？

弗莱维斯　大爷——

泰门　我一定这么办。管家！

弗莱维斯　有，大爷。

泰门　很好！去，再把我的朋友们一起请来，路歇斯、路库勒斯、辛普洛涅斯，叫他们大家都来；我还要宴请一次这些恶人。

弗莱维斯　啊，大爷！您这些话只是一时气愤之言；别说请客，现在就是略为备一些酒食的钱也没有了。

泰门　你别管；去吧。我叫你把他们全都请来；让那些混账东西再进一次我的门；我的厨子跟我会预备好东西给他们吃的。

　　　　（同下。）

第五场　同前。元老院

　　　　众元老列坐议事。

元老甲　大人，您的意见我很赞同；这是一件重大的过失；他必须判处死刑；姑息的结果只是放纵了罪恶。

元老乙　一点不错；法律必须给他一些惩罚。

　　　　艾西巴第斯率侍从上。

艾西巴第斯　愿荣耀、康健和仁慈归于各位元老！

元老甲　请了，将军。

艾西巴第斯　我是你们的一个卑微的请愿者。人家说，法律不外人情，只有暴君酷吏才会借着法律的威严肆其荼毒。我的一个朋友因为一时之愤，无意中陷入法网。虽然他现在遭逢不幸，可是他也是很有品行的人，并不是卑怯无耻之流，单这一点也就可以补赎他的过失了；他因为眼看他的名誉受到致命的污辱，所以才挺身而起，光明正大地和他的敌人决斗；就是当他们兵刃相交的时候，他也始终不动声色，就像不过跟人家辩论一场是非一样。

元老甲　您想把一件恶事说得像一件好事，恐怕难以自圆其说；您的话全然是饰词强辩，有心替杀人犯辩护，把斗殴当作勇敢，可惜这种勇敢却是误用了的。真正勇敢的人，应当能够智慧地忍受最难堪的屈辱，不以身外的荣辱介怀，用息事宁人的态度避免无谓的横祸。要是屈辱可以使我们杀人，那么为了气愤而冒着生命的危险，是一件多么愚蠢的事！

艾西巴第斯　大人——

元老甲　您不能使重大的罪恶化为清白；报复不是勇敢，忍受才是勇敢。

艾西巴第斯　各位大人，我是一个武人，请你们恕我说句武人的话。为什么愚蠢的人们宁愿在战场上捐躯，不知道忍受各种的威胁呢？为什么他们不高枕而眠，让敌人从容割破他们的咽喉而不加抗拒呢？要是忍受果然是这样勇敢的行为，那么我们为什么要去远征国外呢？照这样说来，那么在家内安居的妇人女子才是更勇敢的，驴子也要比狮子英雄得多了；要是忍受是一种智慧，那么铁索锒铛的囚犯，也比法官更聪明了。啊，各位大人！你们身膺众望，应该仁爱为怀。谁不知道残酷的暴行是罪不容赦的？杀人者处极刑；可是为了自卫而杀人，却是正当的行为。负气使性，虽然为正人君子所不齿，然而人非木石，谁没有一时的气愤呢？你们在判定他的罪名以前，请先斟酌人情，不要矫枉过正才好。

元老乙　您这些话全是白说。

艾西巴第斯　白说！他在斯巴达和拜占庭两次战役中所立的功劳，难道不能赎回他的一死吗？

元老甲　那是怎么一回事？

艾西巴第斯　我说，各位大人，他曾经立下不少的功劳，在战争中杀死你们的许多敌人。在上次作战的时候，他是多么勇敢，手刃了多少人！

元老乙　他杀过太多的人；他是个好乱成性的家伙；要是没有人跟他作对，他也要找人家吵闹；因为他有这样的坏脾气，也不知闹过多少回事、引起多少回的纷争了；我们久已风闻他的酗酒寻衅、行为不检的劣迹。

元老甲　他必须处死。

艾西巴第斯　残酷的命运！早知如此，他就该死在战场上。各位大人，要是他的功绩才能不能替他自己赎罪，那么我可以拿我自己的微劳一并作为抵押，请你们宽恕了他的死罪；我知道你们这样年高的人都喜欢有一个确实的保证，所以我愿意以我历次的胜利和我的荣誉向你们担保，他一定不会有负你们的矜宥。要是他这次所犯的罪，按照法律必须用生命抵偿，那么让他洒血沙场，英勇而死吧；因为战争是和法律同样无情的。

元老甲　我们只知道秉公执法，他必须死。不要再絮渎了，免得惹起我们的恼怒。即使他是我们的朋友或是兄弟，杀了人也必须抵命。

艾西巴第斯　一定要这样办吗？不，一定不能这样办。各位大人，我请求你们，想一想我是什么人。

元老甲　怎么！

艾西巴第斯　请你们想一想我是什么人。

元老丙　什么！

艾西巴第斯　我想你们一定年老健忘，想不起我了；否则我这样向你们卑辞请求这么一点小小的恩惠，总不至于会被你们拒绝的。我身上的伤痕在为你们而疼痛哩。

元老甲　你胆敢惹我们生气吗？好，听着，我们没有很多的话说，可是我们的话是言出如山的：我们宣布把你永远放逐。

艾西巴第斯　把我放逐！把你们自己的糊涂放逐了吧；把你们放债营私、秽迹昭彰的腐化行为放逐了吧！

元老甲　要是在两天以后，你仍旧逗留在雅典境内，我们就要判处你加倍的重罪。至于你那位朋友，为了让我们耳目中清静一些起见，我们就要把他立刻处决。（众元老同下。）

艾西巴第斯　愿神明保佑你们长寿，让你们枯瘦得只剩一副骨头，谁也不来瞧你们一眼！真把我气疯了；我替他们打退了敌人，让他们安安稳稳地在一边数他们的钱，用高利放债，我自己却只得到了满身的伤痕：这一切不过换到了今天这样的结果吗？难道这就是那放高利贷的元老院替将士伤口敷上的油膏吗？放逐！那倒不是坏事；我不恨他们把我放逐；我可以借着这个理由，举兵攻击雅典，向他们发泄我的愤怒。我要去鼓动我的愤愤不平的部队；军人们像天神一样，是不能忍受丝毫的侮辱的。（下。）

第六场　同前。泰门家中的宴会厅

　　　　音乐；室内排列餐桌，众仆立侍；若干贵族、元老及余人等自各门分别上。

贵族甲　早安，大人。

贵族乙　早安。我想这位可尊敬的贵人前天不过是把我们试探一番。

贵族甲　我刚才也这么想着；我希望他并不真正穷到像他故意装给朋友们看的那个样子。

贵族乙　照他这次重开盛宴的情形看来，他并没有真穷。

贵族甲　我也这样想。他很诚恳地邀请我，我本来还有许多事情，实在抽不出身，可是因为他的盛情难却，所以不能不拨冗而来。

贵族乙　我也有许多要事在身，可是他一定不肯放过我。我很抱歉，当他叫人来问我借钱的时候，我刚巧手边没有现款。

贵族甲　我知道了他这种情形之后，心里也难过得很。

贵族乙　这儿每一个人都有这样的感觉。他要向您借多少钱？

贵族甲　一千块。

贵族乙　一千块！

贵族甲　您呢？

贵族丙　他叫人到我那儿去，大人，——他来了。

　　　　泰门及侍从等上。

泰门　　竭诚欢迎，两位老兄；你们都好吗？

贵族甲　托您的福，大人。

贵族乙　燕子跟随夏天，也不及我们跟随您这样踊跃。

泰门　（旁白）你们离开我也比燕子离开冬天还快；人就是这种趋炎避冷的鸟儿。——各位朋友，今天肴馔不周，又累你们久等，实在抱歉万分；要是你们不嫌喇叭的声音刺耳，请先饱听一下音乐，我们就可以入席了。

贵族甲　前天累尊价空劳往返，希望您不要见怪。

泰门　啊！老兄，那是小事，请您不必放在心上。

贵族乙　大人——

泰门　啊！我的好朋友，什么事？

贵族乙　大人，我真是说不出的惭愧，前天您叫人来看我的时候，不巧我正是身无分文。

泰门　老兄不必介意。

贵族乙　要是您再早两点钟叫人来——

泰门　请您不要把这种事留在记忆里。（众仆端酒食上）来，把所有的盘子放在一起。

贵族乙　盘子上全都罩着盖！

贵族甲　一定是奇珍异味哩。

贵族丙　那还用说吗，只要是出了钱买得到的东西。

贵族甲　您好？近来有什么消息？

贵族丙　艾西巴第斯被放逐了；您听见人家说起没有？

贵族甲　贵族乙　艾西巴第斯被放逐了！

贵族丙　是的，这消息是的确的。

贵族甲　怎么？怎么？

贵族乙　请问是为了什么原因？

泰门　各位好朋友，大家过来吧。

贵族丙　等会儿我再详细告诉您。看来又是一场盛大的欢宴。

贵族乙　他还是原来那样子。

贵族丙　这样子能够维持长久吗？

贵族乙　也许；可是——那就——

贵族丙　我明白您的意思。

泰门　请大家用着和爱人接吻那样热烈的情绪，各人就各人的座位吧；你们的菜肴是完全一律的。不要拘泥礼节，逊让得把肉菜都冷了。请坐，请坐。我们必须先向神明道谢：——神啊，我们感谢你们的施与，赞颂你们的恩惠；可是不要把你们所有的一切完全给人，免得你们神灵也要被人蔑视。借足够的钱给每一个人，不使他再转借给别人；因为如果你们神灵也要向人类告贷，人类是会把神明舍弃的。让人们重视肉食，甚于把肉食赏给他们的人。让每一处有二十个男子的所在，聚集着二十个恶徒；要是有十二个妇人围桌而坐，让她们中间的十二个人保持她们的本色。神啊！那些雅典的元老，以及黎民众庶，请你们鉴察他们的罪恶，让他们遭受毁灭的命运吧。至于我这些在座的朋友，他们本来对于我漠不相关，所以我不给他们任何的祝福，我所用来款待他们的也只有空虚的无物。揭开来，狗子们，舔你们的盆子吧。（众盘揭开，内满贮温水。）

一宾客　他这种举动是什么意思？

另一宾客　我不知道。

泰门　请你们永远不再见到比这更好的宴会，你们这一群口头的朋友！蒸汽和温水是你们最好的饮食。这是泰门最后一次的宴会了；他因为被你们的谄媚蒙住了心窍，所以要把它洗干净，把你们这些恶臭的奸诈仍旧洒还给你们。（浇水于众客脸上）愿你们老而不死，永远受人憎恶，你们这些微笑的、柔和的、可厌的寄生虫，彬彬有礼的破坏者，驯良的豺狼，温驯的熊，命运的弄人，酒食征逐的朋友，趋炎附势的青蝇，脱帽屈膝的奴才，水汽一样轻浮的幺麽小丑！一切人畜的恶症侵蚀你们的全身！什么！你要走了吗？且慢！你还没有把你的教训带去，——还有你，——还有你；等一等，我有钱借给你们哩，我不要向你们借钱呀！（将盘子掷众客身，众下）什么！大家都要走了吗？从此以后，让每一个宴会上把奸人尊为上客吧。屋子，烧起来呀！雅典，陆沉了吧！从此以后，泰门将要痛恨一切的人类了！（下。）

众贵族、元老等重上。

贵族甲　哎哟，各位大人！
贵族乙　您知道泰门发怒的缘故吗？
贵族丙　嘿！您看见我的帽子吗？
贵族丁　我的袍子也丢了。
贵族甲　他已经发了疯啦，完全在逗着他的性子乱闹。前天他给我一颗宝石，现在他又把它从我的帽子上打下来了。你们看见我的宝石吗？
贵族丙　您看见我的帽子吗？
贵族乙　在这儿。
贵族丁　这儿是我的袍子。
贵族甲　我们还是快走吧。
贵族乙　泰门已经疯了。
贵族丙　他把我的骨头都捶痛了呢。
贵族丁　他高兴就给我们金刚钻，不高兴就用石子扔我们。（同下。）

第四幕

第一场　雅典城外

泰门上。

泰门　让我回头瞧瞧你。城啊，你包藏着如许的豺狼，快快陆沉吧，不要再替雅典做藩篱！已婚的妇人们，淫荡起来吧！子女们不要听父母的话！奴才们和傻瓜们，把那些年高德劭的元老拉下来，你们自己坐上他们的位置吧！娇嫩的处女变成人尽可夫的娼妓，当着你们父母的眼前跟别人通奸吧！破产的人，不要偿还你们的欠款，用刀子割破你们债主的咽喉吧！仆人们，放手偷窃吧！你们庄严的主人都是借着法律的名义杀人越货的大盗。婢女们，睡到你们主人的床上去吧；你们的主妇已经做卖淫妇去了！十六岁的儿子，夺下你步履龙钟的老父手里的拐杖，把他的脑浆敲出来吧！孝亲敬神的美德、和平公义的正道、齐家睦邻的要义、教育、礼仪、百工的技巧、尊卑的品秩、风俗、习惯，一起陷于混乱吧！加害于人身的各种瘟疫，向雅典伸展你们的毒手，播散你们猖獗传染的热病！让风湿钻进我们那些元老的骨髓，使他们手脚瘫痪！

让淫欲放荡占领我们那些少年人的心，使他们反抗道德，沉溺在狂乱之中！每一个雅典人身上播下了疥癣疮毒的种子，让他们一个个害起癞病！让他们的呼吸中都含着毒素，谁和他们来往做朋友都会中毒而死！除了我这赤裸裸的一身以外，我什么也不带走，你这可憎的城市！我给你的只有无穷的咒诅！泰门要到树林里去，和最凶恶的野兽做伴侣，比起无情的人类来，它们是要善良得多了。天上一切神明，听着我，把那城墙内外的雅典人一起毁灭了吧！求你们让泰门把他的仇恨扩展到全体人类，不分贵贱高低！阿门。（下。）

第二场　雅典。泰门家中一室

　　弗莱维斯及二三仆人上。

仆甲　请问总管，我们的主人呢？我们全完了吗？被丢弃了吗？什么也没有留下吗？

弗莱维斯　唉！兄弟们，我应当对你们说些什么话呢？正直的天神可以替我做证，我跟你们一样穷。

仆甲　这样一份人家也会冰消瓦解！这样一位贵主人也会一朝失势！什么都完了！没有一个朋友和他患难相依！

仆乙　正像我们送已死的同伴下葬以后就掉头而去一样，他的知交一见他的财产化为泥土，也就悄悄溜走，只有他们所发的虚伪的誓言，还像一个已经掏空的钱袋似的留在他的身边。可怜的他，变成一个无家可归的叫花，因为害着一身穷病，弄得人人走避，只好一个人踽踽独行。又有几个我们的弟兄来了。

　　其他仆人上。

弗莱维斯　都是一个破落人家的一些破碎的工具。

仆丙　可是我们心里都还穿着泰门发给我们的制服，我们的脸上都流露着眷怀故主的神色。我们现在遭逢不幸，依然是亲密的同伴。我们的大船已经漏了水，我们这些可怜的水手，站在向下沉没的甲板上，听着海涛的威胁；在这茫茫的大海之中，我们必须从此分散了。

弗莱维斯　各位好兄弟们，我愿意把我剩余下来的几个钱分给你们。以后我们无论在什么地方相会，为了泰门的缘故，让我们仍旧都是好朋友；让我们摇摇头，叹口气，悲悼我们主人家业的零落，说，"我们都是曾经见过好日子的。"各人都拿一些去；（给众仆钱）不，大家伸出手来。不必多说，我们现在穷途离别，让悲哀充塞着我们的胸膛吧。（众仆互相拥抱，分别下）啊，荣誉带给我们的残酷的不幸！财富既然只替人招来了困苦和轻蔑，谁还愿意坐拥巨资呢？谁愿意享受片刻的荣华，徒做他人的笑柄？谁愿意在荣华的梦里，相信那些虚伪的友谊？谁还会贪恋那些和趋炎附势的朋友同样不可靠的尊荣豪贵？可怜的老实的大爷！他因为自己心肠太好，所以才到了今天这个地步！谁想得到，一个人行了太多的善事反是最大的罪恶！谁还敢再像他一半仁慈呢？慷慨本来是天神的德行，凡人慷慨了却会损害他自己。我们最亲爱的大爷，你是一个有福之人，却反而成为最倒霉的一个，你的万贯家财害得你如此凄凉，你的富有变成了你的最大的痛苦。唉！仁慈的大爷，他因为气不过这些忘恩负义的朋友，才一怒而去；他既没有携带活命的资粮，又没有一些可以变换衣食的财帛。我要追寻他的踪迹，尽心竭力侍候他的旨意；当我还有一些金钱在手的时候，我仍然是他的管家。（下。）

第三场　海滨附近的树林和岩穴

　　泰门自穴中上。

泰门　神圣的化育万物的太阳啊！把地上的瘴雾吸起，让天空中弥漫着毒气吧！同生同长、同居同宿的孪生兄弟，也让他们各人去接受不同的命运，让那贫贱的人被富贵的人所轻蔑吧。重视伦常天性的人，必须遍受各种颠沛困苦的凌虐；灭伦悖义的人，才会安享荣华。让乞儿跃登高位，大臣退居贱职吧；元老必须世世代代受人蔑视，乞儿必须享受世袭的光荣。有了丰美的牧草，牛儿自然肥胖；缺少了饲料它就会瘦瘠下来。谁敢秉着光明磊落的胸襟挺身而起，说"这人是一个谄媚之徒"？要是有一个人是谄媚之徒，那么谁都是谄媚之徒；因为每一个按照财产多寡区分的阶级，都要被次一阶级所奉承；博学的才人必须向多金的愚夫鞠躬致敬。在我们万恶的天性之中，一切都是歪曲偏斜的，一切都是奸邪淫恶。所以，让我永远厌弃人类的社会吧！泰门憎恨形状像人一样的东西，他也憎恨他自己；愿毁灭吞噬整个人类！泥土，给我一些树根充饥吧！（掘地）谁要是希望你给他一些更好的东西，你就用你最猛烈的毒物餍足他的口味吧！咦，这是什么？金子！黄黄的、发光的、宝贵的金子！不，天神们啊，我不是一个游手好闲的信徒；我只要你们给我一些树根！这东西，只这一点点儿，就可以使黑的变成白的，丑的变成美的，错的变成对的，卑贱变成尊贵，老人变成少年，懦夫变成勇士。嘿！你们这些天神啊，为什么要给我这东西呢？嘿，这东西会把

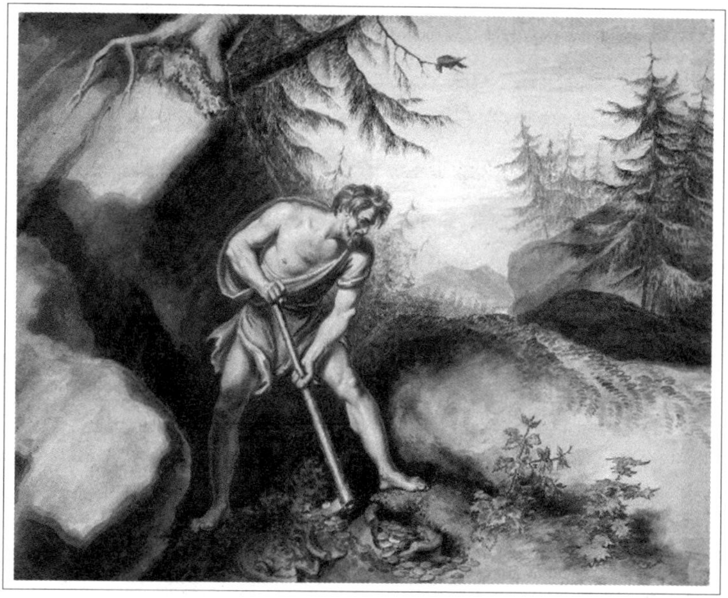

你们的祭司和仆人从你们的身旁拉走，把壮士头颅底下的枕垫抽去；这黄色的奴隶可以使异教联盟，同宗分裂；它可以使受咒诅的人得福，使害着灰白色的癞病的人为众人所敬爱；它可以使窃贼得到高爵显位，和元老们分庭抗礼；它可以使鸡皮黄脸的寡妇重做新娘，即使她的尊容会使身染恶疮的人见了呕吐，有了这东西也会恢复三春的娇艳。来，该死的土块，你这人尽可夫的娼妇，你惯会在乱七八糟的列国之间挑起纷争，我倒要让你去施展一下你的神通。（远处军队行进声）嘿！鼓声吗？你还是活生生的，可是我要把你埋葬了再说。不，当那看守你的人已经风瘫了的时候，你也许要逃走，且待我留着这一些作质。（拿了若干金子。）

    鼓角前导，艾西巴第斯戎装率菲莉妮娅、提曼德拉同上。

艾西巴第斯 你是什么？说。

泰门 我跟你一样是一头野兽。愿蛆虫蛀掉了你的心，因为你又让我看见了人类的面孔！

艾西巴第斯 你叫什么名字？你自己是一个人，怎么把人类恨到这个样子？

泰门 我是恨世者，一个厌恶人类的人。我倒希望你是一条狗，那么也许我会喜欢你几分。

艾西巴第斯 我认识你是什么人，可是不知道你为什么会变成这样。

泰门 我也认识你；除了我知道你是什么人之外，我不要再知道什么。跟着你的鼓声去吧；用人类的血染红大地；宗教的戒条、民事的法律，哪一条不是冷酷无情的，那么谁能责怪战争的残酷呢？这一个狠毒的娼妓，虽然瞧上去像个天使一般，杀起人来却比你的刀剑还要厉害呢。

菲莉妮娅 烂掉你的嘴唇！

泰门 我不要吻你；你的嘴唇是有毒的，让它自己烂掉吧。

艾西巴第斯　尊贵的泰门怎么会变成这个样子？

泰门　正像月亮一样，因为缺少了可以照人的光；可是我不能像月亮一样缺而复圆，因为我没有可以借取光明的太阳。

艾西巴第斯　尊贵的泰门，我可以为你做些什么事，来表示友谊呢？

泰门　不必，只要你支持我的意见。

艾西巴第斯　什么意见，泰门？

泰门　用口头上的友谊允许人家，可是不要履行你的允诺；要是你不允许人家，那么神明降祸于你，因为你是一个人！要是你果然履行允诺，那么愿你沉沦地狱，因为你是一个人！

艾西巴第斯　我曾经略为听到过一些你的不幸的遭际。

泰门　当我有钱的时候，你就看见过我是怎样的不幸了。

艾西巴第斯　我现在才看见你的不幸；当初你是很享福的。

泰门　正像你现在一样，给一对娼妓挟住了不放。

提曼德拉　这就是那个受尽世人歌颂的雅典的宠儿吗？

泰门　你是提曼德拉吗？

提曼德拉　是的。

泰门　做你一辈子的婊子去吧；把你玩弄的那些人并不真心爱你；他们在你身上发泄过兽欲以后，你就把恶疾传给他们。利用你的淫浪的时间，把他们放进腌缸里或汽浴池中，把那些红颜的少年消磨得形销骨立吧。

提曼德拉　该死的妖魔！

艾西巴第斯　原谅他，好提曼德拉，因为他遭逢变故，他的神志已经混乱。豪侠的泰门，我近来钱囊羞涩，为了饷糈不足的缘故，我的部队常常发生叛变。我也很痛心，听到那可咒诅的雅典怎样轻视你的才能，忘记你的功德，倘不是靠着你的威名和财力，这区区的雅典城早被强邻鲸食了——

371

泰门　请你敲起鼓来,快点走开吧。

艾西巴第斯　我是你的朋友,我同情你,亲爱的泰门。

泰门　你这样跟我胡缠,还说同情我吗?我宁愿一个人在这里。

艾西巴第斯　好,那么再会;这儿有一些金子,你拿去吧。

泰门　金子你自己留着,我又不能吃它。

艾西巴第斯　等我把骄傲的雅典踏成平地以后——

泰门　你要去打雅典吗?

艾西巴第斯　是的,泰门,我有充分的理由哩。

泰门　愿天神降祸于所有的雅典人,让他们一个个在你剑下丧命;等你征服了雅典以后,愿天神再降祸于你!

艾西巴第斯　为什么降祸于我,泰门?

泰门　因为天生下你来,要你杀尽那些恶人,征服我的国家。把你的金子藏好了;快去。我这儿还有些金子,也一起给了你吧。快去。愿你奉行天罚,像一颗高悬在作恶多端的城市上的灾星一般,别让你的剑下放过一个人。不要怜悯一把白须的老翁,他是一个放高利贷的人。那凛然不可侵犯的中年妇人,外表上虽然装得十分贞淑,其实却是一个鸨妇,让她死在你的剑下吧。也不要因为处女的秀颊而软下了你的锐利的剑锋;这些惯在窗棂里偷看男人的丫头,都是可怕的叛徒,不值得怜惜的。也不要饶过婴孩,像一个傻子似的看见他的浮着酒窝的微笑而大发慈悲;你应当认为他是一个私生子,上天已经向你隐约预示他将来长大以后会割断你的咽喉,所以你必须硬着心肠把他剁死。你的耳朵上、眼睛上,都要罩着一重厚甲,让你听不到母亲、少女和婴孩们的啼哭,看不见披着圣服的祭司的流血。把这些金子拿去分给你的兵士,让他们去造成一次大大的纷乱;等你的盛怒消释以后,愿你也不得好死!不必多说,快去。

艾西巴第斯　你还有金子吗？我愿意接受你给我的金子，可是不能完全接受你的劝告。

泰门　接受也好，不接受也好，愿上天的咒诅降在你身上！

菲莉妮娅&提曼德拉　好泰门，给我们一些金子；你还有吗？

泰门　有，有，有，我有足够的金子，可以使一个妓女改业，自己当起老鸨来。揭起你们的裙子来，你们这两个贱婢。你们是不配发誓的，虽然我知道你们发起誓来，听见你们的天神也会浑身发抖，毛骨悚然；不要发什么誓了，我愿意信任你们。做你们一辈子的婊子吧；要是有什么仁人君子，想要劝你们改邪归正，你们就得施展你们的狐媚伎俩引诱他，使他在欲火里丧身。一辈子做你们的婊子吧；你们的脸上必须满涂着脂粉，让马蹄踏上去都会拔不出来。

菲莉妮娅&提曼德拉　好，再给我们一些金子。还有什么盼咐？相信我们，只要有金子，我们是什么都愿意干的。

泰门　把痨病的种子播在人们枯干的骨髓里；让他们胫骨疯瘫，不能上马驰驱。嘶哑了律师的喉咙，让他不再颠倒黑白，为非分的权利辩护，鼓弄他的如簧之舌。叫那痛斥肉体的情欲、自己不相信自己的话的祭司害起满身的癞病；叫那长着尖锐的鼻子、一味钻营逐利的家伙烂去了鼻子；叫那长着一头鬈曲秀发的光棍变成秃子；叫那不曾受过伤、光会吹牛的战士也从你们身上受到一些痛苦：让所有的人都被你们害得身败名裂。再给你们一些金子；你们去害了别人，再让这东西来害你们，愿你们一起倒在阴沟里死去！

菲莉妮娅&提曼德拉　宽宏慷慨的泰门，再给我们一些金子吧，你还有什么话要对我们说呢？

泰门　你们先去多卖几次淫，多害几个人；回头来我还有金子给你们。

艾西巴第斯　敲起鼓来，向雅典进发！再会，泰门；要是我此去能够成功，我会再来访问你的。

泰门　要是我的希望没有落空，我再也不要看见你了。

艾西巴第斯　我从来没有得罪过你。

泰门　可是你说过我的好话。

艾西巴第斯　这难道对你是有害的吗？

泰门　人们每天都可以发现说好话的人总是不怀好意。走开，把你这两条小猎狗带了去。

艾西巴第斯　我们留在这儿反而惹他生气。敲鼓！（敲鼓；艾西巴第斯、菲莉妮娅、提曼德拉同下。）

泰门　想不到在饱尝人世的无情之后，还会感到饥饿；你万物之母啊，（掘地）你的不可限量的胸腹，孳乳着繁育着一切；你的精气不但把傲慢的人类，你的骄儿，吹嘘长大，也同样生养了黑色的蟾蜍、青色的蝮蛇、金甲的蝾螈、盲目的毒虫以及一切光天化日之下可憎可厌的生物；请你从你那丰饶的怀里，把一块粗硬的树根给那痛恨你一切人类子女的我果果腹吧！枯萎了你的肥沃多产的子宫，让它不要再生出负心的人类来！愿你怀孕着虎龙狼熊，以及一切宇宙覆载之中所未见的妖禽怪兽！啊！一个根；谢谢。干涸了你的血液，枯焦了你的土壤；忘恩负义的人类，都是靠着你的供给，用酒肉填塞了他的良心，以至于迷失了一切的理性！

　　　艾帕曼特斯上。

泰门　又有人来了！该死！该死！

艾帕曼特斯　人家指点我到这儿来；他们说你学会了我的举止，模仿着我的行为。

泰门　因为你还不曾养一条狗，否则我倒宁愿学它；愿痨病抓了你去！

艾帕曼特斯　你这种样子不过是一时的感触，因为运命的转移而发生的懦怯的忧郁。为什么拿起这柄锄头？为什么住在这个地方？为什么穿上这身奴才的装束？为什么露出这样忧伤的神色？向你献媚的家伙现在还穿的是绸缎，喝的是美酒，睡的是温软的被褥，彻底忘记了世上曾经有过一个名叫泰门的人。不要装出一副骂世者的腔调，害这些山林蒙羞吧。还是自己也去做一个献媚的人，在那些毁荡了你的家产的家伙手下讨生活吧。弯下你的膝头，让他嘴里的气息吹去你的帽子；尽管他发着怎样大的脾气，你都要把他恭维得五体投地。你应当像笑脸迎人的酒保一样，倾听着每一个流氓恶棍的话；你必须自己也做一个恶棍，要是你再发了财，也不过让恶棍们享用了去。可不要再学着我的样子啦。

泰门　要是我像了你，我宁愿把自己丢掉。

艾帕曼特斯　你因为像你自己，早已把你自己丢掉了；你做了这么久的疯人，现在却变成了一个傻子。怎么！你以为那凛洌的霜风，你那喧嚷的仆人，会把你的衬衫烘暖吗？这些寿命超过鹰隼、罩满苍苔的老树，会追随你的左右，听候你的使唤吗？那冰冻的寒溪会替你在清晨煮好粥汤，替你消除昨夜的积食吗？叫那些赤裸裸地生存在上天的暴怒之中、无遮无掩地受着风吹雨打霜雪侵凌的草木向你献媚吧；啊！你就会知道——

泰门　你是一个傻子。快去。

艾帕曼特斯　我从来不曾像现在这样喜欢过你。

泰门　我从来不曾像现在这样讨厌过你。

艾帕曼特斯　为什么？

泰门　因为你向贫困献媚。

艾帕曼特斯　我没有献媚，我说你是一个下流的恶汉。

泰门　为什么你要来找我?

艾帕曼特斯　因为我要惹你恼怒。

泰门　这是一个恶徒或者愚人的工作。你以为惹人家恼怒对于你自己是一件乐事吗?

艾帕曼特斯　是的。

泰门　怎么!你又是一个无赖吗?

艾帕曼特斯　要是你披上这身寒酸的衣服,目的只是要惩罚你自己的骄傲,那么很好;可是你是出于勉强的,倘然你不再是一个乞丐,你就会再去做一个廷臣。自愿的贫困胜如不定的浮华;穷奢极欲的人要是贪得无厌,比最贫困而知足的人更要不幸得多了。你既然这样困苦,应该但求速死。

泰门　我不会听了一个比我更倒霉的人的话而去寻死。你是一个奴隶,命运的温柔的手臂从来不曾拥抱过你。要是你从呱呱坠地的时候就跟我们一样,可以随心所欲地享受这浮世的欢娱,你一定已经沉溺在无边的放荡里,把你的青春消磨在左拥右抱之中,除了一味追求眼前的淫乐以外,再也不会知道那些冷冰冰的人伦道德。可是我,整个的世界曾经是我的糖果的作坊;人们的嘴、舌头、眼睛和心都争先恐后地等候着我的使唤,虽然我没有这许多工作可以给他们做;无数的人像叶子依附橡树一般依附着我,可是经不起冬风的一吹,他们便落下枝头,剩下我赤裸裸的枯干,去忍受风雨的摧残:像我这样享福过来的人,一旦挨受这种逆运,那才是一件难堪的重荷;你却是从开始时候就尝到人世的痛苦的,经验已经把你磨炼得十分坚强了。你为什么厌恶人类呢?他们从来没有向你献过媚;你曾经有些什么东西给人家呢?倘然你要咒骂,你就得咒骂你的父亲,那个穷酸的叫花,他因为一时兴起,和一个女乞婆养下了你这世袭的穷光蛋来。滚开!快去！倘然你不是生下来就是世间最下贱的人，你就是个奸佞的小人。

艾帕曼特斯　你现在还是这样骄傲吗？

泰门　是的，因为我不是你而骄傲。

艾帕曼特斯　我也因为不是一个浪子而骄傲。

泰门　我因为现在是个浪子而骄傲。要是我所有的一切钱财都在你的手掌之中，我也不向你要。快去！但愿全体雅典人的生命都在这块根里，我要像这样把它一口吞下！（食树根。）

艾帕曼特斯　你要我带些什么去给雅典人？

泰门　但愿一阵旋风把你卷到雅典去。要是你愿意，你可以告诉他们我这儿有金子；瞧，我有金子。

艾帕曼特斯　你在这儿用不着金子。

泰门　金子在这儿才是最好最真的，因为它安安静静地躺在这儿，不被人利用去为非作歹。

艾帕曼特斯　晚上在什么地方睡觉，泰门？

泰门　在太虚的覆罩之下。你白天在什么地方吃东西，艾帕曼特斯？

艾帕曼特斯　在我的肚子找到肉食的地方；或者说，在我吃东西的地方。

泰门　我希望鸩毒服从我的意志！

艾帕曼特斯　你要把它送到什么地方去？

泰门　撒在你的食物里。

艾帕曼特斯　你只知道人生中的两个极端，不曾度过中庸的生活。当你锦衣美服、麝香熏身的时候，他们讥笑你的繁文缛礼；现在你不衫不履，敝首垢面，他们又蔑视你的落拓疏狂。

泰门　艾帕曼特斯，要是全世界俯伏在你的脚下，你预备把它怎样处置？

艾帕曼特斯　把它送给野兽，吃尽了所有的人类。

泰门　你愿意置身于人类的混乱之中，而与众兽为伍，做一头畜生吗？

艾帕曼特斯　是的，泰门。

泰门　愿天神保佑你达到这一个畜生的愿望。要是你做了狮子，狐狸会来欺骗你；要是你做了羔羊，狐狸会来吃了你；要是你做了狐狸，万一驴子把你告发，狮子会对你起疑心；要是你做了驴子，你的愚蠢将使你受苦，而且你也不免做豺狼的一顿早餐；要是你做了狼，你的贪馋将使你烦恼，而且常常要为着求食而冒生命的危险；要是你做了犀牛，你的骄傲和凶暴将使你受罪，让你自己被你的盛怒所克服；要是你做了熊，你要死在马蹄的践踏之下；要是你做了马，你要被豹子所攫噬；要是你做了豹，你是狮子的近亲，你身上的斑纹将使你送命。你没有安全，没有保障。你要做一头什么野兽，才可以不受别的野兽的侵害呢？你不知道你现在已经是一头什么野兽，你在变形以后将要遭到怎样的不幸。

艾帕曼特斯　你这番话讲得倒很有理；雅典已经变成一个众兽群居的林薮了。

泰门　那么驴子是怎样冲破了城墙，让你溜到城外来的？

艾帕曼特斯　那里有一个诗人和一个画师来了；愿来来往往的人们把你缠扰得不得安宁！我可要敬谢不敏，抽身远避了。当我不知道还有什么事情可做的时候，我会再来瞧你的。

泰门　当世间除了你之外死得什么都不剩的时候，我会欢迎你的。我宁愿做乞丐手里牵着的狗，也不愿做艾帕曼特斯。

艾帕曼特斯　你是世上天字第一号的大傻瓜。

泰门　我希望你再干净点儿，可以让我把唾涎吐在你身上！

艾帕曼特斯　愿你遭瘟！你太坏了，我简直不屑咒你！

泰门　所有的恶人站在身边，相形之下你也会变成正人君子。

艾帕曼特斯　你一说话，嘴里也会掉下癞病来。

泰门　要是我再提起你的名字的话。倘不是怕污了我的手，我早就打你了。去，你这癞狗生的杂种！世上会有你这样的人活着，把我气也气死了；我一见了你就要气昏了脑袋。

艾帕曼特斯　我希望你会气破了肚子！

泰门　去，你这讨厌的混蛋！算我倒霉，还要赔一块石子来扔你。

（向艾帕曼特斯掷石。）

艾帕曼特斯　畜生！

泰门　奴才！

艾帕曼特斯　蛤蟆！

泰门　混蛋，混蛋，混蛋！我讨厌这个虚伪的世界和这个世界上所有的一切。所以，泰门，赶快预备你的坟墓吧；安息在海水的泡沫可以每天打击你的墓碣的地方，刻下你的墓志铭，让你的一死讥刺着世人的偷生苟活。（视金）啊，你可爱的凶手，帝王逃不过你的掌握，亲生的父子会被你离间！你灿烂的奸夫，淫污了纯洁的婚床！你勇敢的战神！你永远年轻韶秀、永远被人爱恋的娇美的情郎，你的羞颜可以融化了狄安娜女神膝上的冰雪！你有形的神明，你会使冰炭化为胶漆，仇敌互相亲吻！你会说任何的方言，使每一个人唯命是从！你动人心坎的宝物啊！你的奴隶，那些人类，要造反了，快快运用你的法力，让他们互相砍杀，留下这个世界来给兽类统治吧。

艾帕曼特斯　但愿如此；可是等我死了再说。我要去对他们说你有金子；不久他们就要蜂拥而来了。

泰门　蜂拥而来？

艾帕曼特斯　正是。

泰门　请你快给我滚开。

艾帕曼特斯　活下去,喜爱你的困苦吧!(下。)

泰门　好容易把他赶走了。又有些像人一样的东西来啦!真讨厌!

众窃贼上。

贼甲　他哪里来的这些金子?那一定是他剩在身边的一些碎片零屑。他就是因为囊中金罄,友朋离散,所以才发起疯来的。

贼乙　听说他还有许多宝贝。

贼丙　让我们吓唬他一下:要是他不爱惜金银,一定会双手捧给我们的;要是他推推托托不肯交出来,那便怎么办呢?

贼乙　不错,他并不把它们放在身边,一定是藏得好好的。

贼甲　这不就是他吗?

众贼　在哪儿?

贼乙　正是他的样子。

贼丙　他;我认识是他。

众贼　你好,泰门?

泰门　好哇,你们这些偷儿?

众贼　我们是兵士,不是偷儿。

泰门　是兵士,也是偷儿;你们都是妇人的儿子。

众贼　我们不是偷儿,不过是些什么都没有的穷光蛋。

泰门　你们没有东西吃吗?为什么没有?瞧,地下生着各种草木的根;在这一哩以内,长着多少的山蔬野草;橡树上长着橡果,野蔷薇也长着一粒粒红色的果实;那慷慨的主妇,大自然,在每一棵植物上替你们安排好美食,你们还嫌没有东西吃吗?

贼甲　我们不能像鸟兽游鱼一样,靠着吃草啄果、喝些清水过活呀。

泰门　你们也不能靠着吃鸟兽游鱼的肉过活;你们是一定要吃人的。可是我还是要谢谢你们,因为你们都是明目张胆地做贼,并不蒙着庄严神圣的假面具;那些道貌岸然的正人君子,才是最可怕的穿窬大盗哩。你们这些鼠贼，拿着这些金子去吧。去，痛痛快快地喝个醉，让烈酒烧枯你们的血液，免得你们到绞架上去受苦。不要相信医生的话，他的药方上都是毒药，他杀死的比你们偷窃的还多。放手偷吧，尽情杀吧；你们既然做了贼，尽管把恶事当作正当的工作一样做去吧。我可以讲几个最大的窃贼给你们听：太阳是个贼，用他的伟大的吸力偷窃海上的潮水；月亮是个无耻的贼，她的惨白的光辉是从太阳那儿偷来的；海是个贼，他的汹涌的潮汐把月亮溶化成咸的眼泪；地是个贼，他偷了万物的粪便作肥料，使自己肥沃；什么都是贼，那束缚你们鞭打你们的法律，也凭借他的野蛮的威力，实行不受约制的偷窃。不要爱你们自己；快去！各人互相偷窃。再拿一些金子去吧。放大胆子去杀人；你们所碰到的人没有一个不是贼。到雅典去，打开人家的店铺；你们所偷到的东西没有一件本来不是贼赃。不要因为我给了你们金子就不去做贼；让金子送了你们的性命！阿门。

贼丙 他劝我做贼，反而把我说得不愿意做贼了。

贼甲 他因为痛恨人类，所以这样劝告我们；他不是希望我们靠着做贼发财享福。

贼乙 我要把他的话当作仇敌的话，放弃我的本行了。

贼甲 让我们替雅典维持治安；无论时世怎样艰难，一个人总可以安分度日的。（众贼下。）

　　　　弗莱维斯上。

弗莱维斯 天哪！那个衣服褴褛、形容枯槁的人，便是我的主人吗？他怎么会衰落到这个地步？为善的人竟会得到这样的恶报！从前那样炙手可热，一朝穷了下来，就要受尽世人的冷眼！世上还有什么东西比那些把最高贵的人引到了最没落的下场的朋友更可恶的！在这样尔虞我诈的人间，一个人与其爱他的朋友，还不如爱他的仇敌；虽然仇敌对我不怀好意，可是朋友却在实际上陷害我。他已经看见我了。我要向他表示我的真诚的同情，仍旧把他看作我的主人一样用我的生命为他服役。我的最亲爱的主人！

　　泰门上前。

泰门　走开！你是什么人？

弗莱维斯　您忘记我了吗，大爷？

泰门　为什么问我这个问题？我已经忘记了所有的人了；要是你承认自己是个人，那么我当然也忘记你了。

弗莱维斯　我是您的一个可怜的忠心的仆人。

泰门　那么我不认识你。我从来不曾有过一个忠心的仆人在我的身边；我只是养了一大群恶汉，侍候奸徒们的肉食。

弗莱维斯　神明可以做证，从来不曾有过一个可怜的管家像我一样为了他的破产的主人而衷心哀痛。

泰门　怎么！你哭了吗？过来，那么我爱你，因为你是一个女人，不是冷酷无情的男子，男子的眼睛除了激于情欲和大笑的时候以外，是从来不会潮润的。他们的恻隐之心久已睡去了；奇怪的时代，人们流泪是为了欢笑，不是为了哭泣！

弗莱维斯　请您不要把我当作陌生人，我的好大爷，接受我的同情的吊慰；我还剩着不多几个钱在此，请您仍旧让我做您的管家吧。

泰门　我竟有这样一个忠心正直的管家来安慰我吗？我的狂野的心都几乎被你软化了。让我瞧瞧你的脸。不错，这个人是妇人所生的。原谅我的抹杀一切的武断吧，永远清醒的神明们！我宣布这世界上还有一个正直的人，不要误会我，只有一个，而且他是个管家。但愿没有其他的人和他一样，因为我要痛恨一切的人类！你虽然不再受我的憎恨，可是除了你以外，谁都要受我的咒诅。我想你这样老实，未免太不聪明，因为要是你现在欺骗我、凌辱我，也许可以早一点得到一个新的主人；许多人都是踏在他们旧主人的颈子上，去侍候他们的新主人的。可是老实告诉我——我虽然相信你，却不能不怀疑——你的好心是不是别有用意，像那些富人送礼一样，希望得到二十倍的利息？

弗莱维斯　不，我的最尊贵的主人；唉！您到现在才懂得怀疑，已经太迟了。当您大开盛宴的时候，您就该想到人情的虚伪；可是一个人总要到了日暮途穷，方才知道人心是不可轻信的。天知道我现在向您表示的，完全是一片赤心，我不过对您高贵无比的精神呈献我的天职和热忱，关心您的饮食起居；相信我，我的最尊贵的大爷，我愿意把一切实际上或是希望中的利益，交换这一个愿望：只要您恢复原来的财势，就是给我莫大的报酬了。

泰门　瞧，我已经发了财了。你这唯一的善人，来，拿去；天神借手于我的困苦，把财富送给你了。去，快快活活地做个财主吧；可是你要遵照我一个条件：你必须在远离人踪的地方筑屋而居；痛恨所有的人，咒诅所有的人，不要对任何人发慈悲心，听任那枵腹的饿丐形销骨立，也不要给他一些饮食；宁可把你不愿给人类的东西拿去丢给狗；让监狱把他们吞咽，让重债把他们压死；让人们像枯树一样倒毙，让疾病吸干了他们奸诈的血！去吧，愿你有福！

弗莱维斯　啊，让我留着安慰安慰您吧，我的主人。

泰门　要是你不愿意挨骂，那么不要停留；趁你得到我的祝福、还是一个自由之身的时候，赶快逃走吧。你再也不要看见人类的面，再也不要让我看见你。（各下。）

第五幕

第一场　树林。泰门所居洞穴之前

　　诗人及画师上。

画师　照我所记得的这地方的样子，离他的住处不会怎么远了。

诗人　他这人真有点莫测高深。人家说他拥有大量的黄金，这谣言是真的吗？

画师　真的。艾西巴第斯就这样说；菲莉妮娅和提曼德拉都从他手里得到过金子；还有那些穷苦的流浪的兵士，也拿了不少去。据说他给他的管家一笔很大的数目呢。

诗人　那么他这次破产不过是有意对他的朋友们的试探罢了。

画师　正是；您就会看见他再在雅典扬眉吐气，高居要津。所以我们应该在他佯为窘迫的时候向他献些殷勤，那可以表现出我们的古道热肠，而且要是关于他的多金的传言果然确实的话，那么我们枉道前来，也一定可以满载而归了。

诗人　您现在有些什么东西可以呈献给他的？

画师　我现在只是专诚拜访，东西可什么也没有；可是我将要允许他一幅绝妙的作品。

诗人　我也必须贡献他一些什么东西；我要告诉他我准备写一篇怎样的诗送给他。

画师　再好没有了。这年头儿最通行的就是空口许诺，它会叫人睁大了眼睛盼望，要是真的实行起来，那倒没有什么稀罕了；只有那些老实愚蠢的人，才会把说过的话认真照办。诺言是最有礼貌、最合时尚的事，实行就像一种遗嘱，证明本人的理智已经害着极大的重症。

　　　　泰门自穴中上。

泰门　（旁白）卓越的匠人！像你自己这样一副恶人的嘴脸，是画也画不出来的。

诗人　我正在想我应当说我预备写些什么献给他：那必须是一篇描写他自己的诗章；讽刺人世繁华的虚浮，指出那跟随在盛年与富裕后面的，是多少逢迎谄媚的丑态。

泰门　（旁白）你一定要在你自己的作品里充当一个恶徒吗？你要在别人的身上暴露你自己的弱点吗？很好，我有金子给你哩。

诗人　来，我们找他去吧。要是我们遇见了有利可获的机会而失之交臂，那就太对不起我们自己的幸运了。

画师　不错，趁着白昼的光亮不用你出钱的时候，应当赶快找寻你所要的东西，等到黑夜到来，那就太晚了。来。

泰门　（旁白）待我在转角的地方和你们相会吧。黄金真是一尊了不得的神明，即使他住在比猪窝还卑污的庙宇里，也会受人膜拜！你驱使船只在海上航行，你使奴隶的心中发生敬羡；你是应该被人们顶礼的，让你的圣徒们永远罩着只接受你的使唤的瘟疫吧。我现在可以去见他们。（上前。）

诗人　祝福，可尊敬的泰门！

画师　我们高贵的旧主人！

泰门　我曾经看见过两个正人君子吗？

诗人　先生，我常常沾沐您的慷慨的恩施，听说您已经隐居避世，您的朋友们一个个冷落了踪迹，他们那种忘恩的天性——啊，没有良心的东西！上天把所有的刑罚降在他们身上也掩蔽不了他们的罪辜！嘿！他们居然会这样对待您，他们整个的心身都在您的星辰一样的仁惠之下得到化育！我简直气疯了，想不出用怎样巨大的字眼，才可以遮盖这种薄情无义的弥天罪恶。

泰门　不要遮盖它，让人家可以看得清楚一些。你们都是正人君子，还是把你们的本来面目公之大众吧。

画师　我们两个人常常受到您的霖雨一样的赏赐，感戴您的恩泽的深厚。

泰门　嗯，你们都是正人君子。

画师　我们专诚来此，想要为您略尽微劳。

泰门　真是正人君子！啊，我应当怎样报答你们呢？你们也会啃树根喝冷水吗？不见得吧。

画师 & 诗人　为了替您服役的缘故，只要是我们能够做的事，我们都愿意做。

泰门　你们是正人君子。你们已经听见我有金子；我相信你们一定已经听见这样的消息了。老实说出来吧，你们是正人君子。

画师　人家是在这样说，我的高贵的大爷；可是我的朋友跟我都不是因为这缘故才来的。

泰门　好一对正人君子！你画了全雅典最好的一帧脸谱，描摹得这样栩栩如生。

画师　不过如此，不过如此，大爷。

泰门　正是不过如此，先生。至于讲到你那些向壁虚造的故事，那么你的诗句里那种美妙婉转的辞藻，真可以说得上笔穷造化。可是虽然这么说，我的两位居心正直的朋友们，我必须说你们还有一个小小的缺点，不过这也不是什么了不得的缺点，我也不希望你们费许多的力量把它改正过来。

画师＆诗人　请您明白告诉我们吧。

泰门　你们会见怪的。

画师＆诗人　我们一定会非常感谢您的开示。

泰门　真的吗？

画师＆诗人　不要疑惑，尊贵的大爷。

泰门　你们都相信着一个大大地欺骗了你们的坏人。

画师＆诗人　真的吗，大爷？

泰门　是的，你们听见他信口开河，看见他装腔作势，明明知道他不是个好东西，偏偏跟他要好，给他吃喝，把他视为心腹。

画师　我不知道有这样一个人，大爷。

诗人　我也不知道。

泰门　听着，我很喜欢你们；我愿意给你们金子，只要你们替我把你们这两个坏朋友除掉：随你们吊死他们也好，刺死他们也好，把他们扔在茅坑里淹死也好，或是用无论什么方法作弄他们，然后再来见我，我一定会给你们许多金子。

画师＆诗人　请您说出他们的名字来，大爷；让我们知道他们究竟是谁。

泰门　你向那边走，你向这边走。你们一共只有两个人，可是你们两人分开以后，各人还有一个万恶的奸徒和他在一起。要是你不愿意有两个恶人在你的身边，那么不要走近他。（向诗人）要是你只要和一个恶人住在一处，那么不要和他来往。去，滚开！这儿有金子哩。你们是为着金子来的，你们这两个奴才！你们替我做了工了，这是给你们的工钱；去！你有炼金的本领，去把这些泥块炼成黄金吧。滚开，恶狗！（将

387

二人打走，返入穴内。）

　　　　弗莱维斯及二元老上。

弗莱维斯　你们要去跟泰门说话是不可能的，因为他这样耽好孤寂，除了只有外形还像一个人的他自己而外，他觉得什么都是对他不怀好意的。

元老甲　带我们到他的洞里去；我们已经答应雅典人，负责向泰门说话。

元老乙　人们不是永远始终如一的；时间和悲哀使他变成这样一个人。要是命运加惠于他，恢复了他旧日的豪富，他也许仍旧会恢复原来的样子。带我们见他去，碰碰机会吧。

弗莱维斯　这就是他所住的山洞了。愿平和安宁降临在这儿！泰门大爷！泰门！出来，跟您的朋友们谈谈。雅典人派了两位最年高有德的元老来问候您了。跟他们谈谈吧，尊贵的泰门。

　　　　泰门自穴中上。

泰门　抚慰众生的太阳，烧起来吧！你们有什么话？快说，说过了就给我上吊去。愿你们说了一句真话就长起一个水疱！说了一句假话就会在舌根上烂一个窟窿！

元老甲　尊贵的泰门——

元老乙　雅典的元老们问候你，泰门。

泰门　我谢谢他们；要是我能够替他们把瘟疫招来，我愿意把它送给他们。

元老甲　啊！忘记那些我们自己所悔恨的事吧。元老们众口一词地诚意要求你回到雅典去；他们已经考虑到许多特殊的荣典，等你回去接受。

元老乙　他们承认过去对你太冷酷无情了；现在雅典的公众已经感觉到他们为了不曾给泰门援手，已经失去了一座患难时可以倚界的长城，所以他们才突破成例，叫我们前来表示歉忱，

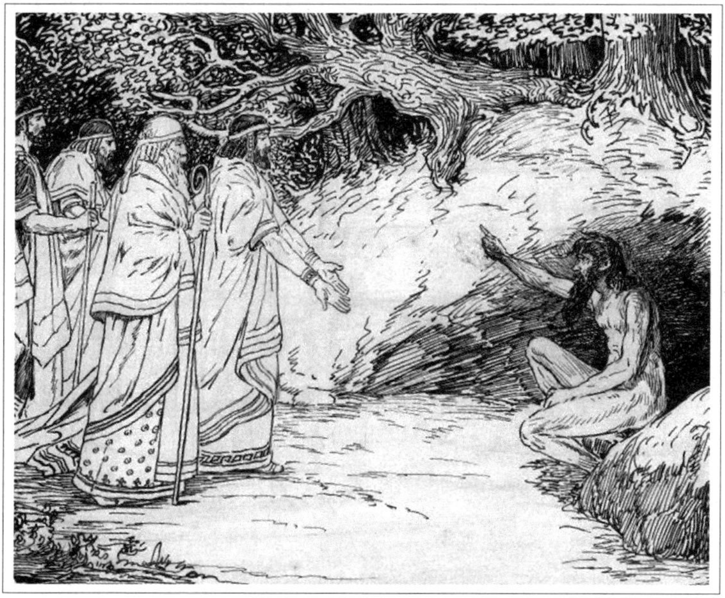

并且向你呈献他们无限的爱敬和不可数计的财富,补赎他们以往的过失。

泰门　你们这一番话,真说得我受宠若惊,差一点要感激涕零了。借给我一颗愚人的心和一双妇人的眼睛,我就会听了这种温慰的言语而哭泣起来,尊贵的元老们。

元老甲　那么请你跟我们一同回去,在我们的雅典,也就是你的雅典,接受大将的尊位;你一定会得到人民的感谢,他们会给你绝对的权力,你的美好的声名将和威权同在。我们不久就可以逐退那来势汹汹的艾西巴第斯,他像一头横冲直撞的野猪似的,捣毁了祖国的和平。

元老乙　向雅典的城墙摇挥他咄咄逼人的剑锋。

元老甲　所以,泰门——

泰门　好,先生,很好;那么就这样吧:要是艾西巴第斯杀死了我的同胞,让艾西巴第斯知道,泰门是全不介意的。要是他把美好的雅典城劫掠一空,把我们那些善良的老人家揪着胡须拉走,让我们那些圣洁的处女去受那疯狂的、兽性的战争的污辱,那么让他知道,告诉他,泰门这样说,为了怜悯我们的老人和我们的少年,我不能不对他说,泰门对于这些是全不介意的,随他高兴怎么办就怎么办吧;因为只要你们还有不曾割断的咽喉,他们的刀是不会嫌血污的。至于我自己,那么,那横暴不法的敌人营里的每一把屠刀,都比雅典最可尊敬的咽喉更能获得我的好感。所以我现在把你们交付在幸运的天神的照顾之下,正像把一群窃贼交付给看守的人一样。

弗莱维斯　去吧,一切全都没用。

泰门　我刚才正在写我的墓志铭;你们明天就可以看见。健康和生活使我害了长久的病,现在我的宿疾已经开始痊愈,从虚无中间我得到了一切。去,继续活下去;愿艾西巴第斯给你们灾难，他也在你们手里遭灾，到头来大家同归于尽吧！

元老甲　我们的话都是白说。

泰门　可是我爱我的国家，人家虽然说我喜欢看见宗国的沦亡，其实我却不是那样的人。

元老甲　这才说得不错。

泰门　请你们替我向我的亲爱的同胞们致意——

元老甲　这样的话从您的嘴里出来，足见志士襟怀，毕竟与众不同。

元老乙　它们进入我们的耳中，也像得胜荣归的勇士，在夹道欢呼声中返旆国门一样。

泰门　替我向他们致意；告诉他们，为了减轻他们的忧虑，解除他们对于敌人剑锋的恐惧，释免他们的痛苦、损失、爱情的烦恼以及在生命的无定的航程中这脆弱的凡躯所遭受的一切其他的不幸起见，我愿意给他们一些善意的贡献，指点他们避免狂暴的艾西巴第斯的愤怒的方法。

元老乙　我很高兴他说这样的话；他会重新回去的。

泰门　我有一棵树长在我的住处的附近，因为我自己需用，不久就要把它砍下来；告诉我的朋友们，告诉全雅典的人，叫他们按照各人地位的高低分别先后，凡是有谁愿意解除痛苦，就赶快到这儿来，在我那棵树未遭斧斤以前自己缢死。请你们这样替我对他们说吧。

弗莱维斯　不要再跟他絮烦了，他总是这个样子的。

泰门　不要再来见我；对雅典说，泰门已经在海边的沙滩上筑好他的万世的佳城，汹涌的波涛每天一次，向它喷吐着泡沫；到那里来吧，让我的墓碑预示着你们的命运。

　　　　让怨怼不挂唇，让言语消灭，
　　　　灾难和瘟疫将会纠正一切！
　　　　坟墓是人一世辛勤的成绩；

隐去吧，阳光！陪着泰门安息。（下。）

元老甲　他的愤懑不平之气，已经深植在天性之中，再也消解不掉了。

元老乙　我们对他的希望已经完了，还是回去凭着我们残余的力量，想些其他的办法，尽力挽救危局吧。

元老甲　事不宜迟，我们快回去。（同下。）

第二场　雅典城墙之前

　　　　二元老及一使者上。

元老丙　难为你探到了这样的消息；他的军力果然像你所说的那样雄壮吗？

使者　他的实际的力量，比我所说的还要强大得多；而且他的行军非常迅速，大概就要到来了。

元老丁　要是他们不能劝诱泰门回来，我们的处境可真是危险万分呢。

使者　我在路上碰见一个信差，是我旧日的朋友，虽然我们各事一方，可是我们从前的交谊使我们泯除猜忌，像朋友一般互吐真情。这个人是艾西巴第斯差他飞骑送信到泰门的洞里去的，那信上要求他协力助攻雅典，因为这次举兵一部分的原因也就是为了他。

元老丙　我们的两个同僚来了。

　　　　甲乙二元老自泰门处归。

元老甲　别再提起泰门的名字，别再对他存什么希望了。敌人的鼓声已经近在耳边，一片尘沙扬蔽了天空。进去，赶快准备起来；我怕我们要陷入敌人的罗网了。（同下。）

第三场 树林。泰门洞穴，相去不远
有草草砌成的坟墓一座

一兵士上，寻找泰门。

兵士　照他们所说的样子看来，大概就是这儿了。有人吗？喂，说话呀！没有回答！这是什么？泰门死了，他的大限已到；这坟墓是什么野兽给他盖起来的，这儿是没有人住的地方。一定是死了；这便是他的坟墓。墓石上还有几行字，我可认不得；让我用蜡把它们拓下来；我们的主将什么文字都懂，他年纪虽轻，懂的事情可多哩。他现在一定已经在骄傲的雅典城前安下了营寨；攻陷那座城市是他的意志的目标。（下。）

第四场　雅典城墙之前

喇叭声；艾西巴第斯率军队上。

艾西巴第斯　吹起喇叭来，让这个懦怯的、淫秽的城市知道我们的大军已经来到。（吹谈判信号。）

元老等登城。

艾西巴第斯　在今天以前，由你们胡作非为，肆行不义，把你们的私心当作公道；在今天以前，我自己以及一切睡在你们权力的阴影下面的人，谁都是叉手彷徨，有冤莫诉。现在忍无可忍的时间已经到了，蹲伏惯了的脊骨，在重重的压迫之下，喊出"受不住了"的呼声；现在无告的冤苦将要坐在你们宽大的安乐椅上喘息，短气的骄横将要狼狈奔逃了。

元老甲　尊贵的少年将军，你当初因为些微的误会一怒而去的时候，虽然你还是无拳无勇，我们无须恐惧你的报复，可是我们仍旧召你回来，好意抚慰你，用逾量的恩宠洗刷我们负心的罪戾。

元老乙　就是对于改换了形貌的泰门，我们也曾用谦恭的使节和优渥的允诺恳求他眷念我们的城市。我们并不全是冷酷无情的人，也不该不分皂白地同受战争的屠戮。

元老甲　我们这一座城墙，并不是建立于得罪你的那些人之手；这些巍峨的高塔、标柱和学校，更不应该为了私人的错误而同归毁灭。

元老乙　当初驱迫你出亡的那些人，因为自愧缺少应付非常的才能，心中惭疚，都已忧郁逝世了。尊贵的将军，带领你的大军，高扬你的旗帜，开进我们的城中吧；要是你不顾上天好生之德，你的复仇的欲望必须得到满足，那么请你在十人中杀死一人，让那不幸接触你的锋刃的作为牺牲吧。

元老甲　不是每一个人都犯罪；因为从前的人铸下了错误而向现在的人报复，这不是合乎公道的措置；罪恶和土地一样，都不是世袭的。所以，亲爱的兄弟，带你的队伍进来吧，可是把你的愤怒留在外面。宽恕你所生长的雅典摇篮，也不要在盛怒之中把你的亲人和那些得罪你的人同时骈戮；像一个牧人一般，你可以走到羊栏里，把那些染疫的牲畜拣出，可不要漫无区别地一律杀死。

元老乙　你要什么都可以用微笑取得，何必一定要用刀剑的威力诛求呢？

元老甲　你只要一踏到我们壁垒森严的门口，它们就会霎然开启，让你仁慈的心为你先容，通报你善意的来临。

394

元老乙　抛下你的手套，或是任何代表你的荣誉的纪念物，表示你这次攻城的目的，只是申雪你的不平，不是破坏我们的安全；你的全部军队可以驻扎在我们城里，直等我们签准了你的全部要求为止。

艾西巴第斯　那么我就摔下我的手套。下来，打开你们未受攻击的城门；把泰门的和我自己的敌人交出来领死，其余一概不论。为了消释你们的疑虑、表明我的正直的胸襟起见，我还要下令严禁部下的士兵擅离营地，扰乱你们城市中的治安，凡是违反禁令的，一律交付你们按法严惩。

元老甲＆元老乙　真是光明正大地说话。

艾西巴第斯　下来，实践你们自己的允诺。（元老等下城开门。）

　　　　　　一兵士上。

兵士　启禀主将，泰门已经死了；他葬身在大海的边沿，在他的墓石上刻着这几行文字，我因为自己看不懂，已经用蜡把它们拓了下来。

艾西巴第斯

　　残魂不可招，
　　　　空剩臭皮囊；
　　莫问其中谁：
　　　　疫吞满路狼！
　　生憎举世人，
　　　　殁葬海之湄；
　　悠悠行路者，
　　　　速去毋相溷！

这几行诗句很可以表明你后来的心绪。虽然你看不起我们人类的悲哀，蔑视我们凉薄的天性里自然流露出来的泪点，可是你的丰富的想象使你叫那苍茫的大海永远在你低贱的坟墓上哀泣。高贵的泰门死了；他的记忆将永留人间。带我到你们的城里去；我要一手执着橄榄枝，一手握着宝剑，使战争孕育和平，使和平酝酿战争，这样才可以安不忘危，巩固国家的基础。敲起我们的鼓来！（众下。）